Une maman pour Jane

La promesse d'un amant

SARAH M. ANDERSON

Une maman pour Jane

Traduction française de
ANDRÉE JARDAT

PASSIONS

HARLEQUIN

Collection : PASSIONS

Titre original :
THE NANNY PLAN

Ce roman a déjà été publié en 2016

HARPERCOLLINS FRANCE
83-85, boulevard Vincent-Auriol, 75646 PARIS CEDEX 13
Service Lectrices — Tél. : 01 45 82 47 47 - www.harlequin.fr
ISBN 978-2-2804-5275-5 — ISSN 1950-2761

Composé et édité par HarperCollins France. Achevé d'imprimer en avril 2021.
par CPI Black Print - Barcelone - Espagne
Dépôt légal : mai 2021.

FSC
www.fsc.org
MIXTE
Papier issu de sources responsables
FSC® C159065

Pour limiter l'empreinte environnementale de ses livres, HarperCollins France s'engage à n'utiliser que du papier fabriqué à partir de bois provenant de forêts gérées durablement et de manière responsable.

- 1 -

Trish regardait avec satisfaction l'auditorium se remplir peu à peu. Environ quatre cents personnes étaient déjà rassemblées au niveau inférieur, parmi lesquelles des journalistes de chaînes télévisées locales. Parfait. Aucun milliardaire ne prendrait le risque de ternir sa réputation en refusant de participer à un projet caritatif devant une assemblée aussi nombreuse.

Depuis une bonne heure, elle était assise au troisième rang à gauche de la scène, la pancarte qu'elle avait réussi à passer en douce posée à ses pieds. Dommage qu'elle n'ait pas de téléphone portable pour faire comme la plupart des gens qui trompait l'attente en se connectant.

Elle se sentait prête. Il lui avait juste fallu attendre le bon moment. Tendre une embuscade à l'un des hommes les plus riches de la planète demandait tout de même un minimum de préparation.

Elle avait tout prévu. Même le T-shirt imprimé « Wonder Woman » qu'elle avait déniché à très bas prix dans une boutique discount et qu'elle dissimulait sous sa veste noire en velours, sobre et élégante.

A l'image de sa cible, Nate Longmire.

Chacun était venu là pour écouter parler ce milliardaire tout droit sorti de la Silicon Valley, qui avait fait fortune dans l'industrie de la haute technologie. Agé de vingt-huit ans, il n'avait rien à voir avec l'image de l'adolescent attardé que la presse s'acharnait à vouloir donner de lui.

D'après les recherches qu'elle avait faites sur Internet, l'homme, pourtant grand, bien bâti et extrêmement attirant, était encore célibataire. Mais le plan ne consistait pas à le séduire. Il s'agissait de le coincer, de sorte qu'il ne puisse pas faire autrement que de mettre la main à la poche.

Au bout de ce qui lui parut durer une éternité, les lumières s'éteignirent enfin et la présidente du comité des Activités universitaires entra sur scène dans une jupe moulante qui ne cachait rien de ses formes voluptueuses.

— Bienvenue à ce nouveau colloque de l'université de San Francisco. Je suis Jennifer McElwain…

Trish se ferma au reste du discours, lorsque Jennifer aborda sa tirade sur « la longue et fière histoire du programme social et les hôtes distingués qui… bla-bla-bla ». Alors qu'elle parcourait la salle du regard, la vue de cette foule de nantis la mit soudain mal à l'aise.

Cette université pleine de jeunes gens qui multipliaient les aventures sans craindre une grossesse accidentelle et encore moins un avenir incertain, était bien éloignée du monde qui était le sien, soumis à la pauvreté et à la résignation. Malheureusement, ici l'on semblait se désintéresser des problèmes sociaux.

Tout le monde sauf elle.

Comme cela lui arrivait souvent, elle se sentait déplacée, malgré la maîtrise d'assistante sociale qu'elle était sur le point de décrocher après les cinq années passées sur ce campus.

Allons, reprends-toi, se sermonna-t-elle tout en cherchant des yeux les caméras présentes.

Elle en repéra cinq. Pas mal pour un événement somme toute sans grande envergure.

— Aussi, poursuivait Jennifer, sommes-nous très heureux d'accueillir le fondateur de *SnAppShot*, monsieur Nate Longmire, venu évoquer les responsabilités sociales qui incombent à chacun de nous.

Sifflements stridents et tonnerre d'applaudissements accompagnèrent l'arrivée sur scène du fringant milliardaire.

Elle se leva aussi sans pouvoir détacher le regard. Si elle l'avait déjà vu sur la couverture glacée des magazines, aucune photo ne lui rendait justice.

De là où elle se tenait, elle lui trouva un charme irrésistible qu'accentuait la barbe de trois jours très étudiée ainsi que les lunettes rondes à monture en écaille qui lui donnaient un air faussement sérieux. Ayant abandonné les costumes dans lesquels il avait coutume de poser, il avait opté pour une tenue beaucoup plus décontractée — jean, chemise et pull noué sur les épaules — parfaitement adaptée à un campus universitaire de bon ton.

Lorsqu'il fit face à l'assemblée, elle aurait pu jurer qu'elle l'avait vu rougir tandis que persistaient les applaudissements en délire. A vrai dire, il avait même l'air mal à l'aise et donnait l'impression de n'avoir jamais vécu pareille situation.

— Merci, finit-il par lâcher alors que les applaudissements crépitaient encore de toutes parts. S'il vous plaît, ajouta-t-il. Pour commencer, bonsoir, l'Université de San Francisco !

Les applaudissements reprirent de plus belle tandis qu'il allait s'installer sur le tabouret qu'on avait placé à son intention au centre de l'estrade. Aussitôt, les lampes s'éteignirent, se réduisant à un faisceau braqué sur cet invité prestigieux. Derrière lui, un diaporama se mit à défiler sur un immense écran.

— La technologie, commença-t-il, a une énorme

capacité d'adaptation. La communication instantanée peut faire chuter un gouvernement et remodeler les sociétés à une rapidité qui faisait rêver nos ancêtres, Steve Jobs et Bill Gates.

Ce trait d'humour charma l'audience, déjà conquise.

Trish, elle, scrutait son visage tandis qu'il parlait. Visiblement, il avait appris son discours par cœur, ce qui laissait peu de place à l'improvisation. Parfait, il était le genre d'orateur qui ne saurait user de stratagème de dernière minute face à une demande impromptue.

— Vous-mêmes êtes à l'aube de nouvelles révolutions technologiques, poursuivit-il. Vous avez ce pouvoir au bout des doigts et pouvez en user vingt-quatre heures sur vingt-quatre, sept jours sur sept.

Il marqua une pause durant laquelle il but un verre d'eau.

— Le problème, reprit-il après s'être éclairci la gorge, vient du fait des inégalités. En effet, comment peut-on communiquer avec le reste de l'humanité si certains ne possèdent pas la richesse de nos pays développés ?

Des photos de tribus africaines, d'indigents asiatiques, d'aborigènes australiens et — elle retint sa respiration — d'une réserve indienne, vinrent illustrer son propos.

Un bon point pour lui que de connaître les réserves amérindiennes du Dakota du Sud, même si elle était irritée de voir les gens de couleur évoqués à la va-vite.

— C'est donc à nous qu'incombe la responsabilité d'utiliser cette puissance et ces richesses afin d'œuvrer à l'amélioration des conditions de vie d'autres êtres humains.

Il développa sa pensée pendant quarante-cinq minutes au terme desquelles il en appela à la générosité de chacun.

— Soyez engagés, insista-t-il. Embarquez-vous sur ce bateau. Sachez que des ordinateurs portables fonctionnant à l'énergie solaire peuvent sortir des milliers d'enfants de la pauvreté. Ne me laissez pas tomber ; tout commence avec *vous*, conclut-il en appuyant sur ce dernier mot.

Cette fois, alors qu'il souriait à son public, son visage exprimait la plus grande confiance.

L'écran afficha alors le logo de la Fondation Longmire souligné de l'adresse de son site web et du sigle du réseau Twitter.

La foule en délire se remit à applaudir et gratifia ce brillant orateur de six minutes de *standing ovation* tandis qu'il prenait une gorgée d'eau et considérait ce soulèvement d'enthousiasme avec perplexité.

La maîtresse de cérémonie vint le rejoindre et le remercia pour cette « brillante démonstration » avant d'aller se positionner à son tour devant le micro.

— Monsieur Longmire accepte de répondre à quelques-unes de vos questions, annonça-t-elle.

Le moment était venu. Trish ne serait pas parmi les premières, mais pas non plus parmi les dernières, le risque étant trop grand de voir les journalistes plier bagage avant la fin. Il lui faudrait choisir le bon moment, celui où elle pourrait brandir son panneau avant que le service de sécurité n'intervienne.

Une dizaine d'étudiants faisaient déjà la queue dans chacune des deux travées transversales. Les questions fusèrent, tout aussi prévisibles les unes que les autres.

— Comment vous est venue cette idée de génie ? demanda l'un.

— Dans quelles circonstances avez-vous démarré votre société ? questionna un autre.

Elle écoutait d'une oreille distraite, attendant patiemment de pouvoir s'engouffrer dans une brèche.

— La question est : de quoi les gens ont-ils besoin ? répondit Nate. Moi, ce qui me manquait, c'était un moyen simple de partager mes photos numériques avec ma famille. C'est ce qui m'a conduit à adapter mon application *SnAppShot* à chaque dispositif ou plate-forme disponible. Cela m'a pris dix ans pour mettre cette application au point. Aussi, ne croyez pas ce que dit la presse. En affaires, réussir ne se fait pas du jour au lendemain. Repérez un manque et comblez-le.

Il avait adopté une manière différente de parler. Peut-être parce qu'il ne s'adressait qu'à une personne ? Les mots sortaient plus fluides de sa bouche et il tentait de faire passer son message avec plus de conviction. Elle aurait pu écouter toute la nuit cette voix aussi puissante qu'envoûtante.

En proie à une nervosité croissante, elle essuya ses mains moites sur son jean. Finalement, il ne se laissait pas prendre de court facilement. Elle allait devoir jouer serré.

Au lieu de se sentir piégé, Nate Longmire affichait un sourire bien différent de celui, plaqué, qu'il avait arboré tout au long de son discours débité presque machinalement. Il décortiquait chaque question avant d'y répondre.

Le tout sans bouger d'un pouce de son tabouret.

Tel qu'il était à présent, il correspondait parfaitement à la réputation de l'homme d'affaires redoutable qui lui collait à la peau. D'ailleurs, n'avait-il pas mené à la faillite son ancien camarade d'université, avec qui il avait démarré *SnAppShot* ?

Elle se surprit à tripoter ses boucles d'oreilles d'un geste nerveux. D'accord, il y avait une chance pour que son petit coup d'éclat échoue. Pourtant, elle était déterminée à aller jusqu'au bout.

Qui ne tente rien n'a rien, ma fille, se rappela-t-elle pour se donner du courage.

Il ne restait plus qu'une personne et Longmire était

occupé à lui répondre. Elle jeta un coup d'œil discret par-dessus son épaule pour vérifier qu'il n'y avait personne derrière elle. Non. C'était à elle de jouer.

Elle fit glisser sa pancarte en bout de rang, puis elle se leva, la main immobilisée au-dessus, prête à la saisir. Son plan allait marcher. Il le fallait.

La fille qui se trouvait juste devant elle demanda à Longmire comment il vivait au quotidien son statut de sex-symbol très convoité. Trish le vit rougir. Très bien. L'homme était déstabilisé, cela jouait en sa faveur.

— Nous avons le temps d'une ultime question, annonça Jennifer. Oui ? Avancez et donnez votre nom, mademoiselle.

Trish s'empara de sa pancarte, qu'elle trouva soudain ridiculement grande, et la brandit devant elle, telle un bouclier.

— Monsieur Longmire, commença-t-elle, le cœur battant. Je m'appelle Trish Hunter et je suis la fondatrice de One Child One World, une association caritative qui tente de fournir en matériel scolaire les enfants défavorisés des réserves indiennes d'Amérique.

Intrigué, Nate se pencha en avant, et plongea ses yeux sombres dans les siens. Le monde autour d'elle parut se dissiper tandis qu'il focalisait toute son attention sur elle.

— C'est une cause admirable, décréta-t-il. Poursuivez, mademoiselle Hunter. Quelle est votre question ?

Elle déglutit péniblement puis s'éclaircit la gorge.

— J'ai récemment eu le privilège de figurer parmi les dix femmes les plus actives de ce campus pour le travail que j'effectue au sein de cette association.

Elle s'interrompit pour mettre en évidence sa pancarte qui représentait un chèque.

— Cette reconnaissance m'a valu un chèque de dix mille dollars qui est allé alimenter les caisses de One Child One

World. Vous venez de parler de façon très éloquente de la manière dont la technologie pouvait changer nos vies. Accepteriez-vous de faire don de cette même somme pour aider des enfants à bénéficier de fournitures scolaires ?

Un silence de mort s'abattit sur l'assemblée. Le sang afflua à ses tempes en même temps qu'elle devenait cramoisie. Elle l'avait fait ! Elle avait fait exactement ce qu'elle avait prévu : attirer l'attention de l'un des hommes les plus riches au monde, puis tenter de le piéger.

— Merci, mademoiselle Hunter, intervint Jennifer d'une voix pincée. M. Longmire possède déjà sa propre fondation et…

— Attendez, la coupa Nate. S'il est vrai que j'ai créé ma propre fondation — il la transperça d'un regard pénétrant qui la fit violemment rougir —, je ne peux qu'admirer votre culot ainsi que la façon directe dont vous m'avez approché. Je vous propose donc de poursuivre cette conversation en dehors de ce colloque. Qu'en pensez-vous ?

Elle n'entendit pas la clameur qui s'éleva de la salle tant elle était sidérée. Le grand, l'inaccessible Nate Longmire ne lui avait pas opposé un non franc et massif, ce qui lui permettait d'espérer qu'il adhérerait à son projet. Si elle parvenait à le convaincre, c'était l'assurance de voir chacun des petits écoliers de la réserve muni d'un cartable rempli de fournitures d'ici la rentrée, dans cinq mois.

Sans compter que cette entrevue lui donnerait l'occasion de vérifier si Nate Longmire était aussi séduisant de près que de là où elle le voyait. Non que cela eût la moindre importance. Mais…

— J'en serais très honorée, répondit-elle dans le micro, d'une voix tremblante d'émotion.

— Venez avec votre pancarte, la taquina-t-il. Je n'ai jamais vu de chèque aussi imposant de ma vie.

Des rires fusèrent tandis que le visage de Nate se fendait d'un large sourire. Sans la quitter du regard, il pointa les coulisses du menton, invitation tacite à le rejoindre là-bas.

Lorsque, quelques minutes plus tard, elle se retrouva derrière les lourds rideaux qui séparaient la scène des coulisses, elle trouva Mme McElwain qui l'attendait de pied ferme.

— Bravo pour votre coup d'éclat, fit celle-ci d'une voix mauvaise.

— Merci, rétorqua-t-elle en ignorant le ton hostile.

Jennifer devait avoir imaginé avec Nate Longmire une suite dans laquelle elle, Trish, ne figurait pas.

— Ah, mademoiselle Hunter, vous êtes là.

Soudain, il était devant elle, bien plus grand qu'elle ne l'avait imaginé. Si grand même qu'elle dut lever la tête pour pouvoir soutenir son regard.

— Ah, je vois que vous n'avez pas oublié votre pancarte, poursuivit-il. C'est parfait. Jennifer, voulez-vous bien nous prendre en photo, s'il vous plaît ?

Sans attendre de réponse, il tendit son téléphone portable à la maîtresse de cérémonie qui lui renvoya un sourire forcé.

— Mettez-la bien en avant, suggéra-t-il en plaçant la pancarte en évidence devant eux.

Puis il enroula un bras autour de ses épaules.

— Souriez, lui murmura-t-il à l'oreille.

Elle eut une conscience aiguë de la chaleur qui se dégageait de lui et se propageait dans son corps.

Elle tenta de repousser les images érotiques qui se bousculaient dans sa tête. Non, elle ne se laisserait pas séduire. Elle ne pouvait pas se le permettre. Elle devait juste s'en tenir à son plan. Piéger le milliardaire Nate Longmire était chose faite. Restait à obtenir de lui une donation importante.

Jennifer prit deux clichés, puis rendit son portable à son propriétaire.

— Monsieur Longmire, déclara-t-elle d'un ton pincé, je vous rappelle que nous avions prévu de dîner ensemble, ce soir. Je pense qu'il est grand temps que nous partions.

Un silence pesant plana entre eux. Nate posa sur Jennifer un regard distrait, suggérant qu'elle venait de le prendre au dépourvu.

Vexée par ce manque d'enthousiasme manifeste, Jennifer posa une main sur son bras, sans doute pour le ramener à la réalité.

— Nous y allons ? répéta-t-elle en battant des cils.

Nate fixa alors Trish, comme si la réponse se trouvait sur son visage. Troublée par l'intensité de son regard, elle détourna légèrement la tête.

— Bien sûr, je n'avais pas oublié, mentit-il. Malheureusement, je dois m'entretenir en privé avec Mlle Hunter.

S'écartant alors de Jennifer, il entraîna Trish à l'écart.

— Appelez mon bureau, lui lança-t-il encore par-dessus son épaule. Nous essaierons de fixer une date. Mademoiselle Hunter, vous venez ?

Sa pancarte serrée contre elle, Trish lui emboîta le pas, cherchant à caler ses pas sur ses grandes enjambées.

Il n'a pas refusé, il n'a pas refusé…, se répétait-t-elle, au comble de l'excitation.

Restait à lui faire dire « oui ».

Moins d'une heure plus tard, tous deux étaient installés à l'une des tables de l'Apollo Coffee Shop. Nate adorait ce genre d'endroit, assez animé pour qu'on ne le remarque pas mais assez calme pour lui laisser la possibilité de réfléchir tranquillement.

Et pour l'heure, ce qui occupait ses pensées, c'était la

jeune femme qui avait pris place dans sa voiture de location puis dans ce café, sa pancarte serrée contre elle, comme si c'était la chose la plus naturelle au monde.

Trish Hunter.

Non seulement, elle avait commandé un café — la consommation la moins chère — mais en plus, elle avait tenu à le payer elle-même, repoussant farouchement les deux dollars qu'il avait posés pour elle sur la table.

Elle était... différente, ce qui ne manquait pas de l'intriguer.

— Peu de personnes se seraient risquées à me piéger comme vous l'avez fait, commenta-t-il en scrutant son visage.

Elle était vraiment ravissante avec ses longs cheveux qui tombaient en cascade sur ses épaules et ses pommettes hautes qui donnaient un vrai caractère à ses traits. Quant au slogan « Wonder Woman » imprimé en lettres capitales sur son T-shirt, il collait parfaitement à la force et à la détermination qui émanaient d'elle.

A la différence des femmes qu'il fréquentait, elle n'usait pas de ses charmes, pourtant nombreux, pour tenter de le séduire. Aucun battement de cils, aucune minauderie chez cette fille toute simple qui buvait son café dans l'attente de lui demander, de façon franche et directe, des fonds pour la cause humanitaire qu'elle défendait.

L'espace d'un court instant, pendant qu'elle le scrutait à travers l'épaisse frange de ses cils, il fut saisi de panique. Contrairement à ses pairs milliardaires, il n'était pas un play-boy invétéré, ne cherchait pas sans cesse de nouveaux trophées à épingler à son palmarès. Pour preuve, il avait esquivé l'invitation à dîner de Jennifer et ne donnait pas suite aux coups de fils insistants de Diana.

D'ailleurs, depuis sa rupture avec cette dernière, il

préférait se faciliter la vie en refusant toute relation suivie avec une femme. Pour rien au monde il ne prendrait le risque de renouveler la triste expérience qu'elle lui avait fait vivre.

Heureusement, Trish Hunter ne faisait rien de ce qui le rendait nerveux d'ordinaire. Elle ne le considérait pas comme le dieu du sexe qu'il n'était pas.

Elle lui adressa un petit sourire candide par-dessus sa tasse.

— Et alors ? demanda-t-elle. Ça a marché ? Je veux dire, le piège.

Il lui rendit le même sourire dénué d'ambiguïté. Il était un redoutable négociateur, mais avoir affaire à cette jeune femme intègre le mettait encore plus à l'aise. Il n'aurait pas à affronter un jeu de la séduction qu'il trouvait vain et stupide.

— Cela dépend, répondit-il.

Elle ouvrit de grands yeux étonnés qui la rendirent encore plus touchante.

— De quoi ?

— Dites-m'en un peu plus sur votre association caritative.

Il la vit alors pousser un petit soupir de soulagement qui en disait long sur ce qu'elle s'était imaginé.

— Oui, bien sûr. One Child, One World est une association à but non lucratif dont les frais généraux sont les plus bas possible.

Il tenta de dissimuler l'ennui que lui inspirait cette facette pourtant indispensable du problème.

— Environ quatre-vingt-treize cents de chaque dollar perçu sont consacrés à l'achat de fournitures scolaires, poursuivit-elle. Ce n'est pas la bonne réponse ? ajouta-t-elle en notant son air distrait.

Il se redressa, un peu mal à l'aise d'avoir été pris en flagrant délit.

— Ces statistiques font toutes partie du processus obligatoire, répondit-il en faisant un geste vague de la main. Mais ce n'est pas ce que je voulais savoir.

Elle arqua les sourcils, visiblement décontenancée.

— Vous m'avez pourtant demandé de vous parler de mon association, non ?

Il décela dans sa voix une pointe de défi qui n'était pas pour lui déplaire et qui aiguisait sa curiosité. Pour une fois, en voilà une qui n'était pas du genre à chercher à lui complaire. Et même si sa fortune colossale lui conférait le pouvoir de décision, nul doute qu'elle ne ferait aucune concession à ce qu'elle était.

Il découvrait ainsi une autre facette de sa personnalité qui augmentait l'intérêt qu'il lui portait. Encore fallait-il qu'il s'en tienne à une relation strictement professionnelle et ne s'attarde pas aux regards pénétrants qu'ils s'échangeaient.

— Ce que j'aimerais savoir, c'est comment une jeune femme de votre âge en est venue à s'investir dans une cause aussi noble. En fait, je voudrais en savoir plus sur…

Il aurait aimé pouvoir dire « vous » mais se l'interdit car ce serait franchir la ligne qui le ferait basculer vers l'intime.

— … sur ce qui vous anime, termina-t-il.

— Vaste question, répondit-elle évasivement.

Elle marqua une pause, durant laquelle elle but une gorgée de café, puis reprit :

— Où avez-vous grandi ? Attendez ! Laissez-moi deviner… A Kansas City. Je me trompe ?

— Non. Vous êtes bien renseignée.

— Il le fallait pour pouvoir vous piéger, répondit-elle

sans la moindre trace de culpabilité, mais au contraire avec une pointe de satisfaction.

Il approuva d'un hochement de tête.

— Non, vous ne vous trompez pas. Je suis bien né à Kansas City. Je suis issu de la petite bourgeoisie. Mon père était comptable et ma mère enseignait dans un lycée. Nous menions une vie très confortable.

Elle lui adressa un sourire avant de poursuivre :

— Et chaque année, avant la rentrée scolaire, vous aviez droit à un nouveau cartable, une nouvelle paire de chaussures, de nouveaux vêtements et à tout ce que les enseignants exigeaient, n'est-ce pas ?

— Oui, confirma-t-il.

Sa chevelure noir de jais, sa peau cuivrée et le fait qu'elle soit à la tête d'une association caritative défendant les droits des plus démunis ne signifiaient pas pour autant qu'elle était issue d'une réserve indienne. Même si les indices coïncidaient.

— J'imagine que ce n'était pas votre cas, se hasarda-il néanmoins à demander.

Quelque chose dans son visage changea. Ses traits se durcirent.

— Lorsque j'étais en sixième, mon professeur principal m'a donné deux stylos. C'était le mieux qu'elle pouvait faire.

Elle baissa les yeux sur la table en même temps qu'elle se mettait à triturer nerveusement ses boucles d'oreilles.

— C'est le plus beau cadeau que j'aie jamais reçu, ajouta-t-elle dans un souffle.

Il ne sut quoi répliquer. Sa mère, Susan, autrefois enseignante, évoquait de temps en temps un élève qui avait besoin d'un petit coup de main, comme elle disait. Elle remplissait alors un sac à dos de nourriture et de produits de première nécessité. Mais c'était avant qu'elle démissionne pour se consacrer totalement à Joe, son frère cadet.

— Je suis vraiment navré d'entendre une chose pareille, finit-il par dire, sincèrement touché.

En effet, il n'aurait même pas pu imaginer qu'il existait un monde où deux stylos représentaient le cadeau ultime.

Les yeux toujours rivés sur le fond de sa tasse, elle esquissa un petit sourire contrit qui lui donna envie d'en savoir plus.

— Votre engagement vise à changer cette situation ?

— Oui. Parce qu'un nouveau cartable rempli de tout ce dont un petit écolier a besoin pour travailler correctement peut changer une vie.

Elle haussa les épaules tandis que son visage retrouvait sa douceur.

— C'est un premier pas mais il est important, ajouta-t-elle.

Il hocha la tête.

— Un premier pas vers autre chose ? voulut-il savoir.

Son regard s'éclaira d'une petite flamme enthousiaste.

— Bien sûr. Ce n'est qu'un début.

— Vous pouvez développer ?

— Pour de nombreux enfants, l'école est… une oasis en plein désert. Il faut que les écoles ouvrent plus tôt et ferment plus tard, que les cantines scolaires proposent des repas dignes de ce nom et qu'en plus, elles servent un goûter. Trop d'enfants ne mangent pas à leur faim chez eux et il est difficile de se concentrer l'estomac vide.

Elle baissa de nouveau les yeux, lui laissant deviner qu'elle aussi avait affronté ce problème.

— Les Indiens des réserves raffolent du basket et du skate, poursuivit-elle. Aménager des terrains dédiés à ces deux sports éviterait qu'ils soient livrés à eux-mêmes et que, par pur désœuvrement, ils ne rallient des gangs.

— Il existe des problèmes de cet ordre ? s'enquit Nate pour qui les gangs rivaux n'existaient que dans les banlieues difficiles des grandes villes.

Elle lui adressa un regard où se mêlaient amusement et condescendance.

— La culture guerrière qui était la nôtre a été peu à peu récupérée pour servir des causes extrêmes comme la drogue ou la criminalité. Beaucoup de nos enfants n'en sont pas revenus.

— Vous ne m'avez rien dit de l'informatique qui est pourtant indispensable de nos jours.

— C'est parce que c'est le dernier but que je me suis fixé. Pour l'atteindre, il me faudrait réunir au bas mot vingt mille dollars. La plupart des écoles ne sont pas équipées des infrastructures nécessaires pour recevoir Internet. Mais je ne veux pas brûler les étapes. Pour l'heure, il faut juste que les enfants aient le ventre plein et la base indispensable à une bonne éducation. Vous comprenez ?

Il acquiesça en silence. Pour avoir visité, dans le cadre de sa fondation, quelques écoles situées en zones sensibles, il connaissait les murs moisis, les fenêtres gardées fermées pour empêcher les vitres fêlées de se briser en mille morceaux et les manuels scolaires en lambeaux à force d'être passées entre de trop nombreuses mains. Mais ce que Trish lui décrivait dépassait l'entendement.

— Qu'attendez-vous de moi, exactement ? s'enquit-il. Juste vingt mille dollars ?

Il regretta ses mots à la seconde où il les eut prononcés. Il n'aurait pas dû les formuler ainsi. Surtout face à une Trish nonchalamment renfoncée dans son siège, un bras posé sur le dossier, l'autre replié sous son menton et l'index posé sur sa bouche, comme on le ferait dans une bibliothèque pour imposer le silence à quelque élément perturbateur. De nouveau, il vit danser au fond de ses prunelles claires la petite étincelle du défi.

L'air se chargea soudain d'une tension presque palpable. Il faut dire qu'elle était vraiment belle et que, derrière le regard lisse, il décelait l'intérêt qu'elle lui portait et dépassait son compte en banque. L'idée le traversa de l'inviter à dîner. Que risquait-il ? Elle n'était pas le moins du monde impressionnée et elle ne s'était pas non plus jetée à sa tête. Elle était ici pour récolter des fonds et jouait cartes sur table, sans chercher à jouer de son physique avantageux. Rares étaient les femmes qui pouvaient rester assises en face de lui pour le simple plaisir de la discussion.

— One Child One World se contentera de ce que votre fondation voudra bien lui donner, répondit-elle du ton de celle qui avait l'habitude de ce genre de questions.

— Comment avez-vous été élue Femme de l'année ? demanda-t-il encore, sincèrement intéressé.

— C'est un de mes professeurs qui m'a désignée, à mon insu. Je me revois encore à la vente de charité que j'avais organisée quand on est venu m'apprendre que je devais m'envoler le lendemain pour New York où m'attendait un gros chèque pour l'association.

Cette confidence la fit délicieusement rougir.

— Enfin, moi j'estime que c'est une grosse somme, crut-elle bon de préciser, mais j'imagine que pour vous, dix mille dollars, ça ne doit pas représenter grand-chose.

— Détrompez-vous. Je me souviens avec précision du jour où j'ai gagné cette somme pour la première fois. J'en étais très fier.

— A votre tour de me parler de votre fondation, dit-elle.

— Est-ce une façon détournée de me demander pourquoi je distribue de l'argent sans contrepartie ? la taquina-t-il.

— Cet argent, il a bien fallu que vous le gagniez d'abord, pointa-t-elle.

— Comme je vous l'ai dit, j'ai eu une enfance privilégiée. Nos parents ne cédaient pas à tous nos caprices — par exemple, je n'ai pas eu de voiture à seize ans — mais nous n'étions pas à plaindre.

Il se souvenait encore avec acuité de sa frustration lorsqu'il avait vu son frère aîné revenir au volant de la vieille jeep rouillée qu'il s'était offerte avec l'argent économisé sur de petits travaux de jardinage. Elément essentiel, selon lui pour emballer les filles.

A cette époque, Nate, lui, n'emballait personne. Grand, dégingandé, avec d'épaisses lunettes de myope, il rebutait les filles plutôt qu'il ne les attirait.

— Pour en revenir à l'argent, sans que je m'y attende le moins du monde, ce premier million en a entraîné un deuxième, puis un troisième, puis…

Il s'interrompit, presque gêné, pour lui adresser un sourire contrit.

— Honnêtement, reprit-il, que voulez-vous que je fasse de tous ces millions ? Que je m'offre un pays pour le diriger en dictateur ?

Il s'ouvrait à elle comme il ne l'avait jamais fait jusque-là. Bien sûr, ce n'était pas la première fois qu'il évoquait sa réussite — il l'avait fait des dizaines de fois dans des interviews — mais ce qui était nouveau, c'était que ses réponses n'avaient pas reçu l'aval préalable de Stanley, son fidèle assistant.

Face à Trish, il avait juste l'impression de discuter comme le commun des mortels.

Son regard tomba sur son T-shirt à l'effigie de Wonder Woman.

— Puisque vous paraissez bien renseignée à mon sujet, vous devez savoir que j'ai réussi à acquérir le premier numéro de Superman.

— En effet. J'imagine que vous avez dû y mettre le prix.

— Une somme astronomique, même. Quand les enchères ont atteint les cinq millions de dollars, j'ai eu l'impression de me retrouver en équilibre au bord d'un précipice.

— J'espère qu'à ce prix-là, vous l'avez lu avant de le placer en sécurité dans un coffre.

— Bien sûr, répondit-il, un sourire aux lèvres. Avec des pincettes et dans une pièce à la température contrôlée.

— Non ! Vous portiez aussi une combinaison spéciale ?

— Juste des gants.

Se représenter le fortuné Nate Longmire dans un tel accoutrement l'amusa visiblement.

— Les bandes dessinées, c'est mon péché mignon, s'excusa-t-il.

— Vous consacrez aussi beaucoup d'argent à la recherche sur les troubles psychiatriques, reprit-elle.

— C'est parce que cette cause me tient particulièrement à cœur. J'essaie de garder ma vie privée secrète, ajouta-t-il. C'est le seul moyen de ne pas perdre pied dans le monde redoutable qu'est celui de la concurrence industrielle.

Officiellement, il donnait pour la recherche contre la schizophrénie, la dépression profonde et la bipolarité. Ce qu'il taisait, c'étaient les fonds consacrés aux soins de son frère Joe. Grâce à eux, sa mère avait pu présenter sa démission et passer tout son temps avec son enfant malade, assistée d'une infirmière à demeure.

Il avait bien essayé d'offrir à ses parents un voyage autour du monde, histoire de leur changer les idées, mais ils avaient décliné son offre. La tranquillité d'esprit était tout ce à quoi ils aspiraient.

Et après ce qu'il s'était passé avec Diana…

Il chassa les images qui l'assaillirent soudain et lui donnaient envie de se confier à son interlocutrice. Mais il tiendrait bon. Sa vie privée devait le rester.

— Compris, répondit Trish qui n'insista pas. Cela explique pourquoi même la presse n'en parle pas.

Il la contempla, de plus en plus intrigué. Il n'était pas courant de tomber sur quelqu'un comme elle, capable de vous questionner sur votre vie privée puis, la seconde d'après, accepter de laisser tomber le sujet. Sous le charme, il se surprit à lui sourire franchement.

— Merci. Vous savez, lorsque je me suis mis en retrait du monde des affaires, je me suis souvent posé la question : que vais-je faire de ma vie ? Ma nièce qui est également ma filleule était à l'abri du besoin jusqu'à la fin de ses jours, j'avais acheté la maison de ses rêves à mon frère, j'avais pris soin de mes parents. Pourtant, même après tout cela, il me restait encore des millions dont je ne savais trop quoi faire. L'idée de la fondation s'est un jour imposée à moi comme une évidence.

C'était vrai. Il aurait toujours plus d'argent qu'il ne pourrait en dépenser. Les dix mille dollars demandés par Trish représentaient une goutte d'eau dans la mer. Il pourrait ajouter deux ou trois zéros à cette somme qu'il ne s'en rendrait même pas compte.

— Est-ce ce qui vous rend heureux ?

Il la considéra en silence, interloqué. Heureux ? Etait-il heureux ? Il était riche. Le vilain petit canard qu'il était adolescent s'était transformé en un homme séduisant que courtisaient toutes les femmes. Il avait réussi sa vie professionnelle au-delà de ses espérances.

Etait-il heureux pour autant ?

A vrai dire, il ne s'était jamais posé la question.

— Disons que je vais bien, éluda-t-il. C'est ce qui compte.

— Bien sûr, répondit-elle sans grande conviction.

Elle le contempla à travers l'épaisse frange de ses cils.

Ses yeux, couleur marron glacé, exprimaient une innocence et une douceur qui le touchèrent en plein cœur. Il se pencha à son tour, impatient d'entendre la suite. Allait-elle encore l'étonner ou, au contraire, la décevoir ? Dans son empressement à se rapprocher d'elle, il eut un geste maladroit et renversa ce qui restait de son café sur elle.

Surprise par le liquide chaud qui coulait le long de sa jambe, elle se leva d'un bond en poussant un petit cri.

— Oh ! je suis vraiment désolé, dit-il.

Où avait-il donc la tête ? Il saisit une poignée des serviettes en papier et les lui tendit tout en se confondant en excuses.

— Tenez, marmonna-t-il, tout penaud. Je suis vraiment désolé. Je prendrai en charge les frais de blanchisserie, bien sûr.

Elle éclata de rire puis, après avoir essuyé son siège, se rassit en souriant.

— Ne vous inquiétez donc pas, le rassura-t-elle en tamponnant les gouttes qui maculaient aussi son T-shirt.

— Mais vos vêtements…

— Je vous assure, ce n'est rien.

Devait-il la croire ou non ? Il découvrit alors l'expression amusée sur son visage.

Il prit soudain conscience de l'ampleur de sa maladresse. Il devait sortir d'ici au plus vite, avant que sa fierté n'en prenne un sérieux coup.

— Que diriez-vous de passer me voir à mon bureau,

dans quinze jours ? D'ici là, mon assistant aura rédigé les termes du contrat.

Il sortit une carte au nom de sa fondation, sur laquelle figuraient son numéro de téléphone et son adresse e-mail.

— Disons vendredi, 14 heures ? proposa-t-il en la lui tendant. Et, je vous en prie, venez avec la note du pressing. L'idée que j'aurais pu abîmer votre T-shirt…

Trop tard, il prit conscience de son regard insistant sur la généreuse poitrine de Trish.

— Vos locaux se trouvent dans le quartier de Filmore ? s'enquit-elle après avoir lu l'adresse.

— Oui, j'y ai un bureau près de chez moi. Vous avez l'air étonné. C'est un problème ?

— Non, c'est juste que j'imaginais vos bureaux à South of Market. C'est bien là que sont regroupées toutes les grandes entreprises technologiques ?

Il balaya cette remarque d'un geste de la main.

— Oui. Mais moi, j'ai préféré me laisser la possibilité de me rendre à mon bureau à pied, lorsque le temps le permet.

Elle le considéra, bouche bée, de toute évidence incapable de croire qu'un homme aussi riche pouvait se passer des services d'un chauffeur pour le plaisir de la marche.

— A vrai dire, poursuivit-il, je ne fais pas partie d'une secte de milliardaires, comme vous semblez le penser. De même, je laisse à d'autres le petit jeu de la rivalité que certains veulent instaurer entre nous. Moi, ce que j'aime, c'est la tranquillité. J'aime que les gens aient de moi une idée éloignée de ce que je suis dans la réalité.

A ces mots, il crut voir une petite lueur d'intérêt s'allumer au fond de ses prunelles presque dorées.

— Je ne pourrai pas être chez vous avant 17 heures, déclara-t-elle soudain. A moins que ce ne soit trop tard.

— Ce n'est pas un problème. Il suffit que je prévienne Stanley.

— Qui est Stanley ?

— Mon secrétaire particulier.

En fait, Stanley était bien plus que cela. Il emplissait aussi les fonctions de majordome, de comptable et de confident. S'il avait été là, ce soir, personne n'aurait été aspergé de café.

— Je suis impatiente de le rencontrer, affirma-t-elle, un sourire aux lèvres.

Elle se leva tout en froissant les serviettes humides qu'elle tassa ensuite dans sa tasse vide. Puis elle lui tendit la main.

— Monsieur Longmire, j'ai été honorée de faire votre connaissance. Je vous suis très reconnaissante d'avoir daigné donner suite à ma demande.

— Comment aurais-je pu refuser ? La cause est noble.

Lorsqu'il prit la main qu'elle lui tendait, le contact de ses doigts longs et fins lui ôta toute faculté de raisonnement. Il chercha à lui dire quelques mots plus personnels, destinés à la charmer.

En vain.

Son cerveau ne fonctionnait plus.

— Encore désolé, répéta-t-il gauchement.

Elle lui fit signe de ne pas s'inquiéter pour si peu puis se baissa pour s'emparer de sa pancarte qui, heureusement, avait été épargnée.

— A bientôt, alors, lança-t-elle.

— Je suis impatient, hasarda-t-il en lui adressant un sourire qui se voulait à la fois chaleureux et encourageant.

Il la suivit des yeux jusqu'à ce qu'elle disparaisse dans la nuit brumeuse, sa pancarte blanche se détachant dans l'obscurité.

Trish Hunter.

Il allait demander à Stanley de faire preuve de diligence pour satisfaire sa requête au plus vite. Elle le méritait bien. Et puis aussi, de mener sa petite enquête sur la femme qu'elle était, car il brûlait d'en savoir plus sur elle.

Beaucoup plus.

Il était rentré chez lui depuis un bon moment lorsque son téléphone portable sonna. C'était sa mère.

— Nate ? Oh ! mon chéri…

Elle se mit à sangloter, incapable de poursuivre. Il se raidit, le cœur battant. Instantanément, ses pensées se focalisèrent sur sa mère. Un horrible pressentiment l'étreignit.

— Maman, qu'y a-t-il ?

— Nate, c'est affreux. Il y a eu un accident…

— C'est papa ? s'enquit-il au comble de l'anxiété.

Son père venait de fêter son cinquantième anniversaire. Il était beaucoup trop jeune pour partir.

— Non, non, il va bien. Nate, nous avons besoin de toi à la maison. Il s'agit de Brad et d'Elena…

— Que se passe-t-il ?

A l'instant même où il posait la question, il connaissait la réponse. Il était arrivé quelque chose à son frère aîné et à sa belle-sœur.

— Jane…

Le silence de sa mère devint si assourdissant qu'il répéta sa question d'une voix plus forte.

— Maman, Jane… Elle va bien ?

— Oui, hoqueta sa mère. Brad et Elena nous l'ont déposée avant de sortir… Nate, ajouta-t-elle, la voix brisée. Dépêche-toi !

— Je pars tout de suite, maman. Je fais aussi vite que possible.

Aussitôt qu'il eut raccroché, il appela Stanley. L'avantage d'être milliardaire, c'était qu'il avait quelqu'un sous la main en permanence et qu'il pouvait se déplacer à bord de son jet privé.

— Stanley, fais préparer l'avion. Je dois me rendre à Kansas City. Sur-le-champ.

- 2 -

Trish avait passé deux bonnes heures devant sa penderie avant de se décider. Pour sa deuxième rencontre avec Nate Longmire, il n'était pas question d'arborer le même T-shirt décontracté que lors de leur première entrevue.

Cette fois, elle allait opter pour une tenue plus formelle. Elle enfila donc une jupe corail qui lui arrivait aux mollets, une chemise blanche ajustée et un blouson en jean censé moderniser le côté un peu classique de l'ensemble. Elle chaussa ensuite une paire de santiags autrefois noires mais qui, à force d'être portées, avaient viré au gris.

Après avoir jeté un regard satisfait à son reflet, elle accrocha autour de son cou une chaînette en argent ornée d'une turquoise et à ses oreilles une paire de créoles bon marché qui faisaient néanmoins leur petit effet. Ainsi parée, elle releva la lourde masse de ses cheveux et en fit un chignon d'où elle laissa échapper quelques mèches.

Enfin prête, elle sortit de chez elle et se dirigea vers l'arrêt de bus. Une heure et demie plus tard — à 17 h 08 plus précisément —, elle se trouvait à l'adresse indiquée sur la carte.

La Fondation Longmire avait ses quartiers au quatrième étage d'un bâtiment d'aspect austère. Alors qu'elle pénétrait dans l'ascenseur, elle se sentit en proie à une nervosité intense. Car si le moment passé avec Nate quinze jours plus tôt lui avait laissé un agréable souvenir, qu'en serait-il aujourd'hui ?

Elle craignait qu'il ait changé d'avis. Des articles étaient parus dans la presse, accompagnés de clichés qu'avec un peu d'imagination, certains esprits mal intentionnés avaient dû interpréter de manière ambiguë. Depuis, des rumeurs circulaient, colportant un début de romance qui n'existait pas.

Elle avait fait de son mieux pour éviter de répondre à des questions embarrassantes sur leur prétendue relation, revenant toujours sur la cause qu'elle défendait. Sa stratégie avait payé puisque, lassés, incapables de lui soutirer les détails juteux qu'ils espéraient, les journalistes avaient fini par renoncer et la laisser en paix.

De son côté, chaque fois que Nate avait été invité à s'exprimer sur le sujet, il avait chargé son porte-parole de rapporter qu'il « ne ferait aucun commentaire ». Devait-elle y voir un mauvais présage ?

Certes, Nate Longmire était terriblement séduisant.

Certes, il était un milliardaire accessible qui avait réussi l'exploit — le temps d'une consommation partagée — de lui faire oublier qu'elle était issue d'une réserve indienne.

Certes, depuis qu'elle avait franchi la porte du café où ils s'étaient retrouvés en tête à tête, il avait pas mal occupé ses pensées.

Mais la réalité était tout autre. Nate Longmire n'était pas du tout son type d'homme. Enfin, plus exactement, il lui était impossible de se projeter aux côtés d'un homme aussi riche, capable de dépenser cinq millions de dollars pour s'offrir une bande dessinée !

Parvenue devant la suite 412 où une plaque en cuivre rutilante indiquait « Fondation Longmire », elle tourna la poignée. La porte résista. Elle était verrouillée. Sa nervosité grimpa d'un cran tandis qu'elle frappait un coup timide.

Une minute passa, qui lui parut durer une éternité. Que faire ? Elle hésitait à frapper de nouveau. Nate lui avait affirmé que Stanley serait là pour la recevoir. L'avaient-ils oubliée ?

D'une main tremblante, elle toqua un peu plus fort.

Cette fois, une voix lui répondit.

— Voilà, voilà… J'arrive !

Elle entendit un bruit de clé avant que la porte ne s'ouvre sur une espèce de géant vêtu d'un débardeur blanc et d'un pantalon en velours que retenait une paire de bretelles rouge vif. Ses bras énormes disparaissaient sous des tatouages en couleur tandis que les lobes de ses oreilles étaient percés d'écarteurs du diamètre d'une pièce de cinq cents.

— Oui ? s'enquit-il d'une voix caverneuse.

— Bonjour, je suis Trish Hunter. J'ai rendez-vous avec M. Longmire.

— C'est pas ici, grommela l'homme.

— Pardon ?

— C'est chez lui que vous avez rendez-vous, précisa le tatoué qui ne cherchait même pas à cacher son impatience. Ils vous l'ont pas dit ?

« Ils » ? Qui ça, « ils » ?

— Non, répondit-elle sobrement.

L'homme leva les yeux au ciel et poussa un soupir sonore, signifiant une exaspération grandissante.

— Vous êtes pas au bon endroit, daigna-t-il expliquer. Vous devez aller au 2601 Pacific Street. 2601 Pacific Street, répéta-t-il en articulant lentement, comme s'il avait affaire à une demeurée. C'est par là.

De son doigt tendu, il lui indiqua la direction à prendre.

— Très… très bien, balbutia-t-elle, un peu sous le choc d'un tel accueil. Merci.

— Bonne chance. Vous en aurez besoin, commenta le géant avant de lui refermer la porte au nez.

L'entrevue s'annonçait bien ! Non seulement elle accumulait du retard mais, en plus, elle voyait dans tous ces contretemps le signe que Nate avait changé d'avis. Toutefois, dans ce cas, pourquoi devait-elle se rendre chez lui ? Cela lui semblait bien étrange.

Toute à ses pensées, elle prit la direction que le tatoué lui avait indiquée. Elle aimait sillonner les rues de San Francisco, s'émerveillant de chacune des maisons qui les jalonnaient. Comme à chaque fois, elle se demanda quel effet cela pouvait faire de vivre dans l'une de ces belles demeures, d'avoir une vue sublime sur la baie ou le Golden Gate Bridge, de ne pas s'inquiéter pour le loyer à payer.

Sa mère, Pat, avait aimé les musiques de Summer of Love. Elle avait souvent exprimé sa nostalgie et, dans ces moments-là, elle parlait de revenir à San Francisco pour retrouver le père de Trish. Son géniteur était en effet venu s'installer dans cette ville après avoir abandonné sa famille.

Comme elle le faisait toujours lorsqu'elle se promenait, elle se mit à fixer chacune des personnes qu'elle croisait, espérant déceler un peu d'elle-même dans ces visages inconnus. Son père s'était peut-être remarié et avait peut-être eu d'autres enfants. Qui sait si elle n'avait pas ici des frères et sœurs qui lui ressemblaient ?

Elle jouait à ce petit jeu depuis cinq ans qu'elle vivait ici. En vain.

Elle parcourut encore une centaine de mètres avant de tourner sur Pacific Street. C'était vraiment un beau quartier, à des années de lumière du secteur d'Ingleside où elle occupait une minuscule mansarde.

Elle trouva facilement la maison, une belle résidence victorienne bleu et blanc de deux étages. Un escalier attenant menait à un porche où il devait faire bon se prélasser durant les douces soirées d'été.

Finalement, elle allait réaliser son rêve en franchissant la grille de cette belle propriété.

Elle appuya sur le bouton de la sonnette et attendit patiemment, un peu inquiète de se retrouver face aux personnes mystérieuses qu'avait évoquées le géant.

Au diable, l'appréhension ! Elle était venue jusqu'ici pour une bonne cause et elle s'y tiendrait.

Forte d'une assurance qu'elle était loin de ressentir, elle appuya de nouveau sur la sonnette, cette fois avec insistance. Elle attendit encore, s'exhortant au calme. Allons, elle n'avait rien à craindre. Elle connaissait son sujet sur le bout des doigts et n'avait aucune raison de douter.

Enfin, elle vit la porte d'entrée s'ouvrir sur une petite femme replète, vêtue d'une robe grise et d'un tablier blanc.

— Bonjour, la salua cette dernière.

— Bonjour, répondit-elle en lui adressant un sourire qu'elle voulait chaleureux. J'ai rendez-vous avec M. Longmire et…

— Doux Jésus ! s'exclama la femme qui, contrairement au tatoué, semblait avenante. Vous avez beaucoup de retard. Mais entrez, entrez.

Un bourdonnement se fit entendre puis les deux pans de la grille s'écartèrent lentement. Elle remonta la courte allée et gravit les quelques marches qui conduisaient à un vaste perron.

— Bonjour, répéta-t-elle lorsqu'elle se retrouva face à la femme. Je suis Trish Hunter et…

Aussitôt la femme lui agrippa le bras et la traîna presque à l'intérieur.

— Qui est-ce, Rosita ? demanda Nate de l'étage supérieur.

— C'est la fille, répondit cette dernière de façon un peu cavalière.

— Faites-la monter.

Ce fut seulement lorsque Rosita l'eut entraînée dans l'escalier — si vite qu'elle eut à peine le temps d'admirer les magnifiques moulures du plafond — que Trish entendit les vagissements plaintifs d'un bébé.

Dire qu'elle était décontenancée serait bien loin de la vérité. Et ce qu'elle vit lorsque Rosita l'eut presque poussée dans ce qui ressemblait, avec beaucoup d'imagination, à une nursery, la pétrifia.

Nate Longmire, le même Nate Longmire qui, quinze jours plus tôt avait animé un débat passionné sur la responsabilité sociale de chacun, ce même Nate Longmire donc, tenait un bébé en pleurs qui ne portait pour tout vêtement qu'une couche trop lâche.

— Mais… ?

Ce fut tout ce qu'elle fut capable d'articuler.

Nate pivota brusquement, déclenchant les pleurs redoublés du bébé.

— Bon sang ! Pourquoi faut-il que ce soit si compliqué ? râla-t-il.

La seconde d'après, une jeune beauté lui prenait d'autorité l'enfant des bras et…

— Trish !

— Eh oui, c'est bien moi, confirma cette dernière alors que, dans un geste sûr, elle calait le bébé sur sa hanche. Où sont les couches ?

— Pourquoi… enfin, je veux dire… vous êtes là ? demanda-t-il bêtement.

Elle lui lança un regard noir.

— En effet. Je vous rappelle que nous avions rendez-vous.

Elle se tut pour balayer la pièce du regard — un salon sens dessus dessous reconverti en nursery — en quête de quelque chose qui ressemblerait à un paquet de couches.

Même lui, pourtant habitué des lieux, ne s'y retrouvait pas. Il était si fatigué ! Heureusement, Trish était là, maintenant. Il n'avait jamais été aussi heureux de voir une femme traîner dans les parages.

— Vous êtes venue pour le poste de nounou ? s'enquit-il.

Le bébé toujours maintenu sur sa hanche, elle étala par terre une couverture qu'elle venait de dénicher dans un coin de la salle.

— Nous avions rendez-vous à votre bureau à 17 heures, en vue de discuter d'une donation pour One Child, One World, l'œuvre caritative dont je m'occupe, lui rappela-t-elle.

— Vous… vous n'êtes pas ici pour le poste de nounou, alors ? répéta-t-il.

Jamais il ne s'était senti aussi stupide.

Dans un mouvement aussi gracieux que délicat, elle déposa le bébé sur la couverture et entreprit de changer sa couche souillée, probablement à l'origine de ses pleurs incessants.

— Voilà, trésor, murmura-t-elle d'une voix infiniment douce lorsqu'elle eut terminé. C'est dur d'être un bébé, n'est-ce pas ? Cette enfant a-t-elle quelque chose à se mettre sur le dos ? ajouta-t-elle à l'intention de Nate.

— Je ne sais pas comment vous faites pour rester aussi calme, commenta-t-il.

— Ce n'est pas bien difficile, monsieur Longmire. Et puis, c'est une question d'habitude. Alors, ces vêtements ?

Il alla farfouiller dans l'une des valises que Stanley avait montées jusque-là le jour où il était revenu de Kansas City, chargé de son précieux fardeau.

— Une robe, vous voulez dire ?

— Non, je veux dire une grenouillère, précisa-t-elle d'une voix douce. Quelque chose qui ressemblerait à un pyjama, si vous préférez. Je sais, trésor, mais il faut que tu sois patiente. Il fait de son mieux mais il ne comprend pas le langage des bébés, vois-tu.

L'espace d'un bref instant, la magie opéra. Jane s'arrêta de hurler pour émettre un joyeux babil avant de se remettre à brailler de plus belle.

Il agita de loin une grenouillère en éponge orange imprimée de libellules roses et de fleurs vertes.

— C'est ça ?

— Bravo ! se moqua-t-elle gentiment. C'est ça.

Il lui tendit le petit vêtement et la regarda, fasciné, y enfiler avec habileté les petits membres agités du bébé.

— C'est vraiment miraculeux, la félicita-t-il. Moi, je n'ai rien pu lui mettre sur le dos, ni réussi à la calmer.

— J'avais remarqué, se moqua-t-elle d'un ton indulgent. Maintenant qu'elle est propre, il faut la nourrir. Avez-vous du lait en poudre ?

— Oui, en bas, dans la cuisine.

Elle frotta doucement le petit ventre rebondi de Jane. Puis, avec une aisance qui dépassait l'entendement de Nate, elle enroula le bébé dans la couverture.

— Je dois te laisser le temps d'aller préparer ton biberon, trésor. Ne cherchez pas à la prendre dans vos bras, ajouta-t-elle à son intention, mais surveillez-la pendant que je vais me laver les mains. D'accord ?

— D'accord.

Quel choix avait-il ?

Il posa les yeux sur sa nièce qui, pour la première fois depuis son arrivée chez lui, semblait enfin apaisée.

— Où se trouve la salle de bains ? s'enquit-elle.

— Derrière cette porte, répondit-il en désignant le fond de la pièce.

Il profita de cette courte absence pour tenter de mettre de l'ordre dans ses idées. Mais l'homme habitué à décider en quelques secondes semblait avoir le cerveau englué.

Trish Hunter.

Comment avait-il pu oublier leur rendez-vous ? Rien ne pouvait justifier une telle omission, pas même le cumul de deux semaines de nuits blanches. Trish, si belle, si intelligente, si intègre. Comment avait-il pu occulter ce doux moment passé en sa compagnie, durant lequel il avait cru déceler l'intérêt qu'elle lui portait et qui allait au-delà de l'argent qu'il pouvait lui consentir.

Quel idiot il était ! Mais qui pourrait lui jeter la pierre alors que le monde s'était écroulé autour de lui, à peine quelques minutes après qu'ils s'étaient quittés.

Une idée de génie le frappa soudain de manière aussi fulgurante que la foudre.

La femme dont il s'était senti si proche n'était-elle pas celle qui venait de franchir sa porte et de lui retirer une sacrée épine du pied ? Celle qui, avec un contrôle hors du commun, avait changé la couche de Jane, l'avait habillée et était sur le point de lui préparer un biberon ?

De là à faire un parallèle, il n'y avait qu'un pas qu'il était facile de franchir.

Il espérait la candidate idéale au poste de nounou ? Il l'avait trouvée !

— Voilà, voilà, mon trésor, chantonna Trish lorsqu'elle fut revenue.

Elle se pencha pour prendre Jane dans ses bras et la serrer contre elle comme le plus précieux des trésors.

— Je parie que tu as faim et sommeil, poursuivit-elle. Allons boire un bon biberon de lait, d'accord ?

Jane approuva d'un petit grognement satisfait.

— Où se trouve la cuisine ? s'enquit Trish.

— Par là, répondit-il, incapable d'en faire davantage, en dépit de ce qu'il désirait.

Complètement perdu, il se contenta de les précéder dans l'escalier pour les conduire à la cuisine où se terrait Rosita. Le visage de cette dernière s'éclaira aussitôt qu'elle vit Jane, enfin calmée dans les bras de Trish.

— Oh ! mademoiselle, nous sommes si contents que vous soyez là.

Trish lui adressa un sourire pincé.

— Vous avez un biberon propre quelque part, ainsi que des tétines ?

— J'ai essayé, mademoiselle, geignit Rosita. Mais il faut dire que je n'ai pas vraiment l'habitude de m'occuper de bébés si petits, ajouta-t-elle en mélangeant du lait maternisé à du lait de vache.

— Arrêtez, lui ordonna Trish, manifestement horrifiée.

Elle balaya la pièce du regard comme elle l'avait fait un peu plus tôt dans la nursery puis, lorsqu'elle avisa le comptoir encadré de hauts tabourets, elle demanda à Nate d'y prendre place.

— Mettez vos bras comme ceci, lui intima-t-elle en installant Jane dans le nid rassurant que formaient ses membres et son torse. Bien. Serrez-la contre vous et veillez à ne pas la laisser tomber.

Tout en parlant, elle releva son coude, puis son avant-bras. Ce contact, somme toute assez simple, eut pour effet de lui envoyer des ondes électriques dans tout le corps.

Il leva les yeux sur elle. Son visage n'était qu'à quelques centimètres du sien, si proche qu'il sentit son souffle tiède sur lui.

— Je suis heureux que vous soyez là, murmura-t-il avec un accent de sincérité qui ne trompait pas.

Elle interrompit son geste pour plonger dans son regard. Aussitôt, s'installa entre eux un désir réciproque presque palpable.

Elle ne trouva rien à répondre et continua à installer le bébé confortablement jusqu'à ce que, pour la première fois, il ait l'impression d'avoir enfin le contrôle, sinon sur la situation, du moins sur sa nièce.

— Parfait, le félicita-t-elle. Maintenant à vous, Rosita. Jetez-moi cette mixture, je vous prie. Avez-vous un autre biberon propre ?

— Qu'est-ce que j'ai fait de mal ? demanda l'intéressée, contrite.

— Jane est trop petite pour boire du lait de vache. Le lait maternisé doit être dilué dans de l'eau minérale.

— Oh ! ma mère m'a simplement dit qu'elle avait besoin de boire son lait toutes les trois heures et j'ai cru…, commença Nate.

— Je suis tellement désolée, monsieur Nate, renchérit Rosita. Je…

— Ne vous inquiétez pas pour ça, Rosita. Nous sommes tous les deux responsables. Et puis, ce n'est pas si grave, n'est-ce pas ?

Cette dernière question était adressée à Trish qui s'affairait déjà à préparer un autre biberon de lait.

— Probablement pas, répondit-elle. Où pouvons-nous nous installer ? s'enquit-elle en lui prenant Jane des bras.

Il réfléchit à toute allure. Il ne pouvait décemment pas la ramener dans la pièce en pagaille qui tenait lieu de nursery. Il se devait de lui donner une bonne image de lui, tout de même !

— Rosita, si vous voulez bien aller mettre un peu d'ordre

dans la nursery, pendant que je conduis Mlle Hunter au petit salon ?

— J'y vais de ce pas, monsieur Nate, répondit Rosita, trop contente d'échapper à une corvée qui dépassait ses compétences.

Et elle se précipita hors de la cuisine plus rapidement qu'il ne l'avait vue faire depuis trois ans qu'elle était à son service.

Il conduisit Trish dans le boudoir attenant à son bureau où il recevait d'ordinaire ses invités. Il aimait cette vieille maison, ces pièces chaleureuses, loin du monde froid de la haute technologie. Ici, il régnait une douceur de vivre que venaient accentuer les lumières tamisées et les couleurs pastel choisies par ses soins.

— Où voulez-vous vous asseoir ? demanda-t-il.

— Là, ce sera bien, répondit-elle en désignant un large fauteuil en cuir qu'accompagnait un repose-pieds assorti.

Il la regarda s'installer délicatement puis insérer avec une aisance déconcertante la tétine dans la petite bouche avide de Jane. Lui n'avait rien réussi à lui faire avaler. Il est vrai que Rosita et lui ne s'y étaient pas bien pris.

— Alors, commença-t-elle après qu'il se fut perché sur le bras du sofa qui faisait face au fauteuil, racontez-moi un peu par quel miracle cette petite fille s'est retrouvée chez vous.

Il n'était pas homme à raconter sa vie aussi intime. Pour lui, ce qui était privé devait le rester. Mais Trish, elle, lui donnait l'envie de se confier.

— Ce que je vais vous confier ne doit pas sortir de cette pièce, commença-t-il.

Elle arqua un sourcil surpris avant d'opiner du chef.

— J'ai des excuses pour avoir oublié notre rendez-vous, poursuivit-il.

— Je n'en doute pas. N'est-ce pas, trésor ? roucoula-t-elle à l'adresse de Jane qui aspirait goulûment sa tétine.

— Je n'ai pas dû dormir plus de cinq heures en deux semaines, reprit-il, bouleversé de voir les petites paupières de sa nièce se fermer. J'ai… j'ai pourtant affirmé à mes parents que je ne me sentais pas capable de m'occuper de Jane. Elle est si petite !

— Je comprends, assura-t-elle dans un sourire avant d'entonner une berceuse.

Il prit une profonde inspiration. Deux personnes seulement étaient au courant : Stanley et Rosita.

— Mon frère…, reprit-il d'une voix hésitante, mon frère aîné et sa femme ont laissé la petite à mes parents alors qu'ils allaient dîner au restaurant.

Trish se tut.

— Et… ? l'encouragea-t-elle.

Il hésitait à poursuivre. Pour avoir montré à Diana des signes de faiblesse, de même que pour avoir voulu se comporter en gentleman à son égard, il avait dû repartir de zéro. Mais l'horreur de ces deux dernières semaines était plus qu'il n'en pouvait supporter. Il se prit la tête entre les mains et poursuivit :

— Ils…

Sa voix s'étrangla.

— Ils n'ont pas souffert, lâcha-t-il dans un souffle.

— Oh mon Dieu, Nate. Je suis désolée.

A sa grande surprise, il vit ses yeux s'emplir de larmes.

— C'est horrible.

— Brad… c'était son nom…

Il se mordit les lèvres. Il avait fait la paix avec Brad. Enfin, en partie. Pour être tout à fait honnête, s'il s'était appliqué à enfouir au plus profond de lui-même la trahison de son frère, c'était surtout pour faire plaisir à leur mère.

— Nous avions fini par devenir amis, tous les deux. Nous n'étions plus en compétition parce que j'étais devenu beaucoup plus riche que lui et que j'avais accepté de ne jamais atteindre son degré de séduction. Nous avions chacun un domaine de prédilection.

Un silence de plomb s'installa entre eux, seulement entrecoupé par les bruits de succion de Jane.

— J'ignore comment était votre frère, finit-elle par reprendre, mais vous êtes un homme infiniment séduisant. Et je suis sincère.

L'espace d'un court instant, il la considéra en silence, stupéfait. Jamais, au grand jamais, il n'avait eu conscience de son pouvoir de séduction. Même pas lorsqu'il avait figuré sur la liste des dix célibataires les plus convoités de la Silicon Valley. C'était l'argent qui rendait beau, avait-il alors songé avec cynisme.

Et voilà que la belle, l'intelligente Trish, le trouvait séduisant. « Infiniment séduisant », même, selon ses propres termes.

Confus, il sentit ses joues s'empourprer sous le compliment.

— Désolé, marmonna-t-il en essayant de reprendre le contrôle. Je ne sais pas pourquoi je vous ai raconté ça. Je...

— Vous avez eu deux semaines extrêmement pénibles, lui concéda-t-elle. Quand le drame s'est-il produit ?

— Ma mère m'a appelé pour m'en informer alors que nous venions de sortir du café. J'imagine que c'est la raison pour laquelle je n'ai plus pensé à notre rendez-vous. Je suis désolé.

— Nate, répliqua-t-elle d'une voix douce, je comprends. Il n'y a aucun problème. Ainsi donc, reprit-elle après quelques secondes de silence, votre frère et votre belle-sœur ont eu cet adorable bébé ?

— Jane, oui.

— Jane, répéta-t-elle dans un souffle. J'espère ne pas être indiscrète si je vous demande pourquoi c'est vous qui devez vous occuper d'elle. Pourquoi pas vos parents ?

Il se reprit la tête entre les mains. C'était si douloureux de parler !

— Parce qu'ils étaient dans l'incapacité de s'en occuper eux-mêmes, lâcha-t-il d'un trait.

— Pas même pour une semaine ou deux ? s'étonna-t-elle. Car, sans vouloir vous offenser, cette maison n'est pas vraiment équipée pour un bébé. Vous n'avez même pas de chambre d'enfants.

— Je..., commença-t-il en déglutissant avec peine. J'ai un autre frère. Un frère déficient mental.

— Vous en parlez comme si c'était honteux.

— Ça ne l'est pas, je sais. Enfin, ça ne l'est plus. Mais son état soulève des problèmes. Au début, mes parents ont été dans l'obligation de le placer dans un institut spécialisé.

Il observa quelques secondes de silence puis reprit :

— C'est mon frère et je l'adore, comme j'adorais Brad. Il l'emmenait partout avec lui, l'occupait, le faisait jouer au foot...

Il s'arrêta de nouveau, incapable de poursuivre tant sa gorge était étranglée par l'émotion.

Visiblement touchée, elle lui adressa un regard empli de sollicitude.

— Personne n'est au courant ? s'enquit-elle.

— Dans le passé, certaines personnes mal intentionnées ont essayé de se servir de cette réalité difficile contre moi. Contre ma famille. Je ne supporterai pas que cela se reproduise.

Il avait prononcé ces derniers mots avec plus de dureté qu'il ne l'aurait voulu. Trish ne représentait pas une menace pour lui. Elle n'était pas Diana.

— C'est à cause de lui que vous soutenez la recherche dans ce domaine ? demanda-t-elle dans le but manifeste de l'encourager à poursuivre.

— Oui, bien sûr. Joe a besoin d'une routine qui le rassure. Ma mère lui consacre tout son temps et ne pourrait pas, en plus, s'occuper de la petite Jane. Sans compter qu'en plus d'être ma nièce, Jane est aussi ma filleule.

— Je comprends, répliqua-t-elle tandis que, d'une main, elle lui tendait le biberon vide et que, de l'autre, elle installait la petite contre son épaule pour lui tapoter doucement le dos. C'est pour cela que vous en êtes venu à vous mettre en quête d'une nounou ?

— Oui. Ce poste vous intéresserait-il ?

La longue main fine de Trish s'immobilisa au-dessus du petit dos de Jane.

— Ce n'est pas la raison de ma venue ici, rétorqua-t-elle avec un rire un peu forcé.

En homme d'affaires avisé, il n'était pas du genre à s'avouer vaincu aussi facilement. Il avait besoin d'une nounou, elle avait besoin d'argent. L'adéquation était parfaite.

— Certes, mais pourquoi pas ? insista-t-il. Vous avez l'air de bien maîtriser la chose.

Plus il envisageait cette hypothèse, plus elle le séduisait. Sans compter que, pour avoir passé un moment d'intimité avec elle, il pouvait dire qu'il avait cerné les traits marquants de sa personnalité. Et ce qu'il avait vu lui laissait penser qu'elle serait la nounou idéale pour sa petite Jane.

— Vous ne vous trompez pas. Ma mère a eu dix enfants de quatre hommes différents. Elle est actuellement mariée à un homme qui est lui-même père de quatre enfants. Je suis l'aînée de toute cette marmaille, expliqua-t-elle.

— Votre mère a eu dix enfants ? répéta-t-il, sidéré.

— Oui. Et devinez qui s'est occupé de tous ces bambins ? demanda-t-elle avec une pointe d'amertume.

— Vous.

— Exact.

Son visage s'éclaira de plus belle.

— Parfait.

— Pardon ?

— Ecoutez, j'ai vraiment besoin d'une personne qualifiée. Plus que ça, même. J'ai besoin de vous. J'ai reçu trois candidates et aucune d'elles n'a tenu plus de cinq minutes. Alors que vous, non seulement vous êtes parvenue à cerner ses besoins mais, en plus, vous avez réussi à la calmer.

Bien sûr, tout cela n'avait rien à voir avec le fait que Trish le mettait dans tous ses états dès qu'elle le frôlait.

— Monsieur Longmire, répliqua-t-elle d'un ton plein de regrets, je suis désolée mais c'est impossible. Je dois passer ma maîtrise dans un mois et demi. Il faut que je termine mes études et que je…

— Vous pourriez étudier ici, pendant que la petite dormira, la coupa-t-il.

Elle darda sur lui un regard qui lançait des éclairs.

— J'ai déjà deux emplois, répliqua-t-elle. J'effectue des recherches pour l'un de mes professeurs et un travail de secrétariat pour mon département.

De mieux en mieux ! Elle allait vouloir négocier et rien ne lui plaisait tant que d'avoir affaire à plus retors que lui. Il avait beau être exténué, cela ne lui enlevait en rien ses facultés de négociateur.

— Combien vous paie-t-on ? s'enquit-il. Dix dollars de l'heure ?

Il la vit se raidir sous le coup de l'insulte.

— Vingt-cinq, rectifia-t-elle fièrement. Mais ça n'est pas le problème.

Il retrouvait chez elle cette audace, cette défiance qui lui avait tant plu dans le café où ils s'étaient retrouvés pour un moment trop bref.

— Et quel est le problème ?

— J'ai des projets personnels, si vous voulez le savoir. Et puis, comme vous le savez, je suis impliquée dans la défense des enfants défavorisés. Je ne peux tout de même pas la laisser tomber pour me consacrer à votre nièce, aussi adorable soit-elle. Vous allez trouver quelqu'un de parfaitement compétent, croyez-moi.

— Impossible. J'ai déjà trouvé.

— Monsieur Longmire, c'est non, répéta-t-elle en appuyant avec force sur le dernier mot.

Incapable d'accepter cette réponse sans appel, il se mit à réfléchir à toute allure. Il fallait qu'il arrive à la convaincre. Il avait besoin d'elle, comme il n'avait jamais eu besoin d'une femme dans sa vie. Tout le monde avait ses limites. Quelles étaient les siennes ?

— Je vais appeler personnellement votre professeur pour lui expliquer qu'on vous a offert une chance que vous ne pouvez pas laisser passer, avança-t-il.

Elle écarquilla les yeux, doutant de ce qu'elle venait d'entendre.

— Vous ne feriez pas une chose pareille ?

— C'est pourtant simple, continua-t-il comme s'il ne l'avait pas entendue. Vous pouvez boucler votre année tout en gagnant de l'argent. Il vous suffit de passer vos nuits ici.

— Pardon ? s'exclama-t-elle, indignée.

— Je vous paierai cinq mille dollars pour un mois, poursuivit-il.

Les protestations qu'elles s'apprêtaient manifestement à proférer s'étranglèrent dans sa gorge tant la somme qu'il lui proposait était exorbitante.

— Un mois, répéta-t-il avec force. Et j'ai besoin de vous dès maintenant.

— Monsieur Longmire…

— Nate, la coupa-t-il.

— Monsieur Longmire, répliqua Trish en se levant pour bercer le bébé qui commençait à s'impatienter.

— Un mois, répéta-t-il. Prenez cela comme un travail temporaire.

— Si je m'installais ici, objecta-t-elle, je perdrais mon logement. Ma logeuse ne cherche qu'à me voir partir pour pouvoir tripler le loyer.

— Dix mille.

Trish blêmit en même temps qu'elle perdait l'usage de la parole.

— Allons, mademoiselle Hunter. Avec une somme pareille, vous pourrez vous payer un appartement plus que confortable. Juste pour un mois ; le temps de m'apprendre comment m'occuper de ma nièce et vous trouver une remplaçante digne de ce nom. Vous pourriez intégrer ce projet à la liste de vos projets déjà existants. Ce ne serait qu'un léger changement à votre plan de départ.

— Un léger changement ? s'indigna-t-elle.

Ce n'était plus un non franc et massif même si ça n'était pas non plus une réponse positive. Voyons… quel pourrait être son point faible ? La réponse jaillit d'un coup. Son association caritative, bien sûr !

— Vingt mille, annonça-t-il sur un ton aussi neutre que s'il lui avait proposé vingt dollars. Plus une donation de cent mille dollars à One Child One World.

Sous le coup de la surprise, elle dut se rasseoir, la petite Jade toujours serrée contre elle.

— Vous ne feriez pas ça, lâcha-t-elle dans un souffle.

— J'en ai les moyens, répliqua-t-il.

En effet, cette somme qui paraissait astronomique à Trish n'était pour lui qu'une goutte d'eau dans la mer. Se défaire de cent vingt mille dollars ne changerait pas sa vie, ni son compte en banque, contrairement à celui de Trish.

— Deux cent cinquante, mais je n'irai pas au-delà, conclut-il.

— Deux cent cinquante mille ? s'étrangla-t-elle.

— Vous avez bien entendu. La moitié de cette somme sera versée à votre association dès aujourd'hui, le reste à la fin du mois. Si toutefois, vous acceptiez de vous occuper de Jane et de m'apprendre les rudiments de la puériculture afin que je puisse m'en occuper moi-même.

— Tout cela en attendant de me trouver une remplaçante ? s'enquit-elle, encore un brin suspicieuse.

Il la sentit flancher. Qui pourrait décemment refuser une offre pareille ?

— Tout à fait.

Elle observa quelques secondes de silence durant lesquelles il la vit se livrer une bataille intérieure. Il la regarda bercer le bébé, dont la petite tête était totalement abandonnée au creux de son coude. Cette scène émouvante lui serra le cœur mais il préféra mettre cet accès de sentimentalisme sur le compte de ses nombreuses nuits sans sommeil.

Il ne se reconnaissait plus. Etait-ce bien lui qui cherchait à convaincre cette jolie fille de s'installer chez lui ? De partager son toit et son intimité ? Lui, l'homme sensé, il aurait dû la pousser vers la sortie au lieu d'essayer de la retenir à coup de milliers de dollars.

Reste, pria-t-il en silence. *Je t'en prie, reste avec moi.*

— Cette…, commença-t-elle dans un profond soupir, cette généreuse donation ne cache rien d'autre, n'est-ce pas ?

— Comme quoi ?

— Comme coucher avec vous, par exemple.

Cette remarque le fit éclater d'un rire sonore qu'elle lui enjoignit de réprimer d'un doigt posé sur sa bouche.

— Vous me croyez donc si calculateur ?

— Je ne voulais pas vous offenser, se justifia-t-elle.

Il la considéra un instant sans rien dire tandis qu'il la revoyait lui affirmer qu'il était séduisant. Extrêmement séduisant, même. Il se redressa d'un coup dans son siège, comme galvanisé par une telle révélation.

— Si cela peut vous rassurer, l'idée ne m'a pas effleuré l'esprit une seconde, affirma-t-il avec force. Je ne couche avec personne, d'ailleurs, crut-il bon d'ajouter.

Il brûla d'ajouter qu'il ferait bien une entorse à cette règle, mais se retint de justesse.

Bien loin d'imaginer les pensées qui lui traversaient l'esprit, Trish abaissa les yeux sur la petite tête de Jane.

— J'ai déjà élevé tant d'enfants, murmura-t-elle. L'argent qui ne passe pas dans l'association est consacré à l'éducation de mes frères et sœurs. La benjamine n'a que neuf ans et je…

Elle s'interrompit pour laisser son regard errer par la fenêtre.

— J'ai pour elle plus d'ambition que de lui fournir deux stylos.

Lorsqu'elle s'arracha à sa contemplation, ce fut pour river sur lui un regard empreint de détermination.

— Ce n'est pas que je n'apprécie pas votre générosité, monsieur Longmire. Mais je peux prétendre à mieux que changer des couches et préparer des biberons toute la journée. Je connais exactement les sacrifices auxquels on doit consentir pour s'occuper d'un enfant et je ne suis pas prête à faire de nouveau ce sacrifice. En tout cas, pas dans l'immédiat.

— Un mois, Trish. C'est tout ce que je vous demande. Et sans aucune condition.

Elle leva sur lui un regard encore dubitatif.

— Je vous donne ma parole d'honneur, reprit-il. Le sexe ne fait pas partie du marché.

Mais une fois le mois écoulé, rien ne l'empêcherait de l'inviter à sortir avec lui, songea-t-il en la voyant esquisser un sourire en coin.

— J'ai vraiment besoin de quelqu'un comme vous, qui ait vos compétences, vous comprenez ? Vous êtes si... parfaite.

De là où il se trouvait, il ne put dire si elle rougit ou si la couleur de ses joues n'était due qu'à la lumière provenant de l'extérieur.

— Un mois. Pas de sexe, résuma-t-il avec fermeté. Vingt mille pour vous et deux cent cinquante pour votre œuvre de charité.

— Je veux un contrat en bonne et due forme.

— Vous l'aurez. Mais...

— Mais... ?

— Accepteriez-vous de commencer dès ce soir ?

Elle réfléchit un court instant avant de répondre :

— Il faut que j'aille chercher mes affaires.

— Et si la petite se réveille pendant votre absence ? demanda-t-il, paniqué.

— Je n'en ai pas pour longtemps. Et puis, ce sera l'occasion de commencer votre apprentissage, ajouta-t-elle en souriant. Venez, asseyez-vous là. Je vais installer Jane contre vous et je parie qu'elle dormira encore lorsque je reviendrai. Vous pouvez dormir vous aussi, si vous voulez. On dirait que vous en avez besoin.

Etait-elle en train de flirter avec lui ? Après tout, si coucher ensemble était exclu, le jeu de la séduction ne l'était pas, lui. En attendant, il fit exactement ce qu'elle lui conseillait. Il se retrouva avec le petit corps chaud de sa nièce contre lui, ses bras robustes lui servant de remparts.

— Et si elle tombe ? souffla-t-il, au comble de l'angoisse.

— Elle ne tombera pas, lui assura-t-elle en caressant tout doucement la tête de l'enfant. Si elle se réveille, on ne sait jamais, chantez-lui une chanson.

— D'accord mais dépêchez-vous quand même. Prenez un taxi, je vous le rembourserai.

Puis il y eut la seconde où tout bascula : elle posa sur lui un regard plein de trouble et de quelque chose qui ressemblait à de la tendresse.

La seconde d'après, elle avait disparu, le laissant seul face à ses responsabilités.

Pourvu qu'elle revienne vite. Sans elle, il était déjà perdu.

- 3 -

— Bon sang ! jura Trish tout haut. Dans quelle galère me suis-je encore fourrée ?

— Pardon ? s'étonna le chauffeur de taxi avec l'accent prononcé des gens du coin.

— Rien, rien, répondit-elle distraitement en regardant le paysage défiler par sa vitre ouverte.

De toute évidence, les voyageurs ne devaient pas avoir pour habitude de penser à voix haute. Mais elle ne s'était déplacée en taxi qu'à de très rares occasions.

Sérieusement, dans quelle galère était-elle allée se fourrer ? Car avoir accepté de s'installer chez un riche célibataire aussi doux et gentil que séduisant, seulement dix minutes après avoir franchi le seuil de sa porte, ne lui ressemblait guère pour ne pas dire pas du tout. Surtout en période d'examens ; et encore moins dans la dernière ligne droite.

De façon machinale, elle s'était mise à compter sur ses doigts la somme astronomique qu'elle allait empocher et qui représentait cinq mille dollars par semaine. Cinq mille dollars par semaine ! Ce n'était même pas ce qu'elle gagnait en cinq mois en cumulant deux boulots ! Sans compter les deux cinquante mille dollars qui allaient être versés à son œuvre caritative.

Qu'allait-elle bien pouvoir faire avec autant d'argent à sa disposition ? Bien sûr, chaque enfant de la réserve aurait un nouveau cartable, une nouvelle paire de chaussures, un manteau bien chaud pour l'hiver et de nouveaux équipements de sport. Elle pourrait également financer les goûters dans les écoles et même faire l'acquisition d'ordinateurs.

Elle eut soudain l'impression de vivre un conte de fées d'où le prince charmant n'était pas exclu. Ne lui avait-il pas demandé en personne de s'installer chez lui ?

Elle se pinça, juste pour être sûre qu'elle ne rêvait pas.

— Attendez-moi, s'il vous plaît, demanda-t-elle au chauffeur lorsqu'il se fut arrêté devant chez elle.

Comme à son habitude, sa logeuse était assise sous le porche et l'accueillit avec un visage fermé.

— Bonjour, madame Chan, la salua-t-elle gentiment.

— Vous avez décidé de partir ? lui répondit la vieille femme revêche. Si vous restez, il faudra payer plus cher. Un aussi bel appartement, ça coûte mille neuf cents dollars et vous, vous payez seulement trois cent cinquante.

— C'est le montant figurant sur le contrat que nous avons signé toutes les deux, rétorqua Trish pour la énième fois. Vous touchez également quatre cent cinquante dollars supplémentaires de l'Etat.

Une somme déjà largement conséquente lorsqu'on savait que le « bel appartement » en question n'était qu'un gourbi de vingt mètres carrés en entresol qui empestait le moisi. Faute de moyens, Trish le louait meublé et elle avait su se satisfaire, à défaut de ne plus le voir, du salon qui faisait aussi office de chambre ainsi que de la cuisine-salle-de-bains. Rien à voir donc avec le luxe de l'élégante demeure victorienne de Nate Longmire.

Pourtant, grâce aux subsides alloués par l'Etat, c'était la première fois qu'elle avait un endroit rien qu'à elle et qu'elle ne partageait pas son lit avec au moins deux enfants remuants. De plus, luxe suprême, le chauffage marchait bien et l'eau coulait sans problème au robinet.

— Pour sûr, vous devriez payer plus, reprit la logeuse. C'est ma fille qui le dit. Elle est avocate !

— Madame Chan, vous allez être contente. Votre vœu est exaucé.

— Quoi ?

La vieille femme redressa ses épaules voûtées par l'âge et son visage parcheminé se fendit d'un large sourire.

— Vous partez ?

— Je pars. J'ai…

Elle s'interrompit, ne sachant trop comment présenter la chose. Tout cela était si nouveau, si incroyable.

— J'ai trouvé un autre endroit, finit-elle par répondre.

— Vous partez tout de suite ? s'enquit la vieille sans pouvoir cacher son impatience.

En guise de réponse, Trish pointa du menton le taxi qui patientait devant le bâtiment.

— Je suis juste venue chercher mes affaires.

— La vérité, mademoiselle Trish, vous êtes une bonne fille. Je vous aime bien.

Trish leva les yeux au ciel, mi-amusée, mi-irritée.

— Puis-je récupérer ma caution ?

Le visage avenant de la vieille se renfrogna d'un coup.

Ce n'était pas qu'elle avait besoin de cet argent, surtout maintenant, mais il revenait de droit à son beau-père qui s'était donné un mal de chien pour réunir ces trois cent cinquante dollars qu'il lui avait donnés.

— Je vous enverrai un e-mail, finit par répondre Mme Chan.

— Très bien, concéda Trish, conciliante. Je vous laisse, il faut que j'aille préparer mes bagages.

Elle fit tourner la clé dans sa serrure sous les louanges

sans fin de la logeuse. Il ne lui faudrait pas beaucoup de temps. Elle n'avait aucun meuble : même la cafetière ne lui appartenait pas.

Elle commença par fourrer ses vêtements en vrac dans des sacs à linge, puis rangea ses nombreux livres dans des cartons qu'elle avait gardés par précaution, se disant qu'un jour, peut-être, elle en aurait besoin. Vint enfin le tour de son ordinateur portable, seul luxe qu'elle s'était octroyé.

Il ne lui fallut que quarante-cinq minutes pour faire table rase des cinq années qu'elle avait passées dans ce petit appartement insalubre. Le chauffeur l'aida à transporter ses maigres effets dans le coffre de son véhicule puis ils reprirent le chemin de la maison de Nate.

Désormais, impossible de faire marche arrière. Trop contente de s'être enfin débarrassée d'elle, Mme Chan ne la laisserait pas réinvestir les lieux.

Une page de sa vie venait de se tourner.

L'énormité de son geste la frappa de plein fouet. Seigneur ! Elle allait emménager chez Nate Longmire. Un milliardaire désemparé qui l'avait touchée en plein cœur.

Pour ne pas céder à la panique, elle s'exhorta à dresser mentalement une liste de tout ce qu'elle aurait à faire. Pour commencer, expliquer la situation à ses supérieurs ; ensuite, appeler sa mère et lui communiquer sa nouvelle adresse ; enfin, réussir ses examens de fin d'année.

Malgré elle, ses pensées dérivèrent vers Nate. Il s'était engagé à ne pas coucher avec elle.

Ce qui lui convenait parfaitement. Se laisser prendre au piège de la séduction pouvait la mener à une grossesse non désirée, risque qu'elle se refusait farouchement à prendre.

Sauf…

Sauf si Nate parvenait à lui faire perdre le contrôle, ce qui ne serait pas une mince affaire.

Le pauvre était si désespéré qu'elle pourrait même lui soutirer un million de dollars si elle l'exigeait. Mais elle n'était pas vénale et ne chercherait jamais à tirer profit de la situation. D'autant plus qu'il s'était livré à elle, lui montrant l'homme vulnérable qu'il pouvait être.

Elle ne se referait pas. Elle était foncièrement altruiste et le resterait toute sa vie. Comment ne pas venir en aide à ces deux êtres en pleine détresse ? Faire boire du lait de vache à un aussi jeune bébé ! Heureusement que le destin l'avait mise sur leur chemin. Jane aurait pu finir aux urgences d'ici peu.

Lorsque le taxi se gara devant la maison, Rosita piétinait déjà d'impatience sur le seuil.

— Enfin, vous voilà revenue ! s'exclama-t-elle en se précipitant à la grille.

— Je vous l'avais promis, non ?

— Ils dorment encore, poursuivit Rosita. Il y avait bien longtemps que la maison n'avait pas été aussi calme.

— Pourriez-vous m'aider à porter mes bagages et m'indiquer ma chambre ?

— Bien sûr. Suivez-moi.

Trish jeta l'un des sacs sur son épaule puis emboîta le pas à la gouvernante. En passant, elle jeta un coup d'œil dans le petit salon où Nate et le bébé dormaient encore d'un profond sommeil, l'homme serrant toujours contre lui son précieux petit fardeau.

Le tableau touchant qui s'offrait à sa vue lui serra le cœur en même temps qu'il la bouleversait. Elle avait aidé sa mère à élever sa nombreuse progéniture, et jamais aucun homme n'avait participé à cette lourde tâche.

Elle se plaisait pourtant à imaginer que son père avait eu pour elle des gestes tendres avant de prendre la tangente et d'abandonner sa famille.

Dieu merci, tous les hommes n'étaient pas aussi lâches. Nate en était la preuve, qui agissait au mieux avec un bébé qui, pourtant, n'était pas le sien.

Non, l'intérêt qu'elle portait à cet homme à la séduction irrésistible, à la fortune considérable, à la communication facile n'avait rien à voir avec une attirance physique, mais tout avec sa volonté de venir en aide aux personnes en détresse.

Et si, dans le pire des cas, elle se trompait sur la nature des sentiments qu'elle éprouvait pour Nate Longmire, elle avait bien trop à faire pour laisser une tocade se développer en histoire d'amour qui ne pourrait que mal se terminer. Tous deux avaient défini les règles de ce marché hors du commun et elle s'y tiendrait, coûte que coûte.

Toute à ses réflexions, elle suivit Rosita dans l'escalier et prit cette fois le temps d'en admirer la composition. Cette magnifique création était scindée en deux parties qui se rejoignaient sur un vaste palier desservant les chambres. Les hauts murs étaient décorés de nombreux tableaux mêlant pêle-mêle portraits de famille — du moins se plut-elle à l'imaginer —, scènes bucoliques et art abstrait. La couleur des murs, dans des tons pastel, conférait à l'endroit une douceur et une chaleur indiscutables.

Jamais encore, elle n'avait eu l'occasion de se retrouver dans un lieu aussi élégant. Même le Marriott de New York, où elle avait séjourné lorsqu'elle était allée chercher son prix, ne lui avait pas paru aussi luxueux que cette demeure.

Lorsqu'elles furent parvenues au deuxième étage, Rosita pointa du menton une porte de l'autre côté du couloir.

— C'est la chambre de M. Nate, indiqua-t-elle. Elle fait toute la longueur de la façade. La vôtre est là, juste en face.

Elle ne manqua pas de remarquer la proximité des

deux pièces. Nate lui devenait soudain dangereusement accessible.

— Seigneur ! s'extasia-t-elle dès qu'elle eut franchi le seuil.

Nate lui avait attribué une chambre magnifique, aux dimensions surréalistes pour elle qui avait vécu dans un endroit exigu pendant cinq longues années. Chacun des éléments qui s'offrait à sa vue l'émerveillait au plus haut point : le lustre en cristal, la large baie vitrée donnant sur une partie du jardin parfaitement entretenu, l'immense cheminée au manteau décoré de petites figurines sans doute anciennes. Quant au lit qui trônait au beau milieu de la pièce…

— Il est vraiment immense, ne put-elle s'empêcher de commenter tout haut.

— Oui, c'est Madame qui l'a choisi.

C'était un lit à baldaquin dont les montants étaient si hauts qu'ils touchaient presque le plafond. Drapé d'une gaze aérienne et recouvert d'un édredon assorti au bleu et au crème du papier peint, il ne pouvait que lui donner envie de se coucher et de dormir d'un sommeil aussi profond que celui des héroïnes de contes de fées.

Dormir ! Mais des images de corps nus et de membres enchevêtrés lui traversaient l'esprit. Seulement *dormir.*

Pourtant, comment ne pas laisser son imagination s'emballer quand la chambre de Nate se trouvait juste en face de la sienne ? Quand il ne relevait plus du fantasme mais de l'homme de chair et de sang qui se trouverait derrière une porte trop facilement accessible ?

Le mois qu'elle passerait ici serait plus difficile qu'elle ne l'avait pensé.

— La salle de bains est juste là, mademoiselle, indiqua Rosita. Elle communique avec la nursery.

— Ah… parfait.

Ainsi, elle ne courrait pas le risque de tomber sur Nate au beau milieu de la nuit, en petite tenue. Rien que cette idée la faisait frissonner d'appréhension. Ou était-ce de désir ?

Elle fut prise de vertige. C'était trop. Trop d'argent. Trop d'émotions. Trop de luxe. Tout cela pour veiller un mois sur un bébé orphelin.

Elle sentit ses jambes vaciller. Tremblante, elle alla s'asseoir au bord du lit.

— Parlez-moi de lui, demanda-t-elle à Rosita. J'ai accepté de venir m'installer ici alors que j'ignore tout de cet homme.

En effet, ce n'étaient pas les quelques renseignements glanés sur Internet qui le lui rendaient plus familier. Elle ne connaissait que les procès gagnés à coups de millions qu'il avait intentés à une certaine Diana Carter pour avoir revendiqué la moitié des parts de *SnAppShot* et tenté de les vendre. Des rumeurs couraient selon lesquelles ils avaient été bien plus que de simples associés.

— M. Nate ? répondit Rosita. C'est un homme bien. Pas compliqué pour deux sous. Tranquille, poli, courtois.

Voilà qui correspondait parfaitement à l'image qu'elle avait de lui depuis leur première rencontre.

— Il aime se lever tard et son seul défaut, c'est de boire un peu trop de café, poursuivit Rosita d'un ton maternel. Il est très généreux et me paie grassement pour un travail qui n'est pas bien dur. Je m'occupe de la cuisine, du ménage et des lessives. C'est une bonne place.

— Est-ce qu'il… je veux dire, y a-t-il d'autres personnes qui vivent dans la maison ?

Elle ignorait pourquoi elle avait posé une question aussi indiscrète, mais elle n'avait pas pu s'en empêcher.

Ses joues s'empourprèrent tandis qu'elle cherchait à

se persuader qu'il ne s'agissait que d'une saine curiosité. Si d'autres personnes vivaient là, il fallait qu'elle le sache de façon à ce qu'il n'y ait aucune confusion. Surtout dans le cas où elle verrait la porte de la chambre de Nate se refermer sur une femme.

— Non, répondit Rosita. M. Nate aime bien la solitude. Il ne reçoit personne à part Stanley, son assistant.

Elle avait lâché ce mot du bout des lèvres, d'un ton méprisant qui en disait long sur l'opinion qu'elle avait de lui.

— Il dort parfois dans la chambre du bas, quand ils ont travaillé tard sur un projet. Mais sinon, personne. Il n'y a jamais d'invités ici.

— Stanley, est-ce cette espèce de géant qui a d'affreux tatouages et des trous énormes dans les oreilles ?

Rosita acquiesça d'un signe de tête.

— Je ne l'aime pas du tout, dit-elle. Il est grossier et vulgaire. Mais M. Nate dit que c'est un brave homme alors je cuisine aussi pour lui lorsqu'il est là.

La description de Rosita résumait assez bien le mufle qui avait aboyé deux mots avant de lui claquer la porte au nez.

— Y a-t-il autre chose que je devrais savoir ? s'enquit-elle encore.

Rosita la jaugea d'un coup d'œil rapide, juste le temps qu'il lui fallait pour juger si elle pouvait se confier à elle.

— Non, mademoiselle, répondit-elle, gênée. Je suis vraiment contente que vous ayez accepté ce poste. Je…

Elle marqua une pause, ne sachant trop si elle devait poursuivre ses confidences.

— Je n'aime pas m'occuper d'enfants, lâcha-t-elle d'un trait. Je n'en ai pas eu et leur présence me rend nerveuse. C'est pour cette raison que j'aime beaucoup ma place ici. Ailleurs, on me demandait aussi de servir de nounou et je ne m'en sentais pas capable. Aujourd'hui, je suis trop vieille pour changer. Vous me comprenez ?

En guise de réponse, elle lui tapota le bras dans un geste qui se voulait réconfortant. Au moins Rosita avait-elle le mérite de la franchise. Contrairement à sa mère qui, elle, avait enchaîné ses nombreuses grossesses sans se poser la question. Une mère aimante se serait-elle déchargée ainsi de ses responsabilités sur sa fille aînée ?

— Ça ne me pose aucun problème, Rosita. Laissez-moi le temps de ranger mes affaires et je descends m'occuper du bébé.

Elle jeta un coup d'œil à l'horloge digitale qui se trouvait sur l'une des tables de chevet.

— Ils ne vont pas se réveiller avant quarante minutes au moins, estima-t-elle.

Rosita se retourna, la main sur la poignée.

— Je sais tout cuisiner, annonça-t-elle. Aimez-vous quelque chose en particulier ?

Trish n'était pas ce que l'on appelle un fin palais. Elle faisait ses courses chez l'épicier du coin et son seul luxe consistait à s'offrir — véritable folie compte tenu de ses maigres revenus — deux sachets de soupe asiatique qu'elle savourait avec délice, une fois par semaine. Elle ne mangeait jamais dans les bons restaurants. Ni même dans les moins bons d'ailleurs.

Aussi fut-elle touchée par la sollicitude que lui manifestait cette femme qu'elle ne connaissait pas.

— Merci, Rosita. Tout me va.

La vieille femme opina d'un signe de tête avant de s'éclipser.

Une fois seule, Trish se renversa sur le lit et fixa le voile arachnéen du baldaquin. Elle n'arrivait pas encore à croire ce qui lui arrivait. Elle venait de s'installer chez un milliardaire !

Un milliardaire qui n'avait rien de commun avec l'idée qu'elle s'en était faite jusque-là. Celui-ci avait su la toucher par ses confidences bouleversantes et par la confiance qu'il lui avait témoignée.

Elle s'exhorta à ne pas penser à la façon dont ses muscles s'étaient raidis au contact de ses mains sur ses bras et aux délicieux frissons qui l'avaient parcourue à ce même contact. Elle songea avec ironie que si elle s'autorisait de telles divagations alors qu'il ne s'était rien passé entre eux, mieux valait qu'elle verrouille la porte de sa chambre à double tour si elle ne voulait pas risquer de céder à une tentation à laquelle — elle le pressentait fortement — il lui serait de plus en plus difficile de résister.

Pour l'heure, elle avait de quoi occuper ses pensées.

Elle se rendit dans le dressing qui était presque plus grand que son appartement chez Mme Chan et y rangea les quelques vêtements en sa possession.

Elle retourna ensuite dans sa chambre pour placer son ordinateur portable sur le petit bureau d'angle, puis elle aligna ses livres sur l'une des étagères murales.

Lorsqu'elle eut fini, elle balaya la pièce d'un regard satisfait. Elle pouvait descendre vaquer à ses occupations. Mais auparavant, il lui fallait enfiler la tenue adéquate. Elle retira ses bottes et troqua sa jupe et son pull contre un jean et le T-shirt Wonder Woman qu'elle affectionnait tout particulièrement. Elle tira ses longs cheveux en un chignon placé haut, puis ôta également ses créoles. Aucun risque ainsi que la petite Jane les lui arrache d'un coup sec.

Malgré elle, inlassablement, ses pensées revenaient vers Nate. Un homme bien, qui aimait la solitude, qui ne ramenait pas de femmes chez lui et ne recevait personne hormis son fidèle assistant Stanley, si elle en croyait Rosita. Elle chassa ses pensées. Que Nate couche ou pas avec des inconnues ne la concernait pas le moins du monde.

D'ailleurs, ne lui avait-il pas fait la promesse de ne pas chercher à la séduire ?

Rien. Pas de sexe pendant le mois qu'ils allaient passer ensemble.

Ce qui laissait la porte ouverte sur ce qui pourrait se passer après.

Elle secoua la tête, cherchant à se recentrer sur la véritable raison de sa présence dans cette maison : la petite Jane. Ce pauvre petit bout de chou qui, à peine né, subissait déjà les coups d'un sort pour le moins cruel.

Elle n'avait pas prévu de jouer de nouveau les mères de substitution, surtout auprès d'un bébé étranger à sa famille, mais c'était pour la bonne cause. Avec les fonds récoltés, elle allait pouvoir changer la vie des enfants de la réserve.

Un mois, se rappela-t-elle. Un tout petit mois. Après, elle reprendrait le cours normal de sa vie.

Pieds nus, elle passa la tête par la porte de la nursery. En une heure et demie à peine, Rosita avait accompli des merveilles, même s'il restait encore des cartons et des valises empilés contre les murs.

Le parc avait trouvé sa place au milieu de la pièce et elle dut le contourner pour aller voir de plus près le fauteuil que la gouvernante avait installé à son intention, près de la fenêtre. Elle déduisit, à la tasse sale posée sur la petite table basse qui se trouvait juste à côté, que ce devait être dans ce même siège que Nate avait passé des nuits blanches à tenter de calmer les pleurs incessants de sa nièce.

Elle secoua la tête. Bien que n'ayant aucune idée de la façon de s'y prendre, il s'était échiné à faire de son mieux.

Elle devrait lui demander de faire l'acquisition d'une

table à langer, d'un berceau et d'une autre commode pour ranger les vêtements du bébé, qui, faute de place, étaient restés dans les valises.

Elle quitta la nursery pour se rendre au petit salon où Nate et Jane dormaient toujours. Elle prit le temps d'étudier la pièce où, là aussi, son hôte, pourtant versé dans la technologie, avait privilégié l'ancien. Elle esquissa un petit sourire à la vue d'une figurine de Superman dans une vitrine.

Son regard revint se poser sur la scène touchante qui s'offrait à elle. Un peu plus tôt, lorsqu'elle s'était retrouvée face à la détresse de ce petit être, elle avait agi spontanément, guidée par son instinct de grande sœur expérimentée.

Mais là, il n'y avait pas urgence. Le bébé dormait paisiblement dans les bras de son oncle, lui-même endormi. Si elle se permettait d'arracher Jane à son abri rassurant, ne dépasserait-elle pas les limites ? Sans compter que renouveler un contact physique, aussi insignifiant soit-il, pouvait faire voler en éclats les bonnes résolutions qu'elle avait prises quelques minutes auparavant.

Alors qu'elle venait de décider d'aller retrouver Rosita pour lui apprendre à préparer correctement un biberon, Nate battit plusieurs fois des cils et ouvrit les yeux.

— Salut, Wonder Woman, chuchota-t-il en étendant ses longues jambes devant lui. Vous êtes revenue, constata-t-il d'une voix toujours ensommeillée.

— Je vous l'avais promis… A propos de l'argent…, reprit-elle, hésitante, après une courte pause.

— Oui ? Vous trouvez que ce n'est pas assez ?

— Non, non. Au contraire, j'ai réfléchi et je trouve cette somme indécente. Il n'est pas nécessaire que vous me donniez autant. D'autant plus que je suis logée et nourrie dans des conditions hors du commun. Rien que cela…

— Un marché est un marché, répliqua-t-il. Moi aussi, je tiendrai parole.

Il ne pouvait pas parler sérieusement. D'autant qu'il n'y avait pas vraiment eu négociations. Elle avait été tellement stupéfaite par la somme annoncée qu'elle n'avait pas eu le réflexe de réagir.

— Mais..., protesta-t-elle encore.

— N'en parlons plus. Le marché a été conclu, je ne reviendrai pas là-dessus.

Il avait prononcé ces mots d'un ton sans réplique.

— Très bien. J'ai une faveur à vous demander alors.

— Oui ?

— Je voulais appeler ma famille pour leur dire où je me trouve, mais je n'ai repéré aucun poste fixe.

— C'est parce qu'il n'y en a pas, expliqua-t-il.

Il la regarda comme s'il avait devant lui une espèce en voie de disparition.

— Vous n'avez pas de téléphone portable ?

— Non.

Ses joues s'empourprèrent tandis qu'elle prenait conscience du pathétique de la situation. Elle vivait dans la région où s'élaboraient toutes les technologies de pointe et elle ne possédait pas de téléphone cellulaire.

— Non, mais j'ai un ordinateur portable, annonça-t-elle fièrement.

Il la considéra un long moment sans rien dire, visiblement sceptique.

— Vous avez besoin d'un téléphone, décida-t-il.

— Ce n'est pas nécessaire. Je veux juste...

— Non, la coupa-t-il avec fermeté. Vous avez besoin d'un téléphone. Ne serait-ce qu'en cas d'urgence. Je vais demander à Stanley de vous en trouver un. J'ai réussi à alléger mon emploi du temps, mais il y a quelques rendez-vous que je n'ai pas pu annuler. Aussi, je veux que vous puissiez me joindre à n'importe quel moment au cas où il y aurait un problème.

— Nate…

Elle avait vécu vingt-cinq ans sans téléphone mobile et elle s'en portait très bien. Et puis, Nate lui avait déjà tant donné.

— Vous êtes trop généreux, protesta-t-elle. Je ne…

… *le mérite pas*, termina-t-elle en son for intérieur.

Il fronça les sourcils, prêt à riposter lorsque la petite Jane s'éveilla d'un coup en pleurant.

Trish se précipita pour la prendre dans ses bras.

— Vous voyez, je vous avais bien dit que vous ne la laisseriez pas tomber.

— Je m'incline devant tant de savoir, lança-t-il, amusé.

Tandis qu'elle enfouissait son visage dans le cou du bébé, des effluves de lait rance lui firent plisser le nez.

— Je n'ai pas de conseil à vous donner…, commença-t-elle.

Il leva sur elle un regard étonné.

— Quoi ?

— Eh bien, vous devriez aller prendre une douche, termina-t-elle.

Ce fut au tour de Nate de rougir, d'une manière qu'elle trouva adorable.

— A ce point ?

En guise de réponse, elle plissa de nouveau le nez.

— Allez-y. Je m'occupe de Jane.

Il se leva et se pencha légèrement en avant. L'espace d'une seconde, elle crut qu'il allait l'embrasser… Et elle ne ferait rien pour l'en empêcher.

Heureusement, il pressa ses lèvres sur la petite tête duveteuse de sa nièce.

— Merci, dit-il en se redressant.

C'était la première fois qu'ils étaient physiquement si proches. Assez pour qu'elle sente la chaleur qui irradiait de son corps. Assez pour pouvoir distinguer les paillettes d'or qui piquetaient ses prunelles marron.

— Je n'ai encore rien fait, objecta-t-elle pour dissiper le trouble qui s'était emparé d'elle.

Même avec Jane qui gigotait d'impatience, toujours emmaillotée dans sa couverture, elle ne pouvait détacher son regard de celui de Nate.

— Je n'ai pas besoin d'un téléphone, répéta-t-elle dans un souffle.

Elle vit les lèvres de Nate s'étirer en un sourire charmeur.

— Et pourtant, vous en aurez un, annonça-t-il.

Elle déglutit péniblement devant tant d'assurance. Comment allait-elle résister à une séduction aussi irrésistible ? Non, décidément, elle n'avait rien d'une Wonder Woman !

Dieu merci, les pleurs redoublés de Jane la tirèrent d'affaire à point nommé.

— J'y vais, annonça-t-il en tournant les talons.

— Lâche ! lui cria-t-elle en riant. Il va bien falloir que vous vous y mettiez.

— Je n'entends rien !

Elle le regarda disparaître, un sourire aux lèvres.

— Allez, ma puce, murmura-t-elle. A nous deux.

Cette enfant allait lui rappeler la raison pour laquelle elle était venue s'installer dans cette maison et c'était tant mieux.

Elle ne coucherait pas avec Nate Longmire, son employeur, ce milliardaire atypique qui voyait en elle sa sauveuse.

Pour combien de temps ?

- 4 -

Nate, le front appuyé contre l'un des murs carrelés de sa vaste douche à l'italienne, laissait l'eau ruisseler sur sa tête.

Pourquoi une chose aussi simple qu'employer une nounou pour sa petite nièce se révélait-elle aussi compliquée ? Il n'était pas un séducteur et lorsque les femmes tentaient de le séduire, comme cette Jennifer McElwain qui lui avait permis de rencontrer Trish, il savait esquiver d'une pirouette.

Alors pourquoi ne gardait-il pas les mêmes distances avec Trish Hunter ?

Ce n'était pas par pruderie. Il aimait le sexe. Mais pas le sexe à n'importe quel prix. Il avait besoin d'un minimum de sentiment, de s'ouvrir à l'autre. Mais surtout, il avait besoin de temps. La plaie infligée par Diana ne s'était pas totalement refermée et il ne se sentait pas prêt à se lancer dans une relation amoureuse. Pas encore.

Rescapé d'une adolescence aussi longue que douloureuse durant laquelle il avait appris à se prendre en charge quand ses parents étaient accaparés par son frère, il n'avait pourtant pas su voir les manigances de Diana ni s'en prémunir. Fort de cette expérience malheureuse, il avait décidé de se fermer à l'amour. Mieux valait vivre seul que d'être la cible d'attaques de ce genre.

Il baissa la température de l'eau, puis reprit le fil de ses réflexions.

Il n'était pas naïf. Loin de là. L'Institut de technologie du Massachusetts où il avait poursuivi ses études l'avait fait grandir, à bien des niveaux. Là-bas, personne ne connaissait Brad Longmire, le brillant champion de foot. Aussi avait-il pu se libérer de l'ombre de son grand frère pour n'être que Nate. Il s'était mis à fréquenter les salles de sport et transformé physiquement. Il avait commencé à s'intéresser aux filles qu'il côtoyait. Bref, pour la première fois de sa vie, il avait eu l'impression de trouver sa place. Ensuite, il avait fondé sa société. Puis Diana était entrée dans sa vie.

Il repoussa farouchement ces pensées néfastes. Il ne voulait plus s'étendre sur ces souvenirs minables. Le jugement avait été rendu. L'épisode Diana était terminé. Et la page définitivement tournée.

Mais Trish…

Son visage angélique lui apparut tandis qu'il fermait les yeux. Il la revit lui sourire, déposer entre ses bras le petit corps de Jane.

Trish à la fois si douce et si déterminée. Si intègre aussi. Peu de femmes auraient fait preuve d'un sens de la mesure pareil, elles auraient probablement fait grimper encore les enchères.

Le sexe gonflé de désir, il revit le T-shirt Wonder Woman tendu sur cette poitrine généreuse. Elle avait eu l'air si contente de le revoir.

Il ne coucherait pas avec elle. Il ne coucherait pas avec elle. Il ne…

Il se répéta cette tirade en boucle, dans l'espoir de voir s'éteindre le feu qui se propageait en lui.

Il ne coucherait pas avec elle. Du moins pas avant la fin de leur contrat. Ensuite…

Ensuite, libre à lui de proposer que son séjour se prolonge.

Cette fois, pas pour le bien de Jane mais pour le sien. Ils se parleraient, il l'embrasserait puis l'entraînerait dans sa chambre où ils se laisseraient tomber sur le lit, lèvres scellées en un baiser fougueux et membres enchevêtrés.

Lorsqu'il l'imagina à califourchon sur lui, qui retirait son T-shirt dans un geste langoureux, il ne put empêcher ses mains d'enserrer son membre bandé et de leur imprimer un mouvement de va-et-vient de plus en plus appuyé.

La force des images qui lui traversaient l'esprit était si intense qu'il ne fut pas long à jouir. Il resta un moment pantelant sous l'eau froide, avant de reprendre le contrôle de lui-même.

Le mois à venir allait être le plus long de sa vie.

Il se séchait lorsqu'il entendit un petit cri aigu qui n'avait rien à voir avec les hurlements dont Jane lui avait percé les tympans pendant près de quinze jours.

Bon sang ! Où avait-il donc la tête ? S'attarder comme il venait de le faire alors que sa nièce avait besoin de lui ! A la hâte, il noua une serviette autour de ses hanches et sortit en trombe de la pièce pour se précipiter vers la nursery.

Trish était assise par terre, la petite Jane bien calée sur ses cuisses.

— Qu'y a-t-il ? s'enquit-il, au comble de l'inquiétude.

Trish leva un visage serein.

— Pardon ? s'enquit-elle.

— Pourquoi Jane crie-t-elle ainsi ? répéta-t-il plus fort.

— Tout va bien, le rassura-t-elle. Nous jouons et ce que vous entendez sont des cris de joie.

Elle balaya son torse du regard. Il avait noué sa serviette si bas sur ses hanches qu'elle laissait voir une touffe de poils sombres.

— Vraiment ? s'étonna-t-il, soudain conscient de la tenue dans laquelle il se trouvait.

Il resserra le bout d'éponge sur lui d'un geste si brusque qu'il faillit lui échapper. Le regard de Trish braqué sur son intimité cachée lui fit douter de la promesse mutuelle qu'ils s'étaient faite. Parviendraient-ils vraiment à la tenir ?

— Vraiment, répondit-elle. Grâce à vous elle a fait une bonne sieste, ses petites fesses sont au sec, tout va bien. N'est-ce pas, mon ange ?

A ces mots, elle se pencha sur Jane et chatouilla doucement le petit ventre rebondi, ce qui arracha de nouveaux piaillements de joie à sa nièce.

La complicité et la confiance qui s'étaient déjà installées entre Trish et sa nièce étaient admirables.

— Comme vous pouvez le constater, tout va bien, répéta-t-elle. Vous pouvez… vous pouvez aller vous habiller.

— Bien sûr, répondit-il précipitamment. J'y vais.

Il ne s'était jamais senti aussi stupide.

Une fois dans sa chambre, il enfila un boxer-short, cherchant à comprendre ce qui ne tournait pas rond. Depuis qu'il avait rencontré Trish, il enchaînait maladresse sur maladresse.

Il sortit les premiers vêtements propres qu'il trouva. En temps normal, il aurait demandé son avis à Stanley, mais il se passerait de ses conseils maintenant que Trish l'avait vu dans la pire des tenues.

Seigneur ! Qu'avait-il donc fait ? Il aurait dû tenir bon ; choisir, pour s'occuper de la petite, une vieille dame à moustaches et pas cette beauté ardente qui tourmentait sa libido et le mettait sans cesse au défi de lui résister.

Il passa un jean propre et, après quelques secondes d'hésitation, son T-shirt à l'effigie de Superman.

Wonder Woman et Superman, unissant leurs forces pour sauver un bébé dans la détresse. Stanley n'approuverait certainement pas, mais au diable Stanley !

Un peu ragaillardi, il regagna la nursery.

Trish avait changé de position. Allongée sur le côté, elle avait posé sa tête sur une main et, de l'autre, elle caressait le dos de Jane qui gigotait doucement en babillant. Aussitôt qu'il entra, elle braqua les yeux sur son T-shirt.

— Très joli, le félicita-t-elle, un sourire amusé aux lèvres.

— Ce ne pourrait pas être pire, je suppose ?

— Ça peut toujours être pire, répliqua-t-elle en riant. Je voulais vous dire que nous avons besoin de faire quelques achats, ajouta-t-elle plus sérieusement.

— Bien sûr. Comme quoi, par exemple ?

Elle se leva et cala la petite sur une hanche, avec cette même aisance qu'il admirait et qu'il lui enviait à la fois.

— Cette pièce est un véritable désastre, souligna-t-elle. Vous passiez vos nuits dans ce fauteuil ?

Il balaya la pièce du regard, semblant la découvrir pour la première fois.

— A vrai dire, Rosita ne vit pas ici, se défendit-il. Elle arrive à 10 heures et repart à 18. Je craignais…

— … de ne pas entendre Jane, termina-t-elle pour lui.

— Oui et aussi qu'elle soit victime de la mort subite du nourrisson. Je me rappelle qu'Elena, sa maman, redoutait ce genre de choses.

Il avait beaucoup aimé sa belle-sœur. Douce et attentive, elle avait réussi l'exploit de stabiliser Brad. Aujourd'hui, ils étaient partis en lui laissant la responsabilité de leur fille.

Ce souvenir douloureux le fit chanceler un peu. Il prit appui sur le parc.

— Ça va ? s'inquiéta Trish à qui cette faiblesse fugitive n'avait pas échappé.

— Je… je n'arrive toujours pas à croire que je ne les verrai plus, expliqua-t-il. Que du jour au lendemain, ils ont disparu de ma vie. En un claquement de doigts.

Il accompagna ces mots du geste correspondant.

— Je comprends, murmura-t-elle.

Tout à coup, elle fit un pas vers lui et posa une main sur son épaule, dans un geste qui se voulait sans doute réconfortant. Cette même main qui, un peu plus tôt, l'avait fait frissonner d'un désir contenu.

— Vraiment ? Vous me comprenez ?

Pour une raison inconnue, il ressentait le besoin irrépressible d'être compris d'elle.

— Oui, assura-t-elle dans un accent de sincérité qui ne trompait pas.

Heureusement, elle retira sa main pour changer Jane de position. Sa petite tête vint frôler son bras. Ce contact fut pour lui comme un électrochoc. Il eut soudain une conscience aiguë de ses responsabilités vis-à-vis de cette enfant. Il était de son devoir de veiller sur elle et de l'aider à grandir dans la sérénité, malgré la disparition de ses parents. Il n'était pas marié, n'avait pas prévu d'avoir d'enfants de sitôt mais Jane, sans être sa fille biologique, était de son sang.

Etant un père désormais, il se devait d'être un roc, de garder la tête haute pour eux deux.

Du coin de l'œil il vit que Trish le considérait avec inquiétude. Jane émit un petit couinement aigu qui le tira brusquement de sa contemplation.

— Voilà pourquoi je dormais là, expliqua-t-il. Je ne savais pas comment interpréter ces cris.

— Ils sont tout à fait normaux, confirma-t-elle. Quel âge a cette petite demoiselle ?

— Presque six mois, répondit-il.

D'un geste qui trahissait une grande expérience, elle introduisit un doigt léger dans la bouche de la petite pour vérifier ses gencives.

— Les dents ne sont pas encore sorties mais elles ne sont pas loin, constata-t-elle. C'est sans doute pour cela qu'elle a un sommeil agité. Ça peut être douloureux pour ces petits choux.

— Ah, les dents… J'avoue que je n'y avais pas pensé. Y a-t-il autre chose qui m'aurait échappé ? ajouta-t-il, ironique.

Elle esquissa un petit sourire avant de reprendre :

— Ceci étant clarifié, il faut mettre un peu d'ordre dans ce bazar, décréta-t-elle en femme organisée.

— Laissez-moi juste une seconde, demanda-t-il en composant un numéro sur son portable.

Le visage renfrogné de Stanley apparut sur l'écran.

— Quoi ? grommela celui-ci. Il est 19 heures passées.

— Bonsoir à toi aussi, Stanley, répliqua-t-il d'une voix enjouée. Note la liste que je vais te dicter et fais en sorte que nous ayons tout cela au plus tôt, je te prie, ajouta-t-il avec davantage de fermeté. Pour commencer, un téléphone cellulaire au nom de Trish Hunter.

Du coin de l'œil il la vit qui laissait échapper un soupir résigné.

— Et ? demanda Stanley.

Il interrogea Trish du regard.

— Et ?

— Un berceau, une table à langer, deux commodes, un fauteuil à bascule, une poussette, une chaise haute, un siège auto, des couches 6-8 mois et du lait maternisé, énuméra-t-elle sans la moindre hésitation.

— Tu as bien tout noté ? s'enquit-il.

Comme souvent, Stanley répondit par une interrogation.

— C'est la fille qui est venue ici avant que je la dirige vers chez toi ?

— Exactement, répondit-il. Mlle Hunter a pris les

choses en main. Nous pouvons la remercier. Ah, s'il te plaît, je veux aussi que tu accélères les choses pour One Child, One…

Il s'interrompit pour questionner Trish du regard.

— *World*, lui rappela-t-elle. One Child, One World.

— One Child, One World, répéta-t-il à l'intention de son fidèle assistant. Effectue un virement de deux cent cinquante mille dollars. Je veux également que Mlle Hunter figure sur le registre du personnel.

— Salaire ? s'enquit Stanley.

— Vingt mille pour un mois.

Un silence lourd de reproche accueillit cette nouvelle information.

— C'est peut-être le moment de te demander une augmentation, alors ? pointa Stanley d'un ton cynique.

Nate lui répondit par un gloussement narquois.

— Non, répliqua-t-il d'un ton ferme destiné à mettre fin à toute éventuelle revendication.

— Elle doit être drôlement qualifiée, railla encore son assistant. Et bien roulée.

— Stanley, elle t'entend, marmonna-t-il entre ses dents.

Un brin embarrassé, il s'éclaircit la gorge.

— Pour quand te faut-il tout cela ? s'enquit-il.

— Le plus tôt possible, répondit Trish qui ne paraissait pas s'être formalisée du ton familier de Stanley.

— OK. C'est comme si c'était fait, répondit ce dernier avant de raccrocher.

Nate, muet, regarda fixement l'écran de son portable. Trish était bien roulée, c'était indéniable. De même qu'elle était dotée d'un sacré sens de l'humour pour ne pas s'être offusquée de la grossièreté de Stanley.

— Ce n'est pas bien grave, Nate, le rassura-t-elle.

— Certes. Mais ça manquait un tantinet de délicatesse.

Le silence qui suivit n'était pas pesant. Il se sentait de plus en plus à l'aise avec elle. Au point de filer sous la douche sans broncher lorsqu'elle lui avait reproché de sentir le lait caillé !

— Monsieur Nate ? appela Rosita depuis le rez-de-chaussée. Le dîner est servi. Vous avez encore besoin de moi ? Parce qu'il est déjà 19 heures.

Du regard, il interrogea Trish qui secoua la tête.

Les jours précédents, il paniquait aussitôt que Rosita désertait la maison, à 18 heures, le laissant seul avec Jane.

Mais ce soir-là, il se sentait investi d'une force invincible. Grâce à Trish, l'inquiétude et l'appréhension avaient cédé la place à une sérénité nouvelle.

— Vous pouvez y aller, Rosita, répondit-il. A lundi.

— A lundi, monsieur Nate.

Il décela dans sa voix une pointe de soulagement.

— C'est une très bonne cuisinière mais elle n'aime pas les enfants, crut-il bon de préciser lorsqu'il entendit la porte se refermer.

— C'est ce qu'elle m'a dit, en effet. Et Stanley ? Qui se cache derrière ce géant rustre ?

— Oh ! Stanley ! éluda-t-il. Il touche deux cent cinquante dollars de l'heure… Derrière ses airs frustes, c'est un homme intègre, fiable et de la plus grande discrétion.

— Vous attachez beaucoup d'importance à ces qualités, n'est-ce pas ?

— C'est le cas de tout le monde, je pense. Chacun a droit à son jardin secret qu'il n'a pas envie de voir piétiner.

En parlant, il se rappela que cette discrétion avait fait défaut à Trish. N'était-elle pas allée sur Internet glaner des informations concernant sa vie privée ? Mais ils n'iraient pas sur ce terrain-là. Du moins pas tant qu'elle vivrait sous son toit.

Aussi adopta-t-il une attitude plus sage : il changea de sujet.

— Si nous allions dîner ? Ensuite, je vous ferai visiter la maison et, enfin, vous pourriez m'apprendre à préparer correctement un biberon.

Ce qui lui ferait oublier, du moins l'espérait-il, les magnifiques yeux sombres qui étaient rivés sur lui et le troublaient à l'extrême.

— Bonne idée, répondit-elle d'un ton lisse.

- 5 -

Trish était étendue sur son lit, l'oreille aux aguets. Mais aucun bruit ne lui parvint contrairement aux éclats de voix et aux bruits de télévision qui émaillaient ses soirées dans le logement de Mme Chan.

Tout dans cette maison respirait le calme et la sérénité et incitait à la réflexion. Etait-ce la raison pour laquelle Nate avait choisi de vivre ici ? Pour se retrouver le plus souvent possible en tête à tête avec lui-même ?

Ils avaient dîné dans une salle à manger qui n'aurait pas dépareillé à la Maison Blanche tant elle était immense. Ils avaient pris place à une table pouvant accueillir au moins une quinzaine de convives où ils s'étaient régalés du poulet à la mexicaine confectionné par Rosita.

Et puis il y avait cette vue. Une vue à couper le souffle sur le Golden Gate Bridge depuis la vaste terrasse qui prolongeait le salon magnifiquement décoré.

Une salle de gym, un sauna et un home vidéo complétaient l'ensemble.

Tout un monde auquel elle n'appartenait pas. L'habitation, le mode de vie, même la cuisine raffinée concoctée par Rosita lui rappelaient à quel point elle était éloignée de cet univers. Dire qu'elle se sentait une intruse à l'Université de San Francisco ! Ce n'était pourtant rien comparé au luxe dans lequel elle se retrouvait, en compagnie d'un homme que sa fortune considérable n'avait pas fondamentalement changé. Car, tout milliardaire qu'il était, Nate avait gardé le sens des valeurs familiales.

Elle ne pouvait pas dire que son beau-père actuel était un mauvais bougre. Au contraire. Il avait fait le choix de partager la vie d'une femme, mère de famille nombreuse, et de la soutenir financièrement, ce qui n'était pas rien. A elle, Trish, il avait avancé la caution de trois cent cinquante dollars dont elle avait eu besoin pour louer son appartement, alors qu'il la connaissait à peine.

Tant d'hommes avant lui n'avaient été que de passage dans la vie de Pat, lui laissant en souvenir un nouvel enfant sur les bras. Comme son propre père, qui les avait abandonnées sans scrupule du jour au lendemain pour pouvoir vivre sans entrave.

Aussi était-elle profondément touchée par la compassion et le sens du devoir dont Nate faisait preuve à l'égard de ce petit être dont il n'était même pas le père. La raison pour laquelle elle évitait les hommes était évidente : il n'était pas question pour elle de prendre le risque d'élever seule un enfant. Pour l'avoir vécu de près à travers l'exemple de sa mère, elle connaissait les sacrifices qu'une telle situation exigeait.

Mais Nate… Elle se revit avec lui dans la cuisine alors qu'elle lui montrait comment préparer le biberon de la petite Jane. Elève attentif, il avait fait preuve de bonne volonté de même que d'une grande humilité. Le troisième essai avait été concluant, le résultat des deux premiers ayant été plus proche de la bouillie infâme que d'un biberon de lait digne de ce nom. Ils en avaient ri comme des adolescents avant de passer à la technique du changement de couche.

Oui, Nate était bien différent des hommes qui avaient défilé dans la vie de sa mère. Elle n'était âgée que de neuf ans quand elle avait décidé qu'elle réussirait ses études

— même s'il lui faudrait plus de temps qu'aux autres — pour se donner une chance de sortir de cette réserve indienne devenue aujourd'hui l'un de ses combats.

Elle avait également décidé ce jour-là qu'elle ne serait jamais à la merci d'un homme.

Pourtant, ne l'était-elle pas en ce moment même ? N'avait-elle pas rompu les promesses qu'elle s'était faites en acceptant de vivre sous le toit de Nate Longmire et de s'occuper de sa nièce ?

Pour la première fois de sa vie, et même si les circonstances étaient différentes, elle eut l'impression qu'elle marchait dans les traces de sa mère. Il avait suffi qu'un bel homme claque des doigts pour qu'elle mette entre parenthèses ce qui comptait pour elle.

Elle ne savait plus trop quoi penser. Ses certitudes commençaient à vaciller et elle douta soudain du bien-fondé de sa décision.

Elle en était là de ses réflexions lorsque les plaintes de la petite Jane la ramenèrent brusquement sur terre. L'horloge digitale affichait 1 h 30.

Elle rejeta draps et couvertures pour se précipiter dans la nursery. Jane gigotait doucement dans son parc, pas encore franchement réveillée.

Elle la prit dans ses bras et se mit à caresser doucement ses cheveux doux comme de la soie.

— Tout va bien, trésor, chuchota-t-elle pour la rassurer. Je suis là. Allons préparer un biberon, d'accord ? Et ne faisons pas trop de bruit pour ne pas réveiller oncle Nate.

A l'instant même où elle prononçait ces mots, le plafonnier s'alluma, éblouissant la petite qui se mit à hurler.

Elle se retourna sur Nate dont le T-shirt et le boxer-short n'étaient pas si éloignés de la tenue qu'elle-même portait.

— Tout va bien ? s'enquit-il d'une voix ensommeillée.

— La lumière… éteignez-la.

— Quoi ?

— Nate, répéta-t-elle plus haut, éteignez, s'il vous plaît. La lumière l'éblouit.

Dès qu'il eut appuyé sur l'interrupteur, les cris de Jane se calmèrent pour redevenir de petites plaintes vagissantes.

— Je n'aurais pas dû, c'est ça ? s'enquit-il.

Elle comprit alors la raison des nuits agitées que sa nièce et lui avaient vécues. Chaque fois que celle-ci émettait un bruit qui l'inquiétait, il se précipitait sur l'interrupteur, ce qui la réveillait complètement. Il n'y avait donc rien d'étonnant à ce que les nuits blanches se soient succédé.

Tout d'un coup, elle eut pleinement conscience de la proximité de Nate, à demi nu, à côté d'elle. Son imagination s'emballa. Elle s'imagina dans le même lit que lui, leurs deux corps emmêlés…

Non, se sermonna-t-elle. *Reviens sur terre, ma fille.*

Elle s'exhorta à chasser ces pensées délirantes pour se focaliser sur Jane, bien calée sur sa hanche.

— Je m'en occupe, déclara-t-elle d'un ton neutre, destiné à cacher son trouble. Retournez vous coucher.

— Vous ne voulez pas que je vous aide ?

— Non, merci. Je vais la faire téter, la changer et elle se rendormira aussitôt. Ne vous inquiétez pas.

— Vous ne voulez vraiment pas que je prépare le biberon ? proposa-t-il encore.

— Nate, je vous rappelle que vous me payez grassement pour effectuer ce travail.

Sans compter que les chances de le voir recoucher une petite Jane apaisée étaient quasi nulles.

Il ouvrit la bouche, sans doute prêt à argumenter, mais il la referma sans avoir prononcé un mot.

— Très bien, finit-il par dire. Mais surtout, n'hésitez pas à m'appeler si vous avez besoin de moi. D'accord ?

— D'accord.

Elle s'attendait à ce qu'il s'efface pour les laisser passer mais il resta là, planté sur le seuil, ce qui l'obligea à le frôler pour quitter la pièce.

Il pencha alors la tête vers elle. Le cœur battant, elle crut qu'il allait l'embrasser. Mais il déposa un baiser plein de tendresse sur les cheveux soyeux de sa nièce.

— Sois sage avec Trish, lui murmura-t-il.

Puis, ce fut sur elle qu'il fixa son regard, devenu intense.

— Vous êtes certaine de ne pas avoir besoin de moi ? insista-t-il.

Sa voix chaude et virile fit courir le feu d'un désir contenu au creux de ses reins.

— Oui, répondit-elle dans un souffle. Je vais me débrouiller.

— Dans ce cas, bonne nuit, Trish.

Sur ces mots, il lui dégagea le passage avant de prendre la direction de sa chambre.

— Bonne nuit, Nate, murmura-t-elle alors que la porte de sa chambre se refermait sur lui.

Ce n'était que la première nuit.

Il en restait encore vingt-neuf.

A travers le brouillard de sa première vraie nuit de sommeil, Nate entendit Trish se lever encore à deux reprises. A chaque fois, il se redressait dans son lit, le cœur battant d'inquiétude. Le bébé…

Puis, à chaque fois, il entendait le pas rassurant de Trish et les battements désordonnés de son cœur se calmaient.

Trish…

La femme qui veillait avec tendresse sur ce bébé devenu

sa priorité. Qui éveillait en lui un désir qu'il croyait endormi depuis bien longtemps. Avec elle, il avait envie à la fois de sexe et d'amour.

A chaque fois il s'était recouché, le désir chevillé au corps.

La première fois que Jane s'était réveillée, il n'aurait pas dû se lever. Ne payait-il pas Trish pour le faire à sa place ? Pourtant, il ne regrettait pas ces secondes qu'il avait volées à son précieux sommeil. Il la revit, tel un ange bienfaiteur venu le sauver de lui-même. Il revit ses épaules dénudées, ses courbes délicieuses…

Poussé par le désir, il avait bien failli rompre sa promesse et l'embrasser. Heureusement, il s'était ressaisi à temps. Sans doute cette faiblesse passagère était-elle à mettre sur le compte de la fatigue de ces derniers jours, car il se savait doué d'une grande maîtrise de soi.

Fort de cette constatation, il resta couché, naviguant entre les eaux troubles de la conscience et de l'inconscience. Lorsque, pour la troisième fois, il entendit le pas feutré de Trish aller et venir entre sa chambre et la nursery, il consulta sa montre. Il était 7 heures. Bien trop tôt pour se lever.

Mais l'image tentatrice de Trish revint le hanter. Il l'imagina s'affairer, la petite Jane calée sur la hanche, comme il l'avait déjà vue tant de fois. Il revit son sourire, la lueur d'amusement au fond de ses prunelles sombres, tandis qu'il s'entraînait à préparer un biberon.

Il émanait d'elle une bienveillance et une générosité de cœur qui ne pouvaient qu'être sincères. Evidemment, si elle apprenait ce qu'il s'était passé entre Diana et lui, peut-être serait-elle moins indulgente à son égard. Moins charitable.

Mais toutes les femmes n'étaient pas à l'image de Diana, prompte à céder à un Brad sans scrupule.

A l'instant où il eut cette pensée, il fut envahi par un fort sentiment de culpabilité.

Il était fatigué. Epuisé, même. A cause de cet état de fatigue extrême, il avait presque failli à sa parole. Cela ne lui ressemblait pas du tout.

Et si Trish changeait d'avis après cette première nuit ? Peut-être avait-il enfreint, malgré lui, la limite à ne pas dépasser. Autrement dit, il ne vaudrait guère mieux que Brad, incapable qu'il avait été de résister à une jolie femme.

En proie à une panique intense, il sauta hors du lit et enfila un jean et un T-shirt propres. Première chose à faire : présenter des excuses à Trish. Ensuite, mettre une barrière entre Trish Hunter nounou de la petite Jane et Trish Hunter, la jolie femme qui alimentait ses fantasmes. Dieu ait son âme, mais il n'était pas Brad et ne le serait jamais.

Tout en descendant l'escalier, il chercha mentalement ce qu'il allait lui dire. Or contre toute attente, rien ne lui vint. Tant pis ! Il improviserait.

Il se rendit d'abord dans le boudoir où il pensait les trouver, mais la pièce était vide. Tout comme la cuisine. Ce ne fut qu'une fois dans le salon, dont les baies vitrées étaient grandes ouvertes qu'il comprit : elles étaient sur la terrasse.

Trish était assise dans un fauteuil, sa chevelure luxuriante étalée sur le dossier. Elle était pieds nus mais, contrairement à la nuit précédente, elle était vêtue d'un jean et d'un pull destinés à la protéger de la fraîcheur matinale. Jane, serrée contre elle et emmitouflée dans une couverture en polaire, admirait avec elle le Golden Gate Bridge émergeant des derniers lambeaux de brume. Il émanait de cette scène une douceur et une quiétude infinies.

Hésitant à rompre la perfection de cet instant, il resta immobile sur le seuil, à les observer.

— Bonjour, lança Trish qui avait perçu sa présence derrière elles.

Il alla les rejoindre, à la fois ravi et bouleversé de voir le visage de sa nièce se fendre d'un large sourire et l'une de ses menottes se tendre vers lui.

— Bonjour, répondit-il. La nuit a été longue ?

Se trompait-il lorsqu'il crut voir le visage de Trish s'éclairer alors qu'elle le regardait par-dessus son épaule ?

— J'ai connu pire, répondit-elle en lui souriant.

Plus de folies, s'ordonna-t-il en son for intérieur. C'était le marché qu'ils avaient conclu. Il offrit donc son index à Jane dont le sourire s'élargit un peu plus lorsque ses petits doigts vinrent s'enrouler dessus.

— Elle est heureuse, constata-t-il. Je veux dire... enfin, vous comprenez ce que je veux dire. Je ne l'ai pas vue aussi joyeuse avant votre arrivée.

Elle caressa les cheveux soyeux du bébé.

— Une bonne nuit de sommeil, un petit ventre plein. Il en faut peu, vous savez, pour rendre un bébé heureux.

Le moment était venu de se lancer et de lui présenter ses excuses. Elle lui était devenue si indispensable qu'il devait la retenir par tous les moyens.

— Trish... je voulais vous dire. Au sujet de cette nuit...

— Si vous voulez du café, j'en ai préparé, le coupa-t-elle. Mais je vous préviens, il ne doit pas être terrible. Je n'ai pas l'habitude de ce genre de machine.

Un silence gêné s'installa entre eux qu'interrompit un petit couinement de Jane qui tenait toujours fermement le gros index de son oncle entre ses doigts minuscules.

Visiblement, il s'y était mal pris. Il n'avait plus qu'à ravaler sa fierté et aller droit au but.

— Je suis désolé d'avoir franchi la limite que nous nous étions imposée, lâcha-t-il d'un trait. Je crois que j'ai agi un peu comme un...

— Quelle ligne avez-vous franchie ? l'interrompit-elle une nouvelle fois.

— Eh bien, je… j'ai…, balbutia-t-il.

— Vous aviez envie de m'embrasser ? termina-t-elle pour lui.

Sa franchise et sa spontanéité le prirent de court. Il se sentait déjà maladroit et empoté, d'un coup il se sentit mortifié.

— Oui, avoua-t-il, contrit.

Elle observa quelques secondes de silence durant lesquelles elle parut réfléchir à la meilleure réponse.

— Mais vous ne l'avez pas fait, finit-elle par constater.

— Parce que cela fait partie des clauses du marché passé entre nous. Et parce que je veux vous prouver que je suis quelqu'un de confiance. Vous vous occupez à merveille de Jane, elle s'épanouit déjà à votre contact. Je m'en voudrais de rompre ce bel équilibre.

— Mais vous ne l'avez pas fait, répéta-t-elle, sourde à ses arguments. Vous n'êtes pas entré dans ma chambre au beau milieu de la nuit et, à aucun moment, vous ne m'avez forcée à agir contre mon gré.

Ces mots, prononcés avec un détachement qui faisait froid dans le dos, lui firent prendre conscience de l'impensable. Si lui n'avait pas eu le comportement qu'elle venait d'énoncer, quelqu'un d'autre, si.

— Jamais je ne vous forcerai à faire quoi que ce soit, Trish, lâcha-t-il d'une voix pleine d'émotion.

Elle approuva en silence.

— Dans ce cas, je ne vois rien qui s'oppose à ce que je reste, trancha-t-elle. Un marché est un marché. Quant au jeu de la séduction entre un homme et une femme, il est presque inévitable. Tant qu'il n'y a pas passage à l'acte…

— Parfait, répliqua-t-il en assimilant ce qu'elle venait de lui dire.

Avait-elle vraiment sous-entendu qu'elle était attirée par lui, comme lui l'était par elle ?

Quelle importance ? Puisqu'elle s'en tiendrait aux termes du contrat. En revanche, une fois le mois écoulé…

Ragaillardi par cette perspective, il abaissa le regard sur sa tasse vide.

— Encore un peu de café ?

— Volontiers, répondit-elle dans un sourire qui le fit fondre.

Nate était parti depuis si longtemps que Trish pensa aller le retrouver dans la cuisine. Mais la beauté du spectacle qui s'offrait à sa vue la retint de se lever.

Elle resta donc dans son siège et se mit à jouer avec Jane. En l'espace de vingt-quatre heures à peine, elle avait vu la personnalité de la petite fille changer du tout au tout. C'était aujourd'hui un bébé heureux et souriant.

— Tu es un amour, lui confia-t-elle, pleine de tendresse. Ta maman devait être folle de toi.

Elle éprouva un violent pincement au cœur à l'idée que Jane ne connaîtrait jamais sa mère et qu'elle ne garderait, d'elle, Trish, aucun souvenir. Tout ce qu'elle pouvait faire, c'était de préparer Nate au mieux pour la tâche difficile qui l'attendait.

Ensuite, peut-être… Elle mit aussitôt un terme à ses rêveries.

Non. Elle ne pouvait se permettre de rêver à une belle histoire d'amour. Que Nate soit attiré par elle ne signifiait pas pour autant qu'il envisageait un avenir avec elle. Surtout sur le long terme.

Ses pensées furent justement interrompues par Nate qui revenait, chargé d'un plateau.

— Le petit déjeuner est prêt, annonça-t-il d'une voix enjouée avant de déposer le plateau devant elle.

Bacon, œufs brouillés, toasts, café et même un biberon de lait, il ne manquait rien à ce fabuleux repas.

— Eh bien ! s'exclama-t-elle. Je me demandais pourquoi vous étiez si long à revenir mais je ne suis pas déçue.

— Il s'avère qu'effectivement, votre café était infect, déclara-t-il dans un sourire indulgent. Aussi, pendant que la machine était en route, j'ai décidé de concocter le petit déjeuner. Et j'en ai aussi profité pour préparer un biberon, au cas où…

Elle prit un toast qu'il avait eu la délicatesse de beurrer pour elle et mordit dedans avec appétit.

— Vous cuisinez ? s'enquit-elle, visiblement intéressée. Je croyais que c'était le rôle principal de Rosita.

— Rosita est à mon service depuis que j'ai acheté cette maison seulement. Avant de vendre ma société, je ne pouvais envisager de dépenser de l'argent pour un service que je jugeais futile. Des restes de l'éducation rigide des gens du Midwest, sans doute, mais que voulez-vous, on ne se refait pas. Toujours est-il que je devais bien me nourrir, alors je me suis mis aux fourneaux. Sans être un fin cordon-bleu, disons que je me débrouille.

Il lui servit d'autorité deux tranches de bacon grillées.

— Des œufs ?

— Volontiers, merci.

Elle avait l'impression de vivre une situation surréaliste. En effet, qui pourrait croire que le milliardaire Nate Longmire, célibataire le plus convoité de la Silicon Valley, lui avait concocté lui-même ce délicieux petit déjeuner ?

Comment une femme était-elle censée résister, face à tant de délicates attentions ?

— C'est vraiment délicieux, le félicita-t-elle.

Il la remercia d'un hochement de tête, à la fois gêné et flatté.

— C'est si calme ici, poursuivit-elle. Et pourtant, nous sommes en ville.

— J'ai insisté sur ce point avec l'architecte qui a procédé aux travaux de rénovation. Je voulais vraiment pouvoir apprécier le silence tout en ayant la ville à proximité.

Il désigna la haie d'arbustes qui ceinturait la propriété.

— Une autre haie, invisible, double celle-ci, précisa-t-il. Elles me préservent non seulement du bruit mais également des regards indiscrets. On n'est jamais trop prudent.

Il faisait de nouveau allusion à quelque chose qu'il souhaitait voir enfoui.

— Où viviez-vous avant d'emménager dans cette maison ? demanda-t-elle.

— J'avais un appartement à Mission District, répondit-il. Et vous ?

— Je vivais dans un appartement en entresol, dans le quartier d'Ingleside. J'y suis restée cinq ans.

— Rappelez-moi d'où vous venez.

— De la réserve indienne Standing Rock. Elle est située à cheval entre le Dakota du Nord et le Dakota du Sud. Nous, nous vivons du côté sud.

Pour la première fois, sa mémoire se ferma aux paysages verdoyants du pays où elle était née et avait grandi. Les images ne pouvaient se superposer à celles, grandioses, qu'elle avait sous les yeux.

— C'est vraiment une toute petite réserve, peuplée de quelques dizaines d'Indiens à peine. Notre école est un mobile home installé il y a une vingtaine d'années seulement. Vous imaginez ?

Elle laissa échapper un soupir où se mêlaient révolte et impuissance.

— Vous m'avez bien dit que vous aviez vingt-cinq ans ? s'enquit-il encore.

— C'est exact.

— Comment se fait-il que vous n'ayez intégré l'université qu'à l'âge de vingt ans ?

Elle reposa son assiette, son bel appétit soudain envolé.

— J'imagine que si j'avais eu une famille normale, je n'aurais pas eu de retard dans mes études. Malheureusement, ça n'a pas été le cas.

Elle s'empara du biberon, puis introduisit la tétine dans la petite bouche de Jane qui se mit à la téter goulûment.

Elle hésitait à lui livrer cette partie sombre de sa vie. Cependant, si elle lui faisait prendre conscience de cette réalité sordide, peut-être souhaiterait-il s'impliquer davantage dans One Child One World. Il pourrait même jouer un rôle de conseiller à ses côtés.

Mais alors il saurait. Et lorsque les gens savaient, ils ne voyaient plus en elle une femme comme les autres mais une créature à la réputation entachée qui inspirait la pitié. Elle ne le supporterait pas. Tout ce qu'elle voulait, c'était être respectée, rien de plus.

Elle pourrait mentir. Prétendre qu'elle avait perdu deux années précieuses à chercher sa voie. Mais comment le pourrait-elle avec cet homme qui avait toujours fait preuve de la plus grande honnêteté avec elle ?

Elle choisit donc d'adoucir un peu la réalité.

— La vie est parfois injuste, commença-t-elle. En ce qui

me concerne, j'ai dû mettre mes études entre parenthèses pour aider à la maison.

« Aider à la maison » ! Comme si élever ses frères et sœurs était une chose normale.

— C'est vrai, la vie peut parfois se montrer injuste. Si elle ne l'était pas, nous ne serions pas là, l'un en face de l'autre.

— C'est exact. Même si se faire servir un petit déjeuner par un milliardaire, dans un décor de rêve, ce n'est pas si mal, répliqua-t-elle en souriant.

— Pour moi aussi, aujourd'hui est meilleur qu'hier, vous savez.

Et pour elle, donc ! Hier, son petit déjeuner était constitué de céréales sans lait qu'elle mangeait avec parcimonie, la boîte devant lui tenir la semaine.

— Et demain ? demanda-t-il avec une pointe de malice. Qu'en sera-t-il ?

— Demain sera un autre jour, rétorqua-t-elle sur un ton faussement docte.

Il leva les yeux au ciel, faisant mine d'être exaspéré.

— Il faudrait que nous établissions un planning. Vous avez besoin de temps pour vos études et moi, il va bien falloir que je me lance tout seul avec Janie.

— Je ne suis pas inquiète. Vous apprenez vite.

Elle aurait juré le voir rougir, ce qui le rendit encore plus séduisant à ses yeux.

— Si vous le dites. Quels sont les jours où vous devez vous rendre à l'université ?

— Je pourrai regrouper mes cours les mardis et mercredis. Il me faudra une heure de trajet en bus, mais…

— Vous ne prendrez pas le bus, déclara-t-il.

— Pardon ?

— Prendre le bus serait une perte de temps. Je peux vous prêter une voiture, ce qui facilitera vos déplacements.

Une voiture, rien que pour elle. Le rêve. Seulement il y avait un problème.

— Je ne peux pas, répondit-elle.

Il balaya son objection d'un revers de la main.

— Je vous rappelle que vous travaillez pour moi et que votre temps est précieux. Je ne vais pas vous laisser le gâcher en déplacements, juste parce que vous avez des principes et refusez de m'emprunter cette voiture.

— Je n'ai pas de permis, Nate, lâcha-t-elle.

Il la regarda avec des yeux ronds.

— J'ai déjà conduit, bien sûr, précisa-t-elle. Mais je...

— Oui ?

— Je n'ai jamais eu les moyens de me payer des cours de conduite et de toute façon il n'y a aucune chance que je puisse m'offrir une voiture un jour, alors à quoi bon ?

— Qu'à cela ne tienne ! Vous prendrez un taxi. C'est un excellent moyen de locomotion, surtout dans une grande ville comme San Francisco.

— Non.

— Pourquoi ? Parce que c'est trop cher ?

Son insistance la fit rougir. Comment pourrait-il comprendre qu'elle n'avait aucune intention de dilapider le salaire qu'elle allait percevoir ? Que cette somme, qui représentait pour elle une véritable fortune, elle allait s'arranger pour la faire durer le plus longtemps possible ? Il risquait de lui rire au nez.

— Oui, répondit-elle en toute franchise. Je prendrai le bus.

— Laissez-vous gâter, Trish. Et permettez-moi de vous offrir vos déplacements en taxi.

Elle le considéra quelques secondes en silence.

— Vous avez décidé de ne pas me faciliter les choses, finit-elle par marmonner. Je me trompe ?

— Et encore, vous n'avez rien vu ! répliqua-t-il d'un ton malicieux. Allez, c'est dit : je prends vos frais de transport à ma charge. Et ne discutez pas. C'est moi le patron.

— Ridicule, marmonna-t-elle, secrètement ravie.

— Non, contra-t-il. Ce qui est ridicule, c'est de payer une bande dessinée cinq millions de dollars.

— Vous m'offrez déjà tellement, Nate ! Non seulement vous me payez beaucoup mais en plus, je suis logée et nourrie dans des conditions que n'importe qui m'envierait. Sans compter le téléphone portable.

Elle se sentit soudain mal à l'aise. Elle lui devait tant !

— N'exagérons rien, minimisa-t-il. Ce n'est pas comme si je mettais mon jet privé à votre disposition pour effectuer dix kilomètres. Je ne le sors pas pour moins de vingt.

Ce trait d'humour la fit rire de bon cœur. Une douce chaleur se propagea en elle, qui ressemblait à s'y méprendre à une sensation de bien-être.

— Et vous ? interrogea-t-elle. Quel est votre programme pour les jours à venir ?

— Je suis disponible cette semaine, hormis samedi soir, pour le gala de charité, auquel je dois absolument assister. Et sans doute les deux autres samedis du mois. A moins que cela ne vous pose un problème, ajouta-t-il.

— Aucun, répondit-elle sans mentir.

Car elle n'en doutait plus à présent, la présence permanente de Nate Longmire à ses côtés allait s'avérer difficile. Comment pourrait-il en être autrement quand, après avoir vécu cinq ans dans un lieu sordide, elle se retrouvait propulsée dans une maison de rêve, en compagnie d'un homme attentionné qui lui préparait son petit déjeuner et insistait pour prendre soin d'elle ?

Ce ne serait pas facile de tourner le dos à tant de confort et de douceur de vivre.

Non, ce ne serait pas facile.

- 6 -

A la première heure, ce lundi matin, Nate appela l'Université de San Francisco pour expliquer à son président la raison pour laquelle il lui soufflait l'un de ses meilleurs éléments. Le dédommagement en serait, bien sûr, une somme conséquente versée au département du Service social.

Quelques heures plus tard, les meubles commandés étaient livrés dans la nursery, le téléphone portable de Trish en sa possession et le contrat qui les liait dûment formulé et signé, le tout sous les directives du fidèle Stanley.

Ce dernier attendit d'être seul avec Nate pour se laisser aller à un commentaire flatteur, dans un style bien à lui.

— Elle est canon, la petite !

— Ce n'est pas ce que tu crois, s'empressa-t-il de rétorquer.

Stanley ricana, manifestant ainsi son scepticisme.

— Dommage pour toi. Depuis combien de temps n'as-tu pas emballé une fille ?

Bien qu'habitué aux remarques acerbes de son ami, Nate se sentit rougir.

— Ce n'est pas le propos, protesta-t-il.

En guise de réponse, Stanley lui donna une bourrade dans les côtes, si délicate qu'elle le déséquilibra et qu'il se raccrocha au berceau désormais installé à la place indiquée un peu plus tôt par Trish.

— Jusque-là, je t'ai vu prendre tes jambes à ton cou dès qu'une fille te tournait autour. Et jamais, je ne t'ai vu en reluquer une comme cette Trish Hunter. Mais le plus incroyable, c'est que tu as l'air complètement envoûté.

Stanley secoua la tête, signe chez lui de la plus totale incompréhension.

Nate s'autorisa quelques secondes de silence. Devait-il confier à son ami la scène avec Trish, l'autre matin, quand elle l'avait si aisément percé à jour ? Il décida que oui.

— Je crois que j'ai fait une gaffe, commença-t-il.

— Ah bon ? Ne me dis pas que tu lui as fourré ta langue dans la bouche au premier baiser ? se moqua Stanley sans pitié.

— Je ne l'ai pas embrassée.

En tout cas, pas encore, ajouta-t-il en son for intérieur.

— Elle a été très claire à ce sujet. Pas de sexe entre nous.

Stanley accueillit cette remarque par un sifflement.

— Merde…

— J'en profite pour te rappeler que si un mot de cette conversation parvient à la presse, je te…

— Pas besoin de me le seriner. Il y a longtemps que j'ai capté le message, mon pote. Tu le sais bien, je ne t'ai jamais trahi, que je sache.

Il chercha néanmoins dans le regard de son ami une confirmation de ce qu'il venait de déclarer.

— C'est une femme étonnante, poursuivit Nate. Tu n'as pas idée.

— Non, mais tu ne vas pas tarder à m'expliquer.

— Nous avons conclu un pacte et je me tiens toujours aux clauses énoncées.

— Malheureusement, je suis bien placé pour le savoir, commenta Stanley dans un soupir, comme si c'était la chose la plus stupide qu'il ait jamais entendue. Tu es l'homme le moins intéressé qui soit.

— Au fait, as-tu fait le nécessaire pour que les fonds soient versés à son association ?

— A vrai dire, j'étais très occupé à jouer les acheteurs chez Babies 'R'Us, se défendit-il. Et crois-moi, ça n'a pas été une mince affaire. Je te rappelle que je suis célibataire sans enfant. Alors, non, je n'ai pas encore eu le temps de me pencher sur le problème mais c'est ce que j'ai l'intention de faire, aussitôt que j'aurai fini d'assembler les différentes pièces de cette saleté de lit. Tu comptes toujours te rendre au gala de charité, samedi ?

— Oui.

— Parce que ce jour-là j'ai une réunion de famille. Si je te sors ton smoking maintenant, tu seras capable de nouer ta cravate tout seul ?

Il ne pouvait refuser une telle faveur à Stanley qui ne lui demandait que rarement une journée de liberté.

— Sans doute, acquiesça-t-il sans grande conviction.

— Tu comptes emmener Trish ? s'enquit Stanley, l'esprit déjà ailleurs. Sans quoi, tu ne vas pas couper aux assauts du vieux Finklestein qui va encore essayer de te jeter dans les bras de sa petite-fille.

— Seigneur ! Je l'avais oublié, celui-là, déplora Nate d'un ton agacé.

En effet, il n'avait pas pensé à Martin Finklestein, un pilier de la haute société de San Francisco qui, depuis que Nate avait fait son entrée dans le club très fermé des milliardaires, avait décrété que sa petite-fille Lola serait pour lui l'épouse idéale.

— Et si j'annulais ma participation ? songea-t-il tout haut.

— Vas-y plutôt avec Trish, suggéra Stanley.

— Et que faisons-nous de Jane ? Je n'ai pas de baby-sitter sous la main.

— J'en prends note, dit Stanley. Et voilà ! ajouta-t-il sur un ton victorieux alors qu'il venait enfin d'emboîter la dernière pièce du petit lit. Crois-moi, mec, les enfants, c'est une prise de tête !

— Et encore, tu es loin de la vérité, répliqua Nate en riant.

Trish s'était mis en tête de réguler les heures de sommeil de la petite Jane. Le bébé était censé rester éveillé jusqu'aux environs de 13 heures, aussi y avait-il un laps de temps durant lequel elle était passablement agitée avant d'être mise au lit pour sa sieste.

Par « passablement agitée », on pouvait comprendre carrément insupportable. Il avait l'impression d'une régression qui le renvoyait aux premiers jours de son arrivée chez lui, quand Jane hurlait sans cesse. Trish, elle, ne semblait pas le moins du monde dérangée par ces hurlements, de sorte qu'elle continuait à s'occuper de la petite sans se départir de son sourire angélique.

Néanmoins, force fut de constater que sa méthode portait ses fruits. En quelques jours à peine, Jane se mit à dormir de 13 à 15 heures et ne se réveillait la nuit que deux fois au lieu de trois, ce qui permettait à la maisonnée de mieux se reposer.

Puis vint le jour où Trish dut se rendre à l'université. Elle avait fini par accepter qu'il paie ses frais de déplacement. Elle n'avait repris ses cours qu'une fois certaine que Rosita et lui étaient capables de préparer correctement le biberon de Jane et de changer sa couche.

— Appelez-moi si vous avez un problème, ajouta-t-elle

alors qu'elle s'apprêtait à déserter la maison. Mais je suis certaine que vous allez très bien vous débrouiller sans moi.

Pour accompagner ses paroles, elle lui avait légèrement pressé le bras, afin de le rassurer, et il avait adoré. Puis, après avoir déposé un baiser sur la petite tête de Jane, elle était partie, visiblement confiante.

— Et toi, qu'en penses-tu ? demanda-t-il alors à sa nièce.

La petite lui répondit par un gazouillis qui le ravit.

— Je te comprends, répliqua-t-il lorsqu'elle se tut. Je ressens la même chose.

La journée fut longue. Il réussit néanmoins à coucher Jane pour sa sieste sans qu'elle rechigne, ce qui représentait un sacré progrès, après tous les échecs qu'il avait subis auparavant.

Il n'empêche qu'il fut heureux et soulagé lorsque, à 17 h 30 tapantes, il entendit une voiture remonter l'allée.

— Je suis bien content de vous revoir, annonça-t-il dès que Trish eut franchi la porte.

Elle tendit les bras à la petite qui vint s'y blottir sans demander son reste.

— Allons, allons. La journée a été difficile ? Pourtant, elle a l'air en pleine forme, et je vois que vous avez réussi à l'habiller correctement.

Une fois de plus, il rougit sous le compliment.

— Je la sens un peu nerveuse, avoua-t-il. J'ignore si ce sont ses dents qui la travaillent ou si c'est parce que vous lui manquez…

— Oh ! trésor, murmura-t-elle à l'oreille de la petite, tout en lui caressant le dos.

Aussitôt, Jane enfouit son petit visage ruisselant de larmes dans le cou de Trish. Encore une fois, il fut frappé par la force du lien qui les unissait l'une à l'autre. La réalité le frappa d'un coup : Trish ne serait jamais Diana et il ne serait jamais Brad.

Soudain, il repensa à la suggestion de Stanley : proposer à Trish de l'accompagner au gala de charité. Après tout, pourquoi pas ? Il l'imaginait bien dans une robe qui rehausserait sa beauté naturelle, son bras passé sous le sien alors qu'ils graviraient les marches de l'Opéra. Voilà qui dissuaderait peut-être le vieux Finklestein.

Sauf que Trish ne devait pas posséder de robe de gala et qu'elle refuserait de s'en voir offrir une.

Sauf qu'il fallait faire garder Jane et qu'il y avait fort à parier que Rosita, trop heureuse de s'être déchargée de ce fardeau sur Trish, n'accepterait pas de renouer avec cet enfer, ne serait-ce que le temps d'une soirée.

Il n'avait plus qu'à espérer pouvoir échapper à Finklestein et à ses idées fixes.

Une fois seul, il décida d'appeler ses parents. A cette heure, Joe devait se reposer, assommé par les médicaments, et il pouvait espérer une discussion à peu près tranquille.

Ce fut sa mère qui décrocha.

— Bonjour, maman. Comment vas-tu ?

— Nous faisons aller, éluda-t-elle. Et toi, avec Jane ?

— Tout va pour le mieux. J'ai trouvé une nounou exceptionnelle. Elle a pris les choses en mains et grâce à elle, tout semble rentrer dans l'ordre.

Sa mère poussa un profond soupir de soulagement.

— Dieu merci, lâcha-t-elle dans un souffle. Ton père et moi nous faisions un sang d'encre. Tu sais, nous culpabilisons de t'avoir imposé un tel fardeau, mais Joe est vraiment déstabilisé par cet événement et…

— Je sais, maman, la coupa-t-il avec douceur. Ça va aller, je t'assure. Trish est là maintenant… c'est la nounou. Trish Hunter. Elle s'y prend à merveille avec la petite. Toutes les deux s'aiment beaucoup. Je t'enverrai des photos, d'accord ?

— Ce serait merveilleux, mon chéri. Je dois te laisser, Joe vient de se lever. Je te rappelle plus tard. J'essaierai de venir vous voir une fois que les choses se seront un peu calmées.

— Quand tu veux, maman. Je sais que Jane sera heureuse de te revoir.

— Nous sommes si fiers de toi, mon chéri.

C'était par cette phrase que sa mère concluait habituellement leurs discussions, mais cette fois, elle eut en lui une résonance particulière.

— Je vous aime, maman. Embrasse bien Joe pour moi.

Il raccrocha, pensif. Qu'allait devenir sa vie avec la petite Jane ? Allait-il trouver l'amour ? Et si oui, avec qui ?

Stanley avait raison. S'il continuait sur sa lancée, il passerait sa vie entouré d'une succession de nounous jusqu'à ce qu'il soit capable d'élever Jane tout seul.

S'imaginer vivre ainsi l'ennuyait à l'extrême. Et cette image se superposa alors au tableau que formaient Trish et la petite Jane sur ses genoux, ce matin.

Trish était là pour un mois, même moins maintenant.

Et ensuite ?

Ensuite, il n'avait pas la moindre idée de ce qui l'attendait.

Ce jeudi-là, Trish était sur le chemin du retour, prisonnière des embouteillages, lorsqu'elle eut l'idée d'utiliser son smartphone pour la première fois.

Elle allait appeler chez elle.

— Allô ? répondit la voix fluette de Patsy à la quatrième sonnerie.

— Salut, ma puce, répondit-elle.

— Trish ! couina la petite à l'autre bout. Tu me manques.

Tu rentres quand ? Tu vas encore m'envoyer des cadeaux ? J'ai trooop aimé le carnet de l'autre jour !

— Doucement, doucement, la tempéra-t-elle.

L'enthousiasme délirant de sa plus jeune sœur la fit sourire. Evidemment, dans ce quartier chic de la ville, le carnet Hello Kitty qu'elle avait déniché en soldes n'avait aucune valeur. Patsy voyait, quant à elle, dans ce présent, un cadeau d'une valeur inestimable.

— Tu vas toujours à l'école, au moins ? s'enquit-elle avec une pointe d'inquiétude. Pour avoir droit à un autre cadeau, tu dois faire un excellent troisième trimestre.

Elle entendit Patsy soupirer et put aisément imaginer les yeux qu'elle levait au ciel.

— Oui, j'y vais tous les jours et M. Iron dit que c'est moi qui lis le mieux.

— Parfait.

— Tu rentres quand ? répéta Patsy.

— Pas avant deux mois.

— C'est trop long ! Pourquoi tu reviens pas quand tu auras terminé tes examens ?

— Parce qu'il s'est passé quelque chose. J'ai trouvé un nouveau travail et je dois rester ici un peu plus longtemps.

Un silence pensif accueillit cette information.

— Tu l'aimes, ce nouveau travail ? finit par demander Patsy.

— Oui, répondit-elle sans hésitation.

Une belle demeure, un emplacement spectaculaire, des plats raffinés... Même sans le salaire mirobolant qui lui était alloué, ces seuls avantages en faisaient un poste de rêve. Sans parler de la présence du séduisant Nate Longmire.

— Je viendrai vous voir dès que j'aurai fini ce travail, ajouta-t-elle. Maman est là ?

— Non. Elle aussi, elle a trouvé un nouveau travail. Mais papa est là. Tu veux lui parler ?

— Bien sûr. Passe-le-moi.

— Papa ! hurla la petite pour qui Tim, entré dans sa vie alors qu'elle n'avait que deux ans, faisait office de père. C'est Trish. J'espère que tu seras là cet été, ajouta-t-elle d'une voix plus basse. Comme ça, je te montrerai la récompense que j'ai reçue pour mon exposé sur le Lakota.

Elle eut soudain le mal du pays. Jusqu'à son installation à San Francisco, cinq ans plus tôt, elle avait toujours accompagné ses frères et sœurs dans les moments forts qui rythmaient leurs vies. Jamais elle n'avait manqué une réunion scolaire, une remise de prix, un match de basket.

— C'est magnifique, ma chérie, la félicita-t-elle en refoulant la boule qui lui nouait la gorge. Moi aussi, il me tarde de te voir.

— Ah, voilà papa. Je te le passe. Au revoir, Trish.

— Au revoir, Patsy.

— Salut, Trish, lança Tim de sa voix bourrue.

— Salut, Tim. Comment ça va à la maison ?

— Pas si mal. Ta mère a décroché un nouveau boulot. Ta sœur Millie lui a trouvé un poste de secrétaire à la gendarmerie.

— Vraiment ? s'étonna-t-elle.

Car la Pat qu'elle connaissait était incapable de garder un emploi, un mari ou une maison. Cette instabilité permanente, il avait fallu que ce soit elle, Trish, qui la compense auprès de ses frères et sœurs en jouant le rôle de la maman responsable.

— Le boulot a l'air de lui plaire, répondit Tim qui avait

deviné le scepticisme de sa belle-fille. Je crois que cette fois, elle s'y tiendra un moment.

— Tant mieux. J'espère que l'avenir te donnera raison. J'appelais pour vous dire que j'ai trouvé du travail pour un mois et vous donner ma nouvelle adresse.

— Laisse-moi une seconde, que je trouve un stylo et du papier. Voilà, je t'écoute.

Elle lui dicta l'adresse ainsi que le numéro de son téléphone portable.

— Je suis très bien payée, annonça-t-elle. Je vais être en mesure de te rembourser les trois cent cinquante dollars que tu m'as avancés pour la caution de l'appartement.

Tim observa quelques minutes d'un silence qu'elle ne sut trop comment interpréter.

— Trish, finit-il par dire, c'était un cadeau.

— Il n'en est pas question. Je tiens vraiment à te rembourser.

— Je te le répète, insista-t-il. C'était un cadeau. Une chance de te voir partir d'ici. Si je le peux, je ferai de même pour tes frères et sœurs.

Sa gorge se noua en même temps que ses yeux se brouillaient de larmes.

— C'est vrai, Tim. Si tu n'avais pas été là, je n'aurais pas pu partir. J'aurais été coincée là, à être une mère pour les enfants de ma propre mère.

Sans l'aide de son beau-père, elle ne serait jamais allée à l'université ; elle n'aurait jamais décroché ses diplômes ; elle n'aurait jamais fondé son association. Elle aurait continué à vivre dans cette réserve, sans espoir de vie meilleure.

— Tu n'as pas à me donner plus que ce que tu ne m'as déjà donné, répliqua-t-elle d'une voix tremblante d'émotion. Tu n'auras qu'à utiliser cet argent pour les petits.

Tim éclata d'un rire faussement joyeux.

— Tu as toujours été une forte tête. Il n'y a aucune raison pour que tu changes, pas vrai ? Mais Pat étant ce qu'elle est, je suppose qu'il ne pouvait en aller autrement.

— Pourquoi restes-tu avec elle ? s'entendit-elle demander presque sans l'avoir voulu.

Elle avait toujours désiré savoir. Elle comprenait bien ce qui attirait le regard des hommes. En dépit de dix grossesses, sa mère avait gardé une jolie silhouette. Mais le même scénario se répétait à l'infini. A un moment donné, et malgré ce qui les avait attirés, les hommes finissaient toujours par se détourner d'elle et la quitter. A l'exception de Tim.

— L'amour fait faire de drôles de choses, la vie te l'apprendra, expliqua-t-il d'un ton docte. Ta mère n'est pas parfaite, loin de là, mais moi non plus. Mes mariages précédents sont là pour me le rappeler. Pourtant je me sens à ma place, ici, entre Pat et sa marmaille. Lorsque tu auras vu autant de choses que moi, tu comprendras ce que je veux dire.

— Je suppose, oui.

— La vie s'est chargée de te faire grandir trop vite. Mais, parole de vieil homme, tu es encore très jeune, avec beaucoup de belles choses à découvrir. Garde donc ces trois cent cinquante dollars et fais-toi plaisir. Cet argent t'appartient. Je ne veux pas que tu me le rendes.

— Merci, Tim. Je...

Submergée par l'émotion, elle dut marquer une courte pause avant de reprendre :

— Cela signifie beaucoup pour moi.

— Veux-tu que je dise à ta mère que tu as appelé ?

— Oui. Dis-lui aussi que je suis contente que son nouveau travail lui plaise.

Une fois qu'ils eurent raccroché, elle resta un long moment

pensive. Elle était assise à l'arrière d'une belle voiture conduite par un bel homme qui la ramenait dans une belle maison où l'attendait le plus craquant des milliardaires.

Contrairement à Tim, rien dans tout cela ne la faisait se sentir à sa place.

- 7 -

Il n'y arrivait pas.

Il n'arrivait pas à faire le nœud de cette fichue cravate.

Aucune de ses tentatives répétées ne ressemblait aux instructions dispensées par YouTube. Il avait la désagréable impression d'être aussi gauche qu'un enfant de quatre ans qui s'entête à vouloir lacer ses chaussures tout seul.

Et s'il renonçait ? Il pourrait se rendre au gala sans cravate et proclamer que c'était la dernière tendance à la mode. Cela pourrait même se révéler une expérience sociologique intéressante. Qui sait si cet acte de rébellion commis par l'un des hommes les plus riches du pays ne serait pas imité par des milliers d'autres personnes ?

La voix de Trish se fit entendre depuis le seuil de sa suite.

— Toc-toc, lança-t-elle. Nous sommes venues vous dire bonne nuit.

— Mademoiselle Jane est prête à aller se coucher ? s'enquit-il en se penchant pour l'embrasser.

D'un geste vif, la petite détourna la tête.

Trish avait eu beau lui expliquer que cela ne signifiait rien, que Jane était simplement trop fatiguée, il avait le cœur qui se serrait chaque fois que sa nièce refusait ses baisers.

— Bonne nuit, Janie, lança-t-il d'un ton faussement enjoué. Dors bien.

Lorsqu'il se redressa, il vit le regard de Trish rivé au sien. L'espace d'un bref instant, ils restèrent ainsi, si près l'un de l'autre qu'il put distinguer différentes nuances dans ses prunelles sombres.

Ce fut Trish qui rompit le silence la première.

— Voulez-vous que je vous aide ? demanda-t-elle en pointant sa cravate du menton.

— Vous savez aussi faire ça ?

— En tout cas, ça ne sera pas pire que ce que je vois, rétorqua-t-elle en souriant. Pouvez-vous attendre que j'aie couché la petite ?

— Bien sûr.

Par les portes restées ouvertes, il la vit s'installer dans le fauteuil à bascule et donner à Jane son dernier biberon de la journée tout en lui racontant l'histoire de Boucles d'Or.

Il ressentit de nouveau ce sentiment de plénitude qu'il n'avait découvert qu'au contact de Trish et de Jane. Un sentiment de paix absolue qui le comblait. Les paroles de Stanley lui revinrent alors en mémoire :

« Je ne t'ai jamais vu parler à une femme comme tu parles à Trish. »

Fasciné par la scène à laquelle il assistait, il s'approcha et s'immobilisa sur le seuil.

Une fois Jane rassasiée, Trish lui tapota le dos avant d'aller la coucher dans son berceau, avec une infinie délicatesse. Elle caressa ses doigts minuscules puis déposa un baiser sur le fin duvet de ses cheveux.

— Bonne nuit, trésor, murmura-t-elle.

Ensuite, elle se dirigea vers lui. Il n'esquissa pas le moindre geste pour lui céder le passage. Il en était incapable. Il la regarda s'approcher de lui, sourire aux lèvres puis, d'un geste à la fois ferme et doux, le repousser dans sa suite.

Il ne lui opposa aucune résistance. Comme un enfant docile, il la laissa s'emparer des deux pans de sa cravate et se lancer dans l'art savant du nouage.

— Vous êtes magnifique dans ce smoking, le complimenta-t-elle. Très…

Flatté, il se redressa.

— Très… ?

— Très séduisant, répondit-elle en toute franchise. Où allez-vous ce soir ?

— A l'opéra. Je dois assister à un gala de charité organisé par *ARTification*. La Fondation Longmire est leur partenaire principal.

Elle hocha la tête pour montrer qu'elle comprenait, puis, du pouce et de l'index, elle lui releva légèrement le menton.

— Voilà, nous y sommes, déclara-t-elle en procédant aux derniers ajustements.

Elle recula d'un pas pour juger de l'effet obtenu.

— Je voulais que vous m'y accompagniez, se surprit-il à dire.

Les mains de Trish s'immobilisèrent sur la soie de la cravate tandis qu'elle lui jetait un regard surpris.

— Vraiment ?

— Oui.

— Dans ce cas, pourquoi ne pas m'en avoir parlé ?

— Parce que j'étais certain que vous refuseriez. J'ignore si vous savez qui est Martin Finklestein, mais il s'est mis en tête de me faire épouser sa petite-fille, Lola.

— En quoi est-ce un problème ? J'imagine qu'en plus d'être jolie, elle doit avoir toutes les qualités.

Il esquissa un sourire moqueur.

— Ne le dites à personne, mais elle a le don de m'agacer.

Elle observa quelques secondes de silence pendant lesquelles elle lissa le devant de sa chemise. Le contact de ses mains, même à travers le tissu, l'électrisa tout entier.

— Est-ce la raison pour laquelle vous vouliez que je

vous accompagne ? finit-elle par demander. Pour que je vous serve de bouclier ?

Le moment était crucial. Il pourrait répondre par l'affirmative, battre en retraite, mais les doigts de Trish se mirent à voleter autour de son cou et Jane n'était pas entre eux pour les séparer.

— Non, répondit-il enfin.

Sans plus réfléchir, il enlaça sa taille fine et l'attira contre lui, brûlant de sentir ses formes s'imbriquer aux siennes.

— Je voulais…

Il abaissa les yeux sur elle et vit qu'elle le regardait comme une femme souhaitant être embrassée. Il combla alors l'infime espace qui les séparait encore et posa ses lèvres sur les siennes. C'était si bon !

Elle entrouvrit la bouche pour répondre à son baiser et il sentit instantanément une coulée de lave affluer dans ses veines. Son sexe se gonfla tandis que les tétons de Trish durcissaient au contact de son torse musculeux.

Ce fut elle qui s'écarta. Pas très loin mais suffisamment pour se mettre hors de portée de nouvelles étreintes.

— Vous allez être en retard, murmura-t-elle.

Ce n'étaient pas exactement les mots qu'un homme en proie à la passion avait envie d'entendre, mais il devrait s'en contenter.

— Vous… vous avez raison, balbutia-t-il, encore sous l'effet de cet ardent baiser.

Lorsqu'elle s'écarta plus franchement de lui, il put voir son regard voilé de désir ainsi que la pointe dressée de ses seins sous le coton de son T-shirt.

Fort de cette constatation, il ne se jetterait pas à genoux devant elle pour implorer son pardon. Au contraire, il ferait appel à sa mémoire lorsque, le moment venu, il chercherait à l'entraîner dans son lit.

— Ne..., commença-t-elle.

Elle hésita un bref instant avant de poursuivre.

— Ne laissez pas Lola Finklestein vous mettre le grappin dessus. D'accord ?

Il esquissa un sourire qui se voulait désinvolte.

— Ne vous inquiétez pas. Il n'y a aucun risque.

Nate balaya la salle d'un regard lugubre. Il aurait voulu se trouver à des kilomètres de cet événement mondain, de ces femmes qui le reluquaient avec ostentation et le convoitaient sans vergogne, de ce dîner de gala où chacun allait le dévisager pour tenter de comprendre une aussi longue désertion.

Un homme d'un certain âge dont le visage lui paraissait vaguement familier vint à sa rencontre, la main tendue et le visage fendu d'un sourire franc.

— Monsieur Longmire, le salua-t-il. Nous n'étions pas sûrs de votre présence parmi nous ce soir.

— Je comprends, rétorqua Nate qui sentait le fossé se creuser entre cette assemblée de gens superficiels et lui.

Il se sentirait bien mieux une fois de retour chez lui, même s'il pressentait que Trish aurait verrouillé la porte de sa chambre et que lui passerait une nuit blanche à visionner des films d'un œil distrait.

Il se revit l'embrasser, mais alors que ce souvenir délicieux affluait avec plus de précision, la réalité le rattrapa. Il avait failli à sa promesse. Comment lui, l'homme intègre, avait-il pu la trahir de la sorte ?

Il imagina alors les pires scénarios, chacun connaissant la même fin : Trish faisait ses valises et les abandonnait, Jane et lui, parce qu'il avait laissé ses pulsions l'emporter sur la raison.

— Monsieur Longmire, si vous voulez bien me suivre, l'enjoignit le vieil homme. M. Finklestein vous attend.

— Je n'en doute pas, grommela-t-il avec humeur.

Ils se frayèrent un chemin parmi la foule devenue dense. L'alcool coulait à flots pour inciter les participants à plus de générosité.

S'il avait bien conscience des discussions qui s'arrêtaient net sur son passage, son esprit inquiet était ailleurs. L'image de Trish désertant la maison le hantait.

— Ah, Nate !

La voix stridente de Lola le tira brutalement de ses pensées sinistres.

— Enfin, vous voilà !

Il se tourna lentement vers elle. A l'exception de son timbre de voix trop aigu, Lola était une très belle femme qui possédait tout pour charmer un homme. Elle avait non seulement un physique avantageux, de la grâce, de l'élégance, mais elle était également une mécène reconnue et, détail non négligeable, l'héritière du très fortuné Martin Finklestein.

Pourtant, malgré tous ses atouts, elle le laissait de marbre.

— Bonsoir, Lola, parvint-il néanmoins à articuler d'un ton aimable.

— Nous nous sommes fait beaucoup de souci pour vous. Où donc vous cachiez-vous durant ces trois longues semaines ? L'inauguration du zoo, la semaine dernière, a été bien morne sans vous, minauda-t-elle pour conclure.

— Des affaires privées à traiter en urgence, éluda-t-il.

Piètre excuse mais qui allait lui épargner les larmes de crocodile et des condoléances dont il n'avait que faire. C'était d'ailleurs dans ce but qu'il avait tu à la presse le deuil qui avait frappé sa famille. Sans compter que l'idée de voir Lola s'effondrer entre ses bras lui était tout simplement insupportable.

Il refoula un accès de tristesse et adressa à la foule de curieux ce qui ressemblait le plus à un sourire sincère.

De nouveau, son esprit s'évada vers un ailleurs plus doux. Il fut pris de l'envie irrépressible de se retrouver chez lui, auprès de Trish et de Jane. Et si ce baiser les avait rapprochés plutôt que séparés ?

— N'en parlons plus puisque vous êtes ici, maintenant. Au fait, il y a quelqu'un que je voudrais te présenter, ajouta-t-elle en se tournant vers une belle blonde. Diana ?

Ce nom pénétra instantanément dans son esprit. Lorsqu'il la vit s'avancer vers lui dans sa robe bleue vaporeuse, pas vraiment la même mais pas tout à fait une autre, il eut l'impression de s'être fait prendre au piège.

— A vrai dire, lâcha Diana de sa voix flûtée, Nate et moi nous connaissons depuis longtemps.

— Diana, la salua-t-il d'un ton froid.

Elle battit des cils, comme elle savait si bien le faire pour capter l'attention des hommes.

— Il faut que je te parle, lui intima-t-il. En privé.

— Bien sûr, acquiesça-t-elle dans une moue qui se voulait irrésistible.

Intriguée aussi bien que vexée, Lola fronça les sourcils et les regarda s'éloigner de quelques pas.

— Que fais-tu ici ? attaqua-t-il lorsqu'il fut certain qu'ils ne seraient pas entendus.

Elle lui adressa un regard courroucé.

— Est-ce une façon d'accueillir sa fiancée ? lança-t-elle en le défiant du regard.

— Ex-fiancée, corrigea-t-il entre ses dents.

— En fait, cette rencontre tombe à pic. Moi aussi, j'ai à te parler.

Elle observa quelques secondes de silence.

Il serra un peu plus les dents pour s'empêcher de l'envoyer au diable. Comment avait-il pu tomber amoureux d'une femme pareille ? Capable de la pire des trahisons ?

— Vas-y, je t'écoute, répliqua-t-il en affichant une authentique indifférence.

Elle baissa les yeux, puis le regarda à travers la barrière de ses longs cils. *Attention, tout chez elle n'est que calcul.*

— Eh bien, j'ai pensé… j'ai pensé que nous pourrions laisser le passé derrière nous et…

Cette fois elle passa le bout de sa langue sur ses lèvres pulpeuses.

— … repartir sur de nouvelles bases.

Il n'en crut pas ses oreilles. Cette femme qui lui avait brisé le cœur et avait tenté de le spolier de ce qui lui appartenait, cette femme lui proposait sans vergogne de tirer un trait sur ses fautes et de repartir de zéro, comme si de rien n'était.

— Tu plaisantes, j'espère ?

— Pas le moins du monde, rétorqua-t-elle avec un aplomb déconcertant.

Il la considéra un long moment.

— Brad est mort, lâcha-t-il enfin d'une voix morne.

Cette fois, la réaction de Diana ne fut pas calculée. Le sang se retira de son visage et elle tituba sous le choc.

— Que dis-tu ?

— Brad. Tu te souviens de Brad, mon frère aîné ? Celui avec qui tu as couché parce que, mais arrête-moi si je me trompe, il était comme moi, « mais en mieux ». Eh bien, il est mort.

La coupe que Diana tenait à la main lui glissa des doigts et alla se fracasser au sol.

— Mais quand ? Comment ? s'enquit-elle, visiblement bouleversée.

— Juste après le procès qui nous a opposés, il s'est marié, sa femme et lui ont eu un enfant, une petite fille. Ils étaient très heureux.

Il interrompit son récit, ne sachant trop pourquoi il avait ressenti le besoin de préciser ce détail. Par vengeance ? Pour lui rendre la monnaie de sa pièce ?

— Ils sont morts tous les deux dans un accident de voiture, il y a trois semaines, ajouta-t-il.

Diana couvrit sa bouche d'une main, les yeux emplis d'effroi.

— Je ne… je ne savais pas, balbutia-t-elle.

— Evidemment. Tu ne pouvais pas savoir. Après que tu m'as trompé et que tu as tenté de me voler ma société, j'ai appris à en révéler le moins possible et à ne pas donner à autrui une chance de me manipuler de nouveau comme tu l'as fait.

Diana secoua la tête, incapable de proférer le moindre son.

— Et pour répondre à ta question, poursuivit-il, non, je ne souhaite pas remettre ça avec toi. Ni maintenant, ni jamais. Je ne suis pas dupe, Diana. Tu crois que je n'ai pas compris que l'intérêt que tu me portes est exclusivement motivé par mon compte en banque ?

— Mais non, je ne suis pas…, protesta-t-elle faiblement avant de se taire.

Mais il ne pouvait plus s'arrêter. Il flambait d'une colère trop longtemps contenue. En lui laissant entendre qu'il n'avait jamais été assez bien pour elle, Diana lui avait fait perdre confiance en lui.

Aux yeux de Trish, en revanche, il n'était pas un compte en banque, mais un homme fragilisé à qui elle apprenait à faire face.

— Si, justement, la coupa-t-il. En revanche, moi, je ne suis plus l'homme naïf que tu as méprisé.

— Je n'ai jamais dit ça, Nate, répliqua-t-elle d'une voix qui avait retrouvé un peu de sa fermeté. Je t'aimais.

— Pas assez, sans doute, laissa-t-il tomber d'un ton radouci, maintenant que sa colère était enfin évacuée. Je te souhaite de trouver l'homme qui saura te rendre heureuse. Mais ce ne sera pas moi. Maintenant, si tu veux bien m'excuser.

Il lui tourna alors le dos et fendit la foule pour prendre la direction de la sortie. Il ne supportait plus de rester ici une seconde de plus. Cette fichue cravate lui serrait le cou, l'empêchant de respirer.

— Nate, attends !

Sans trop savoir pourquoi, il ralentit le pas. Ils n'avaient plus rien à se dire. Pourtant, il laissa Diana le rattraper.

— Je suis désolée, Nate. Désolée de m'être comportée comme je l'ai fait. Désolée pour ton frère et sa femme.

Elle s'interrompit pour poser sur son épaule une main qui se voulait amicale.

— Je te prie d'accepter mes condoléances. Et je suis sincère.

— Merci, répondit-il.

Mû par une impulsion, il s'empara de sa main et la porta à ses lèvres.

— Elle a beaucoup de chance, murmura-t-elle.

— Qui ?

Elle se hissa sur la pointe des pieds et déposa sur sa joue un baiser plein d'affection.

— Qui que ce soit. Au revoir, Nate.

— Au revoir, Diana.

L'instant d'après, elle avait disparu de sa vue et de sa vie. Il inspira un grand coup. Il fallait qu'il parte, et vite.

Il se sentait incapable de faire semblant, de prononcer un discours face à cette trop nombreuse assemblée.

— Nate !

Il reconnut sur-le-champ la voix inimitable de Lola.

— Nate ! Où vas-tu ? Tu viens juste d'arriver.

Cette fois, il ne ralentit pas. Il n'avait que faire de Lola Finklestein.

Il sortit son téléphone portable de la poche de sa veste et appela un taxi. Il était pressé de rentrer.

Il fallait qu'il parle à Trish.

Il fallait juste qu'elle écoute ce qu'il avait à dire.

- 8 -

Trish laissait son regard errer dans le vague par la fenêtre du petit boudoir où elle s'était installée, son ordinateur portable ouvert sur ses genoux. Ses pensées dérivèrent vers Nate. Elle avait bien perçu le trouble qui l'avait envahi au contact de ses mains sur lui. Elle sentit soudain le goût de ses lèvres sur les siennes alors qu'il la tenait étroitement enlacée.

Elle qui tenait à distance chacun des hommes qui se présentaient à elle, voilà que non seulement elle s'était laissé embrasser mais qu'en plus, elle avait répondu à son baiser.

A presque vingt-six ans, elle était encore vierge, par choix. Si elle ne doutait pas que le sexe pouvait être source d'un plaisir infini — sinon pourquoi sa mère ne pouvait-elle y résister ? —, elle ne prendrait pas le risque de payer le prix fort pour quelques minutes de plaisir.

A son âge, sa mère avait déjà trois enfants et était enceinte du quatrième ; elle ne gardait ni homme ni travail et elle arrivait à peine à s'en sortir.

Trish, elle, ne serait jamais comme ça. Elle poursuivait des études, avait des projets. Elle s'accomplissait dans son travail et ne faillirait pas à la ligne de conduite qu'elle s'était fixée, même par amour.

Du moins cherchait-elle à s'en convaincre alors qu'elle se revoyait dans ses bras, encore frissonnante d'un désir qu'elle n'avait jamais connu jusque-là. Elle ne pouvait nier qu'elle l'avait trouvé séduisant à la seconde où elle l'avait vu monter sur le podium de l'auditorium. Mais elle l'avait considéré de la même façon qu'elle se plaisait à admirer une statue taillée dans le marbre, sans le désirer.

Depuis, la prude et très convenable Trish Hunter avait embrassé Nate Longmire et elle y avait pris du plaisir.

Elle était tiraillée entre l'envie d'aller plus loin et celle de garder les jambes sagement fermées. Mais après tout, elle était assez intelligente pour être vigilante et avoir recours à l'un des nombreux moyens de contraception dont les femmes disposaient aujourd'hui.

Pourquoi pas ?

Cette idée faisait lentement son chemin, séduisante, envoûtante.

La porte d'entrée qui venait de claquer la ramena brutalement sur terre.

Soudain, Nate se matérialisa sur le seuil du boudoir.

— Nate ! Je ne m'attendais pas à vous voir rentrer si tôt, s'exclama-t-elle. Que s'est-il passé ?

— Je ne pouvais pas rester. Il fallait que je vous parle.

Sa voix basse et profonde lui envoya des ondes de désir au creux des reins.

— Il faut que vous compreniez, reprit-il. Je n'ai pas failli à ma parole.

Il avait parlé d'une voix qui traduisait toute la colère qu'il ressentait contre lui-même.

— Je suis un homme de parole, poursuivit-il avec fermeté. C'est ainsi que mon père m'a élevé. Ce que j'ai fait me rend fou.

Calmement, elle referma son ordinateur. Elle n'aurait su dire s'il allait lui faire payer sa faute, et donc la remercier, ou lui arracher ses vêtements.

— Je comprends, répondit-elle sobrement.

Il continua sur sa lancée, comme s'il n'avait pas entendu.

— Les ennuis commencent lorsque les gens manquent à leur parole. C'est quelque chose que je ne peux pas supporter.

— Vous avez cette réputation d'être intraitable mais juste.

— C'est nécessaire, dans le monde où je vis. Tuer ou être tué, voilà la devise de tous ces requins.

Même à la distance où elle se trouvait, elle pouvait voir ses phalanges devenues blanches tant il les serrait sur le chambranle.

— J'étais fiancé, lança-t-il. Diana et moi allions nous marier.

Immédiatement, elle se rappela le nom. L'affaire Nate Longmire contre Diana Carter. Le procès qui les avait opposés. Les rumeurs selon lesquelles il existait quelque chose entre eux.

— C'est bien cette femme qui voulait s'approprier les droits des applications de *SnAppShot* et que vous avez traînée en justice ?

Il hocha la tête.

— Elle était là, ce soir. J'ai pris soudain conscience que ses manigances avaient pesé sur l'homme que je suis aujourd'hui.

Soupçonnant que la révélation qui allait suivre était grave, elle se leva lentement et avança vers lui.

— Qu'a-t-elle fait ? demanda-t-elle d'une voix douce.

— Nous étions fiancés, répéta-t-il pour souligner l'importance de la chose. Je lui ai présenté ma famille et elle n'a rien trouvé de mieux que de coucher avec mon frère.

Elle s'attendait si peu à une telle déclaration qu'elle ne trouva aucune parole de réconfort.

— Non seulement elle a brisé sa promesse, mais elle

m'a réclamé la moitié des parts de ma société, sous prétexte que nous étions ensemble lorsque je l'ai fondée.

Elle fit encore un pas, puis un autre, dans le but de réduire de plus en plus la distance qui les séparait.

— Et ce soir ? s'enquit-elle.

— Elle m'a proposé de repartir de zéro. Comment le pourrais-je ? Elle a détruit la confiance que j'avais en elle. Maintenant, c'est en vous que j'ai confiance.

— Pourtant, nous ne nous connaissons pas depuis longtemps, objecta-t-elle.

— C'est vrai. Mais la façon dont vous vous occupez de ma nièce me touche à l'extrême. Vous ne pourriez pas agir ainsi si vous n'étiez pas foncièrement loyale.

Elle fit le dernier pas qui le séparait encore de lui.

— Ne vous approchez pas, Trish, lui intima-t-il d'une voix sourde.

— Pourquoi ?

— Parce que je vous ai fait la promesse de ne pas coucher avec vous et de ne pas essayer de tirer profit de la situation.

Il recula d'un pas pour bien lui signifier qu'il ne flancherait pas.

— Si vous vous approchez trop de moi, je risque de manquer à ma promesse. Quand je pense à toutes ces femmes, ces Diana, ces Lola qui me reluquent comme si j'étais le gros lot à décrocher, j'en ai la nausée. Durant le peu de temps que j'ai passé à cette soirée, je n'ai pensé qu'à vous et je n'avais qu'une hâte : vous retrouver.

— Allez-vous tenir votre promesse ?

— Il le faut bien. Je la tiendrai durant les trois semaines que nous passerons sous ce toit, mais après, je vous inviterai à dîner. En attendant, je ne chercherai plus à vous embrasser.

En tout cas, pas comme tout à l'heure. Pas comme j'en ai envie depuis l'instant où je vous ai rencontrée.

Sa droiture la toucha infiniment. Elle ne connaissait pas beaucoup d'hommes, ni même de femmes, capables de faire preuve d'une pareille loyauté. Combien d'entre eux mentaient et trichaient au nom de l'amour, sans se soucier du mal qu'ils pouvaient causer ?

Comme son père.

Comme sa mère.

Nate, lui, allait tenir parole, même si cela devait le tuer.

C'était ce qui faisait la différence et qui la poussa un peu plus vers lui. Elle passa les bras autour de son cou, refusant de le laisser partir.

Aussitôt, elle sentit ses muscles se raidir à son contact.

— S'il te plaît, protesta-t-il faiblement.

Sourde à ses protestations, elle défit le nœud de cravate qu'elle avait elle-même réalisé un peu plus tôt.

— Cette promesse, murmura-t-elle, c'est toi qui l'as faite. Pas moi.

Il ferma les yeux, sans doute en proie à une bataille intérieure.

— Tu ne couches pas, tu as trop peur de tomber enceinte, objecta-t-il sans grande conviction. C'est toi qui l'as dit.

En guise de réponse, elle fit sauter le premier bouton de sa chemise.

— Trish, gronda-t-il. Que fais-tu ?

— Je fais en sorte que tu tiennes ta promesse.

— Vraiment ? Peux-tu m'expliquer comment ?

— En prenant l'initiative.

Au troisième bouton, elle se hissa sur la pointe des pieds et déposa un baiser sur le bout de peau qu'elle avait mis à nu.

— Si tu le veux bien, lui chuchota-t-elle.

Il n'en fallait pas plus pour qu'il dépose les armes. Visiblement encouragé par son audace, il lui enlaça la taille de ses bras robustes.

— Tu en as envie, Nate ?

— Cela n'a rien à voir avec l'argent, n'est-ce pas, Trish ?

Elle posa de nouveau les lèvres sur sa gorge, là où elle sentait les pulsations de son cœur.

Elle n'en revenait pas ! Elle, la petite Trish Hunter issue d'une réserve indienne pauvre, était sur le point de séduire Nate Longmire, le milliardaire le plus sexy du pays.

Non, pour être exacte, elle était sur le point de séduire Nate, tout simplement. Nate qui tenait toujours ses promesses.

— Non, finit-elle par répondre. C'est entre toi et moi. C'est tout ce que je veux. Toi et moi.

— Trish…

Une fois encore, elle resta sourde à ses protestations. Elle fit glisser sur ses épaules la veste de son smoking qui tomba au sol dans un bruissement de soie.

Il ne fit aucun geste pour la toucher ni tenter de la déshabiller alors qu'elle plaquait les mains sur sa peau palpitante de désir. Incapable de résister plus longtemps, il pencha la tête pour lui permettre de l'embrasser.

Leurs bouches s'unirent, leurs langues se mêlèrent en un baiser qui révélait l'intensité de leur désir.

— Montons, lui susurra-t-elle à l'oreille.

En disant cela, elle ne savait trop à quoi s'attendre de sa part, en fait. Elle fut vite renseignée. Il ferma la porte derrière eux et la souleva du sol, aussi aisément que si elle avait été une plume. Instinctivement, elle enroula ses longues jambes autour de lui, et Nate la plaqua un peu plus étroitement contre lui.

Leurs bouches avides se rejoignaient en des baisers fougueux, ne se lâchant que pour mieux se reprendre.

— Allons dans ta chambre, Nate, supplia-t-elle.

Cette fois, il obtempéra. A chaque marche qu'ils gravissaient, elle sentait son membre dur contre son sexe moite, déjà prêt à l'accueillir. Une vague de désir la submergea tout entière.

Une fois sur son lit, elle l'empêcha d'ôter sa chemise.

— Non, laisse. C'est moi la tentatrice, lui rappela-t-elle.

— D'accord, concéda-t-il en souriant.

Elle promena ses mains sur la toison sombre qui recouvrait son torse et se terminait en une ligne étroite, juste au-dessus de la ceinture qui retenait son pantalon.

— Tu es magnifique, lâcha-t-elle dans un souffle. Tu as un corps d'athlète.

Sans le quitter des yeux, dans une attitude de conquérante qui tenait de la façade, elle défit la boucle de son ceinturon ainsi que le bouton de son pantalon. Puis elle glissa une main dans son boxer et enserra son sexe gonflé. Aussitôt, Nate se mit à gémir.

— Trish, j'ai tellement envie de toi.

Cette remarque lui donna confiance tout en la galvanisant. Elle resserra son étreinte et imprima à son sexe tendu un mouvement de va-et-vient qui, visiblement, le rendait fou de plaisir.

— Oui, Trish… C'est bon…

Elle avait beau être déjà loin, bien loin, dans des sensations totalement inédites pour elle, la réalité la rattrapa d'un coup.

— Tu as des préservatifs quelque part ? s'inquiéta-t-elle.

— Oui, quelque part par là, répondit-il d'une voix que le désir rendait rauque.

— Va les chercher, s'il te plaît.

Il bondit hors du lit de façon si brusque qu'il faillit trébucher. Elle le suivit du regard alors qu'il allait fouiller dans le tiroir d'une commode.

— Voilà ! s'exclama-t-il.

Lorsqu'il revint vers elle, la boîte de préservatifs à la main, il resta planté au pied du lit, incertain. Elle vit alors le doute voiler son regard.

— Nate ? Ça va ?

— Oui, répéta-t-il avec plus de force.

Il ferma les yeux et poussa un long soupir.

— C'est que… cela fait si longtemps.

Il s'approcha d'elle et encadra tendrement son visage de ses deux mains.

— Et toi ?

— Moi…, répondit-elle évasivement.

Si elle vit bien son air sceptique, elle décida de ne pas développer sa réponse. Elle n'avait pas envie de discuter d'une virginité qu'elle s'apprêtait de toute façon à jeter aux orties sans le moindre regret.

Elle le laissa donc à ses interrogations, jugeant plus urgent de reprendre là où ils s'étaient arrêtés.

— Tes chaussures, ordonna-t-elle. Enlève-les.

Il obtempéra et se défit également de ses chaussettes. Mais lorsqu'il esquissa le geste de retirer son pantalon, elle l'arrêta net.

— Attends, intima-t-elle. Regarde.

Guidée par ce que lui dictait son instinct, elle se mit debout sur le lit et ôta son T-shirt dans un geste d'une extrême sensualité. Puis ce fut au tour de son jean de finir au sol. Elle regretta furtivement de ne pas avoir de sous-vêtements plus chics que sa culotte et son soutien-gorge en coton. Elle aurait tant aimé être plus sexy pour lui !

Manifestement, ce détail n'avait pas l'air de le déranger. Il la dévorait des yeux, au comble de l'excitation.

— Tu es stupéfiante de beauté, articula-t-il avec peine.

Jamais elle ne s'était vue aussi belle qu'à travers les yeux de cet homme-là. Bien sûr, elle avait reçu de nombreux compliments mais à aucun moment elle ne s'était sentie ainsi vénérée.

Elle franchit les quelques centimètres qui les séparaient et s'enroula à demi nue autour de lui, telle une liane.

— Toi aussi, tu es superbe, lui susurra-t-elle à l'oreille.

Les derniers doutes se dissipèrent alors qu'il reprenait le contrôle de lui-même.

— J'ai le droit de te toucher ou c'est toujours toi qui prends l'initiative ?

— T'ai-je interdit de me toucher ?

En guise de réponse, il promena ses mains fébriles sur ses fesses avant de les faire remonter au creux de ses reins. Chacune de ses caresses l'entraînait dans un tourbillon de volupté de plus en plus vertigineux. Elle ferma les yeux pour mieux s'abandonner à son plaisir.

— Tu es si belle, Trish, murmura-t-il, à la fois excité et ému.

Puis il pressa ses lèvres sur le téton qui pointait sous le coton du soutien-gorge. Il s'y attarda longuement avant de passer à l'autre.

Soudain, elle fut saisie de panique. Elle faisait l'amour avec Nate. Etait-elle folle ? Mais lorsque ses doigts experts libérèrent ses seins du rempart dérisoire de son soutien-gorge, elle ne pensa à rien d'autre qu'à la douceur de sa bouche sur eux et à l'extase que cette succion lui procurait.

— Ouvre les yeux, Trish, lui ordonna-t-il doucement. Regarde-moi faire.

Le plaisir qui déferla sur elle était si intense qu'elle eut envie de crier son nom. Seule la présence de Jane dans la chambre d'à côté la retint. Le souffle court, elle plongea les mains dans la chevelure épaisse de Nate et s'y accrocha, telle une naufragée.

— C'est bon ? chuchota-t-il contre son sein.

— Oh oui, Nate.

Encouragé par ses gémissements de plaisir, il lécha puis suça avec force la pointe de ses tétons devenus presque douloureux tandis qu'une de ses mains s'immisçait entre ses cuisses. Du pouce, tout doucement, il caressa le renflement de son clitoris.

— Ouvre tes jambes pour moi, Trish, l'implora-t-il dans un murmure.

Docile, elle s'exécuta, jouissant du pouvoir qu'elle exerçait sur lui. Elle était ivre d'un plaisir qu'elle n'aurait jamais soupçonné.

— Nate... Oh ! Nate..., gémit-elle.

Elle lui avait cédé la place, renonçant à mener le jeu car Nate, lui, savait. Il bénéficiait de l'expérience qui lui faisait encore défaut et c'était de lui qu'elle voulait tout apprendre des secrets de l'amour physique.

Ses jambes tremblaient sous elle. Elle crut défaillir lorsque les lèvres de Nate quittèrent ses seins pour descendre le long de son ventre. Il fit rouler sa culotte sur ses cuisses, puis il se débarrassa à la hâte de son boxer-short.

Le voir totalement nu, son sexe brandi comme un étendard, suscita en elle une certaine crainte. Elle ne s'était pas vraiment préparée à ce qu'un homme la pénètre pour lui faire connaître l'extase ultime. Mais très vite, le plaisir reprit le dessus. Surtout lorsque Nate, des doigts et de la langue, se mit à fouiller les moindres replis de son intimité.

Elle s'arc-bouta, s'offrant un peu plus à lui.

— S'il te plaît, Nate, supplia-t-elle alors que son corps se tendait et mollissait tour à tour. Je n'en peux plus.

Il releva la tête et lui adressa un petit sourire en coin.

— Je viens à peine de commencer, chérie.

- 9 -

Nate avait l'impression de vivre un rêve éveillé.

Nue entre ses bras, Trish était bien mieux que dans ses fantasmes. Il n'arrivait pas à croire que tous deux se retrouvent dans son lit, membres et sexes emmêlés, prêts à faire l'amour.

Depuis Diana, il avait connu des années de frustration sexuelle. Soit parce que les rares femmes avec qui il avait couché ne l'avaient pas inspiré plus que ça, soit parce que leur but était trop évident : décrocher le gros lot.

Trish manquait peut-être d'expérience mais elle avait le charme de l'innocence et il pressentait en elle une merveilleuse amante.

Cette perspective l'excita un peu plus. Ses doigts s'enhardirent jusqu'à s'enfoncer dans le doux fourreau de son vagin tandis que du pouce et de l'index de son autre main, il jouait à agacer le bout d'un sein.

Il vit sa tête aller de gauche à droite et sa bouche s'ouvrir sans qu'aucun son n'en sorte en même temps que son corps se tendait comme un arc, prélude à l'orgasme qui allait lui faire perdre toute notion de la réalité.

Elle jouit en silence, son regard rivé au sien.

Ils laissèrent passer quelques secondes au terme desquelles, encore pantelante, elle se redressa à demi pour lui lancer avec une pointe de défi :

— A moi, maintenant.

Elle s'agenouilla alors devant lui et prit son sexe dans sa bouche. Le plaisir fut si fulgurant qu'il ne pourrait pas se retenir bien longtemps.

— Préservatif, marmonna-t-il entre ses dents.

Elle prit l'étui et le déchira d'un coup sec pour en sortir le préservatif qu'elle enfila d'un geste sûr sur son membre turgescent. Puis elle riva au sien son regard brûlant de désir.

De ses deux mains sur ses épaules, il la poussa à s'allonger et la couvrit de son corps. Aussitôt, elle enroula ses jambes autour de son bassin et fit onduler ses hanches contre lui. Le moment était venu : délicatement, il s'enfonça en elle, savourant chaque seconde de ce moment béni.

De ses lèvres, il effleura ses paupières closes, puis picora son visage de baisers parfois légers, parfois plus appuyés.

— Tu es prête ? lui chuchota-t-il à l'oreille.

— Oui, répondit-elle dans un souffle.

Il la pénétra alors un peu plus, jusqu'à se perdre complètement dans son corps. Elle et lui s'accordaient à merveille. Comment aurait-il pu en douter ?

De délicat, le rythme de ses mouvements devint de plus en plus soutenu jusqu'à se muer en une danse effrénée qui les transporta ensemble jusqu'aux sommets d'un orgasme qui les secoua de tremblements convulsifs et les laissa l'un contre l'autre, pantelants mais émerveillés par ce qu'ils venaient de vivre.

Ce fut elle qui rompit le silence en premier.

— Nate, c'était si bon, souffla-t-elle alors qu'elle lui caressait les cheveux avec une immense tendresse.

— Ça l'a été pour moi aussi, Trish. Et merci, ajouta-t-il après une courte pause.

— Pourquoi me remercies-tu ?

— De m'avoir permis de ne pas rompre la promesse que je t'avais faite.

— Ah, c'est ça ? Et moi qui pensais que tu allais me remercier de t'avoir offert ma virginité, plaisanta-t-elle.

Son trait d'humour et sa désinvolture le firent rire. Il ne se souvenait pas d'avoir été un jour aussi heureux après l'amour.

Il roula sur le côté, l'entraînant avec lui.

— C'était vraiment ta première fois ? s'enquit-il.

Il la sentit se raidir contre lui.

— Jusqu'à toi, je ne voulais pas. Enfin, je voulais mais…

— Mais tu craignais de te retrouver enceinte, termina-t-il pour elle. C'est toi qui me l'as avoué.

Touchée qu'il se souvienne des peurs qui la verrouillaient, elle entrelaça ses doigts aux siens.

Les vagissements de la petite Jane vinrent mettre un terme à cette parenthèse enchantée. Ce rappel à la réalité l'obligea à quitter le doux cocon que formaient les bras rassurants de Nate.

— Trish…, commença-t-il, cherchant à la retenir.

Mais déjà, elle avait bondi hors du lit et rassemblé ses vêtements épars, prête à se fondre de nouveau dans son rôle de nounou.

— Le devoir m'appelle ! lui cria-t-elle par-dessus son épaule juste avant de refermer la porte derrière elle.

Il s'adossa à la tête de lit, en proie à des émotions contradictoires. La tornade Trish le laissait désemparé. A peine quelques secondes plus tôt, elle était alanguie contre lui et la seconde d'après, elle avait disparu, le laissant seul et abandonné.

Une boule d'angoisse se forma au creux de son ventre. Il avait beau chercher à se persuader que c'était elle qui l'avait séduit, ça ne marchait pas.

Il pourrait bien le formuler comme il voulait, le résultat

était le même. Il avait couché avec elle, transgressé les règles… Qu'avait-il fait ?

Trish prit une douche rapide puis s'habilla tout en parlant à Jane qui gigotait et babillait avec énergie.

Elle avait couché avec Nate.

C'était sa première fois.

Elle chassa vivement les images torrides qui se pressaient dans sa tête. Pour l'heure, ce qui importait, c'était de s'occuper de Jane et de laisser Nate dormir quelques heures.

— Voilà, voilà, je suis là, trésor, gazouilla-t-elle en prenant le bébé dans ses bras.

Elle jeta un coup d'œil à sa montre. La petite s'était réveillée avec deux heures d'avance. Etaient-ce ses dents qui la tracassaient ? Elle l'espéra de tout son cœur, refusant que ce réveil précoce soit dû aux gémissements de plaisir que Nate et elle, malgré toute leur bonne volonté, avaient bien été incapables de réprimer.

Le bébé serré contre son cœur, elle descendit à la cuisine et alla chercher l'un des gants de toilette qu'elle prenait toujours la précaution de laisser dans le congélateur.

— Essayons ceci et voyons un peu si cela te soulage, dit-elle d'une voix maternelle.

Une fois de retour dans la nursery, elle s'installa au creux du fauteuil à bascule et se mit à entonner une berceuse à l'oreille de Jane pendant que celle-ci mordait le tissu gelé de ses gencives enflammées.

Elle aurait bien aimé se calmer aussi aisément, mais hélas, il lui faudrait bien plus de temps pour réussir à y voir un peu plus clair dans les émotions contradictoires qui troublaient ses pensées.

Pour preuve, elle gardait un œil rivé sur la porte fermée,

souhaitant voir apparaître Nate dans le plus simple appareil et le redoutant tout autant.

Elle avait fait l'amour avec lui. En soi, il n'y avait là rien de grave. Sauf que…

Sauf qu'elle avait adoré ça. Oui, elle avait adoré sa bouche audacieuse qui l'avait fait frémir, ses caresses expertes, son sexe dans le sien. Elle avait tout aimé et craignait bien de ne plus pouvoir s'en passer désormais.

Lorsqu'il s'était retiré, elle avait éprouvé un vide béant qu'elle aurait voulu combler de nouveau : quelque chose proche du déchirement.

Pour toutes ces raisons, elle se savait à sa merci. Il suffirait qu'il claque des doigts pour qu'elle le suive au lit, docile mais impatiente de se retrouver nue contre lui et de refaire l'amour encore et encore, inlassablement.

Elle lui appartiendrait corps et âme.

Comme sa mère s'était donnée totalement aux hommes qui s'étaient succédé dans son lit…

Elle comprenait mieux à présent pourquoi Pat s'était accrochée à ses amants, pourquoi elle avait tenté de les retenir, même lorsqu'ils la maltraitaient.

Elle se rappela qu'un jour, elle avait demandé à sa mère pourquoi elle s'obstinait à garder des hommes qui ne la voyaient même pas. Pat avait alors eu ce regard voilé d'un mélange de tristesse et de nostalgie pour lui répondre :

— Chérie, tu comprendras quand tu seras en âge de comprendre, mais ce que je peux te dire, c'est que les bons moments te font oublier les mauvais. Et lorsque c'est bon, c'est vraiment bon.

En effet, Trish avait été incapable de comprendre ce qu'il pouvait bien y avoir de bon chez les types improbables que sa mère ramenait à la maison.

En grandissant, à mesure qu'elle appréhendait les

mécanismes du sexe et qu'elle découvrait les mystères de son propre corps, elle ne comprenait toujours pas les motivations de sa mère. Et si la masturbation lui avait fait connaître des orgasmes furtifs, elle ne voyait pas là-dedans une raison de gâcher sa vie.

Mais maintenant, elle savait.

Elle savait ce qu'un homme pouvait lui donner que les plaisirs solitaires ne lui apporteraient jamais.

Nate. Elle revit ses grandes et belles mains sur elle, ses muscles saillants.

Elle était si profondément absorbée dans ses pensées qu'elle n'avait pas vu la petite Jane s'endormir, confiante, contre elle. Elle ne ressentit pas le besoin de la recoucher tout de suite dans son berceau. Elle posa sa joue sur ses cheveux soyeux, avide de ce contact physique qui lui faisait momentanément oublier qu'elle n'était pas du même monde que Nate.

Elle était une fille issue d'une réserve indienne pauvre tandis qu'il faisait partie du cercle restreint des milliardaires de la planète. Comment une telle relation pourrait-elle s'envisager sur le long terme ?

Quelle solution s'offrait à elle ? Partir ? Le quitter, lui, mais aussi Jane ? Même s'il était encore un peu tôt, Nate savait maintenant se débrouiller avec sa nièce et lui apporter tout ce dont elle avait besoin.

Mais… car, bien sûr, il y avait un mais, si elle partait, elle renonçait à l'argent versé à son association. Même si, Nate étant un gentleman, il y avait fort à parier qu'il ne reviendrait pas sur ce point entériné par un contrat en bonne et due forme. Cependant, être repoussé pouvait vous changer un homme. Elle se souvenait de sa mère, hystérique, vociférant, brisant la vaisselle contre les murs lorsqu'elle découvrait que ses amants la trompaient avant de lui tourner définitivement le dos.

En revanche, si elle restait, elle aurait envie de Nate. Encore et toujours. Elle aurait envie de revivre cette folle nuit, de recevoir à nouveau mais aussi d'apprendre à lui donner autant de plaisir qu'il lui en avait donné.

Elle voudrait partager son lit et s'endormir entre ses bras rassurants en écoutant battre son cœur.

Elle voudrait se réveiller à son côté, prendre son petit déjeuner avec lui et compter les heures qui la sépareraient de la sieste de Jane pour pouvoir enfin l'entraîner dans sa chambre et faire l'amour avec lui.

Elle pourrait, pourquoi pas ? vivre ici et élever sa nièce.

Comme sa mère l'avait prédit, elle venait de comprendre comment on pouvait négliger ses propres enfants parce que l'amour physique vous faisait perdre la raison.

Pourtant, elle n'était pas sa mère. Comment pourrait-elle se regarder encore dans une glace si elle rompait les promesses faites à sa petite sœur ? Comment lui dire en la regardant droit dans les yeux : « OK, je t'avais dit que je ne ferais jamais passer un homme avant toi, mais celui-là, je t'assure, je ne peux pas le laisser passer ! »

Non, décidément, elle ne serait jamais comme sa mère.

- 10 -

En attendant le retour de Trish, Nate navigua entre conscience et inconscience. Dans un demi-sommeil, il l'entendit descendre au rez-de-chaussée puis, quelque temps après, remonter.

Pourtant, elle n'avait pas poussé la porte de sa chambre pour venir le rejoindre.

Il consulta sa montre : 3 h 30. Elle était partie s'occuper de Jane à 23 heures. Que se passait-il donc ?

Il se leva, enfila son boxer-short.

Il passa la tête dans le couloir et vit que les portes de la nursery et celle de la chambre de Trish étaient fermées. Elle s'était peut-être endormie avec la petite, dans le fauteuil à bascule.

Il se rendit sur la pointe des pieds jusqu'à la nursery. Le fauteuil était vide et Jane, dans son petit berceau, dormait à poings fermés.

Ce qui signifiait que Trish avait directement regagné sa chambre, sans passer par la sienne. Il fixa la porte, indécis. Il pourrait aller frapper, mais, en agissant ainsi, il prenait le risque de se montrer insistant. Si Trish avait décidé de ne pas revenir, c'était sans doute qu'elle avait ses raisons et il devait les respecter.

Il avait beau passer en revue les événements de la soirée, il n'arrivait pas à trouver une raison logique à la fuite de Trish. A moins qu'elle ait changé d'avis et qu'elle éprouve des regrets.

Rien ne servait de ruminer à moitié nu sur un palier en pleine nuit. Demain, il aurait une bonne discussion avec Trish et alors, il saurait.

Trish entendit Nate ouvrir sa porte puis celle de la nursery. Il la cherchait. Allait-il venir l'implorer de regagner sa chambre avec lui ?

Elle se roula en boule et enfouit son visage dans l'oreiller, priant pour qu'il n'en fasse rien. Elle se sentait bien trop vulnérable pour s'en tenir aux bonnes résolutions prises un peu plus tôt.

Retourne te coucher, Nate. N'entre pas, s'il te plaît, supplia-t-elle en son for intérieur.

La porte de Jane se referma puis elle entendit ses pas feutrés s'arrêter devant sa chambre. Elle l'imagina derrière la cloison, à la fois si loin et si proche. Son corps se raidit de crainte. Ou était-ce de désir ? Elle brûlait de sortir de son lit et d'aller se jeter dans ses bras mais elle se l'interdit.

Elle entendit alors ses pas s'éloigner. Elle aurait dû être soulagée. Pourquoi alors ce sentiment de frustration et cette folle envie de pleurer ?

Trish vivait un tel enfer que la nuit blanche qu'elle venait de passer lui sembla par comparaison dérisoire.

Si elle parvint néanmoins à préparer le biberon de Jane et à lancer la machine à café, elle négligea de préparer le petit déjeuner. Son estomac noué ne lui permettrait pas d'avaler la moindre bouchée.

C'était une matinée brumeuse, mais elle décida de profiter une fois encore de la terrasse. Sans compter que si Nate les rejoignait, cela lui permettrait de maintenir une certaine distance avec lui. C'était seulement ainsi qu'elle serait capable de ne pas renoncer à tout ce qui faisait sa vie d'avant.

Jane se mit à gigoter d'impatience. Parfait. Cela lui rappelait la véritable raison de sa présence ici. Elle était là pour Jane, pas pour Nate, et elle ferait bien de ne pas l'oublier.

De plus, elle n'aurait pas le cœur de laisser tomber la petite quand celle-ci commençait à peine à avoir des repères. Cette désertion serait un nouveau traumatisme et Dieu savait qu'elle n'en avait pas besoin !

L'autre raison qui l'empêchait de se défiler, c'était la somme mirobolante versée par la Fondation Longmire à son association.

La conclusion s'imposait d'elle-même : elle ne pouvait se payer le luxe de tomber amoureuse de Nate Longmire.

Tomber amoureuse. Cette idée qui avait jailli spontanément à son esprit lui parut soudain tout à fait ridicule. Pour un peu, elle en aurait ri !

Pourtant, c'était bien là où sa mère avait échoué. Elle avait été incapable de dissocier sexe et sentiments, ce qui l'avait menée à sa perte. Trish, elle, et puisqu'elle en était consciente, pourrait très bien prendre le sexe et laisser l'amour de côté. Elle avait vécu tant d'années de frustration, elle avait bien le droit de s'amuser un peu.

Oui, elle pourrait profiter du plaisir que Nate lui prodiguait et se lancer dans une relation courte, purement physique. Mais en serait-elle seulement capable ?

Elle l'entendit soudain qui s'affairait dans la cuisine. Sans doute préparait-il le petit déjeuner. Il fallait convenir qu'il ne lui facilitait pas la tâche. Il était tellement parfait !

Comme elle aurait aimé qu'il se comporte en mufle, qu'il la malmène comme les concubins de sa mère.

Comment était-elle censée se comporter ce matin ? Comment oserait-elle soutenir son regard après le camouflet qu'elle lui avait infligé ?

Ces interrogations étaient de celles que l'on se posait lorsqu'on venait de coucher pour la première fois, dans une tranche d'âge allant de dix-sept à vingt ans et alors qu'on était étudiant. Pas à vingt-cinq, avec un bébé de six mois dans les bras. La vie était bien plus simple, telle qu'elle la menait avant Nate.

Finalement, après ce qui lui parut une éternité, elle entendit la baie vitrée coulisser et Nate se diriger droit sur elles.

— Bonjour, lâcha-t-il en posant juste une tasse de café sur la table basse.

Après quoi, il se pencha sur sa nièce et embrassa sa petite tête.

— Bonjour, répondit-elle avec ce qui lui parut n'être qu'un filet de voix.

Sans ajouter un mot, il alla refermer la baie vitrée.

— On ne voit pas grand-chose, ce matin, constata-t-il d'une voix faussement désinvolte.

— En effet. Mais il ne fait pas si froid, répondit-elle, décontenancée.

Allaient-ils faire comme si rien ne s'était passé ?

— Rosita a laissé des petits pains au réfrigérateur, continua-t-il sur le même mode. Je les ai passés au four, ils seront prêts dans quelques minutes.

Il s'installa dans son fauteuil et se mit à contempler l'horizon, sa tasse bien serrée entre ses mains.

— Tu n'es pas revenue, cette nuit, lâcha-t-il d'un coup.

Voilà, le moment était venu. Elle avala péniblement sa

salive, cherchant à comprendre pourquoi cette confrontation lui paraissait si difficile. Après tout, elle en avait connu d'autres et de bien plus difficiles ! Elle pouvait donc expliquer calmement à cet homme civilisé de quoi il retournait.

— Jane était tracassée par ses dents. J'ai dû me lever plusieurs fois. Je ne voulais pas te réveiller.

— Ah, répondit-il de la même voix calme. J'ai cru… j'ai cru que cela avait quelque chose à voir avec nous. Quelque chose que j'aurais fait, ou pas, d'ailleurs.

— Non, ce n'est pas ça. C'est simplement que…

Elle s'interrompit, incapable de trouver les mots.

— Parce que si j'ai fait quelque chose de déplacé, il faut me le dire, Trish. Tu peux y aller, mon ego n'en souffrira pas.

Il but une gorgée de café et attendit patiemment une réponse qui tardait à venir.

Une fois encore, Jane lui sauva la mise. Elle repoussa la tétine de ses petits doigts potelés et commença à se tortiller en geignant.

Il se leva pour lui prendre l'enfant des bras et la caler contre son épaule pour lui tapoter le dos tout doucement comme elle lui avait appris à le faire. Il ne revint pas s'asseoir mais alla se poster à quelques mètres, la petite toujours blottie contre lui.

Elle ne pouvait le laisser dans une incertitude qui relevait presque de la torture. Prenant une profonde inspiration pour se donner du courage, elle se lança.

— En fait, j'ai trouvé ça inouï, finit-elle par lâcher.

Du coin de l'œil, elle le vit se détendre.

— Heureux de te l'entendre dire.

Il avait parlé d'un ton détaché mais derrière lequel perçait une pointe d'amusement.

Si la semaine précédente, alors qu'ils étaient à cette même place, elle avait décidé d'écourter ses confidences, il n'en allait plus de même aujourd'hui. La veille, elle s'était donnée à lui et il méritait ses confidences.

— Tu veux tout savoir, Nate ?

— Je veux surtout te comprendre.

Un être aussi parfait devait bien avoir quelques défauts cachés. Ce n'était pas possible autrement.

— Mon père, ou, pour être plus exacte, mon géniteur, nous a abandonnées, ma mère et moi, alors que je n'avais que quatre ans, commença-t-elle. Je suis l'aînée. Ensuite il y a Johnny et Dany qui se sont enrôlés dans l'armée dès qu'ils ont été en âge de le faire. Le premier est parti pour Fort Hood, le second pour l'Afghanistan.

— Que s'est-il passé ?

— Maman a laissé passer trois ans. Elle a vraiment essayé. Et puis Clint est arrivé dans sa vie. J'avais sept ans. Maman est tombée de nouveau enceinte et…

Elle marqua une pause, cherchant le courage de poursuivre.

— … et elle a donné naissance à Millie. A partir de là, elle a pris l'habitude de déserter la maison et de me laisser la responsabilité de ses enfants. Il y a eu ensuite Jeremiah. Nous étions vraiment pauvres. Nous avions à peine de quoi manger.

— A cette époque-là, quel âge avais-tu ?

— J'avais neuf ans. Le sixième bébé est arrivé. Hailey, une petite fille souffreteuse. Je ratais souvent l'école pour lui prodiguer les soins que notre mère négligeait de lui donner.

Il écarquilla les yeux et fixa sur elle un regard qui exprimait la plus profonde incompréhension.

— Ta mère ne s'occupait pas de sa fille malade ? finit-il par dire. La mienne a présenté sa démission dès que la maladie de mon frère a été diagnostiquée. Elle s'est fermement opposée à ma grand-mère qui tenait à le placer dans un institut spécialisé.

— Elle travaillait, tenta-t-elle de la défendre. Mais de toute façon, elle aurait été incapable de s'occuper correctement de nous tous. Car Hailey a été suivie de près par Keith.

Elle s'interrompit pour contempler le tableau touchant que formaient Nate et sa nièce qui s'assoupissait doucement contre son épaule rassurante.

— Si j'ai décroché mon diplôme aussi tard, à vingt ans, c'est parce que c'était moi qui jouais le rôle de la maman auprès de toute cette marmaille. Un jour, un drame s'est produit. Keith…

— Oui ? l'encouragea-t-il avec douceur.

— Il est né avec une malformation cardiaque. Il avait à peine quatorze mois lorsqu'il est mort. Je n'ai rien pu faire pour le sauver. J'ai toujours pensé que… que si nous avions eu l'argent nécessaire pour appeler un médecin, peut-être…

Ce « peut-être » la hantait depuis des années.

— Je suis désolé, dit-il d'un ton qui ne trompait pas. Tout cela était bien trop lourd pour toi.

— J'ai quitté la maison alors que Patsy, ma dernière petite sœur, n'avait que cinq ans. C'est la chose la plus difficile que j'aie eue à faire parce que je savais…

Les mots s'étranglèrent dans sa gorge tant elle était submergée d'émotion.

— … je savais, reprit-elle, qu'elle devrait faire face toute seule, sans l'aide de sa grande sœur. Que je ne serais pas là pour veiller à ce qu'elle aille à l'école ou qu'elle fasse bien ses devoirs, ou qu'elle ait un vrai dîner tous les soirs.

— Et aujourd'hui, comment va ta mère ? Elle a changé ?

— Ça va. Elle s'est fait ligaturer les trompes le jour où les médecins l'ont alertée sur les risques qu'elle prendrait à tomber enceinte à son âge. En fait, elle est un peu comme une grande sœur, tu comprends ? Actuellement elle est avec Tim, un chic type qui l'aide à élever sa progéniture et qui a l'air de tenir à elle. Je lui souhaite que ça dure.

— Pourquoi agissait-elle comme cela ? s'enquit Nate qui ne pouvait comprendre un tel comportement. Pourquoi s'acharner à avoir des enfants dont on ne veut pas s'occuper ? C'était tout de même moche de sa part de se décharger de ses responsabilités sur toi.

— Nous l'avons déjà dit, la vie est injuste parfois. Regarde ta mère. Elle a dû démissionner pour se consacrer à son fils. Et ton frère et sa femme sont morts, laissant leur petite fille orpheline.

Et Diana, qui t'a trompé alors que tu es un homme merveilleux, aurait-elle voulu ajouter mais elle s'en garda bien.

Il revint prendre sa place à côté d'elle, son précieux fardeau toujours serré contre lui.

— Tu refusais de coucher avec des hommes à cause d'elle ? A cause de ta mère ?

— Oui. Il faut dire que comme figure maternelle, on peut trouver mieux. J'imagine qu'elle pensait pouvoir retenir les hommes en leur faisant un enfant. Mais au contraire, ça les a surtout incités à fuir au plus vite. Le plus drôle, c'est qu'elle ne peut plus avoir d'enfants alors que Tim est là, fidèle au poste. Sept ans déjà qu'il est dans sa vie et autant te dire que, pour elle, c'est un record.

Après cette confession lourde d'émotion, le silence

s'installa entre eux. Depuis combien de temps les parents de Nate étaient ensemble, eux ? Trente ans ? Trente-cinq ?

— Je ne veux pas devenir comme ma mère, poursuivit-elle. Je ne veux pas me laisser guider dans mes choix ni me laisser emporter par le plaisir des sens. Je ne veux pas qu'un homme devienne mon seul horizon dans la vie. Je ne veux pas devenir quelqu'un d'autre pour garder un homme quand je sais que je peux faire du bien autour de moi, changer un peu de la misère du monde.

— Et tout cela, tu penses en être empêchée en étant amoureuse ? demanda-t-il.

— Oui, répondit-elle d'un ton peu convaincu. C'est plus facile ainsi. Pas d'attaches, pas de faux serments. Je ne veux pas renoncer à tout ce qui faisait ma vie avant que je franchisse le seuil de cette porte.

Même pour toi, termina-t-elle en son for intérieur.

— Dans ce cas, je ne comprends pas pourquoi tu n'es pas revenue me rejoindre hier soir.

— Parce que, répliqua-t-elle de façon puérile.

— Ce n'est pas une réponse, Trish.

Elle poussa un long soupir avant de préciser sa pensée.

— Parce que je ne suis que de passage, ici. Je ne pourrai pas rester indéfiniment dans cette maison, avec toi. J'ai des objectifs, des ambitions, auxquels je ne veux pas renoncer pour jouer à la maîtresse de maison ou à la maman. Et puis… je ne veux pas tomber amoureuse de toi, Nate.

— Ah bon, marmonna-t-il. Et tu penses qu'en couchant avec moi, tu le pourrais ?

Elle revit leurs deux corps qui s'imbriquaient si parfaitement, ressentit l'intensité du désir que suscitaient ses baisers, ses caresses, éprouva cette même impression de se tenir en équilibre au bord d'une falaise, prête à tomber dans un tourbillon sans fin.

— Oui, je le pourrais, admit-elle dans un murmure.

Si ce n'est pas déjà le cas.

Mais ces quelques mots, elle les garda pour elle.

- 11 -

— Donc, résuma Nate d'une voix calme, comment veux-tu procéder ?

— Que veux-tu dire ? s'enquit Trish, visiblement perplexe.

— En admettant que tu veuilles aller jusqu'au bout des trois semaines qu'il te reste à passer ici, comment vois-tu les choses ?

— J'irai jusqu'au terme de notre contrat, déclara-t-elle en relevant le menton. Je tiens autant à la parole donnée que toi.

Sauf qu'ils s'étaient promis de ne pas coucher ensemble et qu'ils avaient rompu cette promesse au bout d'une semaine.

Il essaya de raisonner avec la logique implacable qui le caractérisait. En vain. La raison n'avait plus guère de place dans ce qui était devenu pour lui une affaire de cœur.

Comment ne pas être sous le charme de cette femme si différente des autres ? Combien d'entre elles l'avaient entraîné dans leur lit en concluant qu'elles ne s'y risqueraient plus parce qu'elles craignaient de tomber amoureuses de lui ? Aucune, bien sûr.

— Je ne peux pas partir, confirma-t-elle plus fermement. Ce serait mauvais pour Jane de passer si tôt entre les mains d'une autre nounou.

« Je ne peux pas partir », avait-elle dit. C'était bien différent du « je ne partirai pas » qu'il avait espéré.

— C'est très bien mais je ne veux pas que cela te retienne ici, malgré toi.

— Je te rappelle que tu me paies pour ce travail, objecta-t-elle.

Voilà qui était mieux. Elle semblait avoir repris un peu de confiance en elle. Car la Trish vulnérable ne faisait que lui donner envie de l'attirer et de l'envelopper de ses bras.

— Tu me paies une somme indécente, même, ajouta-t-elle. Je me vois mal prendre ton argent et te laisser te débrouiller seul.

— Le marché excluait aussi toute relation sexuelle et pourtant nous avons couché ensemble, pointa-t-il. Aussi, j'estime que ce contrat peut être renégocié.

Un voile d'inquiétude passa sur son visage.

— Que veux-tu dire ?

— Je vais être franc avec toi, Trish. Je t'apprécie beaucoup. Enormément, même. J'ajouterai que j'ai adoré faire l'amour avec toi et que cela va m'être très pénible de vivre sous le même toit que toi sans avoir envie de t'inciter à recommencer.

En guise de réponse, elle lui opposa un silence farouche. Avait-il été maladroit en jouant cartes sur table, comme il venait de le faire ?

En fait, il n'avait plus aucune faculté de discernement. Ce dont il rêvait, c'était d'aller déposer la petite Jane dans son berceau et se recoucher avec Trish pour pouvoir dormir contre elle quatre ou cinq heures réparatrices. Il aurait aussi pu ajouter que si elle le voulait, elle savait où le trouver.

Mais au lieu de cela, il marchait sur des œufs parce qu'il l'aimait beaucoup, qu'il avait confiance en elle et que, lui aussi, pourrait très vite tomber amoureux d'elle.

Pour la première fois en cinq ans, se réveiller seul après

avoir passé une bonne partie de la nuit à faire l'amour l'avait contrarié. Il aurait aimé retrouver son visage, son sourire, baiser ses lèvres entrouvertes.

Avec elle, il ne voulait pas se contenter d'une nuit ou même d'une semaine. Il voulait quelque chose entre le mariage et la liaison. Il voulait une vraie histoire.

En sonnant, la minuterie du four les fit tous trois sursauter à l'unisson.

— Les petits pains sont prêts, constata-t-il en lui tendant Jane. Je m'en occupe.

Il sortit les viennoiseries et les disposa sur un plateau avant de regagner la terrasse. Ils mangèrent en silence car il ne voulait pas la brusquer. Sans compter qu'elle avait raison. C'était Jane qui pâtirait de son départ anticipé. Il ne fallait pas la traumatiser de nouveau à un moment où elle avait tant besoin de stabilité.

Tel était donc le lot de la paternité ? Faire passer en priorité les besoins de son enfant ?

— Comment sont-ils ? s'enquit-il en voyant Trish mastiquer lentement.

— Chauds, répondit-elle en grimaçant.

— As-tu réfléchi à ce que je t'ai dit ?

— Je crois…, commença-t-elle en retenant la petite main de Jane qui cherchait à s'emparer de sa viennoiserie. Je crois que nous devrions en reparler pendant la sieste de la petite.

Voilà qui paraissait sensé. En effet, il y avait quelque chose de dérangeant à discuter de sexe devant un bébé.

— Oui, tu as raison. Pendant la sieste. Il me tarde.

Trish resta un instant figée sur le seuil du petit boudoir, hésitant à interrompre la lecture dans laquelle Nate était plongé.

— Elle dort ? s'enquit-il en levant les yeux de son livre.

— Oui.

Il resta assis en bout de canapé, lui laissant le choix de venir le rejoindre ou de mettre de la distance entre elle et lui. Comme elle ignorait quelle option choisir, elle resta immobile.

— Je te dois des excuses, Nate, commença-t-elle. Je n'ai jamais eu de liaison avant et je ne sais pas comment m'y prendre.

— Une liaison, c'est comme ça que tu appelles ce que nous avons fait ?

— Ce n'est pas ça ?

— Disons que ça ressemble plus à une aventure d'un soir, corrigea-t-il. Une liaison impliquerait plus d'une nuit ensemble.

— Ah, fit-elle vaguement. A ce propos…

— Oui ?

Il mit son livre de côté et la fixa sans bouger.

— Dans ce cas, eh bien… j'aimerais… j'aimerais avoir une liaison, balbutia-t-elle en rougissant comme une gamine.

Ce mot lui plaisait bien, finalement. Il ne sonnait pas de façon aussi sordide que les coucheries de sa mère. Elle le trouvait chic et sophistiqué. Aujourd'hui, elle était une femme responsable qui pouvait avoir une « liaison » avec un bel homme sans pour cela perdre la tête. Ou avoir le cœur brisé.

Du moins l'espérait-elle.

— Tu n'as pas l'air sûre de toi, nota-t-il, amusé.

— Je veux juste être sûre que les choses ne seront pas compliquées entre nous, expliqua-t-elle.

— Que tu ne tomberas pas amoureuse, tu l'as déjà dit, répliqua-t-il, un poil vexé.

La façon dont il lui avait répondu pouvait laisser supposer qu'elle le rejetait, mais cela n'avait pas de sens. N'était-elle pas en train de lui dire clairement qu'elle acceptait de devenir sa maîtresse, sans aucune contrepartie ?

— C'est exact, oui, confirma-t-elle fermement.

— En fait, j'ai réfléchi au problème.

— Vraiment ? s'étonna-t-elle.

— Oui. J'ai pensé que nous pourrions établir certaines règles. Par exemple, ne pas passer toute la nuit ensemble, ne nous retrouver que pendant les heures de sommeil de Jane.

Cette perspective la séduisait en même temps qu'elle la rassurait. Etablir des frontières à ne pas dépasser. Ainsi, elle profiterait totalement des trois semaines qu'il leur restait sans prendre le risque de tomber amoureuse. Ensuite, chacun reprendrait le cours de sa vie.

— Il ne faudra rien laisser voir à Rosita ni à Stanley. D'accord ?

— D'accord, acquiesça-t-il avec un sourire amusé.

— Quoi d'autre ? demanda-t-elle en balayant la pièce du regard, comme si elle espérait trouver une réponse.

— Ça, répondit-il en comblant le vide qui les séparait encore.

Il prit son visage entre ses mains et l'embrassa de manière si sensuelle que ses jambes flanchèrent.

— Je suis heureux que tu acceptes, murmura-t-il contre sa bouche.

— Nate, gémit-elle dans un souffle.

Ce désir intense qu'elle éprouvait pour lui et qui annihilait toutes ses pensées, n'était-ce pas mal ? Elle décida fermement que non. Elle aurait une liaison avec Nate. Elle profiterait de lui, de sa présence.

Mais elle ne tomberait pas amoureuse.

Après cette mise au point, ils s'en tinrent aux termes de ce second marché selon lesquels ils ne devaient pas y avoir de rapprochement tant que Jane ne dormait pas, ils y dérogeaient quand même en s'embrassant à bouche que veux-tu dès qu'ils en avaient l'occasion.

Trish prenait ces moments volés comme autant de cadeaux de la vie.

Aussitôt qu'elle refermait la porte de la chambre de Jane, elle se précipitait pour rejoindre Nate, quel que soit l'endroit où il se trouvait. Ils se jetaient l'un sur l'autre, s'arrachant leurs vêtements à la hâte pour se retrouver plus vite nus l'un contre l'autre.

Il se révélait un amant merveilleux. Il l'initia en douceur, s'intéressa à ses souhaits et à des demandes qui devenaient, au fil des jours, plus précises.

L'intérêt réel qu'il lui portait, cette attention permanente lui allaient droit au cœur. Il veillait toujours à réaliser ses fantasmes, soucieux de l'aider à s'épanouir sexuellement.

De même, il ne se plaignait jamais lorsque, encore frémissante de leur dernier orgasme, elle rassemblait ses affaires et regagnait sa chambre sans un mot.

Pourtant, même si elle s'en cachait, il lui devenait de plus en plus difficile de se séparer de lui. Elle savait très bien ce qui lui arrivait et redoublait donc de vigilance.

En dépit des règles, des lignes à ne pas franchir, en dépit de tout, elle était en train de tomber amoureuse.

Cette seule pensée la faisait trembler d'effroi. Parce que d'ici à une semaine, il lui faudrait partir.

Et elle s'en sentait incapable.

- 12 -

Trish se tourna vers Nate aussitôt qu'elle eut raccompagné à la porte la troisième et dernière candidate, une grand-mère polonaise bardée de références. La première à s'être présentée était une ancienne réceptionniste d'une quarantaine d'années qui avait dû se reconvertir après avoir perdu le poste qu'elle occupait depuis une bonne dizaine d'années au sein d'une société qui avait dû se séparer d'elle pour restrictions budgétaires. La deuxième, une jeune femme de l'âge de Trish, avait déclaré, enthousiaste, « aaadooorer les enfants » !

— Alors ? demanda-t-elle en s'appuyant contre la porte qu'elle venait de refermer. Qu'en penses-tu ?

— J'en pense que je devrais systématiquement faire appel à toi pour mener chacun de mes entretiens, répondit-il après l'avoir rejointe pour l'embrasser.

Trish s'était en effet imposée, interrogeant chacune des candidates sur leurs performances et leurs capacités, ne laissant rien au hasard. Il n'avait eu qu'à assister à l'entretien, pour une fois passif.

— Sais-tu que tu me ressembles ? ajouta-t-il en l'épinglant de son corps contre la porte.

— Je veux juste le mieux pour Jane.

Elle le repoussa mollement.

— Rosita pourrait nous surprendre, gronda-t-elle d'une voix faussement sévère.

— Je m'en fiche.

Pour preuve de ce qu'il avançait, il l'embrassa de nouveau et la sentit aussitôt onduler contre lui. Trois jours. Il ne lui restait que trois jours avant son départ. Ensuite…

— Nate…, protesta-t-elle un peu plus fermement. Ce n'est pas le moment. Concentre-toi. Il faut que tu choisisses entre ces trois femmes.

— Tu crois ?

Cette façon un peu puérile d'agir cachait mal son inquiétude concernant le moment où la nouvelle nounou prendrait la relève. Et s'il les refusait toutes les trois, que ferait-elle ? Le laisserait-elle tomber ?

La seule perspective de ne plus la revoir le rendait malade. Ce mois qu'ils avaient vécu ensemble avait dépassé toutes ses espérances. Et s'il adorait faire l'amour avec elle, ce qu'il éprouvait pour elle à ce jour dépassait largement la simple entente physique. Entre eux s'était installée une complicité qu'il n'avait jamais partagée avec aucune autre femme, même pas avec Diana qu'il avait pourtant beaucoup aimée. Il se sentait prêt à vivre une vraie relation, une relation enfin constructive.

Aucun d'eux n'avait osé aborder le sujet mais qu'allait-il se passer une fois qu'elle aurait franchi le seuil de cette maison ?

Bien sûr, il y avait ces barrières qu'ils s'étaient fixées mais qui ne constituaient qu'un rempart dérisoire à la déferlante de sentiments qui s'était abattue sur lui.

Car il le savait aujourd'hui avec certitude : il aimait Trish.

Il en avait pour preuve le trou béant qu'elle laissait dans son cœur et dans sa vie à chaque fois qu'elle quittait la maison pour l'université. A chacune de ses absences, il se sentait mutilé. Elle, Jane et lui formaient tous les trois la famille dont il rêvait inconsciemment mais que Diana, par sa perfidie, avait foulée aux pieds.

Aujourd'hui, il était rétabli. Grâce à Trish, il avait pansé ses plaies, devenant un homme mature et responsable, capable de s'occuper de sa nièce. Elle l'avait guidé dans ses premiers pas de père ; elle avait su le rassurer lorsqu'il en avait eu besoin.

Pour Trish, il se voulait meilleur de jour en jour. Chaque nuit, lorsqu'elle était dans ses bras, il veillait à se rendre indispensable ; chaque nuit, invariablement, elle s'échappait et le fuyait.

Et lorsqu'il lui glissait qu'il voulait continuer à la voir, elle esquivait ou, pire, elle se fermait. Elle lui avait juste laissé entendre qu'elle passerait la dernière semaine de ses examens chez une amie avant de se rendre dans sa famille.

— Choisis, toi, finit-il par lâcher en dessinant le contour de son visage du bout d'un doigt. Je te fais entièrement confiance.

— Nate ! Ce n'est pas à moi de le faire. Je ne...

— Monsieur Nate ? appela Rosita depuis la cuisine, comme pour les prévenir qu'elle arrivait. Je vais faire des courses.

Il recula d'un pas tandis que sa cuisinière entrait, son sac à main sur un bras. Son regard suspicieux alla de l'un à l'autre.

— Vous n'avez besoin de rien ?

— Moi, non. Trish ?

— Une boîte de biscuits à la cuillère, peut-être, répondit-elle, écarlate. Jane en raffole.

— Très bien, fit Rosita avec un sourire en coin qui proclamait clairement qu'elle n'était pas dupe.

— Tu crois qu'elle a compris ? demanda Trish, lorsqu'ils furent de nouveau seuls.

— Elle n'est pas idiote. Et puis, tant mieux, nous n'aurons plus à nous cacher comme des collégiens.

Sur ces mots, il se rapprocha d'elle, l'enveloppa de ses bras et posa le menton sur le sommet de son crâne. Ils restèrent ainsi enlacés un long moment, chacun jouissant de la chaleur de l'autre. Ils avaient tout leur temps. Jane faisait la sieste et plus tard, ils iraient la promener. Ensuite, cette nuit, comme toutes les nuits, elle le rejoindrait dans son lit.

La vie avec elle était trop belle pour qu'il accepte de la voir se terminer. Ni dans trois jours, ni dans trois mois, ni dans trois ans.

Il fallait qu'il trouve un moyen de la retenir. Et vite !

— Nate, répéta-t-elle, c'est à toi et à toi seul qu'il appartient de décider. Pas à moi, ni à Stanley, ni à Rosita.

Il eut soudain l'impression qu'elle lui parlait d'eux.

— J'ai déjà la nounou parfaite, se lança-t-il en resserrant son étreinte. Toi.

Il inspira un grand coup pour se donner le courage de poursuivre. Le moment était venu de lui avouer l'amour qu'il lui portait et de tout faire pour la retenir.

— Je voudrais que tu restes, Trish.

— Ce n'est pas le propos, répliqua-t-elle sèchement.

— Pourquoi pas ? insista-t-il.

Il la sentit se raidir puis chercher à lui échapper. Mais cette fois, il ne la laissa pas faire. Il lui souleva le menton et la força à affronter son regard.

— Trish. Regarde-moi.

Elle obtempéra, contre son gré.

Il n'avait rien à perdre. Il devait jouer le tout pour le tout.

— Je veux que tu restes, Trish.

— Je ne peux pas, répondit-elle si bas qu'il l'entendit à peine. Nate, ne me demande pas ça, je ne peux pas, répéta-t-elle, un peu plus fort cette fois.

— Mais pourquoi ? Jane t'adore et… et moi aussi. Tu as ta place ici.

— Justement non, déclara-t-elle dans un rire qui sonna horriblement faux. Ne le vois-tu donc pas ? J'ai grandi dans un trois-pièces insalubre où nous dormions à trois dans le même lit. Nous n'avions rien, à peine de quoi manger.

Elle s'interrompit pour désigner la pièce d'un mouvement circulaire.

— Et aujourd'hui je suis toujours aussi pauvre. J'achète mes vêtements dans des solderies et avant de m'installer ici, je me nourrissais de pâtes et de céréales que je ne mouillais même pas de lait parce que je n'en avais pas les moyens. Je ne cadre pas avec ce décor, Nate. Je ne cadre pas avec toi. Ce que nous vivons n'est qu'une histoire de sexe entre deux adultes consentants vivant sous le même toit. C'est tout, conclut-elle dans un souffle.

— Non, ce n'est pas tout. Je peux changer tout ce que tu veux, Trish. Tes désirs seront mes ordres. Mais je ne te laisserai pas partir aussi facilement. Pas quand j'ai le sentiment d'avoir trouvé la femme qu'il me faut.

Il marqua une pause pour prendre son visage entre ses mains.

— J'ai besoin de toi, Trish.

— Tu as besoin… tu as besoin d'une nounou, rétorqua-t-elle, manifestement très émue.

— Arrête, Trish. Tu sais que c'est faux. C'est de toi que j'ai besoin. Je ne retrouverai jamais une femme comme toi, qui m'apporte tout ce que j'attends d'une femme et de l'amour.

Elle ferma les yeux et secoua la tête.

— Nate, je t'en supplie. Ne rends pas les choses plus difficiles qu'elles ne le sont. Nous avons passé un marché tous les deux. Il faut s'y tenir. Je ne suis que la nounou, une nounou temporaire, et nous étions d'accord pour que notre relation soit purement physique.

Le désespoir s'abattit sur lui. Pourquoi refusait-elle la réalité ? Elle avait des sentiments pour lui. Il le savait et le sentait.

— Eh bien, changeons les termes du contrat. C'est aussi simple que cela.

— S'il te plaît, Nate.

De toute évidence soucieuse de lui cacher ses larmes, elle chercha à le fuir mais il la retint par le bras.

— S'il te plaît, supplia-t-elle. Je ne veux pas t'aimer.

— Que puis-je dire pour te faire changer d'avis ? Dis-moi ce que tu veux, Trish. Tu l'auras.

A quoi bon tous ses millions s'il ne pouvait avoir la femme qu'il aimait à ses côtés ?

— Reste, Trish. S'il te plaît.

Il avait parlé avec tant de sincérité qu'elle en fut bouleversée. Elle leva vers lui son visage inondé de larmes.

— Nate. Je… je ne peux pas. Je ne peux pas renoncer à tout ce qui faisait ma vie pour élever un enfant qui n'est pas à moi. Je ne peux pas sacrifier tous mes projets. J'ai encore tant de choses à accomplir ! Je ne suis pas prête à être mère, enfin même pas une mère, une nounou.

— Tu es plus que cela pour moi, tu le sais bien.

— Je ne peux pas tourner le dos à ma propre famille, à ma tribu, juste pour jouer à la famille avec Jane et toi, s'entêta-t-elle.

— Comment te le faire comprendre, Trish ? Il ne s'agit pas de jouer. Je veux que tu vives avec moi ; je veux dormir toutes les nuits avec toi et me réveiller à ton côté. Pour moi, les choses ont changé, notre relation va bien au-delà de l'aspect physique.

— Nous ne sommes pas sur un pied d'égalité, Nate. Et nous ne le serons jamais.

Sa voix se brisa. Elle s'arrêta, incapable de poursuivre.

Il ne comprenait pas ce refus acharné. Depuis quand dire à une femme qu'on l'aimait provoquait-il tant de problèmes ? S'y était-il mal pris ?

Un vent de panique s'abattit sur lui. Il n'avait jamais été très adroit avec les femmes, mais avec Trish, il s'était toujours senti plutôt à l'aise. Or voilà que, d'un coup, il ne trouvait pas les mots pour la convaincre.

— Je serai dépendante de toi, persista-t-elle, le visage blême. J'aurais toujours besoin de toi plus que tu n'auras besoin de moi.

— C'est faux.

Elle lui adressa un petit sourire qui lui serra le cœur.

— Ce n'est pas parce que je ne le montre pas que c'est faux.

Elle lui caressa la joue du bout des doigts avant de les retirer dans un geste brusque, comme si elle s'était brûlée.

— Trish, avoir besoin l'un de l'autre n'est pas un signe de faiblesse, déclara-t-il avec force. Laisse-moi t'aimer.

Comme il l'avait vue faire à plusieurs reprises, elle se hissa sur la pointe des pieds pour l'embrasser. L'espace d'un court instant, il eut l'espoir insensé qu'il avait réussi à la convaincre. Le cœur battant, il l'attira à lui mais déjà, elle s'était dégagée.

— Moi aussi, je pourrais t'aimer jusqu'à la fin de mes jours, avoua-t-elle. Mais nos différences sociales nous sépareront toujours, Nate. Pire même, un jour, tu pourrais me les reprocher. Et moi, je n'arriverais jamais à oublier d'où je viens, comprends-tu ?

— Non seulement je comprends, mais je ne te demanderai jamais une chose pareille. Je te voudrais juste que tu nous donnes une chance d'être heureux ensemble.

Elle tourna vers lui son visage empreint de tristesse.

— Si j'acceptais les nouveaux termes du contrat, commença-t-elle, si j'acceptais de rester, que se passerait-il ? Nous serions de plus en plus attachés l'un à l'autre et la rupture serait d'autant plus difficile.

— Je ne te parle pas de rupture, Trish. Je te parle d'amour ! Regarde-moi dans les yeux et dis-moi que tu ne veux pas rester.

— Je mentirais, mais il n'en reste pas moins que je ne peux pas. J'ai des projets à réaliser, des gens comptent sur moi. Je ne peux pas tout laisser tomber pour m'installer dans une petite vie confortable, entre Jane et toi. Je ne veux pas être une femme entretenue.

— Je ne te demande pas de renoncer à tes engagements, Trish. Simplement, tu pourrais les continuer d'ici.

Elle secoua la tête, bien déterminée à camper sur ses positions.

— Je suis désolée. Il faut que j'y aille.

Sans lui laisser le temps de réagir, elle lui tourna le dos et sortit de la pièce en courant, le visage inondé de larmes.

Il resta un long moment immobile, à la fois décontenancé et malheureux. Comment pouvait-on aimer quelqu'un et le fuir en même temps ? Car il n'avait pas rêvé : elle lui avait bien avoué l'aimer.

Alors, où était le problème ?

Il entendit la porte de Trish se refermer à l'étage, puis le bruit de la clé qui tournait dans la serrure. Il pourrait aller la retrouver afin d'essayer une nouvelle fois de lui faire entendre raison. Mais à quoi bon, puisqu'elle semblait fermement décidée à fuir l'amour qu'il lui offrait ?

Il s'assit sur une marche avec, dans la poitrine, la sensation d'un poids énorme qui l'empêchait de respirer. Sans trop savoir pourquoi, des images de sa vie avec Diana refirent surface. Il se revit pénétrer dans la maison de ses parents, entendre des gémissements étouffés sur lesquels on ne pouvait se méprendre, composer le numéro de Diana et l'entendre sonner dans la poche du manteau qu'elle avait laissé dans un fauteuil de l'entrée.

Il se souvint d'avoir grimpé l'escalier quatre à quatre, ouvert à la volée la porte de la chambre de Brad et surpris l'inconcevable : Diana, nue, à califourchon sur Brad.

Etrangement, il avait aussitôt culpabilisé. C'était sa faute. Si Diana était allée voir ailleurs, c'était parce qu'il n'avait pas su lui donner tout ce qu'elle était en droit d'attendre. Par la suite, il avait compris qu'en fait, il n'était pour rien dans l'échec de leur relation. Diana n'en voulait qu'à son argent et à sa société.

Après cette double trahison, il s'était fermé aux gens en général et aux femmes en particulier. Jusqu'à Trish. Avec elle, il avait retrouvé une certaine confiance ainsi que l'envie de tenter de nouveau l'aventure à deux. Elle avait restauré l'image dégradée et salie que Diana lui avait renvoyée de lui-même et il lui en serait à jamais reconnaissant.

Pourtant, elle aussi l'avait repoussé. Elle avait jugé que ni lui ni Jane ne valaient la peine qu'elle reste.

Cette triste réalité lui fendit le cœur.

Trish fit ses bagages à la hâte, cherchant à gommer de sa mémoire la scène qu'elle venait de vivre.

Nate…

A la seconde où elle s'était sentie flancher, elle avait battu en retraite. Sa mère, elle, avait tout fait pour retenir ses hommes et les rendre heureux. Sa mère avait quitté son travail, négligé ses enfants, avait toujours fait passer en priorité son bonheur personnel.

Pourquoi n'y arrivait-elle pas, elle ? Pourquoi n'avait-elle pas abondé dans le sens de Nate alors qu'elle en brûlait d'envie ?

La réponse s'imposa d'elle-même, évidente. Parce que, Dieu merci, elle n'était pas comme sa mère.

Aussi s'empressait-elle de rassembler ses affaires. Elle étouffait dans cette maison, il fallait qu'elle en parte le plus vite possible. Chaque minute passée en compagnie de Nate était une minute de tentation supplémentaire à laquelle il lui fallait résister.

Tout comme elle l'avait fait lorsqu'elle avait quitté sa chambre chez Mme Chan, elle fourra ses vêtements dans son sac marin puis le reste, ses chaussures, son ordinateur portable et son téléphone dans un autre sac.

Non. Pas le téléphone. Il ne lui appartenait pas. Elle n'en avait pas besoin. Et puis, ce serait s'infliger une tentation supplémentaire. La mort dans l'âme, elle le ressortit donc de son sac et le posa sur son bureau.

Tout ceci était tellement ridicule ! Elle l'avait bien pressenti dès l'instant où elle avait signé le contrat qui la liait à Nate. Elle n'avait rien à voir avec cette belle demeure, ces gens de maison, cette cuisine raffinée qu'on lui servait tous les jours.

Mais au-delà du confort matériel auquel elle n'était pas habituée, elle n'avait rien à faire dans le lit de Nate, qu'elle devait quitter même si elle en était amoureuse. Car elle se sentait incapable de trahir la femme qu'elle était pour devenir celle qu'il voudrait qu'elle soit. Comme sa mère l'avait fait avant elle. Trish, elle, était une femme forte qui ne perdrait pas de vue les objectifs qu'elle s'était fixés.

Or tomber amoureuse de Nate Longmire n'en avait jamais fait partie.

Elle enfouit son visage entre ses mains, refoulant les sanglots qui lui nouaient la gorge.

Elle avait bien envisagé la possibilité de repousser son départ de deux semaines, le temps de boucler son semestre tout en profitant de la douceur de vivre auprès de Nate. Ensuite, elle aurait passé les deux mois suivants chez sa mère, ce qui lui aurait laissé le temps de prendre du recul et de réfléchir à ce qu'elle souhaitait vraiment.

Un mois plus tôt, et même si elle n'avait pas été insensible à la puissante attirance qui régnait entre eux, elle n'était pas encore prise au piège de l'amour.

Comment en était-elle arrivée là ?

Etait-ce en voyant Nate serrer contre lui une petite Jane enfin apaisée ? Les petits déjeuners partagés sur la terrasse ? Les moments volés à n'importe quelle heure du jour ou de la nuit ?

Un mois plus tôt, ne comptait qu'un bébé en détresse qui avait eu besoin d'elle.

Un mois plus tôt, tout était différent.

Elle brûlait d'ouvrir cette porte, de se ruer dans l'escalier pour aller le rejoindre et se jeter dans ses bras ; elle brûlait de lui demander pardon, de lui dire qu'il avait raison et qu'elle ferait tout ce qu'il voudrait à condition qu'il l'aime jusqu'à la fin de ses jours.

Mais elle s'en abstiendrait.

Elle partirait, comme elle avait prévu de le faire, et reprendrait sa vie là où elle l'avait interrompue lorsqu'elle l'avait rencontré.

Ses affaires emballées, elle traversa la salle de bains pour se rendre dans la nursery où Jane dormait d'un sommeil agité. Sans doute avait-elle perçu une tension entre les deux personnes qui comptaient le plus dans sa vie.

— Tu es une adorable petite fille, murmura-t-elle en caressant le fin duvet de ses cheveux pour la dernière fois. Prends bien soin de ton oncle Nate, d'accord ? Fais-lui plein de sourires et amuse-le avec tes grimaces comme tu sais si bien le faire.

Jane secoua la tête de droite à gauche, comme pour protester silencieusement contre son départ.

— Il va être un papa formidable, tu verras, poursuivit-elle, les larmes aux yeux. Il t'aime beaucoup et il veillera sur toi tout au long de ta vie.

Elle songea à toutes les fois où elle l'avait vu prendre sa nièce entre ses bras, la cajoler, la nourrir ou la changer. Bref, à toutes les fois où il s'était comporté comme un père.

Emue à l'extrême, elle se pencha et posa un baiser d'une infinie tendresse sur la petite tête du bébé.

— Au revoir, Jane. Je t'aime. Tu resteras toujours dans mon cœur.

Puis elle se précipita dans sa chambre pour récupérer ses deux sacs et, sans un regard en arrière, elle longea le couloir. Tandis qu'elle descendait l'escalier, elle resta sourde à la petite voix intérieure qui lui criait de rester, qu'elle commettait une grossière erreur. En bon petit soldat qu'elle était, elle continua d'avancer vers le destin qu'elle s'était choisi.

Pour s'aider à résister à la tentation, devenue trop forte, elle pensa à tous les enfants pauvres qui comptaient sur elle pour leur offrir les chances d'une vie meilleure. Elle devait à ces enfants innocents de ne pas les abandonner à leur triste sort car eux n'avaient pas la chance d'avoir un oncle milliardaire pour leur venir en aide.

Elle le devait à sa petite sœur Patsy.

Elle se définissait par ses actions, pas par l'homme avec qui elle couchait. Elle s'était juré de ne pas tomber amoureuse, il lui restait à s'en persuader.

Nate l'attendait en bas de l'escalier, mains sur les hanches, bien campé sur ses jambes robustes.

Sois forte, se sermonna-t-elle. *Tu n'es pas comme ta mère.*

Mais il était difficile de résister à Nate. Son Nate. L'homme qui venait de lui déclarer son amour.

— Je veux que tu restes, Trish, gronda-t-il d'une voix sourde.

Sois forte, sois forte, sois forte…, se répéta-t-elle en boucle.

— Ça va aller, Nate, assura-t-elle d'un ton qu'elle voulait ferme. Tu vas voir, vous allez y arriver, Jane et toi.

Il la regarda comme s'il avait une extraterrestre en face de lui.

— Nous ne signifions donc rien pour toi ? Comment peux-tu t'en aller comme cela, sans regret ?

Il s'imaginait donc qu'elle ne ressentait rien et qu'elle quittait cette maison le cœur léger, alors qu'elle était ravagée de douleur à l'idée de se séparer de Jane. Comment ne voyait-il pas qu'elle l'aimait, lui, l'homme qui avait suivi ses conseils à la lettre et l'avait amenée à se sentir importante ?

— Il… il faut que j'y aille, Nate.

— Il faut que tu y ailles et voilà ? C'est tout ?

Il avait accompagné ses mots d'un claquement de doigts visant à souligner le peu de cas qu'elle faisait d'eux.

Ils en étaient arrivés là où, justement, elle avait toujours refusé de s'aventurer. La fin d'une histoire d'amour. Voilà pourquoi, devenue adulte, elle avait gardé ses distances avec les hommes. Elle ne voulait pas subir la souffrance qui accompagnait nécessairement une histoire d'amour.

— Je… je ne sais pas, balbutia-t-elle, au comble de

l'émotion. J'ai besoin de prendre du recul, Nate. Ce mois passé avec toi a été le plus beau de ma vie, mais tout est allé si vite ! J'ai besoin de m'éloigner de vous pour pouvoir faire le point. Comme prévu, je vais passer mon diplôme et passer l'été chez moi. Ensuite, seulement…

— Tu m'appelleras ? Dis-moi au moins où tu comptes dormir ce soir, que je ne m'inquiète pas.

— J'ai laissé mon téléphone dans ma chambre, répliqua-t-elle d'une voix lisse.

Elle le vit blêmir.

— Ah, je vois…

— Nate…

— Je t'appelle un taxi. Il t'emmènera où tu veux.

— Merci, répondit-elle, la mort dans l'âme.

Face à cette première rupture, elle se sentait gauche et empruntée, ne sachant trop quoi dire, elle qui n'avait eu pour tout modèle que les cris hystériques de sa mère lorsqu'un de ses amants lui annonçait que c'était fini.

Sans qu'elle s'y attende, il fit un pas dans sa direction et prit son visage entre ses mains.

— Je sais que tu n'as pas envie de l'entendre, mais je t'aime, Trish. Penses-y lorsque tu seras loin de moi. Je t'aime, tu comprends ?

Elle ferma les yeux et laissa libre cours à ses larmes. Pourquoi brisait-elle leurs deux cœurs ? Le doute commençait à s'insinuer en elle.

Un coup de klaxon la ramena brutalement sur terre. Elle prit l'un de ses sacs pendant que Nate se chargeait de l'autre et la précédait vers le taxi pour lui ouvrir la portière.

Elle le regardait faire, incapable de respirer.

S'il lui avait été toujours plus ou moins simple de s'en tenir à ses principes, de ne pas répéter le schéma maternel, mettre dans un coffre de taxi ses maigres affaires pour s'éloigner à jamais de l'homme qu'elle aimait se révélait une autre paire de manches.

Aussi eut-elle le plus grand mal à ne pas changer d'avis lorsqu'il se pencha vers elle pour lui murmurer à l'oreille :

— Je t'attendrai.

— Où allez-vous ? s'enquit le chauffeur.

Rien n'était simple dans cette histoire. Mais elle ne vivrait pas mois après mois à la merci de ce contrat, ou d'un autre, prolongé. Elle ne se laisserait pas guider par l'amour.

— A l'université de San Francisco, s'il vous plaît, répondit-elle avec détermination.

- 13 -

Il faisait beau et chaud ce matin-là, jour de la remise des diplômes universitaires. Il était encore tôt, mais Trish transpirait déjà à grosses gouttes sous sa toge. Dessous, elle portait son T-shirt fétiche, celui à l'effigie de Wonder Woman, dans le but inavoué qu'il lui donnerait le courage de faire son discours de remerciement sans frôler la crise cardiaque.

— Qui est l'orateur ? s'enquit-elle alors qu'elle prenait place sur les gradins du Cox Stadium.

— Je ne sais pas, répondit sa voisine. Ce devait être Nancy Pelosi mais il paraît qu'elle a annulé sa venue au dernier moment.

Elle acquiesça d'un hochement de tête et sortit de sa manche la bouteille d'eau qu'elle y avait cachée pour en boire une longue gorgée.

Trop occupée à tirer des plans sur la comète, elle écouta d'une oreille distraite le président de l'université féliciter chacun des élèves venus chercher leur diplôme.

Un peu plus tôt, Stanley était venu la traquer jusque dans la bibliothèque pour lui apporter trois chèques, l'un d'un montant de vingt mille dollars, l'autre de deux cent cinquante mille à l'ordre de One Child, One World. Le troisième était la caution récupérée auprès de Mme Chan, son ancienne logeuse.

Tout ce qu'il avait trouvé à dire lorsqu'il s'était retrouvé face à elle s'était limité à un « ça va ? » bourru qui lui ressemblait bien.

— Très bien, merci, avait-elle répondu. Comment vont Nate et Jane ? s'était-elle empressée d'ajouter.

— La petite se porte comme un charme. Quant à Nate, il commence à aller mieux.

Puis il lui avait tendu une enveloppe à bulles et s'était éclipsé aussi vite qu'il était venu. Elle était restée un long moment immobile, la culpabilité chevillée au corps.

Elle avait ensuite ouvert la dernière enveloppe et y avait découvert son téléphone portable ainsi que son chargeur, accompagnés d'un petit mot :

« Au cas où…

Nate. »

Elle s'était assise pour rester une bonne vingtaine de minutes, les yeux rivés sur l'appareil.

« Au cas où… »

Au cas où elle voudrait le joindre.

Au cas où elle changerait d'avis.

Ensuite, la réalité avait repris le dessus. Elle avait foncé à la banque et, parce qu'elle était riche, elle s'offrirait un billet d'avion pour Rapid City, au lieu du ticket de bus habituel. De l'aéroport, elle trouverait bien un moyen d'arriver chez elle.

Une fois là-bas, elle ferait le point mais elle ne comptait pas s'éterniser. Où irait-elle ensuite ? Elle ne savait pas trop. Rien ne la retenait à San Francisco, sinon Nate.

Elle pourrait peut-être prendre un nouveau départ ailleurs où la vie serait moins chère.

Ou retourner vers Nate.

Car il n'avait pas quitté ses pensées depuis l'instant où elle avait franchi le seuil de sa maison.

« Je t'attendrai », lui avait-il assuré en refermant la portière du taxi qui l'emportait loin de lui.

Elle avait désespérément besoin de le croire mais, effrayée par l'intensité des sentiments qu'elle lui portait, elle redoutait de voir ses espoirs déçus.

Comment un avenir commun était-il possible ? Elle n'avait même pas de travail à proprement parler. Comment pourrait-elle un jour prétendre être à égalité avec lui ?

Elle décida de ne pas brûler les étapes et de ne pas chercher de réponse à ses interrogations. Pour l'heure, elle allait se concentrer sur les jours à venir et sur l'avion qu'elle allait prendre pour la première fois de sa vie, perspective qui l'excitait et la terrorisait à la fois.

Elle était si profondément perdue dans ses pensées qu'elle n'avait pas entendu le nom de l'orateur qui avait été annoncé. Lorsqu'elle leva les yeux, elle eut du mal à croire à ce qu'elle voyait.

Nate.

Nate Longmire portant la toge et la toque traditionnelles montait sur le podium, main tendue vers le président.

Médusée, elle le regarda se placer devant le micro et l'ajuster à sa taille. Que faisait-il là ? Cela ne pouvait pas être une coïncidence. Non. Il était là pour elle, Trish le sentait au plus profond d'elle-même.

— Félicitations à tous les diplômés, lança-t-il avec ce petit sourire pincé qu'elle connaissait bien et qui traduisait sa nervosité. Je comprends votre déception, ajouta-t-il après une courte pause. Vous vous attendiez à voir monter sur scène la députée Pelosi, mais voilà que vous vous trouvez face à Nate Longmire.

De petits rires fusèrent des quatre coins du stade.

— Mais j'ai passé un si bon moment dans cette même

université, reprit-il d'un ton plus désinvolte, que j'ai sauté sur l'occasion de venir m'adresser de nouveau à vous.

Cette déclaration lui valut quelques applaudissements accompagnés de sifflements stridents.

— Aujourd'hui, j'aimerais vous parler du pouvoir que chacun de nous porte en lui. Vous pouvez rester assis à vous demander : et maintenant ? Il se peut que vous ayez un crédit à rembourser, que vous n'ayez pas de travail, que vous soyez amoureux ou que vous ayez rompu.

— Oh ! mon Dieu ! s'exclama-t-elle sans même s'en rendre compte.

— Qu'y a-t-il ? s'enquit sa voisine.

— Désolée, rien, rien.

Rien, sinon que l'homme qu'elle aimait se trouvait sur scène et qu'il s'apprêtait à prononcer un discours qui lui était destiné.

— Et vous vous dites que vous n'avez pas le pouvoir de changer les choses, poursuivit-il sur le même mode. Que vous ne trouverez pas de travail, que vous ne trouverez jamais la personne qui vous correspond, que vous ne parviendrez pas à donner une nouvelle tournure à votre vie. Heureusement, je suis là pour vous détromper.

— Ça va ? lui demanda sa voisine d'un ton inquiet. Vous êtes toute blanche.

— Oui, oui, répondit-elle avec un sourire forcé. Je n'arrive pas à croire que c'est Nate Longmire qui est là, sur scène, voilà tout.

— Récemment, continuait Nate, j'ai eu l'occasion de passer un peu de temps avec une élève de cette université. Elle s'appelle Trish Hunter.

Tandis qu'il s'adressait à la foule, il la chercha du regard jusqu'à ce qu'il la trouve. Il esquissa alors ce petit sourire qu'elle connaissait si bien et qui traduisait sa satisfaction.

A présent, elle était suspendue à ses lèvres, le souffle court.

— Mlle Hunter m'a impressionné par son parcours, mais plus que tout par son dévouement. En dépit d'un budget restreint, elle est parvenue à créer une association caritative du nom de One Child, One World qui procure des fournitures scolaires aux enfants de réserves indiennes défavorisées du Dakota du Sud.

Il continua ainsi à la mettre en avant durant de longues minutes, captant l'intérêt grandissant de son auditoire.

Elle n'en revenait toujours pas.

Nate était là devant elle, en chair et en os, venu se battre pour la convaincre. Elle eut soudain la certitude que lui ne partirait pas, ne se cacherait pas derrière des mensonges. Les mots échangés avec Tim au cours de leur dernière discussion téléphonique lui revinrent soudain en mémoire :

« Il y en a quelque chose en elle, avait-il dit en évoquant sa mère, qui fait que je me sens à ma place. Et lorsqu'on a roulé sa bosse comme je l'ai fait, crois-moi, ce n'est pas rien d'avoir le sentiment d'avoir trouvé la bonne personne, celle qui te correspond. »

Cette révélation la frappa de manière fulgurante. Sa mère, volage, négligente, insouciante, qui n'avait cessé de courir pendant des années après des chimères, cette mère indigne avait fini par se stabiliser et trouver un bel équilibre auprès de Tim. Enfin, elle avait compris où était son bonheur.

Devait-elle se punir d'avoir eu une mère pareille ? Devait-elle n'agir que par esprit de contradiction ?

— Aussi, conclut Nate, je suis heureux de vous annoncer que la Fondation Longmire compte s'investir un peu plus dans cette association. Tout d'abord en accordant des bourses aux élèves amérindiens désireux de poursuivre des études à l'université de San Francisco ; ensuite en faisant don d'une somme de dix millions de dollars à cette même association.

Elle l'écoutait, bouche bée, incapable de proférer le moindre son.

— Pour terminer, je vous demande d'applaudir bien fort Mlle Trish Hunter, ici présente.

La foule en délire se leva pour gratifier Trish d'une *standing ovation* sans fin. Mais elle en avait à peine conscience tant elle était envoûtée par Nate qui, légèrement incliné en avant, concluait par ces mots :

— Mademoiselle Hunter, pourrais-je vous dire un mot en particulier lorsque vous aurez récupéré votre diplôme ?

— C'est vous ? s'exclama sa voisine. Eh bien allez-y, qu'est-ce que vous attendez ?

Le reste se déroula dans une sorte de brouillard cotonneux. Plus tard, elle se rappellerait avoir agi comme un automate, sans prendre véritablement conscience des commentaires élogieux que son passage suscitait.

Son diplôme en main, elle alla rejoindre Nate qui se tenait en bout de scène, sa toque à la main.

— Nate, mais tu es fou ! le réprimanda-t-elle gentiment.

Il se pencha alors sur l'un des officiels qui se trouvait là pour lui chuchoter à l'oreille :

— Excusez-moi. Je dois m'entretenir un instant avec Mlle Hunter.

— Je vous en prie.

Il la prit par la main et l'entraîna un peu plus à l'écart.

— Nate, tu es fou, répéta-t-elle d'une voix tendre.

— Je n'ai fait que rétablir l'équilibre.

— En faisant une donation de dix millions de dollars à One Child, One World ?

— Ainsi, tu ne subiras aucune contrainte. Tu seras libre de te verser un salaire et d'accomplir toutes tes projets : créer des terrains de basket, des foyers d'animation, des salles d'informatique… Tout ce que tu voudras.

Elle fut émue aux larmes qu'il n'ait pas oublié la longue liste des améliorations qu'elle voulait apporter au sein des écoles défavorisées.

— Que veux-tu dire par aucune contrainte ?

— Aucune contrepartie. En fait, je me défais d'une petite partie de ma fortune, mais c'est quelque chose qui se fait couramment, au sein de fondations comme la mienne.

— Mais…

— Avec cette donation, je te donne le choix, Trish, ajouta-t-il plus gravement.

— Comment cela ?

— Je veux que tu reviennes vivre à la maison, mais je ne veux plus t'entendre dire que tu n'es pas mon égale, que trop de choses nous séparent, que c'est moi qui ai toutes les cartes en main. Cet argent, non seulement tu pourras le gérer comme tu l'entends, mais en plus, tu pourras en dégager un salaire. Pour te connaître un peu, je crois pouvoir dire que ce sera très raisonnable.

— Nate…

— Si tu veux revenir vivre à la maison, ou si tu veux que je vienne vivre avec toi ailleurs, nous saurons tous les deux que ce ne sera pas parce que tu seras dans l'impossibilité de refuser une somme d'argent indécente. Toi seule pourras décider de ce que tu veux faire. Tu garderas ton autonomie, Trish. C'est bien ce qui te tenait à cœur, n'est-ce pas ?

— C'est vraiment très délicat de ta part, Nate, mais

cela ne change rien au fait que cet argent vient de toi, objecta-t-elle.

— Pense plutôt à tous ces enfants que tu vas pouvoir aider. Eux se ficheront bien de savoir d'où vient cette manne providentielle qui va changer leurs vies.

— Nate…

— Je m'y suis mal pris, l'autre jour, plaida-t-il encore. Un bon négociateur sait dès le départ ce que la partie adverse vient chercher. Toi, tu venais chercher des fonds pour ton association. Le marché a été facile : tu avais besoin d'argent, j'avais un besoin urgent d'une nounou. En revanche, au terme du contrat, la situation n'était plus la même. Je ne voyais plus en toi une nounou.

— Vraiment ?

— C'est toi qui m'as ouvert les yeux en me disant que tu ne voulais pas te perdre en moi. Au début, je ne comprenais pas ce que tu entendais par là, mais tes paroles ont fait leur chemin et je crois que j'ai compris, maintenant.

— Qu'as-tu compris ?

— Que tu attendais de moi la promesse que je te laisserai libre de tes choix.

Tel un chevalier du Moyen Age, il mit un genou à terre et prit une de ses mains dans la sienne.

— Si tu veux bien me laisser une chance, Trish, je suis prêt à te prouver que je peux y arriver.

Il sortit alors de la poche de sa veste un écrin, de la taille de ceux qui renferment des bagues de princesse.

Elle le regarda l'ouvrir, le cœur battant.

— Que fais-tu, Nate ?

— Je te fais une promesse, répondit-il d'un ton solennel alors qu'elle découvrait un anneau surmonté d'un diamant taillé en poire. Trish Hunter, acceptes-tu de devenir ma femme ?

Elle ouvrit la bouche, mais aucun son n'en sortit.

— Je veux t'épouser, Trish, dit-il. S'il te plaît, accepte.

— Mais j'étais sur le point de rentrer chez moi, protesta-t-elle, tiraillée entre la promesse faite aux siens et l'envie de se jeter à son cou.

— Il n'est pas question que tu changes tes plans, assura-t-il.

Il prit alors l'annulaire de sa main gauche et y glissa la bague qui se mit à scintiller de mille feux.

— Vas-y et prends le temps de réfléchir. Je ne veux surtout pas que tu reviennes pour Jane ou parce que tu penses me devoir quelque chose. Je veux que tu me reviennes en pleine conscience du choix que tu auras fait et surtout, telle que je t'ai connue : une femme sensible mais qui a le sens des réalités. Tu as fait de moi un homme bien, Trish, un homme conscient de ses responsabilités et heureux de s'y soumettre, à mille lieues de l'image caricaturale du milliardaire blasé que je véhiculais.

— Je ne t'ai jamais perçu comme cela, Nate, le défendit-elle aussitôt. Pour moi, tu es juste Nate, un homme merveilleux que j'ai eu beaucoup de chance de rencontrer. J'ai si peur, Nate. J'ai si peu d'expérience ! J'ignore tout du mystère des hommes et de la façon dont il faut s'y prendre avec eux. Tu es le premier à qui je me sois donnée et, malgré moi, je suis tout de suite tombée amoureuse de toi. Lorsque j'étais avec toi, je ne me sentais plus en accord avec mon ancien moi, c'est-à-dire l'Amérindienne issue d'une réserve pauvre, trop tôt responsable d'une mère irresponsable. J'étais si bien à tes côtés que j'aurais aimé ne jamais partir, mais la force de mes sentiments m'a terrifiée. Et même en ce moment, j'ai peur parce que je sais que je pourrais t'aimer à la folie.

Il esquissa un sourire tendre.

— Encore ce conditionnel…

— Je… je t'aime, Nate. Tu m'as fait comprendre qu'il existait des hommes bien, des hommes prêts à s'engager pour la vie même si les circonstances sont parfois cruelles comme devoir…

— … devoir élever une petite fille tombée du ciel, termina-t-il pour elle. Au fait, j'ai choisi la grand-mère polonaise. Je ne le regrette pas, elle est très compétente. Aussi, les choses sont claires. Je ne te demande pas d'être la nounou de Jane, mais d'être ma femme. Pour la vie.

— Nate, s'exclama-t-elle, au comble de l'émotion.

Il l'enveloppa de ses bras rassurants et la serra très fort contre lui. Toutes ses craintes se dissipèrent instantanément tandis qu'elle était envahie d'un sentiment de plénitude.

— Tu m'as manqué, ronronna-t-elle. Je dois même t'avouer que j'avais prévu de t'appeler une fois arrivée à la maison.

— Je n'aurais pas pu attendre aussi longtemps, déclara-t-il en la serrant un peu plus étroitement. J'avais besoin d'agir dans l'instant, d'où mon intervention d'aujourd'hui.

— Tu as bien fait, Nate. Grâce à toi, pour la première fois, je me suis enfin trouvée.

Il rejeta la tête légèrement en arrière de façon à la regarder droit dans les yeux.

— Tu sais que je t'appartiens déjà, Trish. Mais toi, acceptes-tu d'être mienne pour le restant de tes jours ?

C'était la question qu'elle attendait. Savoir que cet amour-là ne la détruirait pas comme celui qui avait détruit sa mère. Savoir que Nate se battrait pour elle. Pour eux.

— Je suis à toi, Nate. Tu es l'homme que j'attendais.

Ils échangèrent alors un baiser plein de passion destiné à sceller cette promesse de bonheur.

— Viens à la maison, murmura-t-il contre sa bouche.

Passe la nuit avec moi et demain, tu iras rejoindre les tiens. Qu'en penses-tu ?

— Que cette nuit nous appartient, lui susurra-t-elle en retour, au comble du bonheur.

BARBARA DUNLOP

La promesse d'un amant

Traduction française de
EDOUARD DIAZ

PASSIONS

HARLEQUIN

Titre original :
AN AFTER-HOURS AFFAIR

Ce roman a déjà été publié en 2012.

- 1 -

— C'est une mauvaise idée, dit Jenny Watson en s'asseyant sur le lit d'Emily Kiley, sa meilleure amie. Je te rappelle qu'il ne s'agit pas d'un rendez-vous romantique.

— Même si Mitch était de cet avis, cela ne t'interdit pas de paraître à ton avantage, répondit Emily depuis les profondeurs de son dressing.

— C'est mon patron. Et nous nous rendons à une soirée d'affaires.

— C'est un mariage.

— Un mariage au Texas Cattleman's Club, rappela Jenny. Il y est invité en qualité de président par intérim.

Emily émergea du dressing, brandissant une tenue en mousseline de soie écarlate.

— Je pensais à celle-ci.

Elle plaqua contre elle une robe sans manches, à une seule bretelle. La jupe, évasée, était faite de deux épaisseurs de soie vaporeuse et s'arrêtait à mi-cuisses.

— Très drôle, dit Jenny en s'adossant à la tête de lit de chêne massif.

Emily savait pertinemment qu'elle ne choisirait jamais une tenue aussi sophistiquée et certainement pas d'une couleur aussi hardie. Elle exécuta pourtant quelques pas de valse, la robe serrée contre elle.

— Avec la bonne coiffure, elle sera parfaite, dit-elle d'un ton dégagé. Tu peux m'emprunter mes sandales de strass. Et j'ai aussi ces fabuleux pendants d'oreille en forme de poire, avec le collier assorti. Les diamants sont artificiels, bien sûr, mais personne ne le devinera.

— Il n'est pas question que je porte cette robe, dit Jenny d'un ton catégorique.

— Et pourquoi pas ?

— Pour tout un tas de raisons évidentes.

— Allons, détends-toi un peu, ma petite Jenny. Profite de la vie. Tu seras absolument ravissante. Mitch ne verra que toi.

— J'aurai l'air ridicule.

Elle n'allait certainement pas s'exhiber devant ses amis et voisins de Royal, Texas, dans ce déguisement de diva new-yorkaise. Elle secoua la tête.

— Ma petite robe noire ira très bien, dit-elle d'un ton définitif.

C'était sa robe passe-partout préférée — une robe de jersey noire sans manches à encolure carrée, qui couvrait pudiquement ses genoux. Elle la portait habituellement avec une courte cape de soie noire transparente attachée autour du cou, une parfaite combinaison de tradition et d'élégance.

— Et combien de fois Mitch t'a-t-il vue dans cette robe-là ?

— Deux ou trois fois, reconnut-elle sans enthousiasme.

Le nombre exact importait peu, Mitch ne se souciait pas de ce qu'elle portait. Il avait seulement besoin d'avoir à son bras une femme sans chichis, à la tête froide, qui l'aiderait à gérer l'événement. Son patron aimait veiller sur les membres du club. Il s'enorgueillissait de se souvenir en détail de la vie de chacun d'eux, et elle savait que ses connaissances en la matière pouvaient lui être d'une grande utilité.

— Tu es amoureuse de lui depuis que tu as douze ans, dit Emily.

— J'étais amoureuse de lui. Mais c'était il y a bien longtemps, et ce n'était qu'une amourette d'adolescence. Je te rappelle que Mitch a quitté la ville lorsque je n'avais que seize ans.

Mitch Hayward, capitaine de l'équipe de football du lycée de Royal, avait décroché une bourse sport études à l'université du Texas à Dallas. Les deux premières années, il était rentré à Royal pour les vacances d'été. Après cela, sa brillante carrière sportive l'avait entraîné vers d'autres horizons. Jusqu'à l'année précédente, où une blessure à l'épaule l'avait obligé à rentrer au pays.

— Il est rentré depuis douze mois déjà, dit Emily.

— Si longtemps, vraiment ? répondit Jenny, feignant d'ignorer la date exacte, l'heure exacte, la minute exacte où Mitch Hayward était revenu à Royal. Le temps file si vite !

— Tu n'as jamais su mentir, dit Emily en se laissant tomber près d'elle sur le lit.

— Je n'ai aucune intention de me ridiculiser, il est hors de question que je me mette sur mon trente et un pour attirer l'attention de Mitch.

— Dans ce cas, fais-le pour Rick Pruitt et Sadie Price, dit Emily.

C'étaient les futurs mariés. Rick était membre de longue date du Texas Cattleman's Club, et il était respecté dans toute la région. Depuis qu'il avait retrouvé Sadie et découvert qu'il était le papa de deux adorables petites jumelles, le couple vivait un bonheur extatique, et n'avait d'yeux que l'un pour l'autre.

— C'est maintenant ou jamais, dit Emily d'un air solennel en posant sa main sur le bras de sa meilleure amie.

— Que veux-tu dire ?

— Cela fait un an que je te vois te languir. Il est temps de concrétiser ta relation avec Mitch, ou d'envisager de sortir avec d'autres hommes.

— Je ne me languis pas, dit Jenny, en protestant.

Mais Emily ne disait que la stricte vérité, elle le savait. Toute cette année, elle avait désespérément tenté d'ignorer son attirance pour Mitch en se disant que ce n'était qu'un béguin d'adolescente, et qu'elle avait tourné cette page depuis longtemps.

— Tu vas bientôt avoir trente ans, dit Emily.

— Toi aussi.

— C'est vrai. Mais moi, j'ai un plan.

— Un plan pour aborder la trentaine ?

— Un plan pour réussir ma vie, répondit Emily, une lueur rêveuse dans son regard. Si je ne rencontre pas l'homme de ma vie avant le jour de mon anniversaire, le mois prochain, j'ai l'intention d'avoir un bébé toute seule.

Jenny observa son amie, incrédule.

— Toute seule ? Tu parles sérieusement ? As-tu seulement idée...

— J'ai envie de devenir maman, dit Emily.

— Je sais par expérience que cela peut être une très mauvaise idée.

— Nous ne parlons pas de ton enfance à toi.

Emily consulta sa montre et se leva vivement avant d'ajouter :

— En fait, le vrai sujet, c'est le mariage de ce soir. Je peux t'assurer que si j'étais attirée par un homme comme Mitch et qu'il se trouvait dans un rayon de cent kilomètres, je ne le laisserais pas s'échapper.

— Tiens donc !

— C'est la vérité, dit Emily d'un ton convaincu. Qu'est-ce que tu risques, Jenny ? S'il ne remarque rien, aucun problème. Tu auras simplement assisté au mariage d'un couple d'amis dans une jolie robe. Mais si tu attires son attention, c'est une tout autre histoire qui commence.

— S'il ne remarque rien, le chapitre sera définitivement clos, dit Jenny, songeuse.

L'argument était purement théorique puisqu'elle n'avait pas l'intention de porter cette robe.

— S'il ne réagit pas en te voyant dans cette petite merveille, c'est que tu n'as jamais eu la moindre chance avec lui. Tu n'aimerais pas être fixée une fois pour toutes ?

Jenny réfléchit un instant. Avait-elle envie de passer encore une année — ou deux ou trois — à penser à chaque instant à un homme qui ne s'intéressait pas le moins du monde à elle ? Valait-il mieux continuer à entretenir un fantasme ou faire face à la vérité, aussi douloureuse soit-elle ?

— S'il ne ressent rien pour toi, tu pourras reprendre le cours de ta vie, dit Emily.

Jenny passa mentalement en revue les choix qui s'offraient à elle, avec toute l'objectivité dont elle était capable. Mais, malgré tous ses efforts, ses émotions reprenaient le dessus. Son cœur battait plus vite à présent, et une étrange chaleur se répandait dans son corps. Le conseil d'Emily avait quelques mérites.

C'était peut-être réellement maintenant ou jamais.

— Tu es une femme, comporte-toi comme telle, dit Emily d'un ton encourageant en lui tendant la robe.

Jenny fit appel à toutes les ressources de sa volonté. Prenant une profonde inspiration, elle se leva et prit la robe des mains de son amie.

— Je n'arrive pas à croire ce que je suis en train de faire.

— Commence par une bonne douche chaude, pour te détendre, dit Emily en lui reprenant la robe. Et ne te sèche pas les cheveux, c'est moi qui te les coifferai. Nous disposons d'exactement quatre heures pour te transformer en créature de rêve.

— Mais je ne veux pas…

— Chut ! fit Emily en la poussant gentiment vers la salle de bains. Laisse-moi m'occuper de tout.

Lorsque Emily eut terminé de la coiffer, de la maquiller, de l'aider à enfiler sa robe et de la parer de quelques bijoux, Jenny n'était plus qu'une boule de nerfs. Elle avait eu interdiction de se regarder dans le miroir avant que le processus ne soit achevé, et se tenait à présent au centre de la chambre, perchée sur de délicates sandales à talons hauts. La robe ultrachic bruissait à chacun de ses mouvements, et son visage avait été si soigneusement maquillé qu'elle n'osait plus respirer. De plus, elle était enveloppée d'un nuage de parfum luxueux, provenant évidemment de la collection d'Emily.

Enfin, celle-ci se recula d'un pas pour admirer son œuvre.

— Prête ?

— Je suis prête depuis trois heures déjà.

Emily lui offrit un sourire satisfait.

— Tu es fabuleuse.

— Je vais me tordre une cheville dans ces sandales.

— Mais non !

— Je déteste porter mes lentilles de contact.

— Un peu de courage. Le jeu en vaut la chandelle.

— Ma petite robe noire aurait très bien fait l'affaire.

— Elle n'aurait pas changé ta vie.

Elle fusilla son amie du regard. La vie de personne n'allait changer d'ici ce soir. Mitch n'allait pas s'apercevoir tout à coup, en la voyant entrer dans le hall du Texas Cattleman's Club, qu'il n'avait jamais compris la femme qu'elle était vraiment, et se précipiter pour la prendre dans ses bras.

Cela ne se produirait jamais. Et c'était une idée déprimante.

Après cette soirée, elle ne pourrait plus jamais se bercer d'illusions.

— Voilà, dit Emily, tirant la porte du dressing pour faire apparaître le grand miroir.

Jenny contempla son reflet, abasourdie.

La femme en face d'elle ne lui ressemblait en rien.

— Il y a un problème, dit-elle.

— Lequel ?

— Ce n'est pas moi.

— Et pourtant si, je t'assure, dit Emily en riant.

Jenny se tourna prudemment face au miroir. Les sandales à talons mettaient en valeur le galbe de ses jambes, hâlées par un été entier de baignades au lac. Son cou paraissait plus long qu'à l'accoutumée, ses bras plus gracieux, et les pendants d'oreilles étaient un complément parfait à ses épaisses boucles blond vénitien superbement coiffées. Le collier scintillait de façon très convaincante sur sa gorge et ses cils artificiellement rallongés donnaient une profondeur étonnante à ses yeux verts.

La coupe de la robe mettait discrètement en valeur la naissance de ses seins hauts et fermes, et son épaule nue la faisait se sentir délicieusement décadente et très sexy. Pour une raison inconnue, sa taille semblait s'être affinée. C'était peut-être l'effet de la jupe bouffante, ou du corsage qui moulait étroitement son buste.

— Je ne peux pas sortir habillée ainsi, dit-elle tout bas.

— Pourquoi ? Tu as peur de provoquer des embouteillages ?

— Je crains plutôt qu'on me fasse des propositions malhonnêtes.

— Jenny ! Tu as l'air d'une star de cinéma, pas d'une débauchée.

— Je me sens comme une débauchée.

Jenny sentit une vague de panique monter en elle. Cette séance d'habillement et de maquillage avait été très amusante, mais il n'était pas question de sortir de chez Emily dans cette tenue. Les mauvaises langues de Royal s'en donneraient à cœur joie durant des mois.

Comment avait-elle pu être assez sotte pour se mettre dans une situation pareille ?

— Il faut tout enlever, dit-elle d'une voix blanche.

— Nous n'avons plus le temps.

— Mais…

— Si tu ne pars pas maintenant, la mariée sera à l'église avant toi.

Emily sortit un petit sac en filet orné de pierres scintillantes, y transféra rapidement l'essentiel du contenu du sac à main de Jenny et le plaça de force entre ses mains. Puis elle lui tendit ses clés de voiture.

— Allez, dépêche-toi.

— Mais…

— Tu tiens vraiment à arriver en retard ?

— Bien sûr que non.

Elle s'enorgueillissait d'être toujours ponctuelle. Il ne lui serait jamais venu à l'idée de manquer de respect à un membre du TCC en arrivant en retard à son mariage.

— Passe une très bonne soirée, Cendrillon, dit Emily en la poussant gentiment vers la porte.

Mitch Hayward allait être en retard. Et il fallait que ce soit justement aujourd'hui. Au train où allaient les choses, Rick et Sadie auraient échangé leurs vœux devant le pasteur avant qu'il ait trouvé une place sur le parking.

Les pneus arrière de sa Corvette rouge hurlèrent en dérapant sur l'asphalte surchauffé au coin de River Road. Il enfonça rageusement l'accélérateur et redressa la voiture en donnant toute la puissance du moteur. Heureusement, l'agent de police Brendall ne surveillait pas le carrefour à ce moment-là.

Le toit du club-house apparut enfin un peu plus loin, parmi les cimes des chênes. Au même instant, il vit une longue limousine blanche devant lui sur la route. C'était très certainement celle de Sadie et de ses demoiselles d'honneur. Il rétrograda brutalement et, écrasant l'accélérateur, effectua un dépassement acrobatique, espérant sans trop y croire que Sadie lui pardonnerait un jour ce cabotinage.

Il s'arrêta sur le parking dans un crissement de pneus, bondit hors de son siège et se précipita au pas de course vers l'escalier.

Son assistante, Jenny Watson, l'attendait près de la porte du hall.

Remarquant à peine sa robe d'un rouge audacieux, il la saisit par le bras et l'entraîna en direction du salon.

— Que s'est-il passé ? demanda-t-elle en chuchotant, pressant le pas pour rester à sa hauteur.

— Un vol de flamants roses, dit-il, bougon, en parcourant la salle du regard à la recherche de deux chaises inoccupées.

— Comment ?

Il repéra deux places libres à l'autre bout de la grande pièce décorée d'une profusion de fleurs et de bougies, et se mit aussitôt en marche dans cette direction.

— Ce sont des oiseaux de plastique qui servent à collecter des fonds pour une association caritative, lui dit-il à l'oreille, ignorant les regards réprobateurs des membres de l'assemblée. Il y en avait tout un troupeau planté sur ma pelouse.

Il indiqua une chaise à Jenny et prit place à côté d'elle. Au même instant, la musique du piano changea, et toutes les têtes se tournèrent pour voir les demoiselles d'honneur remonter lentement l'allée centrale.

Elles étaient toutes ravissantes dans leurs robes lilas pâle, mais les filles de Sadie et de Rick, des jumelles à peine âgées de deux ans, leur volaient la vedette. Elles étaient vêtues de robes de dentelle ivoire identiques, rehaussées de rubans lilas. D'autres rubans de la même couleur retenaient leurs boucles sombres parsemées de fleurs, et, tout en avançant, elles répandaient sur leur passage des poignées de pétales de roses qu'elles puisaient dans leurs petits paniers.

Puis le pianiste entama la marche nuptiale. Tous les invités se levèrent alors que Sadie faisait son apparition dans une fabuleuse robe blanche, des tresses de fleurs dans les cheveux et un sourire tremblant aux lèvres, pour aller rejoindre Rick, son futur époux. Mitch était aussi peu sensible aux sottises romantiques qu'un homme pouvait l'être, mais même lui ne put s'empêcher de se sentir ému au spectacle de ce couple qui avait traversé tant d'épreuves, qui s'aimait d'un amour aussi lumineux et qui s'apprêtait à fonder une famille avec leurs deux petites filles.

Lorsque le pasteur les eut prononcés mari et femme, tous les invités se levèrent spontanément dans un tonnerre d'applaudissements. Et, lorsque Rick embrassa son épouse, il n'y avait plus un œil sec dans toute l'assistance. Les flashes crépitèrent, et Rick et Sadie prirent chacun une des petites filles dans leurs bras pour redescendre l'allée centrale.

— C'était très émouvant, dit Jenny en faisant disparaître son mouchoir de papier dans son minuscule sac.

— On ne peut s'empêcher de se sentir heureux pour eux, répondit Mitch.

— Ton match a-t-il duré plus longtemps que prévu ?

En vérité, outre les flamants roses, il avait été retardé par un coup de fil de Jeffrey Porter, l'un de ses anciens coéquipiers aux Texas Tigers. La jeune femme qu'il fréquentait depuis deux ans l'avait surpris en flagrant délit d'infidélité et venait de rompre brutalement avec lui.

Mitch n'était pas, lui non plus, indifférent aux tentations que représentaient les jolies femmes lorsque l'équipe partait en tournée. Les propositions ne manquaient pas, et c'était l'une des raisons pour lesquelles il avait toujours évité de s'impliquer dans une relation sérieuse. S'il n'était pas certain, en son âme et conscience, de pouvoir rester fidèle, il ne pouvait tout simplement pas faire de promesses qu'il ne pourrait pas tenir.

Il était sans doute plus que temps que quelqu'un dise deux mots à Jeffrey au sujet de sa conduite. Franchement, vu la façon dont son attention papillonnait d'une groupie à une autre, Mitch était surpris que son camarade n'ait pas été démasqué plus tôt. En même temps, il se sentait tenu, par solidarité, de compatir avec son ailier droit.

— Alors ? demanda Jenny en le poussant du coude alors que les premiers rangs d'invités défilaient à la suite du jeune couple en direction du grand hall. Que s'est-il passé ?

— Pardon, dit-il, décidant de passer le coup de téléphone sous silence. En fait, ce sont surtout ces flamants roses qui m'ont fait perdre du temps. Apparemment, quelqu'un a payé pour les planter devant chez moi, et j'ai eu toutes les peines du monde à traverser ce bazar en voiture.

— Ah ? fit-elle, ses magnifiques yeux verts pétillants d'humour. Les oiseaux t'ont retenu prisonnier ?

Il l'observa plus attentivement. Elle paraissait différente aujourd'hui, mais il n'aurait su dire ce qui avait changé en elle.

— J'en ai renversé un, dit-il, penaud.

— Est-il blessé ? demanda-t-elle, dissimulant à grand-peine un sourire.

— Il s'en remettra, répondit-il sur le même ton. Tu sais, ils n'avaient pas besoin de ces satanés flamants roses. J'aurais donné davantage à l'association avec plaisir.

C'était une coutume locale, finalement assez proche de l'extorsion pure et simple. La personne qui recevait la visite de ces oiseaux fluorescents devait faire une donation pour les faire déplacer sur la pelouse de la prochaine victime . Mitch donnait déjà généreusement à l'association qui gérait le foyer pour femmes en difficulté et organisait la campagne des flamants roses. Il n'aurait fait aucune difficulté à augmenter sa contribution annuelle.

— C'est plus amusant avec les flamants, dit Jenny. Si tu veux, je t'aiderai à choisir la prochaine cible. Nous pourrions peut-être les planter sur la pelouse de Cole.

Cole Maddison, ami et voisin de Mitch, était, comme lui, membre du conseil d'administration du TCC. Il disposait, en outre, d'une fortune considérable.

— Bien sûr, répondit-il distraitement, s'efforçant toujours de déterminer ce qui avait changé chez elle.

Les lunettes.

Elle ne portait plus ses lunettes.

C'était inhabituel.

Les avait-elle oubliées, ou avait-elle décidé que ce mariage était une occasion suffisamment importante pour recourir à ses lentilles de contact ? Il savait qu'elle n'aimait pas les porter.

Elle commença à s'éloigner, et c'est alors qu'il remarqua

sa robe courte. Cela aussi était inhabituel. Elle portait en général des jupes très sages ou un pantalon, un chemisier impeccable et un blazer. Elle ne mettait que des tenues strictes, cent pour cent professionnelles, qui reflétaient son tempérament précis et méticuleux. Mais aujourd'hui, elle avait opté pour une élégante robe de mousseline vaporeuse, d'un rouge vibrant, qui révélait jusqu'à mi-cuisses ses jambes magnifiques. L'une de ses épaules était nue, et elle portait des pendants d'oreilles inhabituellement étincelants.

Que se passait-il ?

— Jenny ?

Elle se retourna vers lui et, sous ce nouvel angle, le spectacle faillit lui couper le souffle. Qu'était-il arrivé à son assistante réservée et efficace ?

— Oui ? répondit-elle avec un sourire engageant.

— Non, rien.

Il se mit en marche avec le reste de la foule, embarrassé par la réaction que cette transformation avait éveillé en lui. Elle avait parfaitement le droit de s'habiller pour un mariage, et il était inconvenant de sa part de la détailler de cette façon.

Ils passèrent les doubles portes qui ouvraient sur le vaste parc à l'arrière du club-house. Tandis qu'il allait s'accouder à la rambarde de la terrasse, elle continua jusqu'au large escalier qui donnait accès à la pelouse et aux jardins. Il fut un peu surpris qu'elle ne reste pas près de lui comme elle le faisait d'habitude, mais elle avait sans doute besoin de parler à d'autres membres du TCC ou à des amis.

De par sa position de président par intérim, il avait suivi depuis quelques jours les préparatifs de la réception. Une immense tente avait été dressée pour abriter les invités en cas de pluie, mais cette soirée de début septembre était claire, et la température clémente. Un orchestre s'était installé sous le belvédère des jardins, et une piste de danse avait été aménagée sur la butte qui surplombait l'étang. Des tables rondes recouvertes de nappes blanches avaient été installées sur la pelouse, et des appareils de chauffage d'extérieur discrètement répartis çà et là afin que personne n'ait froid après le coucher du soleil.

Les invités s'étaient rassemblés devant les jardins du club-house pour les photos de groupe. Même à cette distance, Mitch devinait la tension qui régnait entre Abigail Langley, la première demoiselle d'honneur, et Brad Price, le témoin du marié. En tant que seule descendante du fondateur du TCC, Abigail était la première femme à s'être vue conférer le statut de membre du club.

Brad ne supportait pas l'idée qu'une femme puisse être admise comme membre à part entière, ce n'était un secret pour personne. Et Abigail, se sentant insultée par ses constantes remarques désobligeantes, avait décidé de se présenter contre lui à l'élection pour la présidence du TCC. Mitch avait l'impression qu'elle l'évitait autant que possible, mais aujourd'hui, pour les besoins de la cérémonie, ils étaient obligés de se côtoyer.

Il parcourut des yeux l'élégante assistance et repéra presque immédiatement Jenny, en grande conversation avec Cole Maddison. Il la vit éclater de rire à l'une de ses remarques, et poser brièvement sa main sur son bras. Etrangement, il ressentit un pincement de jalousie.

C'était ridicule.

Même s'il n'avait jamais vu Jenny sortir avec un homme, il demeurait que c'était parfaitement son droit. Si Cole lui plaisait et si elle plaisait à Cole…

Presque sans qu'il en ait conscience, ses pieds le guidèrent vers les marches, et il les descendit pour aller les rejoindre.

— Salut, Mitch ! dit Cole, souriant à son approche.

Mitch salua son ami d'un simple hochement de tête.

Jenny ne lui accorda pas un seul regard.

— Belle cérémonie, dit-il, se demandant pourquoi il se sentait aussi maladroit.

— Je ne suis pas certain que ce pauvre Brad survive à la soirée, dit Cole, tournant son regard vers l'intéressé qui subissait un assaut en règle de la part d'une Abigail furieuse.

— Il a affaire à forte partie, dit Mitch.

— Excusez-moi un instant, dit Jenny en s'éloignant.

Mitch la suivit d'un regard pensif alors qu'elle se dirigeait vers les mariés, et il sursauta en entendant la voix de Cole :

— Elle est époustouflante, non ?

— Comment ? fit Mitch, s'arrachant à la contemplation des longues jambes hâlées de Jenny et de ses petites sandales incroyablement sexy qui mettaient en valeur ses pieds menus aux ongles vernis couleur prune.

— Jenny. Elle est fabuleuse.

— Oui, elle a une très jolie robe, répondit Mitch, faisant un effort conscient pour se reprendre.

C'était Jenny. Jenny, un modèle de professionnalisme et d'efficacité, une femme éminemment raisonnable.

— Je n'avais jamais remarqué combien elle est belle, dit Cole. Je me demande pourquoi elle s'habille toujours comme une petite souris grise.

— Je ne suis pas de ton avis, répondit Mitch d'un ton réprobateur. Ses tenues au bureau sont toujours impeccablement professionnelles.

— Je ne voulais pas me montrer insultant, dit Cole, s'excusant. Mais elle est à couper le souffle, il faut bien le reconnaître.

Et le pire, c'était que lui, Mitch, ne parvenait pas à détacher son regard du spectacle de cette beauté.

— Je vais peut-être lui demander de m'accorder la prochaine danse, dit Cole.

— Quelles sont tes intentions ? demanda Mitch avant de comprendre ce qu'il faisait.

— Mes intentions ? fit Cole d'un ton moqueur. Qui es-tu ? Son chaperon ?

— Jenny est une jeune femme comme il faut, répondit Mitch. Qu'elle ait choisi de porter une jolie robe ne fait pas d'elle une fille facile.

Avant même d'avoir fini sa phrase, Mitch comprit combien elle était ridicule. Jenny avait parfaitement le droit de danser avec qui il lui plairait, ce n'était pas son affaire. Elle avait le droit de sortir avec des hommes ou même de faire l'amour avec eux sans lui demander la permission. Il était son patron, pas son tuteur.

— Aurais-tu des vues sur elle ? demanda Cole en le dévisageant d'un regard perspicace.

— Non. Absolument pas. Nous sommes collègues. Je la vois tous les jours au bureau. Notre relation est purement professionnelle.

— Je ne pense pas qu'elle ait cette allure-là au bureau.

— Cesse de fixer Jenny de cette façon, dit Mitch d'un ton sourd.

— Qui, moi ? se défendit Cole en riant. C'est toi qui la dévores des yeux.

Il se rendit compte qu'il la suivait de nouveau du regard, émerveillé par sa grâce et son élégance. Il s'obligea à se retourner vers Cole et rencontra un regard goguenard.

— Ne dis pas un mot, dit Mitch, encore plus bourru.

Cole accepta la coupe de champagne que lui proposait un serveur, et Mitch fit de même.

— Reconnais-le, dit Cole, insistant. Tu la trouves fabuleuse.

— Je la trouve efficace, fit Mitch en insistant sur le mot.

Et c'était tout ce qui comptait, même si ce soir-là, elle était l'image même de la tentation.

- 2 -

La soirée de Jenny avait été un lamentable échec.

Mitch n'avait pas même remarqué son changement de style. A vrai dire, il avait à peine semblé conscient de sa présence. Cela avait duré tout le dîner, les toasts, les discours et le partage de la pièce montée. Pas une seule fois il ne l'avait invitée à danser. Plus le temps passait et plus elle s'était sentie déprimée.

A présent que les jeunes mariés s'étaient esquivés pour commencer leur lune de miel, elle allait rentrer tout droit chez elle, se libérer de ses lentilles de contact, détacher ses cheveux, se démaquiller et renvoyer cette robe à Emily après l'avoir fait nettoyer. Elle ne voulait plus jamais la voir.

Dehors, sur le parking, elle fouilla dans son sac à la recherche de ses clés de voiture.

Dire qu'elle s'était sentie si belle au début de la soirée ! L'optimisme d'Emily devait avoir déteint sur elle. Pendant un instant, alors qu'elle se tenait près de Mitch et que la future mariée remontait l'allée centrale, elle s'était vraiment sentie comme une Cendrillon le soir du bal.

Ses clés à la main, elle traversa l'étendue d'asphalte à la hâte. Ses talons hauts lui faisaient un peu mal aux pieds. Sa voiture était garée sous l'un des lampadaires, et elle remarqua presque aussitôt que ses feux arrière brillaient faiblement. Elle avait dû les laisser allumés en arrivant à la cérémonie, et ne s'en était pas rendu compte à cause du soleil éclatant. Elle ouvrit la portière, s'installa au volant et tourna la clé de contact.

Il y eut une sorte de bref grincement sous le capot. Puis, le silence.

Elle marmonna un juron et tourna de nouveau la clé, mais rien ne se produisit. Au comble de la frustration, elle martela le volant de ses poings.

Elle n'avait pas envie de devoir attendre un taxi pour rentrer chez elle. Sans compter qu'il lui faudrait revenir le lendemain pour récupérer sa voiture. Elle décida sur-le-champ, malgré la journée de travail qui l'attendait, de se faire porter pâle pour la toute première fois de sa vie. Elle resterait blottie sous sa couette à s'apitoyer sur son sort avec pour toute compagnie un film sentimental et un pot de crème glacée au chocolat.

Elle ramassa son sac, et s'apprêtait à ouvrir sa portière lorsqu'elle remarqua une feuille de papier posée sur le tableau de bord. Elle était certaine qu'elle n'y était pas lorsqu'elle avait garé sa voiture.

Clignant les yeux dans la faible lumière du lampadaire, elle la déplia et, stupéfaite, prit connaissance des quelques mots qui y étaient griffonnés :

« Tu me remercieras demain. Emily. »

Elle n'arrivait pas à le croire. Sa meilleure amie avait saboté sa voiture ? Emily avait-elle perdu l'esprit ?

Au même instant, on frappa quelques coups à sa vitre, et elle sursauta violemment.

— Tout va bien ? demanda Mitch de sa voix profonde.

Elle roula discrètement le papier en boule dans sa paume. Il ouvrait déjà sa portière.

— Oui, très bien, répondit-elle, espérant qu'il se contenterait de cette réponse et s'en irait.

— Un problème de voiture ?

Elle secoua la tête, le regard braqué tout droit devant elle. Elle désirait uniquement rentrer à la maison, loin de lui et du souvenir de cette soirée humiliante.

— J'ai entendu que tu essayais de démarrer. Tu veux que j'y jette un coup d'œil ?

— Tout va très bien, fit-elle, butée.

Il demeura silencieux un instant avant de demander :

— Tu es en colère contre moi ?

— Bien sûr que non, dit-elle, consciente de mentir.

— Ta voiture est en panne, Jenny.

— Je sais, dit-elle en soupirant. Je suis fatiguée. Je m'apprêtais à appeler un taxi.

— Ne sois pas ridicule. Lève le capot.

— Tu n'es pas exactement habillé pour une séance de mécanique automobile.

Il baissa les yeux vers sa chemise d'un blanc éclatant et sa cravate de soie, et lui tendit la main.

— C'est vrai. Viens. Je vais te ramener chez toi.

Elle scruta le parking d'un regard désespéré, cherchant inutilement un autre bon samaritain potentiel. La dernière chose au monde qu'elle désirait à cet instant, c'était prolonger ce tête-à-tête avec Mitch alors qu'il n'avait pas daigné remarquer la nouvelle Jenny, ni ses efforts pour être plus belle, plus sexy. Mais il n'y avait personne pour la sauver.

— Je vais plutôt rentrer dans la salle, dit-elle d'un ton assuré.

— Arrête, s'il te plaît.

Il la saisit par la main et la tira gentiment mais fermement hors de sa voiture. Puis il claqua la portière derrière elle. Il avait l'air de mauvaise humeur, mais elle n'en avait cure. Elle aussi était en colère. Même s'il n'avait pas été ébloui par son nouveau look ultrachic, il aurait pu, au moins, la complimenter sur un détail. Sa coiffure, sa robe ou autre chose. Mais il ne lui avait même pas accordé cette aumône.

Entre-temps, il n'avait toujours pas lâché sa main.

— Par ici.

Elle vit la Corvette basse et luisante garée en stationnement interdit devant un massif de fleurs.

— Tu n'avais pas le droit de te garer là, dit-elle.

— J'étais en retard, répondit-il en lui ouvrant la portière. Je paierai l'amende demain. Monte.

Gênée par ses talons hauts, elle se glissa péniblement dans le siège baquet de cuir, une jambe à la fois. Sa jupe remonta, exposant largement ses cuisses, et elle la rabattit précipitamment.

— Tu as besoin d'aide ? demanda-t-il, posant sa main sur son épaule.

— Non, tout est parfait, fit-elle en marmonnant.

— On dirait que tu es fâchée, dit-il, une note d'amusement dans sa voix grave..

— Parlons d'autre chose, s'il te plaît.

Le contact de sa main sur la peau nue de son épaule avait provoqué une accélération alarmante de son rythme cardiaque. Elle avait le visage brûlant, et elle se sentait prise d'une étrange faiblesse. Elle sentait son regard fixé sur elle. Il s'amusait probablement de son embarras, mais elle refusa de lever les yeux vers lui.

Au bout d'un long moment, il recula d'un pas et referma la portière d'un geste décidé. Puis il fit le tour du véhicule, s'installa au volant sans un mot et, faisant gronder le moteur de la puissante voiture, gagna lentement la sortie du parking.

Ils prirent bientôt de la vitesse. Au-dessus de leurs têtes, les éclairs des néons de l'éclairage public succédaient aux cimes des chênes centenaires qui bordaient l'avenue, dans une alternance d'ombre et de lumière. Ni l'un ni l'autre ne prononça un mot. Deux kilomètres plus loin, ils quittèrent River Road pour le raccourci de Rooster Lane. Etant donné l'état épouvantable de cette route peu fréquentée et la quasi-adoration que Mitch vouait à sa Corvette, elle en déduisit qu'il était pressé de se débarrasser de sa présence.

Cela lui convenait très bien. Il lui tardait d'être enfin de retour chez elle.

Puis, brusquement, il quitta la route et s'arrêta sur la bande herbeuse au pied des grands chênes. Serrant le frein à main, il coupa le moteur.

— Que fais-tu ? demanda-t-elle d'un ton prudent.

Sa voiture avait-elle un problème mécanique ? Emily ne pouvait tout de même pas avoir également saboté la Corvette.

Mais il se contenta de se tourner sur son siège et de poser sa main sur son épaule.

— Parle-moi, Jenny. Qu'est-ce qui te tracasse ?

Sa question soudaine la prit par surprise, mais elle se ressaisit rapidement.

— Je suis fatiguée et j'ai envie de rentrer chez moi.

C'était vrai, au moins partiellement, mais il ne parut pas convaincu par cette explication.

— Tu as agi de façon très bizarre toute la soirée, dit-il, insistant.

— Ce n'est pas vrai répondit-elle d'un air digne.

— Tu n'as même pas dansé une seule fois avec moi.

— Tu ne me l'as jamais demandé ! dit-elle, piquée au vif par son ton de reproche.

— Fallait-il te le demander ?

— C'est la tradition, il me semble.

— Tu n'avais pas l'air de manquer de partenaires, dit-il d'un air moqueur.

— Que suis-je censée comprendre ?

— Ce que je veux dire, dit-il en désignant sa robe, c'est que ton nouveau style vestimentaire semblait fasciner tous les hommes de l'assistance. Il aurait fallu faire la queue durant des heures pour danser avec toi.

— Je me réjouis que quelqu'un ait remarqué que je m'étais habillée.

Les yeux de Mitch brillaient dans la faible lueur du tableau de bord. Durant un long moment, il se contenta de la contempler en silence. Lorsqu'il prit la parole, sa voix n'était qu'un murmure rauque.

— Crois-tu que je ne l'aie pas remarqué ?

Comment répondre à une telle question ? Si elle lui avait fait la moindre impression, il s'était bien gardé de le montrer.

— Le crois-tu vraiment ? demanda-t-il en se rapprochant.

Elle eut soudain l'impression que la voiture avait rétréci, et refoula une envie presque irrésistible de se blottir en tremblant contre la portière.

— Que veux-tu savoir ? dit-il dans un murmure en se rapprochant encore. Que, lorsque tu ne portes pas tes lunettes, tes yeux brillent comme des émeraudes ? Que tu as les jambes les plus sexy de l'univers ? Entre nous soit dit, tu devrais les montrer plus souvent.

Son épaule effleurait presque la sienne, à présent, et l'atmosphère devint lourde.

— Tu veux que je te dise que j'ai observé toute la soirée une boucle de cheveux tombée sur ta joue, en luttant contre une envie irrésistible de la repousser du bout de mes doigts ? demanda-t-il en baissant encore la voix.

Elle ne pouvait plus bouger. Elle ne pouvait plus respirer. Un étau comprimait sa poitrine et son cœur battait comme un oiseau affolé.

Les doigts de Mitch effleurèrent délicatement sa tempe, se glissèrent dans ses cheveux tandis qu'il poursuivait :

— Ou que tes lèvres rouges semblent incroyablement douces et qu'elles appellent les baisers ?

Sa main continua son lent mouvement jusqu'à sa nuque, et il l'attira doucement à lui, rapprochant ses lèvres des siennes dans une sorte de ralenti.

Que lui arrivait-il ? Qu'allait-il…

Puis elle comprit qu'il l'embrassait.

Il l'embrassait.

Une pluie d'étincelles sembla jaillir dans chaque recoin de son corps, accompagnée d'une intense chaleur. A peine consciente de ce qu'elle faisait, elle se blottit dans ses bras.

Le baiser de Mitch devint plus profond, plus intense, et il glissa son bras libre autour de sa taille pour la serrer étroitement contre lui. Elle accueillit cette douce invasion avec délices, et de nouvelles vagues de désir déferlèrent dans tout son corps. Un gémissement monta du fond de sa gorge. Elle se cramponna à ses larges épaules tandis que l'univers se mettait à tournoyer autour d'eux.

Finalement, il mit fin à leur baiser et posa doucement son front contre le sien.

— J'ai remarqué combien tu étais belle, fit-il tout bas.

— Oh.

C'était tout ce qu'elle était en mesure de répondre. Son cerveau s'efforçait encore de comprendre l'énormité de ce qui venait de se passer. Il y eut un long un long moment de silence, puis il la relâcha et, s'adossant à son siège, ferma les yeux un instant.

— Je suis désolé si je t'ai offensée, dit-il.

— Pas du tout, dit-elle avec chaleur, rajustant rapidement sa robe sur ses jambes. C'était… très agréable.

Cela avait été plus qu'agréable. Stupéfiant était le mot.

Il l'avait remarquée. Remarquée. Et il l'avait embrassée.

Un baiser inoubliable…

Personne ne l'avait jamais embrassée ainsi de toute sa vie.

Mitch fit gronder le moteur. La Corvette regagna la chaussée goudronnée et ils se remirent en route vers la petite maison de Jenny, sur la rive de Frost Lake.

A ce stade, elle n'avait plus la moindre idée de ce qu'elle devait dire ou faire.

Mitch arrêta sa Corvette sur la petite allée devant la maison de Jenny et, d'un geste automatique, éteignit les phares et coupa le moteur. Son cerveau flottait dans un brouillard de désir et de culpabilité. Il descendit et fit rapidement le tour de la voiture pour aller lui ouvrir la portière.

Au cours des dix minutes qui venaient de s'écouler depuis qu'il l'avait embrassée, ni elle ni lui n'avaient prononcé un seul mot. Mais lui s'était déjà adressé une douzaine de sermons plus sévères les uns que les autres. Que lui avait-il pris de se conduire ainsi ? Jenny était une femme bien, une femme formidable, une femme merveilleuse, et elle travaillait pour lui.

Elle n'était pas une de ces créatures sophistiquées qu'il avait l'habitude de rencontrer dans des soirées à New York et à Los Angeles, qui ne désiraient rien de plus que de passer la soirée ou la nuit en compagnie d'une star du football professionnel. Elle était une femme simple et honnête. Et lui il s'était comporté comme un mufle en cédant à ses plus bas instincts.

Il lui ouvrit la portière en évitant soigneusement son regard. Il savait qu'il aurait dû repartir immédiatement, mais la lumière du porche était éteinte, et il était trop bien élevé pour laisser une jeune femme regagner seule sa porte dans l'obscurité. Il lui offrit son bras, s'efforçant de se concentrer sur la cime des arbres, sur le disque argenté de la lune à l'horizon, tout sauf sur la chaleur de sa main sur son bras. Ils traversèrent le jardin par un petit sentier dallé de pierres inégales et montèrent les marches du porche. Puis, elle s'arrêta et se tourna vers lui.

— Je…, dit-elle d'un ton hésitant.

Il commit alors l'erreur fatale de rencontrer son regard. Dans la pâle lueur de la lune, ses grands yeux avaient pris la teinte d'un jade antique. Ses lèvres rouges étaient encore gonflées par la passion de leur baiser. Ses cheveux légèrement en désordre, sa robe incroyablement sexy, ses jambes interminables aux petits pieds chaussés de sandales de conte de fées formaient un ensemble qui brouillait tous ses circuits de pensée rationnelle. Incapable de lutter plus longtemps, il la prit dans ses bras et l'embrassa de nouveau.

Elle lui rendit son baiser avec abandon, entrouvrant ses lèvres douces, nouant ses bras minces autour de son cou. Il enlaça sa taille fine et la serra une nouvelle fois contre lui. Il sentait distinctement la ferme douceur de ses seins contre son torse. Sa bouche brûlante et son corps soudé au sien faisaient naître en lui un flot de sensations inouïes.

Il ôta délicatement la barrette qui retenait ses cheveux et laissa les boucles épaisses cascader librement sur ses épaules, puis il posa ses lèvres sur sa tempe, son oreille, sur son cou, traçant un brûlant chemin de baisers jusqu'à son épaule nue.

— Mitch, dit-elle dans un souffle en gémissant.

Il s'écarta pour plonger son regard tout au fond de ses doux yeux verts. Ses joues étaient devenues écarlates, elle avait les lèvres entrouvertes, et ses cheveux blond vénitien encadraient son ravissant visage comme un halo.

Va-t-en, s'ordonna-t-il. *File immédiatement d'ici.*

C'est alors qu'elle glissa une clé dans le creux de sa paume.

Dans une sorte de transe, il déverrouilla la porte et l'ouvrit en grand. Puis, il la souleva dans ses bras et, traversant le seuil chargé de son précieux fardeau, il se dirigea tout droit vers le couloir qui conduisait à sa chambre.

Là, il la reposa gentiment sur le sol.

— Jenny, dit-il, faisant un dernier effort pour se rappeler qui elle était, pour se convaincre qu'il devait se conduire en gentleman.

Mais alors, elle se haussa sur la pointe des pieds et l'embrassa passionnément. Il avait laissé libre cours à ses désirs durant trop d'années pour revenir maintenant à une stricte discipline. Comme mue par sa propre volonté, sa main alla caresser la courbe d'un sein sous la douceur de la robe de soie. Elle déboutonna sa veste et ses petites mains se glissèrent jusque dans son dos. Il sentait leur chaleur à travers le coton fin de sa chemise.

Il se débarrassa de sa veste et la laissa tomber sur le sol tandis qu'elle dénouait sa cravate avec des doigts tremblants. Renonçant à résister à la tentation, il saisit délicatement la bretelle unique de sa robe et la fit glisser le long de son bras.

Leurs gestes se firent plus rapides, plus fiévreux.

Elle déboutonna sa chemise tandis qu'il trouvait la fermeture à glissière dans le dos de sa robe. Quelques secondes plus tard, ils se tenaient poitrine contre poitrine, peau contre peau, et il la dévorait de longs baisers brûlants.

Sa robe glissa jusqu'au sol. Elle ne portait plus qu'une culotte minuscule et ses sandales scintillantes. Cela faillit lui faire perdre ce qui lui restait de contrôle. Il se débarrassa rapidement du reste de ses vêtements et l'entraîna doucement avec lui sur le lit impeccablement fait, aux oreillers moelleux lissés à la perfection.

Son corps sous le sien était pur mouvement, chaleur et douceur, baisers et soupirs. Il sentait ses ongles dans son dos tandis qu'il butinait sa bouche, sa gorge, ses seins généreux. Lorsque, avec des gestes fébriles, il lui ôta sa culotte, il l'entendit qui cessait de respirer, mais elle creusa les reins en gémissant pour lui faciliter la tâche.

Il l'embrassa passionnément, agaçant les pointes durcies de ses seins, explorant le reste de son corps de lentes caresses, et elle noua ses jambes autour de ses hanches, cambrée contre lui en une invitation qu'il n'avait plus le droit d'ignorer.

Alors, il entra lentement en elle, et l'instinct prit totalement le pas sur sa raison. Il pénétra dans son exquise chaleur, souhaitant que cet instant dure éternellement. Les oreillers volèrent sur le tapis. Le lit de cuivre ancien gémit et trembla sur ses bases solides, et toutes les étoiles du ciel disparurent dans un éblouissement.

Au pic de la passion, elle cria son nom. Il respirait par saccades, et il lui fallut de longues minutes pour retrouver toute sa lucidité. A bout de forces, il se laissa rouler sur le côté, l'entraînant avec lui, l'enveloppant dans l'étreinte de ses bras.

Une fois encore, les mots lui manquaient. Il n'avait pas la moindre idée de ce qu'il devait lui dire. Il n'était pas désolé. Il ne regrettait pas ce qu'ils avaient fait. Mais il ne doutait pas une seconde que cela avait été une énorme erreur.

Renonçant aux discours, il la serra dans ses bras, leurs deux corps étroitement enlacés, jusqu'à ce qu'il soit sûr qu'elle s'était endormie. Puis il attendit sans bouger une heure de plus. Il savait qu'il devrait affronter les conséquences de sa stupidité le lendemain matin, mais il n'était pas pressé de voir arriver le moment fatidique.

La lune était haute dans le ciel lorsqu'il sentit enfin qu'il allait s'endormir, lui aussi. Il se dégagea doucement des bras de Jenny et tira les couvertures sur elle. Il effleura son front d'un baiser plein de tendresse, se rhabilla et sortit sans un bruit en la laissant endormie.

Jenny ne fut pas surprise de se réveiller seule dans son lit, le lendemain matin. Son réveil sonna à l'heure habituelle, et elle se leva pour se rendre à son travail. Sous la douche, elle ressentit quelques courbatures et autres petites gênes inhabituelles, mais cette constatation n'entama pas sa bonne humeur. Mitch l'avait remarquée. Mais alors vraiment remarquée.

Elle se sentait vaguement embarrassée d'avoir fini aussi rapidement au lit avec lui, mais, après tout, ils n'étaient pas des étrangers l'un pour l'autre. Ils étaient adultes, et il avait vécu durant des années dans des grandes villes, évoluant dans des cercles où elle savait que les mœurs étaient plus libres.

Pour se rendre au bureau, elle s'habilla de nouveau dans le style net et professionnel qui lui était habituel. Ses lunettes bien en place, elle héla un taxi et se fit conduire au TCC. Elle appellerait un dépanneur plus tard pour récupérer sa voiture.

Comme d'habitude, elle arriva avant Mitch à leur bureau du premier étage. Elle mit la machine à café en marche, alluma son ordinateur, et écouta les messages du répondeur tout en sortant ses dossiers pour les trier par ordre d'urgence.

Elle avait passé en revue une bonne moitié des e-mails lorsque la porte s'ouvrit. Son cœur manqua un battement.

Levant les yeux, elle vit Mitch faire son entrée dans la pièce. Un sourire songeur étira les coins de ses lèvres. Devrait-elle se lever ? Allait-il la prendre de nouveau dans ses bras, ce matin ? L'embrasser, peut-être ? Ou bien garderaient-ils ce genre de démonstrations pour leurs heures de loisir ?

Il referma doucement la porte derrière lui. Quand il lui fit face de nouveau, elle constata avec stupeur que son visage avait une expression renfrognée. Son propre sourire mourut sur ses lèvres.

— Bonjour, dit-elle, scrutant attentivement son expression.

Quelque chose s'était-il produit ? Un problème dont elle n'aurait pas encore connaissance ? La rivalité entre les deux candidats à la présidence du TCC était bien connue de tous. Un nouvel incident s'était-il produit entre Abigail et Brad ?

Très élégant comme à son habitude dans un complet sombre, il redressa les épaules et vint tout droit dans sa direction. Elle se leva.

— Mitch ?

— Je te dois des excuses, déclara-t-il sans préambule, son regard fixé sur un point quelque part derrière elle.

— Tu n'as pas…

— Mon comportement d'hier soir était impardonnable.

Que voulait-il dire ? Qu'il n'avait pas dansé avec elle, qu'il ne l'avait pas complimentée à la réception, ou qu'il l'avait quittée en plein milieu de la nuit sans un mot ? Dans tous les cas, il était pardonné d'avance.

— J'ai profité de toi et j'en suis profondément désolé.

A présent, elle nageait en pleine confusion. Faisait-il allusion à leurs ébats amoureux ? Car elle s'y était prêtée de bonne grâce, et avec une ardeur égale à la sienne.

— Je me suis comporté comme un mufle, dit-il, évitant

toujours soigneusement son regard. Tu mérites mieux que cela. Tu mérites mieux que moi.

Elle le dévisagea d'un air incrédule. De quoi parlait-il ? Elle n'avait pas besoin de quelqu'un mieux que lui. C'était lui qu'elle désirait.

— J'espère que cet incident n'affectera pas la qualité de nos relations professionnelles, dit-il en rencontrant enfin son regard. Personnellement, je ferai tout ce qui est en mon pouvoir pour que nous continuions à travailler en parfaite harmonie.

Le regard de ses yeux sombres s'adoucit, et il ajouta :

— Peux-tu me pardonner, Jenny ? Pourrions-nous oublier ce qui s'est passé ?

Elle eut l'impression qu'une chape de plomb lui comprimait la poitrine, l'empêchant de respirer. Oublier ? Souhaitait-il réellement oublier qu'il avait fait l'amour avec elle ? Continuer sa vie comme si tout était normal, comme si elle n'était qu'une espèce… d'aventure d'une nuit ?

La réalité lui fit l'effet d'une douche froide.

C'était la vérité. Elle n'était qu'une aventure d'une nuit.

Le soir précédent, il l'avait trouvée suffisamment sexy, désirable et disponible. C'était tout. La robe sophistiquée, le savant maquillage et la jolie coiffure ne lui avaient inspiré aucune idée romantique. Ils n'avaient fait qu'éveiller son désir.

Elle posa ses doigts sur ses lèvres pour réprimer le rire nerveux qui montait en elle.

Quelle idiote elle avait été !

— Jenny ? fit-il à voix basse en la dévisageant d'un air inquiet.

Elle fit un effort pour reprendre le contrôle de ses émotions. Ces choses-là se produisaient parfois dans la vie. Elle s'était totalement ridiculisée. Ceci dit, elle pouvait encaisser le coup en prétendant être aussi détachée et sophistiquée que lui, ou s'effondrer sous ses yeux. Alors, il se souviendrait à jamais qu'elle s'était conduite comme une adolescente immature au lendemain de leur unique nuit.

Il n'était pas question de lui montrer son chagrin. Elle n'était pas une petite chose fragile. Elle savait se contrôler. Elle était de taille à affronter cette situation.

— Pas de problème, répondit-elle au prix d'un énorme effort, balayant l'air d'un revers de main nonchalant.

Elle se rassit et se tourna face à l'écran de son ordinateur avant d'ajouter :

— J'ai bien compris. Il ne s'est rien passé. Nous avons fait une petite bêtise, c'est tout. Cela peut arriver.

— Es-tu certaine…

— Tout va bien, dit-elle avec une bonne humeur factice. Si cela ne te fait rien, j'aimerais terminer de lire ces e-mails avant de prendre mon café.

Le téléphone sonna au même instant, et elle décrocha, lui tournant complètement le dos. Ce qui était fait était fait, et elle était décidée à ne plus jamais y penser.

— Texas Cattleman's Club.

— Alors ? demanda la voix d'Emily. Que s'est-il passé ?

Elle se sentit rougir jusqu'à la racine des cheveux.

— Puis-je te rappeler plus tard ?

— Est-il près de toi ?

— Oui.

— Je te reçois cinq sur cinq. Rappelle-moi dès que possible, d'accord ?

— Entendu.

Elle raccrocha, luttant contre la nausée qu'elle sentait poindre, et fixa de nouveau son regard sur l'écran de l'ordinateur, mais les caractères se brouillaient devant ses yeux.

Il se tenait toujours debout derrière elle.

Elle sentait la chaleur de sa respiration.

Elle se composa un masque serein et se retourna face à lui.

— Y a-t-il autre chose ?

Il paraissait indécis et un peu désorienté — un état totalement inhabituel chez Mitch Hayward.

— Je suis sincèrement désolé, dit-il de nouveau.

Elle fit appel à tout ce qui lui restait de dignité.

— Oui, répondit-elle. Tu l'as déjà dit.

— Nous pourrions peut-être…

— Je ne pense pas que cette conversation nous mènera où que ce soit, l'interrompit-elle.

Il demeura un instant silencieux, avant de murmurer :

— Probablement pas, c'est vrai.

— Comme tu le suggérais, dit-elle en faisant mine de s'affairer avec le clavier de l'ordinateur, nous prétendrons simplement que ce n'est pas arrivé.

Ce qui était certain, c'était qu'elle allait commencer à sortir avec d'autres hommes. La fiction idiote dans laquelle elle avait vécu n'avait duré que trop longtemps. Elle avait presque trente ans. Mitch ne faisait pas partie de son avenir, et, désormais, elle était prête à accepter cette réalité.

Lorsque Jenny quitta le bureau, à la fin de sa journée de travail, Emily l'attendait sur le parking, faisant les cent pas devant sa voiture. Jenny hésita une seconde, mais elle savait qu'elle ne pourrait pas éviter son amie éternellement.

— Tu ne m'as pas rappelée, dit Emily d'un ton accusateur.

— Tu as saboté ma voiture, répliqua Jenny. Le garagiste a dû recharger ma batterie ce matin.

— C'était pour la bonne cause, dit Emily en lui lançant un regard scrutateur. Alors, que s'est-il passé, hier soir ?

— Ce qui c'est certain, c'est que cela n'aura pas changé ma vie, marmonna Jenny en déverrouillant sa portière.

— T'a-t-il insultée ? Ignorée ? Parle-moi !

Jenny aurait préféré suivre le conseil de Mitch et oublier définitivement l'incident, mais il lui serait impossible de garder un tel secret avec sa meilleure amie, elle le savait. C'était trop énorme, trop dévastateur. Si elle ne le partageait pas, ce secret l'étoufferait.

— Allons, monte, dit-elle en ouvrant la portière côté passager.

Emily fit rapidement le tour de la voiture et s'installa sur le siège près d'elle.

— Vas-y, raconte-moi tout.

Jenny démarra et exécuta une marche arrière impeccable avant de se diriger vers la sortie du parking. Elle avait besoin de s'éloigner des bâtiments du TCC, de se débarrasser du sentiment que Mitch était toujours juste derrière elle, pour pouvoir parler à son aise.

Les yeux fixés sur la route, elle commença son récit d'un ton détaché, s'efforçant de mettre de la distance entre ses paroles et la réalité des événements. Elle fit comme si elle parlait de quelqu'un d'autre, d'une pauvre malheureuse qui avait laissé ses émotions prendre le pas sur son cerveau, et qui n'avait eu que ce qu'elle méritait.

— Au début, dit-elle, c'était comme s'il n'avait même pas remarqué ma présence. Il était égal à lui-même. Sauf qu'il ne m'a pas invitée à danser. Il m'invite toujours à danser, comme si c'était son devoir, étant donné que je suis techniquement sa cavalière.

— Jenny, viens-en au fait.

— D'accord, répondit-elle, serrant le volant de ses mains moites. Il ne m'a pas invitée à danser.

— Tu l'as déjà dit.

— J'étais furieuse, alors je suis partie. Tu te rends compte ? Je m'étais fait coiffer, maquiller, je portais une robe extrêmement chic, de jolies sandales. Peux-tu m'en vouloir de m'être emportée ? Ne penses-tu pas que n'importe quel homme normalement constitué m'aurait invitée à danser ?

— Je te comprends, dit Emily avec empathie. Et personnellement, je pense que tu étais fabuleuse.

— Merci. Je suis du même avis. Je me sentais comme une idiote, mais j'avais l'air fabuleuse.

Emily pouffa de rire, et Jenny poursuivit :

— Donc, je quitte la réception. Je me dirige vers ma voiture…

— Que j'avais pris soin de mettre hors d'usage.

— Oui, en effet. Au fait, merci beaucoup.

— Mon stratagème a-t-il fonctionné ?

— A merveille.

— J'en étais sûre.

— Il m'a raccompagnée chez moi.

— Je savais qu'il le ferait.

— Et j'ai fait l'amour avec lui.

— Je savais…

Emily s'arrêta net et se tourna sur son siège pour la dévisager.

— Attends une minute ! Qu'as-tu dit ?

— J'ai fait l'amour avec Mitch, répéta Jenny, très fière du ton détaché qu'elle parvenait à maintenir. J'ai arraché mes vêtements. Ou bien les siens, je ne sais plus. En tout cas, nous étions nus.

— Tu as fait l'amour avec Mitch Hayward ! dit Emily, sa voix montant de deux crans.

— Ne me suis-je pas exprimée clairement ?

— Au premier rendez-vous ?

— Techniquement, ce n'était pas un rendez-vous. Et certainement pas le premier puisque nous avions déjà assisté ensemble à une douzaine de soirées de ce genre. Je suppose que cela atténue le côté fille facile de mon comportement.

— Tu n'es pas une fille facile.

— J'ai fait l'amour avec un homme au premier rendez-vous.

— Au douzième rendez-vous. Et pourquoi disais-tu que ta vie n'allait pas changer ?

Jenny traversa un carrefour sans ralentir, au mépris du panneau Stop. Lorsqu'elle comprit ce qu'elle venait de faire, elle cessa de respirer.

— Tu ferais peut-être mieux de t'arrêter, dit Emily.

— Tu as raison, répondit Jenny, ralentissant pour tourner dans le parking du snack Royal Diner.

— Que s'est-il passé ? demanda Emily d'une voix douce.

— Ce matin, au bureau, il m'a dit qu'il était désolé, et que nous devions oublier ce qui s'était passé entre nous, dit Jenny d'une voix éteinte, au bord des larmes.

— Vraiment ?

— Oui.

— A-t-il dit autre chose ?

— Seulement que je méritais mieux que lui.

Emily absorba cette information en silence. Jenny se doutait de ce qu'elle devait penser.

— Oui, c'est exactement cela, dit-elle d'un ton amer. C'est la plus vieille excuse du monde pour se débarrasser d'une maîtresse encombrante. J'ai été stupide.

— Tu es loin d'être stupide, Jenny, dit Emily outrée. Je n'arrive pas à croire qu'un homme comme Mitch…

— Mitch est une star du football, dit Jenny. Pour lui,

le monde n'est qu'un grand terrain de jeu. Je parie que ce genre de stratagème n'est que de la routine pour lui.

— Mais avoir agi ainsi avec toi… c'est ridicule !

— J'ai déjà oublié toute cette histoire.

— Ce n'est pas vrai, et tu le sais.

— Je n'ai pas d'autre choix. Mais tu avais raison, hier soir. J'ai bien l'intention de sortir avec d'autres hommes. Je refuse de continuer à perdre mon temps en pensant à lui.

— Parles-tu sérieusement ?

— Je n'ai jamais été aussi sérieuse de toute ma vie.

— Dans ce cas, allons-y, dit Emily avec enthousiasme.

— Où ?

— Démarre. Nous allons faire un petit tour chez Harper's Boutique. Tu vas avoir besoin d'une nouvelle garde-robe.

- 3 -

Après une interminable journée au bureau suivie d'une douloureuse séance de kinésithérapie, Mitch arrêta sa Corvette devant la porte du garage de l'élégant duplex dont il était locataire.

Son épaule blessée lui faisait un mal de chien, mais cette douleur lancinante n'était rien comparée au souvenir des paroles de Jenny : « Nous avons fait une petite bêtise, c'est tout. Cela peut arriver ».

Croyait-elle vraiment qu'il ait ressenti avec d'autres ce qu'il avait ressenti pour elle lorsqu'ils faisaient l'amour ? Bien sûr, il avait connu d'autres femmes. Il était un personnage médiatique, et avait souvent été invité à des soirées où des top models venaient dans l'unique but de rencontrer des athlètes.

Mais ce n'était pas la même chose. Il n'avait jamais rien vécu qui pût se comparer à ce qu'il avait ressenti dans ses bras.

Il grimaça en ouvrant sa portière. Sa blessure ne guérissait pas aussi vite qu'il l'avait espéré. Il savait qu'il n'avait plus dix-huit ans, mais il était en pleine forme et avait suivi scrupuleusement les prescriptions des médecins et du kinésithérapeute.

Cole traversa la rue dans sa direction au moment où il descendit de sa voiture. Il vivait dans la maison en face de la sienne et, en bons voisins, ils passaient fréquemment leurs soirées ensemble à refaire le monde en buvant une bière.

— Salut, Mitch, dit-il. Comment va ton épaule ?

— Cela peut aller, mais mon kiné est un sadique.

— Pauvre petit ! Et si tu m'offrais une bière bien fraîche ?

— Bien sûr. Viens.

Ils se dirigèrent ensemble vers l'entrée. Mitch aurait préféré un double scotch, mais il avait lu qu'il était dangereux de compter sur l'alcool pour soulager une douleur chronique. Ce danger concernait-il aussi la douleur émotionnelle ?

— Tu es rentré avec Jenny, hier soir, dit Cole.

— Et alors ? fit Mitch, peu désireux d'aborder ce sujet. Sa voiture était en panne.

— J'ai vu qu'elle l'avait laissée sur le parking du TCC.

Affaire classée, songea Mitch. Il n'y avait rien d'étrange à ce qu'il offre à Jenny de la raccompagner chez elle. Il ne devait aucune explication à qui que ce soit.

Il récupéra son journal et une pile de courrier dans sa boîte aux lettres, inséra sa clé dans la serrure et ouvrit la porte. La maison était sombre et agréablement fraîche, et il poussa un soupir de satisfaction. C'était bon de se retrouver chez soi.

— J'ai parlé au téléphone avec Abigail, aujourd'hui, dit-il.

Il jeta son courrier et le journal sur la table basse de son petit salon avant d'aller ouvrir les stores vénitiens, inondant la pièce de lumière.

— Sait-elle que Brad est menacé par un maître chanteur ? demanda Cole, qui était l'un des rares membres du TCC à avoir été informé de la situation.

Mitch secoua la tête.

— Pas encore. En tout cas, elle n'a rien dit. Elle a des idées bien arrêtées concernant les plans du nouveau club-house.

Brad et Abigail étaient engagés dans un combat sans merci pour la future présidence du TCC. Mitch était persuadé que si Abigail avait été au courant des lettres menaçantes que Brad recevait, elle n'aurait pas manqué de faire un commentaire à leur sujet.

— Quel que soit le secret auquel fait allusion le maître chanteur, il finira par éclater au grand jour, dit Cole.

— Peut-être plus tôt qu'on ne le croit, dit Mitch en ouvrant le réfrigérateur pour en tirer deux bières.

— C'est souvent le cas avec les secrets, dit Cole d'un ton pénétré, acceptant la bière que Mitch lui tendait.

Mitch sortit sur la terrasse inondée de soleil. Il s'installa sur une chaise longue et décapsula sa bière.

— Vraiment ? demanda-t-il, ironique. Aurais-tu des cachotteries intéressantes à nous dévoiler ?

Cole le dévisagea en souriant.

— Je pense que toi, tu en as. Tu es rentré chez toi à 4 heures du matin.

Mitch se figea. Il n'avait pas besoin de se justifier devant son ami.

— Il me semble que je suis majeur, dit-il, sombre.

— Tu étais avec Jenny, dit Cole, soutenant son regard.

Mitch n'avait pas envie de mentir. Mais il ne désirait pas non plus ternir la réputation de Jenny. Alors il se tut.

— Es-tu sûr que c'était une bonne idée ?

— Et si nous parlions d'autre chose ? dit Mitch, agacé.

— Je m'inquiète pour Jenny.

— Jenny va très bien.

— Comment peux-tu en être certain ?

Mitch respira profondément pour se calmer, puis il but une longue gorgée de bière. Il savait qu'il n'aurait jamais dû embrasser Jenny. Et, surtout, il n'aurait pas dû la raccompagner jusqu'à sa porte.

Mais ce qui était fait était fait, et il n'y pouvait plus rien changer. Et cela ne regardait personne d'autre qu'eux deux.

— Quelles sont tes intentions avec elle ? demanda Cole en le fixant sans ciller.

— Est-ce une plaisanterie ?

— Je n'ai jamais été aussi sérieux. Je connais Jenny depuis qu'elle est petite fille…

— C'est aussi mon cas, rappela Mitch.

— Oui, mais moi, je n'ai pas fait l'amour avec elle.

Mitch fut instantanément sur ses pieds, et son épaule se rappela à lui, le faisant grimacer. Il détestait se lancer dans une dispute lorsqu'il avait tort, mais il n'avait pas le choix.

— Jenny est adulte. Nous avons parlé ce matin, et…

— Et elle t'a affirmé qu'elle allait bien ? demanda Cole, étonné.

Mitch se décida enfin à lui avouer la vérité.

— Elle a dit : « Nous avons fait une petite bêtise, c'est tout. Cela peut arriver. ».

— Penses-tu vraiment qu'une telle réponse soit dans son caractère ? dit Cole d'un ton accusateur.

Mitch savait pertinemment que non, et il s'abstint de répondre. Les deux hommes demeurèrent silencieux quelques minutes. La terrasse avait une vue magnifique sur le terrain de golf. Très loin sur le green, un couple finissait une partie, et le son de leurs rires leur parvenait par intermittences, porté par la brise.

— Qu'est-ce qui t'a pris de te conduire ainsi ? demanda Cole.

— Tu as vu de tes yeux comme elle était belle, hier soir, répondit Mitch en soupirant.

— Pourtant, je n'ai pas fait l'amour avec elle.

— Ne t'avise même pas d'y penser ! dit Mitch, aussitôt sur ses gardes.

Cole, à présent, semblait amusé. A l'évidence il voyait une sorte de justice dans les atermoiements de Mitch.

— On croirait presque que tu es jaloux. Es-tu certain de n'avoir aucune vue sur elle ?

Mitch devinait où son ami voulait en venir. Mais Jenny et lui n'avaient aucun avenir ensemble. Elle était une femme merveilleuse, il n'était qu'un simple être humain.

— Tu connais mon style de vie.

Cole et lui étaient amis depuis l'école élémentaire. Cole avait choisi le base-ball plutôt que le football, mais il était parfaitement au courant des avantages offerts à l'élite des athlètes, il savait à quoi il faisait allusion.

— Tu n'es pas le genre de petit ami que je choisirais pour ma sœur, c'est sûr, dit Cole.

— Tu n'as pas de sœur.

— Je veux dire, si j'en avais une.

— Je vais quitter la ville après l'élection, ou au plus tard dès que mon épaule sera guérie, rappela Mitch.

Jenny et lui n'avaient aucun avenir ensemble, il en était convaincu. Elle méritait un homme qui puisse lui offrir un futur décent. Tuer cette histoire dans l'œuf était l'unique moyen de lui éviter de souffrir davantage par la suite.

— J'ai parlé avec Jeffrey, hier soir, dit-il.

Il espérait vaguement que l'évocation de ce genre de fréquentation le disqualifierait encore davantage en tant que partenaire possible pour Jenny. Cole était au courant des nombreuses incartades amoureuses de Jeffrey.

— Sa petite amie a appris qu'il la trompait, et elle a rompu avec lui.

— J'ai toujours été convaincu que les athlètes professionnels étaient une caste sordide, dit Cole avec une grimace.

— Ce que j'essaie de te dire, c'est que je fais partie de

ce monde-là, Cole. Et je ne suis pas différent des autres membres de l'équipe.

— Alors, tu n'avais pas le droit de faire l'amour avec Jenny.

Mitch eut un rire amer. Les individus comme lui n'avaient pas le droit de rôder autour de jeunes femmes convenables comme elle.

Ce jour-là, au bureau, Jenny dissimulait un secret. Un secret des plus coquins, en rapport avec sa nouvelle garde-robe. Sous sa tenue habituelle du vendredi : pantalon de lin gris et blazer, avec son chemisier préféré de soie vert pâle, elle portait une culotte minuscule de dentelle violette et un soutien-gorge à balconnet assorti.

Emily et elle avaient passé chaque soirée de la semaine à courir les magasins de mode à cinquante kilomètres à la ronde afin de renouveler entièrement sa garde-robe.

Même si personne ne soupçonnait ces changements, Jenny se sentait merveilleusement sexy. C'était un véritable baume pour son ego meurtri. Comme Emily l'avait remarqué la veille, alors qu'elles rentraient en voiture de leur dernière expédition, Mitch n'avait pas idée de ce qu'il manquait.

La porte du bureau s'ouvrit, livrant passage à un coursier en uniforme.

— Un pli pour M. Hayward, annonça-t-il en lui tendant une enveloppe rigide en carton blanc.

Jenny la prit et griffonna sa signature sur l'écran de l'appareil électronique que le coursier avait placé devant elle.

— Merci.

— Bonne journée.

Dès que le jeune homme fut reparti, elle déchira l'enveloppe de carton et en tira une enveloppe plus petite en papier kraft. A l'aide d'un coupe-papier, elle l'ouvrit à son tour, et découvrit quatre places VIP pour le match de football du soir même à Houston, qui verrait la confrontation entre les Texas Tigers et les redoutables Chicago Crushers.

Sa bonne humeur s'envola.

Comme tout Texan qui se respectait, elle adorait le football. En trois occasions, déjà, lorsque Mitch avait reçu des billets gratuits pour les matchs de la région, il l'avait invitée à se joindre à leur groupe. Mais, selon toute évidence, tout cela faisait partie du passé.

Un feuillet glissa hors de l'enveloppe, et elle le déplia pour le lire :

« Le jet se posera à l'aéroport à 16 heures précises. Amène une amie avec toi. »

La signature était celle de Jeffrey Porter, l'ami de Mitch et son coéquipier sur les terrains de football.

— Jenny, veux-tu vérifier…

Mitch s'arrêta net, et elle se sentit soudain comme une coupable prise en faute. Ce qui était ridicule, bien sûr. Elle ouvrait son courrier tous les jours. Rien sur ce paquet n'indiquait qu'il s'agissait de courrier personnel.

— Les billets ? demanda-t-il en s'avançant.

Elle acquiesça. Elle replaça les billets et le mot qui les accompagnait dans leur enveloppe, prétendant que tout allait pour le mieux dans le meilleur des mondes.

— Le jet sera à l'aéroport à 16 heures, dit-elle, s'efforçant désespérément de ne pas se demander laquelle de ses amies il emmènerait avec lui.

Elle se levait pour jeter la grande enveloppe blanche dans la corbeille du recyclage lorsqu'elle entendit Mitch se déplacer derrière elle, puis un froissement de papier. A l'évidence, il lisait le mot à son tour.

Bien déterminée à chasser ce dérangeant sentiment de jalousie de son esprit, elle regagna à sa place. Mais, à peine assise, elle s'entendit demander :

— Alors ? Qui va t'accompagner ?

Il se figea, et elle dut faire appel à toutes les ressources de sa volonté pour ne pas lever les yeux et scruter son expression. Au lieu de cela, elle remit de l'ordre dans une pile de documents, rangea le coupe-papier dans le tiroir, et réaligna les trois stylos posés devant son téléphone.

La voix de Mitch lui parvint comme un murmure rauque :

— Aimerais-tu m'accompagner au match, Jenny ?

— Bien sûr que non, répondit-elle avec un petit rire qui sonnait faux. Ce serait idiot.

— Tu es la bienvenue, si cela te fait plaisir.

— Non, répondit-elle d'un ton acide, levant les yeux vers lui. Je ne crois pas en avoir envie.

Ces paroles tombèrent dans un profond silence. Le regard de Mitch était toujours rivé dans le sien, et, durant un long moment, elle se trouva incapable de respirer. On eût dit qu'il s'efforçait de lire dans son âme.

Puis il serra les lèvres, et redressa les épaules.

— Tu comprends pourquoi je ne suis pas l'homme qu'il te faut, n'est-ce pas ?

— Absolument, répondit-elle d'une voix assurée.

Il n'était pas l'homme qu'il lui fallait parce qu'il y avait des milliers de femmes ravissantes dans le pays, toutes prêtes à se jeter au cou d'une star du football. Et qu'il souhaitait rester disponible pour elles.

Elle avait été idiote de croire qu'elle pourrait retenir son attention. Elle n'était ni une célèbre actrice de cinéma, ni un top model international. Et certainement pas non plus une jeune débutante de la haute société désireuse de secouer son ennui par une aventure piquante.

— C'est uniquement à cause de l'homme que je suis, dit-il d'une voix douce. Ça n'a rien à voir avec toi.

— Tu es conscient que c'est la plus vieille façon du monde de se défiler, n'est-ce pas ?

— Dans ce cas-ci, il se trouve que c'est la vérité.

— Ce serait une grande première.

— Quelqu'un t'a-t-il déjà servi la même excuse ?

— Pas spécifiquement, dit-elle.

— D'accord, dit-il en riant. Pourrions-nous arrêter ?

— Bien sûr.

Sur ces mots, elle se retourna face à l'écran de son ordinateur et fit mine de s'intéresser à ses e-mails en attendant qu'il s'en aille.

— Ce n'est pas ce que je voulais dire, dit-il enfin.

— Ah ? fit-elle sans se retourner. Et que voulais-tu dire ?

— Je suis en train de t'inviter à un match de football.

— Et moi, je suis en train de décliner ton invitation.

Il fronça les sourcils.

— Je crois que tu dramatises la situation.

— C'est toi qui refuses de t'en aller, dit-elle en se retournant pour lui faire face.

— Parce que ton entêtement est ridicule, fit-il d'une voix douce. Tu adores le football. Sors de ta tanière et viens t'amuser un peu.

— J'ai promis de passer la soirée avec Emily.

Ce soir, comme chaque vendredi soir à l'avenir, Emily et elle allaient se lancer dans une recherche active de l'homme idéal qui se poursuivrait jusqu'à ce que leur but soit atteint.

— Amène-la avec toi, dit Mitch.

— Elle n'aime pas le football.

— Elle aime les jets privés. Et il y aura une grande soirée VIP après le match.

Jenny se surprit à hésiter. L'univers de la jet-set faisait rêver Emily, c'était le plus riche terrain de chasse au mari qui soit, selon elle. Et Jenny désirait que son amie trouve enfin l'homme de sa vie. Son plan d'élever un enfant toute seule l'inquiétait. La vie d'une maman célibataire était un combat long et épuisant, et elle ne souhaitait à personne d'avoir à affronter une telle épreuve.

Et, bien entendu, elle ne serait obligée de rester près de Mitch ni durant le match ni pendant la soirée. En fait, dans une grande soirée de ce genre, il y aurait une foule d'invités, elle serait libre de l'ignorer la plupart du temps.

— Nous ne serons jamais seuls, dit-il, rompant le silence.

Cette remarque la prit à tel point par surprise qu'elle éclata de rire.

— As-tu peur de ne pas pouvoir résister à mon charme ?

— Non, répondit-il sans l'ombre d'un sourire.

Il n'offrit pas d'autre explication. Son regard resta rivé dans le sien et, pour une raison inconnue, elle eut la sensation qu'il pensait le contraire. Mais c'était une idée folle, bien sûr. Il était célèbre et follement sexy. Pourquoi s'intéresserait-il à une femme ordinaire comme elle ?

Néanmoins, un frisson d'excitation la parcourut tout entière, et elle se tança silencieusement pour sa faiblesse. Combien de temps faudrait-il pour que ces sentiments ridicules s'effacent ?

— Ce sont les meilleures places du stade, dit-il.

— Crois-tu pouvoir me tenter de cette façon ?

— J'en suis sûr. Quatrième rang.

Soit, elle était tentée, mais elle se jura que cela n'avait aucun rapport avec la perspective de passer du temps en sa compagnie. C'étaient des places exceptionnelles. Et une fabuleuse soirée après le match. De plus, elle avait quatre tenues toutes neuves à étrenner.

Sans compter qu'Emily adorerait le voyage en jet privé. Son amie s'était montrée incroyablement patiente avec elle toute la semaine. Elle lui devait au moins cette opportunité d'accéder à son terrain de chasse idéal, une grande soirée VIP.

Un sourire optimiste étira les lèvres de Mitch.

— C'est l'occasion ou jamais de sentir la transpiration de tous ces hommes, de les entendre jurer.

Elle prit sa décision.

— Quelle femme résisterait à une proposition pareille ?

Les Texas Tigers remportèrent une large victoire. L'ambiance à la fête qui suivit au Moberly Club, à Galveston Bay, était donc plus que festive. Avec l'approbation enthousiaste d'Emily, Jenny avait choisi de porter des leggings bleu marine et des bottines bleu roi avec une minijupe affriolante de denim bleu et un petit haut scintillant couleur pêche. Elles avaient opté pour le même maquillage que le jour du mariage, attaché ses cheveux en un nœud lâche sur sa nuque, et complété le tout avec de ravissants pendants d'oreilles d'argent. Evidemment, elle avait mis ses verres de contact.

Elle n'était pas habituée à ce que les hommes la suivent ainsi du regard lorsqu'elle traversait une pièce. Mais elle releva le menton et redressa les épaules. Elle devait absolument se détendre et passer une bonne soirée. Un orchestre de danse jouait dans un coin de la salle. Elle commanda un Martini aux airelles rouge vif et en sirota une première gorgée. Lorsque Cole Maddison s'avança pour l'inviter à danser, elle accepta en souriant et se laissa glisser en bas de son tabouret.

Ce soir-là, le club avait été réservé pour fêter la victoire de l'équipe, et tous les invités semblaient se connaître.

La plupart des joueurs étaient bâtis davantage pour les démonstrations de force que pour les finesses de la danse, et leurs prestations sur la piste étaient inégales. Il y avait beaucoup de rires. Elle se détendit et se donna tout entière à la musique.

Cole était un très bon cavalier. D'une stature moins imposante que les autres hommes autour de lui, il se mouvait en revanche avec bien plus de souplesse et de maîtrise que les autres. Il arborait un large sourire, et elle se sentait en sécurité en sa compagnie.

— Puis-je vous demander de m'accorder la prochaine danse ? murmura une voix grave près d'elle.

Elle tourna la tête et se trouva face au sourire charmeur de Jeffrey Porter. Elle l'avait rencontré à plusieurs reprises au cours des dernières années, et savait qu'il était l'un des meilleurs amis de Mitch.

Elle se retourna vers Cole, qui haussa les épaules et recula en exécutant un pas de danse.

Jeffrey était vêtu d'une chemise blanche immaculée et d'un jean noir. Il avait le teint mat, et ses cheveux aile de corbeau étaient attachés en queue-de-cheval sur sa nuque. A chacune de leurs rencontres, il s'était montré affable et détendu avec elle. Tous les autres membres de son équipe semblaient l'apprécier.

L'orchestre attaqua un morceau plus lent, et Jeffrey la serra dans ses bras à la musculature impressionnante.

— N'allons pas trop vite, fit-il contre son oreille. Je ne suis pas le danseur le plus agile sur cette piste.

— Vous avez pourtant marqué un très bel essai, tout à l'heure.

— Cela aurait été plus facile si Mitch avait été là pour m'ouvrir la voie. J'ai encore mal partout. Cooper est un joueur décent, mais Mitch est un magicien.

— Souffrez-vous beaucoup ?

— La douleur fait toujours partie de ce sport, mais ce que nous craignons tous, ce sont les vraies blessures. Moi, j'ai seulement mal, mais Mitch est blessé. Et son programme de kinésithérapie est vraiment brutal.

Elle tourna son regard vers Mitch, qui se tenait dans un coin de la salle en compagnie d'autres joueurs de l'équipe. Il la fixait intensément, et elle crut voir une flamme de colère brûler dans ses yeux sombres.

Elle manqua un pas, mais Jeffrey la rattrapa sans peine, la serrant plus étroitement contre lui.

— Oh ! Oh ! Faites attention mademoiselle !

— Désolée, dit-elle, revenant à la réalité.

Pourquoi Mitch la dévisageait-il ainsi ?

- 4 -

De sa place dans un coin de la salle du Moberly Club, Mitch observait Jeffrey flirter avec Jenny sur la piste de danse. Elle était beaucoup trop intelligente pour se laisser abuser par ses jolis discours, mais il était tenté de la mettre en garde. Ou peut-être devrait-il plutôt sommer Jeffrey de rester éloigné d'elle. Il était probablement de son devoir de protéger son assistante.

Il quitta sa place au bout du bar, bien décidé à agir.

— Bonsoir, bel étranger, roucoula une grande jeune femme blonde aux jambes interminables qui venait d'apparaître à côté de lui.

— Bonsoir, Misha, répondit-il, reconnaissant l'ex-épouse d'un magnat du pétrole de Houston. J'ignorais que tu étais rentrée en ville.

— J'étais encore à Paris la semaine dernière, répondit-elle en posant son élégante main manucurée sur son bras.

Misha, d'origine allemande, était un ancien top model qui avait fait un mariage bref mais extrêmement profitable. On racontait que sa pension alimentaire était une sorte de record du genre.

— Veux-tu danser ? demanda-t-il en parfait gentleman, renonçant à contrecœur à sa confrontation avec Jeffrey.

— Mais, bien sûr !

La blonde Misha le prit aussitôt par la main et l'entraîna vers la piste de danse. Elle lui raconta qu'elle avait passé les derniers mois à voyager. Elle avait bronzé sur la plage à Tahiti, visité une réserve d'animaux sauvages en Afrique du Sud et présidé à l'inauguration de la nouvelle aile d'un musée à Prague. Elle proposa de lui montrer son bronzage intégral, mais il déclina poliment son offre.

Sa partenaire de danse suivante rentrait tout juste des Caraïbes, où elle avait apparemment acheté un petit bungalow au bord de l'océan pour s'adonner aux joies de la plongée sous-marine. Elle l'informa d'une voix de gorge que sa suite d'hôtel disposait d'un Jacuzzi sur la terrasse et suggéra qu'il était bien assez spacieux pour deux.

Il se lassa rapidement de cette ambiance de grossier marchandage sexuel. Un peu avant minuit, il ne désirait plus qu'une chose : rentrer à l'hôtel, avaler une aspirine et se mettre au lit. Seul.

C'est alors que Jenny apparut dans son champ de vision.

Elle se tenait debout au bar, en pleine conversation avec Emily, et on venait de lui servir un autre Martini. De couleur verte, cette fois-ci. Elle semblait avoir acquis un goût nouveau pour les cocktails exotiques. Mais ce qui était le plus frappant chez elle, c'était son nouveau style.

Sa jupe courte dévoilait généreusement des jambes incroyables. Les lentilles de contact avaient de nouveau remplacé ses lunettes, et ses élégants pendants d'oreilles scintillaient à chaque mouvement de sa tête. Son regard se posa un instant sur le petit haut à paillettes couleur pêche, et il devina la douce courbe de ses seins sous le tissu léger. A l'évidence, elle s'était dispensée de porter un soutien-gorge.

Il ne se souvenait pas de l'avoir jamais vue sans cet accessoire. Mais, bien sûr, c'était peut-être simplement parce qu'il ne l'avait pas regardée. Pourquoi était-ce différent maintenant ? Que lui prenait-il ? N'avait-il pas encore appris sa leçon ?

Il repéra Jeffrey qui fondait de nouveau sur Jenny comme un aigle sur sa proie. Cette fois-ci, il décida d'intervenir et le rattrapa en quelques enjambées.

— Bonsoir, Jeffrey ! dit-il d'un ton jovial.

— Salut, Mitch. Je suis content que tu aies pu venir.

— Je vois que tu as fait la connaissance de Jenny.

— Je la connaissais déjà depuis longtemps, répondit Jeffrey, l'air étonné.

— Mais tu n'avais jamais dansé avec elle.

— Je n'avais jamais remarqué combien elle est ravissante. Elle vient de monter de plusieurs places sur ma liste.

— Justement. Tu ferais mieux de la rayer de ta liste.

Jeffrey tourna la tête pour le dévisager.

— De quoi parles-tu ?

— Jenny est mon assistante, crétin. Tu ne la touches pas, compris ?

— Nous n'avons fait que danser.

— Je te connais, Jeffrey. Ne me prends pas pour un idiot.

— Touché, dit Jeffrey en souriant d'un air embarrassé.

— Jenny est une fille bien.

— Dans ce cas, elle me giflera, non ?

— Si tu lui donnes une raison de te gifler, c'est mon poing que tu rencontreras d'abord.

— Je te croyais handicapé par ta blessure.

— Il me reste mon gauche.

Jeffrey éclata de rire et lui entoura les épaules de son bras.

— Fais attention, mon ami. Tu commences à te laisser gagner par l'instinct du mâle protecteur.

— Je te l'ai dit, elle est mon assistante.

— Et c'est tout ce qu'elle est ?

— Absolument, dit Mitch.

Peut-être que s'il le répétait suffisamment souvent, cela se transformerait en réalité ?

— Pourquoi ai-je du mal à te croire ?

— Parce que tu as les idées mal placées.

— Toi et moi avons pas mal bourlingué ensemble, toutes ces années, dit Jeffrey d'un air entendu.

— Pas avec Jenny, répondit Mitch d'une voix lente et délibérée.

— Hé, Jenny ! dit joyeusement Jeffrey alors qu'ils arrivaient près d'elle. Prête pour un nouveau petit tour sur la piste de danse avec moi ?

Il accompagna sa question de quelques pas de danse comiques qui la firent rire. Elle se retourna, oscillant légèrement sur ses bottines à talons hauts. Ses yeux verts brillaient, et son sourire était plus éclatant que d'ordinaire. Mitch se demanda combien de verres elle avait bus.

— Il est temps de rentrer, dit-il avant qu'elle n'ait une chance de répondre.

S'il existait la moindre chance que le jugement de Jenny soit momentanément altéré, son coéquipier était la dernière personne avec qui la laisser.

— Il est à peine minuit, protesta Jeffrey.

— Nous devons prendre l'avion très tôt demain matin, dit Mitch, mentant pour la seconde fois.

En réalité, ils pouvaient commander le jet pour rentrer à Royal à l'heure qui leur plairait. Mais il alla se planter près de Jenny et lui prit le bras pour le glisser sous le sien.

— Où est Cole ? demanda-t-il, s'adressant à Emily.

— Comment le saurais-je, rétorqua-elle avec humeur.

— Tu dansais avec lui.

— Parce que je ne pouvais pas faire autrement.

— Il est là-bas, derrière cette colonne, dit Jenny.

Elle se mit aussitôt en marche, mais Mitch la retint par le bras, et elle trébucha de nouveau.

— Combien de Martini as-tu bus ?

Elle leva les yeux vers lui, et ses longs cils papillotèrent comme si elle s'efforçait de concentrer son regard.

— J'en ai commandé deux, mais je les ai à peine touchés, répondit-elle. Pourquoi ?

— Parce que tu es un poids plume.

— Merci, répondit-elle d'un ton sarcastique. Maintenant je sais dans quelle catégorie combattre.

Souriant malgré lui à cette réplique, il l'entraîna dans la direction de Cole.

— Il est temps d'aller dormir, princesse.

— Une simple assistante, hein ? dit Jeffrey en ricanant.

Mitch lui décocha discrètement un coup de coude en passant devant lui.

— Je meurs de faim, dit Jenny.

Ils filaient le long de la côte dans une limousine pilotée par un chauffeur.

— C'est probablement une bonne idée, répondit Mitch en se tournant vers elle. Un peu de nourriture dans ton estomac pour accompagner les cocktails.

— Arrête avec tes insinuations, dit-elle, boudeuse. J'ai siroté deux petits Martini, et c'est tout. J'ai faim parce qu'il est tard. Regarde ! Cara Mia Trattoria ! Et c'est ouvert !

Elle indiquait un néon rouge clignotant au bord de la route. Sur le siège en face d'eux, Cole éclata de rire.

— Si elle peut lire l'italien, elle doit être sobre, dit-il.

— Assez, tous les deux ! Je suis parfaitement sobre.

— J'ai faim, moi aussi, dit Emily, fusillant Cole du regard.

— Chauffeur, s'il vous plaît ? dit Mitch en se tournant

vers l'avant du véhicule. Pourriez-vous nous déposer au restaurant que nous venons de dépasser ?

— Bien entendu, monsieur.

La limousine exécuta un demi-tour impeccable et s'arrêta tout en douceur devant l'entrée du Cara Mia. Mitch gratifia le chauffeur d'un pourboire de vingt dollars, et l'homme le remercia avec un grand sourire, l'informant que le service de limousine était disponible pour l'équipe et ses invités jusqu'à 3 heures du matin.

Mitch le remercia et descendit de la voiture, puis il se retourna pour tendre sa main à Emily. Ce faisant, il ne put s'empêcher de jeter un coup d'œil en direction de Jenny dans sa jupe affriolante, qui mettait pied à terre du côté de Cole. Quelques boucles folles s'étaient échappées de son chignon, et frisottaient de façon charmante autour de son visage rayonnant.

— Ils ont une terrasse, dit-elle en faisant le tour du véhicule. Crois-tu que nous pourrons nous y installer ?

— Je suis sûr que oui, répondit-il en la prenant par le bras pour la guider vers l'entrée.

— J'adore l'océan.

— L'air frais te fera sûrement du bien, dit-il, dissimulant un sourire.

L'hôtesse vint à leur rencontre, zigzaguant au milieu de la terrasse bondée. Elle les conduisit à une table surplombant des jardins illuminés, une immense pelouse et un sentier dallé qui descendait en pente douce jusqu'à une plage de sable. La marée était haute, et le grondement des vagues leur parvenait, porté par la brise.

Jenny prit place dans l'un des fauteuils de rotin et s'empara du menu relié de cuir. Un bouquet de fleurs fraîches dans un vase placé au centre de la table ronde empêchait la nappe de coton blanc de s'envoler, et des appareils de chauffage à propane adoucissaient la température. Un serveur apparut aussitôt à leur table pour leur proposer des cocktails, mais ils se contentèrent de commander du thé glacé.

— Tout cela n'est-il pas merveilleux ? s'exclama Jenny en se relevant pour aller s'appuyer à la balustrade de la terrasse.

— Que diriez-vous d'une pizza au poulet et au marsala ? dit Cole. Avec des avocats et des aubergines ?

Emily leva les yeux de son menu pour le dévisager.

— Qu'est-ce que c'est que cela ? Une pizza de m'as-tu-vu de la grande ville ?

— Es-tu en train de me traiter de m'as-tu-vu ?

— Ce n'était qu'un commentaire sur tes goûts en matière de pizza, dit-elle avec un sourire narquois.

— Dans ce cas, quelle est ta suggestion ?

— Saucisse, jambon, poivrons, champignons, oignons et pepperoni.

— Une pizza pour soirée entre étudiants ?

— C'est un classique.

— Il va aussi falloir organiser un concours à qui boira le plus de bière ?

Pour toute réponse, Emily lui tira la langue.

Amusé par cet échange de politesses, Mitch tourna la tête pour jeter un coup d'œil à Jenny au bout de la terrasse.

Elle avait disparu.

Il se redressa dans son fauteuil pour couvrir toutes les tables du regard. Etait-elle allée aux toilettes ?

Il se leva.

— Qu'y a-t-il ? demanda Emily.

— Où est Jenny ?

Emily et Cole la cherchaient des yeux à leur tour lorsque Mitch remarqua ses bottines abandonnées sous la table. Il dirigea aussitôt son attention vers les jardins éclairés. Et il l'aperçut sur le chemin aux dalles de granit qui serpentait jusqu'à l'océan.

— Je la vois, dit-il en jetant sa serviette sur la table. Je ne serai pas long.

Il dévala les marches de bois et traversa les jardins silencieux en direction de la plage. L'odeur iodée devenait plus forte à chaque pas et le grondement des vagues était tout proche lorsqu'il la rattrapa.

— Où vas-tu de ce pas ?

— J'avais seulement envie de respirer l'air de la nuit, répondit-elle en virevoltant sur le sable fin.

— Je craignais que tu ne décides d'aller nager, avoua-t-il.

— Il faudrait davantage que deux gorgées de Martini pour me convaincre d'aller nager dans l'océan au mois de septembre, répondit-elle en se laissant tomber sur le sable.

Une nouvelle fois, il fut frappé de constater combien elle était différente de la Jenny qui administrait ses comptes d'une main de maître, gérait les humeurs des membres du club comme une diplomate de métier et rédigeait des rapports mensuels aussi informatifs que concis. La transformation était pour le moins déconcertante.

Il s'assit près d'elle, buvant des yeux sa petite jupe étalée sur le sable, son dos au bronzage parfait largement dénudé par son petit haut, la courbe de ses seins fermes sous le mince tissu à paillettes.

— Tes nouvelles tenues sont intéressantes, dit-il, s'arrachant avec effort à la contemplation de ces merveilles.

— J'avais besoin d'un nouveau style, dit-elle, son regard fixé sur les rouleaux de l'océan. C'est la seule façon de prendre un homme dans mes filets.

Il sentit un nœud se former au creux de son estomac.

— Tu es à la recherche d'un homme ?

— Bien sûr ! Toutes les femmes espèrent trouver l'homme de leur vie. En tout cas la plupart. Moi y compris.

Ses yeux brillaient doucement dans la lumière des jardins, elle avait les joues un peu rouges et ses lèvres, plissées en une moue charmante, donnaient envie de l'embrasser. Il serra les dents, refoulant cet élan insensé.

— Tu les avais tous à tes pieds au Moberly Club, dit-il. Tu as dansé avec Jeffrey au moins cinq fois.

— Jeffrey est gentil, dit-elle en soupirant.

Il fronça les sourcils. Il devait étouffer cette fascination pour Jeffrey dans l'œuf.

— Jeffrey n'est pas l'homme qu'il te faut.

— Je ne suis pas sûre d'aimer sa queue-de-cheval.

— C'est au moins cela.

— Jeffrey t'aime beaucoup, tu sais, dit-elle, traçant des motifs dans le sable du bout d'un doigt.

A cet instant précis, il ne lui rendait pas vraiment son affection. S'intéresserait-elle à Jeffrey s'il décidait de se couper les cheveux ? Lui-même n'hésiterait pas une seconde, à sa place. Pour la femme de sa vie.

Que lui prenait-il ? Il n'y avait pas de femme de sa vie. Il y avait des femmes, un point, c'est tout. Au pluriel. Sophistiquées et faciles à la fois, parfaitement adaptées au style de vie d'un footballeur professionnel.

Elle lissa le sable devant elle, puis elle dessina un grand cœur du bout de son index.

Il se surprit à espérer qu'elle allait tracer leurs initiales dans le sable.

Au lieu de cela, elle remarqua sans lever la tête :

— Jeffrey pense que tu es un magicien.

Elle s'agenouilla devant lui et lui tendit sa main, paume vers le ciel, avant d'ajouter :

— Vas-y, s'il te plaît. Lis-moi mon avenir. Décris-moi

l'homme parfait que je vais épouser. Sera-t-il brun et très grand ? J'aimerais avoir deux enfants, et une jolie petite maison avec un jardin et une barrière blanche tout autour. Et, pendant que nous y sommes, tu peux y ajouter un chien.

Il prit la main qu'elle lui offrait, conscient que ce n'était qu'une excuse pour la toucher mais ne regrettant rien.

Elle avait l'air si douce dans la lueur de la lune…

— D'accord, dit-il, faisant mine d'étudier attentivement les lignes de sa main et résistant à grand-peine à son envie de caresser la douceur de sa paume. Je vois une longue vie pleine de bonheur.

— C'est plutôt vague.

— Je pensais que tout le monde désirait une vie longue et heureuse.

— Tu dois être plus précis.

— Très bien, dit-il en faisant mine de se concentrer. Mardi prochain, tu vas acheter une robe violette.

— Cela m'aidera-t-il à gagner le cœur d'un homme ?

— Un homme grand et brun, incroyablement séduisant, dit-il, ignorant le pincement désagréable qu'il éprouvait en essayant de l'imaginer partant en lune de miel avec un quelconque bellâtre.

C'était pire encore que de la voir en train de danser avec Jeffrey.

— Voilà une belle vision d'avenir, répondit-elle, un sourire rêveur aux lèvres.

— Une minute ! dit-il, agacé par cette réaction. En fait, cet homme te trahit, et tu le jettes dehors.

— Tu mens.

— C'est exactement ce que je vois.

Elle dégagea sa main d'un geste brusque et tourna de nouveau son regard vers la houle du large.

— Tu es un très mauvais voyant extralucide.

Son indignation le fit rire malgré lui. Pour se faire pardonner, il lui tendit sa propre paume.

— Tiens, dit-il. A toi de me lire mon avenir.

Elle ne se donna même pas la peine d'y jeter un coup d'œil.

— Tu vas mourir dans la solitude parce que tu n'auras personne pour t'aimer, dit-elle.

— Qu'ai-je fait pour mériter un tel sort ?

— Tu as brisé des cœurs.

— Je ne l'ai pas fait exprès.

Quelques femmes s'étaient montrées déçues en comprenant qu'il ne souhaitait pas s'impliquer dans une relation permanente. Il avait toujours attribué l'intérêt qu'elles lui manifestaient à la célébrité et à l'argent. Il savait parfaitement qu'il n'avait pas suffisamment de qualités personnelles pour qu'une femme le trouve irrésistible.

— Le résultat est le même, répondit-elle.

Elle semblait si découragée qu'il ressentit un soudain besoin de lui rendre son sourire.

— Et si je t'offrais un petit chien pour me faire pardonner d'avoir été un tel goujat ? dit-il en souriant. Ou alors un chaton ? Les chatons demandent beaucoup moins d'attention.

— Je n'ai pas besoin d'un animal de compagnie.

Elle avait besoin d'un homme, songea-t-il, consterné. Il comprenait. Tout son être se révoltait contre cette idée, mais il comprenait. Elle avait besoin du genre d'homme qu'il ne serait jamais. Il savait ce qu'il aurait dû lui répondre, ce qu'il avait le devoir de lui répondre.

— D'accord, dit-il d'un ton déterminé. Je vais t'aider.

— A trouver un animal de compagnie ?

— A trouver un homme.

Elle le dévisagea d'un air abasourdi.

— Comment ?

— Si tu es certaine que c'est ce que tu désires, je suis de ton côté, Jenny. Je connais beaucoup d'hommes célibataires, tu sais. Jeffrey est un mauvais choix, mais…

Elle bondit sur ses pieds, brossant le sable qui adhérait à sa jupe de denim.

— Ça ne va pas, non ?

— Je serais seulement heureux de t'aider, dit-il, se levant à son tour.

— Il n'est pas question que tu fasses l'entremetteur entre tes amis et moi.

Ce n'était pas la solution qu'il aurait choisie s'il avait pu en être autrement, mais c'était la façon la plus pratique de régler le problème de Jenny. Et aussi le sien. Il ne pouvait pas continuer à lui faire une cour d'adolescent.

— Et pourquoi pas ? demanda-t-il un peu sèchement.

— Premièrement parce que c'est insultant pour moi.

— Pourquoi ? J'ai des amis très bien. La plupart d'entre eux sont en très bonne forme physique. La plupart ont de l'argent. Et certains d'entre eux passent pour être assez séduisants.

— Non.

— Mais…

— Non, non, et non !

Ses yeux d'émeraude jetaient des éclairs. Il ne put s'empêcher de sourire.

— Monsieur Hayward ? demanda une voix.

Il tourna la tête et vit un groupe d'adolescents en bermudas et en T-shirts qui venait vers eux, foulant le sable de leurs pieds nus, cinq garçons de seize ou dix-sept ans. Réprimant un soupir, il se composa un sourire professionnel à leur intention.

— Oui, c'est moi.

— Génial ! s'exclama l'un d'eux. Nous faisons partie de l'équipe du lycée de Gulfport.

— Je suis capitaine de l'équipe, comme vous, dit un garçon derrière lui.

— Toutes mes félicitations, répondit Mitch, souriant plus chaleureusement.

— Dommage que nous n'ayons rien pour que vous puissiez nous signer un autographe.

— Dommage que nous n'ayons pas un ballon.

— Le seul qui ne joue pas au football, c'est Davey, dit un autre en bousculant amicalement le plus petit du groupe.

— C'est un minus.

— L'un de mes meilleurs amis est à peu près de ta taille, dit Mitch, obtenant aussitôt toute l'attention du groupe. Au lycée, il jouait au base-ball, mais il passait la plus grande partie de son temps devant son ordinateur. La société d'informatique qu'il a créée est aujourd'hui propriétaire de vingt pour cent des parts de l'équipe des Texas Tigers.

Mitch tourna son regard vers le reste du groupe avant d'ajouter :

— Vous devriez traiter Davey avec un peu de respect. C'est peut-être lui qui signera vos chèques de salaire, un jour.

Davey, à présent, souriait d'une oreille à l'autre. Les autres garçons se turent, réfléchissant visiblement à ce qu'ils venaient d'entendre.

— J'ai une idée, dit Mitch. Je crois que je peux vous proposer mieux qu'un autographe. Davey m'enverra un e-mail sur le site Web des Texas Tigers, et je m'arrangerai pour vous obtenir des places pour le prochain match de l'équipe, à Houston.

Cinq paires d'yeux le fixèrent d'un air incrédule.

— Vous êtes sérieux ?

— Tout à fait sérieux, dit Mitch, glissant son bras autour des épaules de Jenny. Mais pour l'instant, j'ai une pizza qui est en train de refroidir.

— C'est trop génial !

— Merci, monsieur !

Les exclamations des garçons les suivirent alors qu'il guidait Jenny sur le chemin remontant vers la terrasse du restaurant.

— Cette histoire est-elle vraie ? demanda-t-elle. Je suppose que Cole était le joueur de base-ball de ton histoire.

— Oui, en effet.

— Cole est vraiment propriétaire d'une partie des actions des Texas Tigers ?

— Il est propriétaire de la société qui a acquis ces parts.

— Pourquoi n'en a-t-il jamais rien dit ?

— A qui le dirait-il ? Je le sais et je suppose que bon nombre d'autres gens le savent aussi.

— Moi, je n'en savais rien.

— Maintenant, tu le sais. Cela le place-t-il sur ta liste de maris potentiels ?

Elle se libéra aussitôt de son bras, le fusillant du regard.

— Comment oses-tu ?

Il n'était pas sûr de ce qui l'avait poussé à lui poser une telle question. Une idée comme une autre.

— T'ai-je jamais donné l'impression que je serais prête à épouser un homme pour sa fortune ?

— Je viens seulement de découvrir que tu es prête à te marier tout court.

A la réflexion, bien sûr, il devait reconnaître qu'il soupçonnait depuis longtemps qu'elle était exactement le type de femme qui s'épanouirait en fondant une famille. Elle serait une maman parfaite. Une épouse merveilleuse.

Sa gorge se serra à cette idée.

— Et je regrette amèrement de t'avoir mis dans la confidence, dit-elle.

Sur ces mots, elle lui tourna le dos et partit à grands pas en direction de la terrasse, mettant fin à leur conversation.

- 5 -

Jenny se débarrassa de ses bottines et jeta son petit sac à main sur l'un des deux grands lits de sa chambre d'hôtel, dans le centre-ville de Houston. Il était presque 2 heures du matin. L'excitation du match et de la fête s'était depuis longtemps estompée, et, à présent, elle se sentait simplement épuisée.

— Je ne comprends pas pourquoi tu as refusé, dit Emily en se laissant tomber sur le sofa devant la grande baie vitrée qui offrait une vue spectaculaire des lumières de la ville.

— J'aurais dû permettre à Mitch de devenir mon entremetteur ? Tu ne vois pas de conflit d'intérêts dans cette idée ?

— Parce que tu es amoureuse de lui ?

— Je ne suis pas amoureuse de lui, dit Jenny, sur la défensive. J'ai éprouvé un béguin passager pour lui, c'est différent. Et, bien entendu, j'ai fait l'amour avec lui. Mais j'ai reconnu mon erreur, et je m'en suis remise.

— Alors, à quel conflit fais-tu allusion ? Personnellement, je ne verrais aucun inconvénient à ce qu'il me présente ses amis. As-tu bien regardé les hommes dont il est entouré ?

Jenny prit place dans un fauteuil en face de son amie, ramenant ses pieds sous elle.

— Comme Cole, par exemple ? dit-elle en souriant. Vous deux aviez l'air très bons amis lorsque nous sommes revenus à la table.

— Cole ? fit Emily en balayant l'air d'un geste irrité. Qu'est-ce qui peut te faire croire que je donnerais un père comme Cole à mes enfants ?

— Cole est un homme brillant.

— Un homme d'à peine un mètre soixante-dix, dit Emily. Et nous sommes au Texas. Ne crois-tu pas que mes fils auront envie de jouer au football, un jour ?

— Cole joue au base-ball. De plus, tu détestes le football.

— Mais mes fils l'aimeront, et je les encouragerai sur les gradins comme toute maman texane qui se respecte.

— Pour ton information, Cole est propriétaire de vingt pour cent des Texas Tigers.

Cette information parut faire réfléchir Emily.

— Vraiment ?

— C'est ce que Mitch vient de m'apprendre. Il a été vraiment formidable avec ces adolescents. Nous étions en train de nous disputer, mais il s'est instantanément transformé en communiquant de charme.

— Voilà bien notre Mitch. Diplomate et charmant quelles que soient les circonstances.

Jenny assimila lentement ces paroles, et une idée inquiétante germa dans son esprit.

— Crois-tu… qu'il fasse la même chose avec moi ?

— Que veux-tu dire ?

— Au bureau, il est un modèle de diplomatie avec moi. Crois-tu que j'aie connu le Mitch courtois et professionnel, et pas l'homme qu'il est vraiment ?

— C'est possible, dit Emily d'un ton hésitant. Cela semble être comme une seconde nature chez lui.

— Et c'est exactement pour cette raison qu'il a été choisi comme président par intérim, dit Jenny, la gorge serrée. Il sait calmer les querelles, faire en sorte que tout le monde reparte satisfait même lorsqu'il leur refuse quelque chose. Oh ! mon Dieu ! Quelle humiliation !

— De quoi parles-tu ?

— Il m'a manipulée comme il manipule tous les autres. J'avais un faible pour son personnage public. Je ne sais même pas qui il est vraiment.

Elle se leva et entreprit de faire les cents pas dans la chambre, avant de se retourner vers son amie.

— Crois-tu qu'il ait utilisé cette technique pour me convaincre de faire l'amour avec lui ?

Elle se remémora leur conversation, et sentit le sang se retirer de son visage.

— Je me suis plainte de ce qu'il n'ait pas remarqué mon nouveau style, et d'un seul coup, il est devenu le plus romantique des hommes, il m'a couverte de compliments.

Ses épaules s'affaissèrent, et elle baissa la tête.

— Il m'a menti, dit-elle tristement. Il m'a dit exactement ce que j'avais envie d'entendre. Le pire, c'est que je l'ai vu agir ainsi avec une foule de gens. Et ensuite, lorsque je me suis pratiquement jetée dans ses bras …

Elle n'eut pas la force de finir sa phrase. Elle ne pourrait jamais plus regarder Mitch en face de toute sa vie.

— … il t'a fait l'amour pour te faire plaisir, dit Emily, finissant la phrase à sa place en serrant les lèvres d'un air désapprobateur.

— Je voudrais mourir !

— Ce n'est pas grave à ce point-là, dit Emily, se levant à son tour.

— Pas grave ?

— Il ne peut pas lire dans tes pensées, dit Emily, posant ses mains sur ses épaules en un geste rassurant. Tout ce qu'il sait, c'est que vous avez vécu une aventure d'une nuit. S'il n'y attache aucune importance, il n'y a aucune raison qu'il en soit autrement pour toi. Il veut l'oublier ? Tu l'oublies. Affaire classée.

— Affaire classée ? répéta Jenny d'une voix tremblante.

— Tu es une femme raisonnable, Jenny. Enterrer cette histoire me paraît être la seule décision rationnelle. D'ailleurs, tu l'as revu une bonne douzaine de fois depuis cette nuit-là. Le plus dur est fait.

Jenny acquiesça de mauvaise grâce. Elle avait passé le cap le plus difficile. Elle s'acquitterait de son travail au bureau avec professionnalisme et minutie, comme elle l'avait toujours fait. Mitch était un diplomate né. Elle serait une diplomate aussi habile que lui. Et elle veillerait à séparer soigneusement ses émotions de tout ce qui le concernait.

— Vas-tu le laisser te présenter à ses amis ? demanda Emily.

— Jamais de la vie !

— Que penses-tu de Cole ?

— Cole est comme un frère pour moi.

Emily lui lança un regard indéfinissable.

— Vraiment ?

— Il est vraiment adorable.

— Il est têtu comme une mule, dit Emily. Je crois que c'est le syndrome du petit homme.

— Il n'est pas si petit, dit Jenny. Et il est très musclé.

— Peut-être, répondit Emily en haussant les épaules. En tout cas, il n'est pas sur ma liste. Heureusement pour nous, il reste dix millions d'autres hommes au Texas.

Et Jenny allait vivre heureuse avec l'un d'entre eux. Elle allait trouver un homme gentil et honnête, qui désire autant qu'elle vivre un grand amour et fonder une famille.

Il était presque 16 heures, le samedi suivant, et Jenny finissait de travailler sur ses fichiers au TCC. Elle voulait être à jour lorsque le bureau rouvrirait, le lundi matin. Elle avait investi la salle du conseil d'administration, où la grande table ovale lui permettait d'étaler ses documents avec plus d'aisance que dans son propre bureau. Alors qu'elle achevait de scanner le courrier des membres afin d'en garder une trace informatique, elle entendit la voix de Mitch dans le couloir :

— Jenny ? Est-ce toi ?

— Ici ! dit-elle, s'efforçant de ne pas réagir émotionnellement à sa présence.

Elle n'avait habituellement aucun problème à rester sereine quel que soit son interlocuteur, ou le problème à gérer. Mais sa belle logique semblait se fissurer dès que Mitch apparaissait.

— Que fais-tu ici ? demanda-t-il, passant sa tête dans l'entrebâillement de la porte.

— J'ai besoin de terminer mon travail et de débarrasser cette table, répondit-elle sans relever le regard. C'est le courrier de la semaine. Des lettres contre le nouveau club-house, des lettres pour, des promesses de vote en faveur d'une femme pour président du club, et même une demande de dons d'une association pour la protection des baleines. Comptes-tu y répondre ?

Elle leva alors la tête, et vit non seulement Mitch, mais aussi Jeffrey et deux autres hommes plantés sur le seuil.

Elle sursauta malgré elle, et se sentit rougir.

— Jenny, je te présente mes coéquipiers, Emilio et Nathan, dit Mitch en entrant dans la pièce. Je crois que tu connais déjà Jeffrey ?

— Euh… oui, bien sûr. Bonjour, Jeffrey.

Elle salua les deux autres d'un hochement de tête accompagné d'un sourire. Jeffrey fit le tour de la table pour venir la rejoindre.

— Bonjour, Jenny. Je suis content de vous voir.

Le dénommé Emilio, un géant aux cheveux de jais coupés très court, aux épaules énormes, prit alors la parole. Désignant les piles de documents bien nettes alignées sur la table, il déclara en riant :

— Si jamais vous avez besoin d'un job administratif avec une équipe de football, vous pouvez compter sur moi pour vous donner d'excellentes références.

— Bas les pattes, dit Mitch. Je serais perdu, sans elle.

Elle fit un effort pour se rappeler que cette appréciation était strictement professionnelle. Pour ce qui était de sa vie privée, elle n'était qu'un numéro dans une longue série de conquêtes.

— Je comprends facilement pourquoi, dit Nathan, un jeune homme un peu moins grand que les deux autres, aux cheveux très blonds et au sourire éblouissant. Heureux de faire votre connaissance, Jenny.

— Je faisais le tour du propriétaire avec mes amis, dit Mitch. Mais peut-être as-tu besoin d'aide ici ?

— Non, répondit-elle vivement. J'ai presque terminé.

— Je serais ravi de vous donner un coup de main, dit Jeffrey en se rapprochant.

— J'aurai terminé dans dix minutes tout au plus.

— Dans ce cas, je serai encore dans les parages. Je vous aiderai à rapporter toutes vos affaires dans votre bureau.

— Mais…

Elle surprit l'expression de Mitch et s'interrompit.

— Oui, d'accord dit-elle. Accordez-moi un petit quart d'heure.

— Nous repasserons, dit Mitch.

— Et ensuite, dit Nathan, vous viendrez dîner avec nous.

— Barbecue chez Mitch, dit Emilio de sa voix de basse.

— Et amenez Emily avec vous, dit Jeffrey. Nous allons

faire une petite partie de golf, je suis toujours meilleur quand il y a du public.

Elle ne put s'empêcher de sourire à cette remarque. La nonchalance détendue avec laquelle il abordait la vie lui plaisait beaucoup.

— Vous voulez dire que cent mille fans dans un stade en folie ne vous suffisent plus ?

— Nous n'avons pas de match cette semaine. Et d'ailleurs, je préfère l'adoration de près, avec une touche personnelle.

— Nous serons de retour dans un quart d'heure, d'accord ? dit Mitch, fusillant Jeffrey du regard.

Jenny n'avait pas manqué de remarquer que Mitch n'avait pas fait écho à l'invitation à dîner. Tant mieux. Elle n'avait aucune envie de passer plus de temps que nécessaire en sa compagnie. La semaine avait été longue, et elle s'était concentrée exclusivement sur des sujets professionnels, craignant à chaque instant qu'il renouvelle son offre de lui présenter ses amis.

Restée seule, elle saisit rapidement les dernières données, puis elle enregistra son travail et éteignit l'ordinateur portable. Elle rapporta l'appareil dans son bureau, décidée à rassembler le reste de ses affaires dans la salle du conseil et à s'esquiver avant que les hommes n'aient terminé leur tour du club-house.

Son plan échoua.

Les bras chargés d'un tas de papiers, elle tomba nez à nez avec eux dans le couloir lors de son second voyage.

— Je t'avais dit de tout laisser en place, dit Mitch, bougon.

Elle comprit aussitôt sa bévue. Il avait essayé de lui fournir l'opportunité de se retirer avec dignité. Il s'attendait à ce qu'elle laisse tout en place et disparaisse avant leur retour.

— Désolée, patron, dit-elle, marmonnant.

Elle se sentait ridicule.

Elle aurait pu s'échapper. Elle aurait dû s'échapper. C'était le moment ou jamais d'oublier ses principes, et de quitter son bureau en laissant son travail en plan.

— Ce n'est pas un problème, Mitch, dit Nathan. Je vais me charger de ce qui reste, et nous filerons tout droit sur le green.

Tous se tournèrent vers elle, attendant sa réponse. Elle s'efforça désespérément de trouver une bonne excuse, mais elle n'avait jamais su mentir de façon convaincante, et c'était plus difficile encore sous la pression.

— Euh… je ne crois pas pouvoir…

— Notre capitaine tient beaucoup à ce que vous veniez, dit Emilio, assénant une formidable claque sur l'épaule de Mitch, qui réprima visiblement une grimace de douleur.

— Tu es la bienvenue, bien entendu, assura-t-il. Amène Emily avec toi. Nous organiserons une petite fête.

— Emily est très belle, dit Jeffrey, bruyamment approuvé par les deux autres.

— Ecoutez, les gars, la coupa Mitch, si vous avez l'intention de vous conduire comme des enfants…

Les hommes reprirent immédiatement leur sérieux, secouant la tête avec un bel ensemble.

— Non, pas nous, dit Emilio. Nous allons être de parfaits gentlemen.

— En fait, dit Jenny, ce n'est pas le jour idéal pour moi, et…

— Appelez Emily, dit Jeffrey. J'aimerais l'impressionner avec mes performances.

Nathan et Emilio pouffèrent de rire, et Mitch leur lança un regard noir.

— Je vais choisir de croire qu'il n'y avait aucun sous-entendu dans cette remarque, dit Jenny.

— Aucun, je vous assure, dit Jeffrey d'un air innocent. Je ne faisais que dire la vérité.

Jenny tourna de nouveau son regard vers Mitch. Il y avait une nouvelle douceur dans ses yeux, et un léger sourire étirait les coins de ses lèvres.

— Veux-tu que je l'appelle à ta place ? demanda-t-il.

— Je vais le faire, dit-elle, capitulant.

Emily apprécierait probablement de rencontrer les coéquipiers de Mitch. En tout cas, ils étaient beaucoup plus grands que Cole. Emilio, par exemple, pourrait lui donner des fils aussi gigantesques que lui, les futurs deuxièmes lignes de défense des meilleures équipes du Texas.

Emily et Emilio.

Cela pourrait fonctionner.

Mitch disposait de ses propres clubs de golf, aussi attendait-il devant le magasin de location pendant que les autres s'équipaient.

A sa grande surprise, Jenny vint le rejoindre. Elle l'avait soigneusement évité toute la semaine. Et, lorsqu'ils étaient ensemble, leurs rapports étaient empreints d'une extrême retenue, et leurs conversations réduites à de brefs échanges professionnels. Il savait qu'il aurait dû commencer à lui présenter des partenaires possibles comme il le lui avait promis. Si elle rencontrait un homme capable de lui donner la vie dont elle rêvait, elle et lui s'en trouveraient mieux. Mais, étrangement, il ne pouvait s'y résoudre.

Elle se rapprocha, une expression soupçonneuse sur le visage, pour lui chuchoter à l'oreille :

— S'il te plaît, jure-moi que ceci n'est pas un piège.

— Crois-tu que je t'aie attirée ici dans le but de te voir te ridiculiser au golf ? répondit-il à voix basse.

— Il ne s'agit pas de golf, gronda-t-elle. Et tu le sais parfaitement.

Il lui fallut un instant pour comprendre qu'elle faisait allusion à sa mission d'entremetteur. Et, à cet instant précis, il sut qu'il ne pourrait jamais tenir sa promesse. Et surtout pas en la jetant dans les bras de ses amis ou de ses coéquipiers. Parce que si Jeffrey ou l'un des autres tombait amoureux d'elle et l'épousait, il y avait de fortes chances pour qu'il se retrouve dans la position de désirer la femme d'un ami. Il aurait trop honte.

— Ce n'est pas un piège.

— Pourquoi ai-je du mal à te croire ?

— Ce n'est même pas moi qui t'ai invitée à venir.

— Tu n'as pas objecté non plus.

— Et toi, tu n'as pas trouvé de bonne excuse pour ne pas venir, alors que je t'en ai offert l'opportunité.

— Je mens très mal. Fais-moi un procès.

Elle avait raison à ce sujet. Jenny était intelligente, efficace et consciencieuse, mais elle n'aurait pas su mentir même si sa vie en dépendait.

— Je crois que Jeffrey t'apprécie beaucoup, dit-il, incapable de s'empêcher de la taquiner.

Il eût été incapable d'expliquer pourquoi il avait fait une remarque pareille. Comme exutoire à sa frustration, peut-être. Ou tout simplement pour susciter une réaction émotionnelle en elle. Elle portait de nouveau ses vêtements stricts : chemisier blanc, pantalon parfaitement repassé, ses lunettes bien en place. Et une expression soigneusement maîtrisée sur son visage.

Il voulait davantage. Et son souhait fut exaucé.

Derrière les lunettes, ses yeux d'émeraude jetèrent un éclair de défi.

— Moi aussi, je trouve que Jeffrey est un homme très intéressant, dit-elle.

— Je m'en réjouis, répondit-il, faisant de son mieux pour dissimuler sa consternation.

— Il est même très charmant.

— Dans ce cas, il peut faire cette partie avec nous. Hé Jeffrey ! Tu vas jouer avec Jenny et moi. Les autres feront un parcours à quatre.

Cole, qui les avait rejoints, semblait ravi par ce partage des équipes. Visiblement, il était très attiré par Emily, qui de son côté ne lui accordait pas un regard. Elle ignorait cependant que Cole était doué d'une ténacité à toute épreuve. En tant que joueur de base-ball dans une ville où le football était roi, il avait dû faire face à l'adversité toute sa vie.

— Vas-tu vraiment faire ce parcours avec moi ? demanda Jenny d'un air perplexe.

— Comment puis-je te jeter dans les bras de Jeffrey autrement ?

— Mais tu avais dit…

— Je suppose que j'ai menti.

Elle le dévisagea un instant en silence, puis releva le front, et déclara d'un air de défi :

— Parfait. Jette-nous dans les bras l'un de l'autre. Nous verrons bien ce qui se passera.

Et, sur ces mots, elle lui tourna le dos et se dirigea vers le club-house d'une démarche de reine.

Il la suivit des yeux, la main crispée sur son sac de golf. En réalité, il n'avait aucune intention de jeter Jenny et Jeffrey dans les bras l'un de l'autre. Ni aujourd'hui ni jamais.

Une partie de lui-même lui criait de la rattraper, de la faire sienne. Mais il n'en avait pas le droit. Alors, au lieu de cela, il accrocha son sac de golf à son épaule et se dirigea vers l'aire de stationnement des chariots électriques.

Il venait de jeter son sac à l'arrière d'un des véhicules lorsque les six autres réapparurent. Emilio et Jeffrey s'étaient chargés chacun de deux sacs de golf, qu'ils portaient avec aisance sur leurs larges épaules. Mitch se rendit alors compte qu'il avait laissé Jenny se débrouiller seule avec ses clubs. Elle allait penser qu'il n'était qu'une brute.

Cela valait mieux ainsi.

Pourquoi lui cacher la vérité ?

Il tourna la clé de contact du véhicule et Jeffrey grimpa à côté de lui. Jenny prit place à l'arrière dans une attitude crispée.

Ils roulèrent jusqu'au premier tee.

Le premier swing de Mitch envoya sa balle tout au bout du fairway, tandis que celle de Jeffrey atterrissait au milieu du green. Le coup de Jenny, trop court, projeta sa balle sur le rough à un tiers à peine du fairway.

— Désolée, dit-elle, butée, rangeant son club dans le sac.

— Avez-vous besoin de quelques conseils avisés ? demanda Jeffrey, prenant place près d'elle à l'arrière du chariot, réduisant Mitch au rôle de chauffeur.

— Avec plaisir, répondit-elle avec ce qui sembla à Mitch être de l'enthousiasme.

— Elle se débrouille déjà très bien, dit-il.

— Cela ne signifie pas qu'elle ne puisse pas améliorer sa posture ou son swing, dit Jeffrey.

Et c'est ainsi que, durant les six trous suivants, Mitch dut supporter le spectacle de Jeffrey jouant les professeurs attentionnés auprès d'une Jenny en naïve étudiante de l'art du golf. Elle l'écoutait avec une attention passionnée, se concentrait, améliorait son swing, riait de ses propres erreurs, et progressivement, l'humeur de Mitch devint aussi sombre que les gros nuages qui s'accumulaient à l'horizon.

Au septième fairway, les premières grosses gouttes commencèrent à tomber en crépitant.

— Terminons celui-ci et rentrons, dit Mitch, soulagé à l'idée que cet après-midi de torture allait prendre fin.

Il attendit tandis que Jenny préparait son prochain swing, tout au bout du fairway.

Soudain un roulement de tonnerre déchira le ciel au-dessus d'eux, et un éclair illumina les nuages.

— Ne lève pas ton fer ! hurla-t-il dans sa direction, abandonnant sa balle pour sprinter vers elle.

Elle tourna la tête vers lui et le fixa d'un air indécis. Il leva vivement une main vers le ciel.

— Ton club est un conducteur ! Il pourrait attirer la foudre !

A la seconde même où il lui arrachait le club des mains, une pluie diluvienne s'abattit sur eux.

Le chariot de golf se trouvait plus loin sur le chemin, où Jeffrey l'avait laissé. L'abri le plus proche était un petit belvédère d'été. Il la prit par la main et l'entraîna en courant vers cet abri providentiel.

Lorsque Jeffrey les rejoignit, une seconde plus tard, ils étaient tous trois trempés jusqu'aux os, et la pluie crépitait furieusement sur le toit de leur abri de fortune. Elle portait un chemisier blanc à manches courtes sur un pantalon gris pâle. Le chemisier adhérait à sa poitrine, laissant transparaître un soutien-gorge de dentelle. Jeffrey la dévorait déjà d'un regard gourmand lorsque Mitch s'interposa entre eux, fusillant son ami du regard.

Il ôta rapidement sa chemise de golf bleu marine et la tendit à la jeune femme.

— Qu'est-ce…

— Ton chemisier est transparent, dit-il.

— Oh ! fit-elle en suivant la direction de son regard.

Elle lui prit la chemise des mains et l'enfila vivement.

— Personnellement, cela ne me gênait pas du tout, dit Jeffrey en souriant.

Les éclairs zébraient le ciel, le tonnerre gronda et la pluie redoubla de violence.

— Voulez-vous que j'aille chercher le chariot ? dit Jeffrey.

— Attendons quelques minutes, répondit Mitch. L'orage ne durera peut-être pas.

Le téléphone de Jenny sonna.

Soulevant un pan de la chemise de Mitch, elle fourragea dans la poche de son pantalon.

— C'est probablement Emily, dit-elle. J'espère que tout se passe bien pour eux. Allô ?

Elle écouta un moment, et, peu à peu, son visage prit une expression soucieuse.

— Tout va bien ? demanda Mitch en chuchotant.

D'un geste, elle lui intima le silence. Jeffrey s'approcha, fronçant les sourcils. L'un de leurs amis avait-il été blessé ?

— Oui, d'accord, dit Jenny d'un air grave, portant une main à son front. Je le ferai aussitôt que possible. Bien sûr.

— Jenny ? murmura Mitch, posant une main sur son épaule.

Lorsqu'elle se retourna vers lui, elle était très pâle, et ses mains tremblaient visiblement.

— Ma maison est en feu.

— Quoi ! Qui était au téléphone ?

— Ma voisine, répondit-elle d'une voix blanche. C'est la foudre qui mis le feu à la toiture.

— Les pompiers ont-ils été prévenus ? demanda-t-il,

s'emparant délicatement du téléphone avant qu'elle ne le laisse tomber sur le sol.

— Ils sont en route.

— Je vais aller chercher le chariot, dit Jeffrey en dévalant les marches de bois pour partir au pas de course à travers le green.

Mitch posa sa main sur le bras de Jenny, refrénant difficilement son envie de la serrer dans ses bras.

— Ce ne sera peut-être pas si grave, dit-il, rassurant. La pluie à elle seule pourrait bien éteindre l'incendie.

Elle acquiesça d'un air absent, puis, soudain, parut se ressaisir.

— Tu as raison, dit-elle. Inutile d'imaginer le pire avant d'avoir tous les faits en main. Allons-y, d'accord ?

Elle se libéra de sa main. L'instinct protecteur de Mitch faillit prendre le dessus. La vraie place de Jenny était dans le confort de ses bras, pas toute seule sous la pluie battante, face au désastre qui venait soudain de bouleverser sa vie.

Il fit un pas dans sa direction, cessant de lutter, imaginant déjà la sensation de son corps menu contre le sien.

Mais Jeffrey arrivait déjà à toute allure, pilotant le chariot de golf à travers le green. Et elle se précipita à sa rencontre.

Il était trop tard.

- 6 -

Les gyrophares jetaient des éclairs rouges et bleus sur le chaos qui avait été sa maison. Une douzaine de pompiers projetaient des trombes d'eau en direction de ses fenêtres, d'où jaillissaient des flammes orangées sur fond de ciel crépusculaire. Ses voisins étaient attroupés sur le trottoir, abrités sous des parapluies. Le déluge n'avait rien perdu de son intensité, mais Jenny était à peine consciente de la pluie qui ruisselait sur elle.

— Heureusement, tu n'étais pas chez toi, dit Emily, songeuse, en la prenant affectueusement par le bras.

Jenny tressaillit. Elle n'y avait pas pensé mais c'était vrai. Si les coéquipiers de Mitch ne l'avaient pas invitée à cette partie de golf, elle aurait peut-être été assise dans son salon, directement sous la foudre.

Elle frissonna à cette pensée.

— Tout ira bien, tu verras, dit Emily.

Jenny hocha la tête en silence, s'efforçant de penser rationnellement. Elle devait se réjouir d'avoir évité le pire.

— Je sais, répondit-elle enfin. Personne n'a été blessé. Il n'y a que des dégâts matériels, et tout peut être remplacé.

Elle marqua une pause et, dans son désarroi, trouva encore la force de plaisanter :

— Heureusement, mes placards n'étaient pas pleins de précieux souvenirs d'une enfance merveilleuse.

— Je suis impressionnée, dit Emily.

— Par quoi ?

— Par ta capacité à voir si vite le bon côté des choses.

Jenny haussa les épaules.

— Je suppose que je pourrais aller m'écrouler dans un coin pour pleurer toutes les larmes de mon corps.

— C'est ce que beaucoup de gens feraient, à ta place.

— Je crois que je suis encore en état de choc.

— C'est bien normal. Tu es assurée, n'est-ce pas ?

Jenny acquiesça. Elle avait une excellente assurance, tout ce qui avait été détruit dans l'incendie serait remplacé.

Elle dressa un catalogue mental de ses possessions, commençant par le salon, où le feu avait causé les pires dégâts, puis faisant l'inventaire des autres pièces.

— Nous allons devoir remplacer toute ma nouvelle garde-robe, dit-elle.

— Cette partie-là sera très amusante, répondit Emily avec bonne humeur.

Jenny sourit. Elles s'étaient énormément amusées durant leur frénésie de shopping. Mais, bien sûr, lorsqu'il s'agissait d'acheter tout ce dont une personne avait besoin dans la vie, le mot shopping prenait une tout autre dimension.

Dans un sens, elle avait de la chance. Du fait de son enfance, très peu des choses qu'elle possédait étaient irremplaçables.

— Au moins, il n'y avait aucun précieux souvenir de famille dans la maison, dit-elle en soupirant.

— C'est une chance, dit Emily, pointant l'enchevêtrement calciné qu'on devinait à l'intérieur de la maison. Il n'en serait rien resté.

Emily connaissait tous les détails de son enfance compliquée. Ses parents ne s'étaient mariés que parce que sa mère était enceinte d'elle. Cette union avait été une erreur et, après cinq années infernales, son père les avait quittées pour de bon. Après cela, l'état psychologique de sa mère s'était dégradé, et la vie de la petite Jenny était devenue très chaotique.

Au même instant, une partie du toit du garage s'affaissa avec fracas sur sa voiture. Elle sursauta.

— Je crois que tu vas avoir également besoin d'une voiture neuve, dit tristement Emily.

Jenny n'en croyait pas ses yeux. Tout ce qu'elle possédait au monde était en train de se désintégrer devant elle.

Elle aperçut Mitch planté près de l'un des véhicules des pompiers. Comme s'il avait senti qu'elle pensait à lui, il tourna la tête et parcourut la foule des yeux. Leurs regards se rencontrèrent, plongèrent un instant l'un dans l'autre. Puis il reprit sa conversation avec le capitaine de l'unité.

— Et si tout ceci était un signe ? dit Emily.

— Un signe ? demanda Jenny, s'arrachant avec effort à la contemplation de Mitch. Et de quoi ?

— Qu'il est temps de commencer une nouvelle vie.

— Tu crois que je devrais partir ailleurs ? Quitter Royal, le TCC, Mitch ?

— Non, pas du tout. Ce que je voulais dire, c'est que lorsque tu reconstruiras ta maison, tu pourrais opter pour un style contemporain et élégant au lieu de banal et pratique.

Jenny fut surprise d'apprendre qu'Emily n'aimait pas sa maison. Personnellement, elle l'avait toujours trouvée éminemment fonctionnelle. Mieux encore, elle avait presque terminé de rembourser son crédit.

— Ta future maison devrait refléter le même esprit que ta nouvelle garde-robe ou ta nouvelle coiffure. Et, très bientôt, que le nouvel homme de ta vie.

Jenny réfléchit un instant à cette suggestion.

Un nouveau départ. N'était-ce pas là exactement ce

dont elle avait besoin ? Le destin lui donnait-il un coup de pouce ?

— Depuis que la construction d'un autre bâtiment pour le club-house a été envisagée, le TCC grouille d'architectes, tant amateurs que professionnels, dit-elle d'un ton pensif. Ce projet les a attirés comme des mouches.

— Y en a-t-il un parmi eux dont tu apprécies particulièrement le style ?

— J'en ai remarqué plusieurs, dit Jenny. Cette ville compte des gens incroyablement créatifs.

— Réfléchis-y. Tu pourrais créer quelque chose d'entièrement différent. Un projet amusant et excitant.

— Tu crois que nous sommes normales ? demanda Jenny, reculant pour s'éloigner des flammes.

— Bien sûr, répondit Emily. Pourquoi ?

— Nous sommes là, en train d'échafauder des projets pour ma nouvelle maison pendant que l'ancienne brûle.

— Cela prouve que nous sommes de personnes pratiques, dit Emily d'un ton convaincu. Pratiques et réalistes, deux traits de caractère véritablement admirables.

Jenny observa un pompier qui arrosait les branches du grand chêne surplombant son salon. Le toit de la maison était tout noirci, et s'était affaissé bizarrement dans un angle. Elle ne put s'empêcher d'imaginer le fauteuil devant le bow-window. Elle l'avait acheté pendant les soldes, l'année précédente, mais n'avait jamais vraiment aimé sa couleur.

A vrai dire, elle songeait aussi depuis longtemps à remplacer son téléviseur, et à faire l'achat d'un plus grand écran pour son ordinateur.

La voix de Mitch, qui avait dû s'approcher d'elle à la faveur de la quasi-obscurité, la fit sursauter :

— Tu dois commencer à avoir froid.

— J'ai plutôt chaud avec ces flammes, dit-elle, essuyant son front moite d'un revers de main.

— Le feu sera bientôt éteint. Et tu es trempée.

— C'est le cas de tout le monde.

Elle ne put s'empêcher de laisser son regard s'attarder sur la musculature luisante de son torse nu. Elle portait toujours sa chemise, et Mitch était magnifique ainsi, rayonnant de puissance au milieu de ce chaos.

— Tu ne peux plus rien faire ici, ce soir, dit-il. J'imagine que tu vas dormir chez Emily ?

— C'est impossible, répondit Jenny en soupirant. Je suis allergique aux chats, et Emily a deux persans. Je peux les supporter le temps d'une visite, mais je ne pourrai jamais dormir là-bas toute une nuit. Je suppose que je vais devoir m'installer à l'hôtel.

Les chambres du Family Inn, près de la sortie de l'autoroute, disposaient d'une kitchenette, et les tarifs étaient raisonnables. Elle s'efforça de ne pas penser à toutes les corvées qui l'attendaient les jours suivants. Il y aurait des formulaires d'assurance à remplir, des achats de première nécessité et d'autres tâches plus déprimantes les unes que les autres. Il serait toujours temps d'y réfléchir plus tard.

— Et si nous allions tous d'abord chez moi ? dit Mitch, posant sa grande main sur son épaule.

Ce contact était trop rassurant pour qu'elle ose s'y abandonner, et elle se dégagea vivement. Elle ne pouvait pas se permettre de dépendre de lui. Il toussota et laissa retomber sa main à son côté.

— Cela permettrait à tout le monde de se sécher, dit-il. Nous nous restaurerons un peu et nous réfléchirons ensemble à la suite à donner à ton problème.

— Bonne idée, dit aussitôt Emily.

Jenny acquiesça à son tour. Les flammes de l'incendie

n'étaient plus que des tourbillons de fumée âcre. Ils se mêlaient à la pluie qui n'en finissait pas de tomber, et la fraîcheur du soir commençait à se faire sentir.

Elle ne pouvait pas rester là éternellement à contempler ce désastre. Elle devait commencer à planifier les détails pratiques du reste de sa vie.

Comme la totalité de la garde-robe de Jenny était partie en fumée, Mitch avait demandé à Cole de s'arrêter au centre commercial pour lui acheter un pantalon de jogging et un sweat-shirt à sa taille. Il lui avait prêté sa salle de bains, puis, lorsqu'elle en était sortie ragaillardie, il avait placé un cheese-burger tout chaud dans sa main après s'être assuré qu'elle était confortablement installée.

Le repas terminé et la cuisine nettoyée, une partie de poker amicale avait débuté dans la salle à manger. Mitch vit Jenny sortir seule sur la terrasse. Elle s'accouda à la rambarde pour contempler le terrain de golf éclairé dans la nuit. La pluie avait cessé une heure plus tôt, et la lune commençait à apparaître derrière le rideau déchiré des nuages d'orage.

Déclinant l'invitation des autres à se joindre à la partie, il alla la rejoindre à l'extérieur.

Elle était pieds nus sur le sol humide de la terrasse. Cole n'avait pas pensé à lui rapporter de chaussures et de chaussettes, et tous ses vêtements gisaient en tas sur le carrelage de sa buanderie.

Il ne put s'empêcher de remarquer l'arrondi charmant de ses hanches dans le pantalon de jogging, mais il s'interdit de laisser son imagination vagabonder. Elle avait besoin de son soutien, pas de sa luxure.

— Salut, dit-il en venant s'accouder près d'elle à la balustrade. Comment te sens-tu ?

Elle tourna lentement la tête, esquissant un sourire las, puis haussa ses épaules menues et se replongea dans sa contemplation du paysage. Derrière eux, on entendait les bruyantes exclamations des joueurs de cartes. Jamais elle n'avait paru aussi délicate, aussi fragile.

— Ça va, dit-elle.

— Je ne te crois pas une seconde.

— Tout va bien, je t'assure.

— Tu viens de perdre tout ce que tu possédais au monde. Moi, à ta place, je serais désespéré.

— Merci de me le rappeler, répondit-elle d'un ton acide.

— Jenny…

— Non, vraiment, l'interrompit-elle. J'avais presque oublié.

Il laissa passer l'orage. Elle avait parfaitement le droit d'être à fleur de peau, et, si elle devait agonir quelqu'un de reproches, il préférait que ce soit lui.

Mais elle retomba dans son silence.

— Vas-y, dit-il d'un ton encourageant.

— Quoi ?

— Laisse-toi aller. Hurle-moi à la figure tout ce que tu ressens.

— Et en quoi cela m'aiderait-il ? demanda-t-elle d'une voix qui avait retrouvé toute sa sérénité.

— Cesse d'être si logique ! s'écria-t-il, au comble de la frustration. Fais ce que tu dois faire !

— Ce que je dois faire, répondit-elle en désignant ses vêtements informes, c'est du shopping. Demain matin j'arriverai probablement un peu en retard au bureau.

— Tu sais bien que ce n'est pas ce que je voulais dire.

— Que voulais-tu dire, alors ?

— Tu as le droit d'être en colère, de pester contre l'univers entier, d'exprimer tes émotions. Laisse-toi aller, Jenny.

Personne, pas même une femme logique, pratique et réaliste comme elle, ne pouvait traverser un pareil désastre sans céder au désarroi. Mais elle secoua la tête.

— Je n'ai rien de particulier à exprimer, dit-elle.

— Tu sais bien que ce n'est pas vrai.

Elle demeura silencieuse, et ses yeux verts prirent une expression lointaine. De longues secondes s'écoulèrent ainsi.

— Tu dois trouver cela bizarre, dit-elle enfin.

Comme il n'avait pas la moindre idée de ce à quoi elle faisait allusion, il attendit prudemment la suite.

— Emily a suggéré que je devrais faire rebâtir, et j'ai trouvé l'idée excellente. J'aime assez l'idée de recommencer à zéro, de me construire une vie qui ressemble à la personne que je suis aujourd'hui, et pas…

Le reste de sa phrase mourut sur ses lèvres.

Il attendit. Et attendit.

— Que devrais-je trouver bizarre ? demanda-t-il enfin.

— Je comprends ton point de vue, dit-elle d'un ton songeur. Une personne normale devrait être contrariée par le fait que tout ce qu'elle possédait ait été réduit en cendres.

— Contrariée ? répéta-t-il, incrédule.

— Le fait est que cela ne me tracasse pas vraiment.

— Bien sûr que si !

A l'évidence, elle était en état de choc. Ou peut-être niait-elle une réalité trop terrible à affronter. Pouvait-il l'aider à surmonter le traumatisme ? Ou s'estomperait-il simplement avec le temps ?

— Cela m'est égal, Mitch. Ce ne sont que des objets. Je peux les remplacer.

— Ce ne sont pas les objets eux-mêmes qui comptent, dit-il vivement. C'est le fait qu'ils sont les témoins de ta vie, de tes accomplissements. Ils sont les marqueurs d'une existence.

— Je ne crois pas pouvoir me vanter d'un accomplissement particulier.

— C'est ridicule, dit-il avec force. Le TCC serait paralysé sans toi. Je n'essaierais même pas de le diriger en ton absence.

— Nous devrions laisser tomber le sujet, dit-elle.

— Tu as des douzaines, peut-être des centaines d'accomplissements à ton actif. Interroge dix autres personnes à Royal, et elles te le confirmeront toutes.

— Tu insistes.

— Parce que ce que tu dis n'a pas de sens.

— Ma maison vient de brûler. J'ai le droit de ne plus avoir toute ma raison.

— Es-tu en état de choc ? demanda-t-il en étudiant attentivement son visage, cherchant en vain des traces de pâleur ou de tremblement.

— Le fait que je ne possède pas de vieux souvenirs personnels susceptibles d'être perdus ou détruits ne signifie pas que je sois en état de choc.

— Tout le monde garde des vieux souvenirs.

— Ce n'est peut-être pas facile à comprendre pour un garçon qui a grandi dans une famille normale, Mitch, mais nous n'avons pas tous vécu une vie de contes de fées.

Il se garda de tout commentaire. En réalité, il n'avait pas vécu une enfance parfaite, loin de là.

— Es-tu en colère contre moi ? demanda-t-il.

— Non, répondit-elle en allant s'asseoir sur l'un des sofas. Je ne suis en colère contre personne. Et maintenant, si nous parlions plutôt de toi ?

Il hésita. Chacun avait sa propre façon de réagir face au stress, et il jugea qu'il valait probablement mieux se prêter à ce petit caprice.

— Qu'aimerais-tu savoir ? demanda-t-il en tirant une chaise pour s'asseoir en face d'elle.

— Parle-moi de tes souvenirs. Quelle est la chose que tu regretterais le plus si tu la perdais dans un incendie ?

Jenny, songea-t-il spontanément. Mais, sachant que ce n'était pas une bonne réponse, il y réfléchit un instant.

— Mon trophée Fitzpatrick du meilleur espoir de l'année, répondit-il.

— Pourquoi ?

— Parce que c'est une haute distinction et qu'elle n'est conférée qu'aux jeunes espoirs. J'ai un peu vieilli, depuis.

— Ce trophée doit te rappeler de bons souvenirs.

— Oui, répondit-il. Enfin, dans l'ensemble.

En réalité, il se souvenait surtout de la dureté de son père. Ce trophée avait été une façon de lui clouer le bec, de lui prouver publiquement qu'il n'était pas un total incapable.

Elle le contempla un long moment en silence avant de murmurer :

— Quoi d'autre ?

— Oh ! je ne sais pas. Les choses habituelles. Des photos, des récompenses, mon diplôme universitaire. Mais pourquoi sommes-nous en train de parler de moi ?

— Parce que c'est plus amusant que de parler de moi.

— Je ne suis pas de cet avis. Et puisque tu as soulevé ce sujet, qu'as-tu perdu au juste, ce soir ?

— En tout cas, rien qui ressemble à un trophée Fitzpatrick.

— Il existe d'autres choses qui comptent autant que des trophées. Des photos de la fête d'anniversaire de tes dix ans, par exemple. Ou le prix d'excellence que tu as certainement obtenu au cours élémentaire.

Il lui sourit d'un air encourageant, mais les yeux de Jenny se voilèrent, prirent l'aspect du jade. Venait-il de lui rappeler qu'elle avait perdu toutes les photos de son enfance ?

Quel idiot il avait été !

Dans un élan spontané, il alla s'asseoir près d'elle.

— Aucune photo de mon dixième anniversaire, dit-elle en s'adossant aux coussins du sofa. Aucun prix d'excellence. Ma mère était assez particulière.

Il mourait d'envie de la prendre dans ses bras, mais il résista vaillamment. Elle était déjà suffisamment bouleversée..

— Maman adorait la propreté, dit-elle d'un ton rêveur. Elle souffrait d'un trouble obsessionnel compulsif pour lequel elle est soignée aujourd'hui. Environ une fois par an, dans une crise de confusion mentale, elle jetait dehors tout le contenu de ma chambre. Disons que je suis assez habituée à ne pas m'attacher aux possessions matérielles.

Emu au-delà des mots, il se contenta de la dévisager en silence.

— J'étais une petite fille très appliquée, poursuivit-elle d'une voix douce. Je pensais que si je gardais ma chambre bien nette, mes poupées rangées par ordre de taille, leurs vêtements bien repassés…

— Tu repassais les vêtements de tes poupées ? demanda-t-il d'un ton incrédule.

— Rien n'y faisait. Elle jetait tout de toute façon.

Il venait d'entrevoir un des éléments fondateurs de son caractère, il le sentait.

— Est-ce pour cette raison que tu es aussi méticuleuse et efficace ?

— A petites doses, c'est une bonne chose.

— Mais cela te rend-il heureuse ?

Il ne lui était jamais venu à l'esprit que ce pourrait ne pas être le cas. Eprouvait-elle de la satisfaction à gérer le bureau comme une machine bien huilée ? Ou n'était-ce qu'un réflexe de survie acquis dans son enfance ?

A l'intérieur, les joueurs de poker éclatèrent bruyamment de rire. Emily accusait Cole d'avoir le mauvais œil et de la faire perdre, et Mitch se rendit compte soudain qu'il ne connaissait pas Jenny aussi bien qu'il l'avait cru. Etait-elle malheureuse ? Souffrait-elle émotionnellement ?

— On peut changer, tu sais, dit-il dans un murmure.

— J'ai changé.

— Je ne voulais pas dire en portant une robe sexy à un mariage, et te faisant incroyablement désirable…

Elle posa doucement un doigt sur ses lèvres pour le faire taire, mais il était déjà trop tard. L'image avait jailli dans son esprit. Et le contact de son doigt sur ses lèvres ne faisait qu'ajouter un élément physique au fantasme.

Il allait l'embrasser.

A moins que la foudre ne s'abatte sur lui à cette seconde même, il allait la serrer dans ses bras et goûter une nouvelle fois au nectar de ses lèvres.

A la table de poker, Cole triomphait sans modestie, et Mitch se souvint qu'ils étaient en pleine vue de cinq autres personnes. Mais cela lui était parfaitement égal.

Il s'empara de sa main et la serra très fort contre sa joue.

— Que vais-je faire de toi, Jenny ? dit-il tout bas d'une voix un peu rauque.

— Conduis-moi à un hôtel.

Durant une fraction de seconde, il se méprit sur le sens de ses paroles, et le désir rugit dans son sang. Puis il comprit.

— Tu veux dire, sans moi.

Il vit ses joues s'empourprer et ses beaux yeux d'émeraude jetèrent des éclairs.

— Ce n'est pas juste, Mitch ! Tu ne cesses de m'envoyer des signaux contradictoires. Que veux-tu, exactement ?

— Ce que je veux et ce que je peux obtenir sont deux choses totalement différentes.

— C'est toi qui as mis un point final à notre histoire. Mais je comprends. Tu es une grande star, et je ne suis qu'une ennuyeuse petite provinciale.

— Non, tu ne…

— Je comprends parfaitement dit-elle, le coupant. Rends-moi service, Mitch. Dorénavant, veillons à ce que nos rapports restent strictement professionnels. Je ne veux rien savoir de ton enfance, et je n'ai pas envie de te raconter la mienne.

Elle se leva.

— Je laissais traîner mes chaussettes sales partout, dit-il.

Elle le dévisagea d'un air d'incompréhension. Pour une raison mystérieuse, Mitch refusait de voir cette conversation se terminer, et il poursuivit :

— Cela mettait ma mère dans des colères noires. Et mon père criait plus fort qu'elle. Mais, bien sûr, mon père criait à la moindre de mes fautes. Surtout sur le terrain de football.

— Mitch…

— Quand j'avais neuf ans, déjà, dit-il, ignorant l'interruption, si un attaquant manquait une passe ou si un défenseur n'était pas à sa place, c'était ma faute. J'avais mal lancé le ballon. J'aurais dû courir plus vite. Lorsque je n'étais pas sélectionné au premier tour, il disait que je n'étais qu'un raté. Que je n'avais fait aucun effort.

Il ne parvenait pas à croire que les mots coulent aussi librement de ses lèvres. Il n'avait jamais confié ces détails à aucune autre personne.

A présent, elle le couvait d'un regard de compassion. Il détestait la pitié. Mais, venant d'elle, cela valait mieux que de l'indifférence.

— Mais, dans tes interviews, tu apparais souvent avec lui devant les caméras. Tu répètes qu'il a toujours été ton soutien et ton inspiration. Ce n'est que du vent ?

— Nous avons un accord tacite pour réviser l'histoire.

Elle le dévisagea un instant, puis elle revint s'asseoir.

— Serais-tu en train d'essayer de m'attendrir ?

— Oui. Euh… non. Je…

Il s'interrompit et prit sa main dans la sienne, faisant appel à tout ce qui lui restait de son sens de l'honneur.

— Je suis un bon à rien, Jenny. Un coureur de jupons avec un joli discours pour chaque occasion. Tout m'est venu trop facilement dans la vie, et je n'apprécie pas ma chance comme je le devrais.

— Est-ce ce que te disait ton père ? demanda-t-elle.

— Il avait raison.

— Et s'il avait eu tort ?

— Ne fais pas cela, Jenny. N'essaie pas de te convaincre que je suis digne d'intérêt.

— N'essaie pas de te convaincre du contraire.

— Je suis…

— Tu es un beau parleur, Mitch, c'est vrai, et je sais que tu m'as manipulée avec tes beaux discours comme tu le fais avec tous les autres. Mais tu n'es pas seulement cela. Tu viens tout juste de le prouver.

— Tu dois me haïr, Jenny.

— Je ne peux pas.

— Si tu pouvais lire dans mon esprit à cette seconde, tu n'aurais aucune difficulté à me détester.

— Dis-moi ce qui occupe ton esprit.

Sa première pensée fut qu'il n'était pas question de lui faire un pareil aveu. Mais ce silence lourd, cette tension presque palpable entre eux était plus pénible encore.

— C'est toi, dit-il, bien décidé à mettre un terme à ce

face-à-face, à la guérir de lui une fois pour toutes. Et tu es allongée nue sur moi. Tes cheveux sont en désordre, et tes seins luisent comme de l'albâtre dans un rayon de lune.

Elle le dévisagea d'un air ébahi, ses lèvres entrouvertes, alors qu'il poursuivait :

— Tu viens de parcourir de tes lèvres chaque centimètre carré de mon corps, et moi du tien. Tu cries mon nom, et tu réclames toujours davantage. Tes ongles s'enfoncent dans mes épaules, mais c'est une sensation agréable. Parce que c'est toi. Et nous basculons ensemble, et c'est le plus long, le plus fabuleux orgasme que j'aie connu de toute ma vie.

Il vit son regard vaciller, le sang envahir ses joues. Le moment était venu de porter le coup final.

— Mais, tu sais quoi, Jenny ? dit-il d'une voix dure. Ce n'est qu'une aventure d'une nuit. Le lendemain, je repars sur la route avec l'équipe, vers une autre ville avec d'autres fêtes et d'autres filles, et je t'abandonne sans un regard en arrière.

Un silence glacé suivit ce discours. Elle le dévisagea fixement, les lèvres serrées.

— Tu mens, dit-elle enfin.

— C'est la stricte vérité, chérie, répondit-il avec un rire amer. Je mentirais en affirmant le contraire.

Elle se redressa brusquement et s'écarta de lui.

Le soupçon qu'il lisait à présent dans ses yeux lui serrait le cœur, mais il savait que c'était pour la bonne cause.

— Tu avais raison de penser que je t'ai manipulée, Jenny. J'avais simplement envie de toi et, lorsqu'il est question de sexe, je ne suis pas vraiment un type à qui on peut faire confiance.

Elle se leva en tremblant et recula de deux pas, le dévisageant comme si elle le voyait pour la première fois.

C'est seulement alors qu'il s'aperçut qu'Emily, Cole et Jeffrey avaient entendu la dernière partie de son discours.

Emily se précipita aussitôt et, entourant les épaules de Jenny, l'entraîna fermement en direction de la porte.

Cole considéra Mitch d'un regard de dégoût et sortit à la suite des deux jeunes femmes.

Jeffrey sortit sur la terrasse d'un pas nonchalant et prit un siège alors que la porte claquait bruyamment derrière le trio.

— Tu as été dur, dit-il.

— C'était nécessaire, dit Mitch d'un ton sombre. Elle mérite de connaître la vérité.

— Ce n'était pas la vérité, répondit Jeffrey. Tu as essayé de protéger une femme qui t'est chère en l'éloignant de toi.

- 7 -

Avec des gestes d'automate, Jenny suivit Emily dans le hall monumental de la maison de Cole, les dernières paroles de Mitch résonnant encore dans sa mémoire. Le carrelage de terre cuite était frais sous ses pieds nus.

— Qu'est-ce qui ne va pas avec vous, les hommes ? demanda Emily, indignée, à Cole.

— Ne me mets pas dans la même catégorie que lui, s'il te plaît, répondit-il d'une voix menaçante.

Ils entrèrent dans le salon, clair et spacieux, et Cole désigna l'escalier de marbre qui s'élevait en une courbe gracieuse à l'autre bout de la pièce.

— Il y a trois chambres à l'étage. Tu choisiras celle qui te plaît, mais il n'est pas question que tu t'approches d'un hôtel. Ni ce soir ni aucun autre soir.

Jenny se sentit immensément touchée par cette attention. Ce soir, elle n'avait plus qu'un seul désir : se reposer. Elle se sentait épuisée, blessée, vidée de toute substance.

— Il s'est conduit comme un véritable mufle, dit Emily.

— Ce n'est pas moi qui te contredirai, répondit Cole en tournant la tête vers elle.

— Je devrais peut-être démissionner, dit Jenny. Mitch disait vrai. Nous n'avons aucun avenir ensemble.

— Jamais de la vie ! répondit Emily.

— Tu lui survivras à ton poste, assura Cole. Un verre de vin, mesdemoiselles ? Whisky ? Bière ?

Plus Jenny y réfléchissait, et plus il lui paraissait évident qu'elle devait démissionner. Mitch avait été très clair. Il n'envisageait pas une relation avec elle. Mais, en dépit de tous ses efforts, elle ne semblait pas pouvoir le chasser de son esprit. Où trouverait-elle la force de le côtoyer chaque jour au bureau ?

— Je crois que je ne pourrai plus jamais le regarder en face, dit-elle à Emily.

— C'est lui qui devrait avoir honte.

— Je crois qu'il y a peu de chances pour cela. Crois-tu qu'il me fournira de bonnes références ?

— Moi, je peux faire mieux que cela, dit Cole en choisissant un flacon de cristal rempli d'un liquide ambré. Je peux t'offrir un job. Tu n'as qu'un mot à dire, Jenny, et je m'occupe de ta carrière.

Elle ne put s'empêcher de sourire. L'offre de Cole était très généreuse, et elle se sentit reconnaissante d'avoir autour d'elle des amis aussi loyaux.

— As-tu des hommes gentils parmi tes connaissances, Cole ? Reste-t-il encore de tels spécimens, dans ce monde ?

— Moi, je suis très gentil, dit Cole, versant une bonne rasade de whisky dans un verre de cristal taillé.

— Sortirais-tu avec moi ?

— Plutôt deux fois qu'une.

Mais alors qu'il prononçait ces paroles, son regard dériva en direction d'Emily. Jenny esquissa un sourire.

— Sinon, peut-être as-tu un oiseau rare parmi tes amis ?

— Veux-tu que je te présente quelqu'un ?

— Ce serait sans doute mieux. Nous pourrions aller quelque part tous les quatre.

— Ne comptez pas sur moi pour ce petit jeu, dit Emily.

Cole plaça le verre dans sa main, et en profita pour effleurer ses doigts plus longtemps que nécessaire.

— Personne ne t'a demandé ton avis.

— Tu l'auras de toute façon.

— Choisis l'heure, le jour et l'endroit, dit-il en rivant son regard dans le sien. Nous ferons ce que tu voudras.

— Le problème, ce n'est pas le lieu répondit-elle, soutenant son regard sans ciller.

— Ah ? fit-il. Et alors, quel est le problème ?

— Le problème, c'est toi, dit-elle d'un ton uni.

— Tu me connais à peine.

— Tu es trop petit.

— Je suis quand même plus grand que toi, dit-il. Si tu ne portes pas de talons hauts, nous serons parfaits ensemble. Où aimerais-tu que nous allions ?

— Nulle part.

Jenny observait cette joute verbale avec fascination. Qui en sortirait vainqueur ? Emily avait beaucoup d'assurance et de détermination, mais Cole semblait suffisamment volontaire pour lui tenir tête.

— Abandonnerais-tu ton amie au moment où elle a le plus besoin de toi ? demanda-t-il d'un ton peiné.

— Jenny n'a rien à voir là-dedans.

— Je vais lui présenter quelqu'un, pour l'aider à réparer son cœur brisé.

— Mon cœur n'est pas brisé, se défendit Jenny.

Un peu meurtri, peut-être. Légèrement endommagé. Mais elle n'allait certes pas laisser un béguin d'adolescente la paralyser.

— Son cœur n'est pas brisé, tu vois ? dit Emily.

— Elle m'a demandé de lui présenter quelqu'un.

— Elle, oui. Pas moi.

— Elle a besoin de soutien moral. Et maintenant dis-moi. Où aimerais-tu que nous allions ?

Emily s'enferma dans un silence buté. Malgré la journée infernale qu'elle venait de vivre, Jenny faillit éclater de rire.

— J'ai des billets pour le Longhorn Banquet, qui a lieu à Austin le week-end prochain, dit-il d'un ton innocent.

Là, Cole marquait un point. Le Longhorn Banquet était l'événement mondain de l'année au Texas. Ayant pour but de célébrer les réalisations de ses citoyens les plus éminents, il se tenait traditionnellement à Austin, la capitale, et attirait tout le gratin de la région. Le gouverneur y assisterait, ainsi qu'une foule de notables du monde des arts et des sports venus de tous les coins de l'état.

— Attends d'avoir vu mon jet privé, dit Cole. J'ai aussi loué une maison sur la rive du lac. Six chambres, spa, piscine et personnel de service au complet. Jenny sera avec nous. Et je lui trouverai un cavalier.

— Tu peux compter sur moi, dit aussitôt Jenny.

Un week-end de luxe était préférable à une semaine d'apitoiement sur elle-même.

— Mais tu ne vois pas qu'il essaie de nous acheter avec son jet privé, son spa et son personnel de service ? dit Emily, avec moins de conviction, cette fois-ci.

— Si je dois me laisser corrompre, dit Jenny avec philosophie, autant que ce soit avec ce qui se fait de meilleur.

Emily la dévisagea un long moment, puis l'ombre d'un sourire étira ses lèvres.

— Regarde, Cole ! dit Jenny. Elle sourit ! Tu as réussi à la faire sourire !

— C'est vrai, dit Cole avec modestie, se rapprochant imperceptiblement de l'objet de ses pensées.

— As-tu vraiment envie de ce week-end, Jenny ? demanda son amie. Crois-tu que cela t'aidera à te sentir mieux ?

— Je ne veux pas rester cloîtrée à me morfondre en pensant à Mitch.

— Mitch est un idiot.

— Exactement.

Mais, alors même qu'elle prononçait ces paroles, elle ne pouvait s'empêcher de revoir l'expression de son visage tandis qu'il lui parlait de son père. Elle n'aurait jamais pensé que Mitch Hayward, ce modèle de réussite, ait vécu une enfance minable. Ils avaient au moins cela en commun.

— Bon, d'accord, dit Emily, capitulant.

— Alors, c'est oui ? demanda Cole, la voix pleine d'espoir.

Emily lui lança un regard sévère.

— J'accepte pour Jenny. Pas pour toi.

— Bien sûr, répondit Cole souriant de toutes ses dents. Mesdemoiselles, j'attends vos suggestions. Plats préférés à commander au chef, arrangements floraux, vins, tout ce qu'il vous plaira.

— Comment peux-tu refuser les avances d'un tel homme ? demanda Jenny en riant.

— Il est trop petit, fit Emily.

— Je porterai des talonnettes, dit Cole.

— « Petit » est un état d'esprit.

— Dans ton esprit, ma belle. Pas dans le mien.

— Je dois partir, à présent, dit Emily.

Une expression de déception traversa le regard de Cole. Emily, qui s'était tournée vers Jenny, ne s'en aperçut pas.

— Je vais retourner chez moi et te rapporter quelques vêtements et des affaires personnelles, dit-elle. Demain, nous nous occuperons vraiment de toi, mais je serai de retour dans une heure avec les choses de base.

Vu qu'il ne restait rien à sauver dans la maison, les formulaires d'assurance furent vite remplis, et le travail de déblayage put commencer sans attendre. Jenny passa en voiture devant le chantier, le dimanche matin, mais décida sur-le-champ qu'il valait mieux se concentrer sur l'avenir plutôt que de ressasser le passé.

La maison allait être rasée, mais le lac était encore magnifique, et la terre ne porterait bientôt plus aucune trace de l'incendie. Emily avait raison. C'était ici même qu'elle devait bâtir quelque chose d'entièrement neuf.

Le lundi, elle prit un jour de congé pour courir les magasins et s'installer dans la chambre d'amis de Cole. Il avait de nouveau refusé de la laisser s'installer à l'hôtel, rappelant qu'il s'écoulerait des mois avant que sa nouvelle maison ne soit achevée.

Elle découvrit à son grand étonnement qu'il disposait d'une équipe complète de personnel de service. Il avait un cuisinier, un jardinier et une gouvernante, qui semblaient tous déterminés à la traiter comme une reine. Lorsqu'elle mentionna qu'elle apportait généralement des pâtisseries au bureau le mardi pour les adolescents du programme de soutien du TCC, Maria proposa de l'aider à préparer des *cupcakes*.

La montagne de délices nappés de chocolat qu'elle apporta au stade, ce mardi après-midi, reçut un accueil enthousiaste, et pas seulement de la part de la trentaine de garçons qui s'entraînaient sur le terrain.

Fermement convaincu des vertus du sport pour la jeunesse, Mitch avait créé ce programme moins d'un mois après sa nomination à la présidence du TCC. Son aura de star du football professionnel avait incité de nombreux adolescents à y participer, et le projet avait pris peu à peu de l'ampleur. Aujourd'hui, plusieurs autres membres du TCC travaillaient avec les adolescents, sur des sujets aussi divers que l'algèbre ou l'élaboration d'un parcours professionnel. Toutefois, le mardi après-midi était toujours réservé au sport, et Jenny avait pris l'habitude d'apporter quelques gâteaux à la fin des entraînements.

D'ordinaire, elle posait les pâtisseries près des brocs d'eau des joueurs, leur adressait un salut de la main et retournait aussitôt à son travail. Mais ce jour-là, sans trop savoir pourquoi, elle eut envie de s'attarder. Elle aurait dû haïr Mitch, mais elle ne pouvait s'empêcher de remarquer comme il était doux avec les enfants. Ni de se souvenir de la façon dont il lui avait parlé de son père.

Existait-il un lien entre ces deux faits ? Mitch s'efforçait-il de faire pour ces adolescents ce que son propre père n'avait jamais fait pour lui ?

Elle l'observa de loin tandis qu'il expliquait à l'un des garçons comment améliorer ses passes. L'adolescent acquiesça et fit un autre essai, dont il fut récompensé par une tape amicale sur l'épaule et ce qui devait être un discours d'encouragement.

Comment Mitch pouvait-il penser qu'il n'était qu'un bon à rien ?

Leurs regards se croisèrent.

Elle avait été absente de son travail la veille, et Mitch avait enchaîné les rendez-vous toute la matinée. Ils s'étaient donc à peine croisés.

Bien sûr, ils avaient ainsi fait l'économie d'une conversation embarrassante, mais elle devrait tout de même avoir lieu dans un futur proche.

La veille, elle avait rédigé, puis déchiré, trois lettres de démission. Une part d'elle-même brûlait de fuir le champ de mines qu'était devenue sa relation professionnelle avec

Mitch, mais elle adorait son travail au TCC. Elle était assez forte pour relever ce défi.

Cole avait raison. D'une façon ou d'une autre, Mitch aurait bientôt quitté Royal, et il allait totalement disparaître de sa vie. Au plus tard, il partirait en décembre, après l'élection du nouveau président. Elle pouvait garder profil bas jusqu'à cette échéance, et se concentrer entièrement sur son travail. La polémique autour du projet de construction du nouveau club-house et la bataille enragée que se livraient les deux candidats à la présidence du club suffiraient largement à les tenir occupés tous deux.

A présent, Mitch venait dans sa direction.

Elle avait encore le temps de battre en retraite. Il ne se lancerait certainement pas à sa poursuite. Pendant qu'il terminerait l'entraînement des garçons, elle rassemblerait ses affaires, éteindrait son ordinateur, monterait dans sa voiture de location et filerait se cacher dans la véranda de Cole. De là-bas, on n'apercevait même pas la maison de Mitch.

Il n'était plus qu'à quelques pas.

Elle n'avait plus qu'une seconde pour prendre sa décision.

Il serait si facile de partir…

— Bonjour, Jenny, dit-il en arrivant près d'elle.

— Bonjour, Mitch, répondit-elle d'un ton égal.

Son regard se posa sur le grand plateau de *cupcakes* au chocolat, et il hocha la tête d'un air approbateur.

— Les garçons vont être ravis.

— C'est Maria qui les a préparés.

— Alors tu as décidé de rester chez Cole ?

— Ne t'en a-t-il rien dit ? dit-elle, étonnée.

— Je ne pense pas qu'il ait très envie de me parler en ce moment.

— Heu… je suis désolée.

— Tu es désolée ? Toi ?

— Je suis désolée que Cole soit fâché contre toi. Je sais que vous êtes amis depuis longtemps..

— Il s'en remettra. Et toi ?

— Moi ?

Lui demandait-il si elle cesserait jamais de lui en vouloir parce qu'il avait refusé d'avoir une relation avec elle ? Vue sous cet angle sa réaction avait quelque chose de pathétique. Après tout, il était bien libre de fréquenter qui il voulait.

Malgré tout, il lui fut impossible de trouver une réponse cohérente à sa question. Un lourd silence s'étira entre eux.

Il fut le premier à reprendre la parole :

— As-tu l'intention de démissionner, Jenny ?

Elle prit une profonde inspiration. La réponse était non, à quatre-vingt-dix pour cent. Mais, au cœur de la nuit, lorsque les paroles de Mitch repassaient en boucle dans sa mémoire, elle était tentée de couper tous les ponts avec lui, ne serait-ce que pour préserver sa santé mentale.

— Laisse-moi démissionner à ta place, dit-il avant qu'elle ne puisse répondre.

— Quoi ? s'écria-t-elle. Non ! Tu ne peux pas démissionner ! Les membres du club et tous ces garçons comptent sur toi. Moi, je serai facilement remplacée.

— Tu as tout faux, dit-il en se rapprochant d'un pas. Je ne suis qu'un emblème. C'est toi qui es indispensable.

C'était faux, bien sûr, mais la sincérité qu'elle lisait dans son regard lui fit soudain entrevoir le comique de la situation.

— Tu ne trouves pas notre façon de nous congratuler l'un l'autre un peu ridicule ?

Elle esquissa ce sourire qui lui était devenu si familier, et il baissa la voix pour chuchoter d'un air de conspirateur :

— Je ne dirai rien à personne si tu gardes aussi le secret.

— Tu peux compter sur moi.

Puis il reprit son sérieux pour ajouter :

— Et je resterai si tu restes aussi.

Rassemblant tout son courage, elle hocha la tête.

— D'accord, murmura-t-elle. Je vais rester.

— Tu fais un travail magnifique, dit-il en lui lançant un regard indéfinissable. Détends-toi un peu. Tu n'as pas besoin de te surveiller à chaque seconde, ni d'être aussi prudente et méticuleuse. S'il t'arrive de faire de petites erreurs, personne n'en mourra.

Elle comprenait ce qu'il tentait de lui dire. Elle n'avait pas à être toujours parfaite pour lui. A cette idée, elle sentit des larmes monter à ses paupières. Elle les refoula précipitamment et s'efforça de sourire.

— Ai-je l'air de quelqu'un qui commet des erreurs ?

— Je ne sais pas, répondit-il avec sincérité. Mais j'aimerais bien le découvrir.

Du coin de l'œil, elle vit les garçons quitter le terrain et se diriger tout droit vers le panier de *cupcakes*.

— Voilà ce que je te propose, dit-elle, comprenant que leur tête-à-tête allait prendre fin d'une seconde à l'autre. A partir de demain, je cesserai de ranger les feutres dans l'ordre des couleurs de l'arc-en-ciel.

— Hum ! fit-il, faisant mine d'y réfléchir. Je ne suis pas sûr d'être d'accord. N'est-ce pas une porte ouverte à l'anarchie ?

Les premiers adolescents s'approchèrent de la table, et elle leur indiqua les *cupcakes* au riche glaçage de chocolat.

— Génial ! s'écria l'un des garçons.

— Sers-toi, Scott.

— Jenny, tu es la meilleure ! cria Terry.

Elle recula d'un pas pour éviter la mêlée. Elle sentait

que Mitch ne la quittait pas des yeux, mais s'interdit de lui rendre son regard et regagna le club-house sans tourner la tête. Ils avaient terminé leur conversation sur une plaisanterie. C'était plus qu'elle n'avait espéré aujourd'hui.

— Je n'arrive pas à croire que tout aille aussi vite, dit Jenny à Emily.

Elles étaient toutes deux assises à la grande table de la salle à manger de Cole, sur laquelle étaient étalés plusieurs plans d'architecte.

Cole lui-même était confortablement installé sur le sofa, les manches de sa chemise roulées jusqu'aux coudes et sa cravate desserrée. Il tapait avec enthousiasme sur le clavier de son ordinateur portable.

— Un bon architecte fait économiser de l'argent sur le long terme, dit-il en levant les yeux de son travail.

— Serais-tu aussi expert en architecture ? demanda Emily, une note de sarcasme dans la voix.

— Un peu.

— Y a-t-il un sujet que tu ne maîtrises pas ? fit-elle, ironique.

Cole parut y réfléchir un instant, puis il sourit.

— Les femmes, répondit-il. Et tout spécialement toi.

Jenny ne put s'empêcher d'éclater de rire.

— Tu es fou, dit Emily d'un ton accusateur.

— Ah ? fit-il. Tu seras pourtant ma cavalière, ce week-end.

— J'ai seulement promis pour samedi soir.

— Nous verrons, dit-il avec un sourire plein d'assurance.

Il baissa de nouveau les yeux sur son travail avant d'ajouter :

— Il sera minuit une avant que tu ne t'en aperçoives, et nous serons encore ensemble le dimanche venu.

— Prétentieux, répondit Emily à mi-voix.

— Moi, je le trouve mignon, lui chuchota Jenny à l'oreille.

— Je ne cherche pas un homme mignon.

— Pourquoi pas ? dit Jenny jetant un coup d'œil discret dans sa direction. Il est très séduisant, en excellente forme physique, intelligent, et il a brillamment réussi.

Et, s'abstint-elle d'ajouter, il était l'un des seuls hommes au monde capables de lui tenir tête.

— As-tu oublié que je projette de tomber enceinte ? Il est trop petit.

— Préférerais-tu faire un enfant avec Emilio ?

— Quoi ?

— Il est grand et brun, et visiblement porteur des gènes du vrai footballeur professionnel.

Emily fronça les sourcils.

— Peut-être, dit-elle en chuchotant. Mais il est… comment dire ? Et toi ? Tu le trouves sexy ?

Elle tourna subrepticement son regard vers Cole, toujours penché sur son ordinateur portable, et conclut à voix basse :

— Je cherche encore.

— Savez-vous que j'entends tout ce que vous dites, toutes les deux ? dit Cole sans lever les yeux.

Emily devint cramoisie, et se redressa vivement sur sa chaise.

— Nous ne parlions pas de toi, dit-elle d'un ton acide.

— Je sais. Vous parliez d'Emilio.

Cole releva la tête, et son regard vint se river dans celui d'Emily. Une flamme de colère brûlait dans les profondeurs de saphir de ses yeux. Sentant que la tension venait de monter d'un cran dans la pièce, Jenny esquissa le geste de se lever.

— Je devrais peut-être vous laisser, tous les deux…

— Non ! dit Emily d'un ton tranchant. Assieds-toi. Nous sommes en train de choisir ta nouvelle maison. Celle-ci.

Elle indiqua les plans d'architecte étalés devant elle, avant d'ajouter :

— J'adore ces parquets contemporains et ces grandes surfaces de verre.

Jenny tourna son attention vers le plan que son amie lui montrait, une maison à un seul étage de six cents mètres carrés, très élégante et ultramoderne, avec des angles et de grands volumes, une immense cuisine et une véranda vitrée qui pourrait faire face au lac.

Le carillon de la porte d'entrée tinta dans le silence, et Cole se leva vivement. N'importe quel membre de son personnel aurait pu facilement aller ouvrir, et Jenny en déduisit qu'il avait saisi cette excuse pour quitter la pièce. Elle ne s'attendait pas non plus à le voir revenir.

— Regarde tous ces placards ! dit Emily avec une gaieté un peu forcée. Tu aurais plus de place qu'il ne t'en faut pour ta nouvelle garde-robe. Je vois déjà des réceptions, des dîners…

— Emily…, l'interrompit Jenny.

— Qu'y a-t-il ?

— Cette scène avec Cole. Te sens-tu…

— Je vais très bien.

— Mais…

La porte d'entrée claqua, et elles entendirent un bruit de pas dans le hall.

— Il revient, dit Emily. Ne t'inquiète pas pour moi. Je suis de taille à tenir tête à Cole.

— J'espère que je ne la dérange pas trop ? dit la voix de Mitch dans couloir.

Jenny se figea, et cessa de respirer.

— Non, répondait Cole. Elle est dans la salle à manger.

Son désarroi devait être évident, car Emily se pencha pour lui saisir la main et l'étreindre doucement.

— Tout va bien ?

— Oui, ne t'inquiète pas, répondit Jenny en faisant un effort pour se ressaisir. Nous nous sommes vus au bureau et nous avons parlé. Tout va bien, je t'assure.

— Emily ? fit Cole depuis le seuil. Mitch a besoin de parler avec Jenny.

— Et alors ? répliqua-t-elle en pivotant vers lui.

— Emily ! dit-il, haussant le ton.

Elle ouvrit la bouche comme pour protester, mais quelque chose dans son expression sembla l'en dissuader.

— Très bien, dit-elle en se levant de mauvaise grâce. Mais j'ai bien l'intention de rester à portée de voix.

Elle se tourna vers Jenny et ajouta d'un air entendu :

— Si tu as besoin de moi, n'hésite pas à m'appeler.

— Je le ferai, dit Jenny, réprimant un sourire.

Tête haute, Emily traversa la pièce pour aller rejoindre Cole. Jenny nota qu'il posait familièrement la main sur sa taille en l'accompagnant hors de la pièce.

Mitch apparut aussitôt à son tour, remplissant l'embrasure de la porte de sa haute silhouette aux larges épaules, plus magnifiquement masculin que jamais. A son grand dépit, elle sentit son cœur bondir de nouveau dans sa poitrine dès qu'elle posa les yeux sur lui. Elle devait absolument rester sereine. Mettre un terme à cette attirance. Même la colère ne lui apportait qu'un réconfort dérisoire.

— Bonsoir, Jenny, dit-il d'une voix grave qui jouait avec ses émotions bien plus encore que son aspect physique. Je suis navré de te déranger après les heures de travail.

— Tu ne me déranges pas, dit-elle, se demandant ce qui motivait cette visite. Nous regardions des plans d'architecte pour ma future maison.

— As-tu déjà choisi celle qui te ressemble ?

Elle secoua la tête. Il entra alors dans la pièce et s'assit à la place qu'Emily venait de quitter. Cela le plaça tout près d'elle, et elle se trouva comme enveloppée par le nuage de phéromones mâles qui irradiait de lui. Sa peau se mit à picoter, et ses paumes devinrent moites.

Toute sa sérénité s'envola.

— Je cherchais la lettre que nous avions préparée la semaine dernière pour le sénateur, au sujet de la subvention, dit-il.

— Elle doit être classée dans le dossier « Demandes de subvention » répondit-elle, étonnée.

— Ah, oui, bien sûr, dit-il d'un air embarrassé. C'est là que j'aurais dû la chercher en premier lieu.

— En as-tu absolument besoin ce soir ? Elle doit se trouver sur mon disque dur, et…

— Je m'en occuperai demain matin, dit-il.

— D'accord, dit-elle, hochant lentement la tête.

Mais cette visite l'étonnait. Si cela pouvait attendre le matin, pourquoi s'était-il donné la peine de venir jusqu'ici ?

- 8 -

Mitch n'avait pas égaré la lettre au sénateur. En réalité, cette lettre était le dernier de ses soucis. Une simple excuse pour revoir Jenny. Ce jour-là, au bureau, elle paraissait tout à fait sereine, mais il se sentait encore rongé de culpabilité en songeant à la manière dont il l'avait traitée. Il était tenté de s'excuser, mais ne souhaitait pas non plus s'appesantir sur le sujet. Dans l'idéal, il aurait voulu qu'elle comprenne pourquoi il lui était impossible de vivre une relation avec elle, mais qu'elle continue à l'apprécier.

— Es-tu sûr de ne pas vouloir que je…

— Non, ne t'inquiète pas. Parle-moi de ta nouvelle maison.

— J'hésite encore entre trois projets, dit-elle, désignant les plans étalés sur la table.

Il retourna les grandes feuilles vers lui et les parcourut des yeux. Le contraste entre les trois conceptions était saisissant.

La première était ultramoderne, une maison de plain-pied aux lignes nettes et agressives, avec de grandes surfaces vitrées. La seconde, assez jolie mais surtout pratique, comportait deux niveaux, avec trois chambres à l'étage. Celle qui ferait face au lac était dotée d'un petit balcon, et le salon s'enorgueillissait d'une grande cheminée de pierre. A part cela, rien ne la distinguait de milliers d'autres maisons qui poussaient comme des champignons dans les quartiers résidentiels d'un bout à l'autre de l'état.

Ce fut le troisième projet qui retint vraiment son attention. C'était une maison qu'on imaginait dans la campagne française, tout en arches, en douceur et en fantaisie. Les photos de la brochure montraient d'épais tapis, des plafonds hauts aux poutres apparentes, des murs se rejoignant parfois à des angles invraisemblables et ornés de frises peintes à la main. Des petits balcons de fer forgé et des bow-windows donnaient du cachet à l'ensemble de la façade.

— Est-ce Emily qui a sélectionné celle-ci ? demanda-t-il en ramassant l'épure d'architecte.

— Emily avait choisi la maison de style contemporain.

— Alors, c'est toi ?

— Oui, dit-elle d'un ton un peu défensif.

A présent, elle avait vraiment piqué sa curiosité. Ce projet architectural ne ressemblait pas du tout à la Jenny qu'il croyait connaître depuis un an.

— Pourquoi ? demanda-t-il.

— J'avais envie d'explorer de nouveaux horizons.

— Je la trouve très intéressante.

— En revanche, elle n'est pas très pratique, dit-elle, pointant du doigt le salon et l'une des chambres. On va perdre beaucoup d'espace, avec ces angles.

— Ça n'empêche pas d'y mettre des meubles. Au besoin, en les commandant sur mesure. Tout n'a pas besoin d'être toujours pratique et utilitaire, Jenny.

— Je ne ferais jamais bâtir une maison aussi fantaisiste.

— Moi, si, dit Mitch.

— Ces bow-windows coûteraient une fortune, et je n'ai pas non plus les moyens de m'offrir des meubles sur mesure.

— Et si tu disposais d'un budget illimité ?

— Ce n'est pas le cas.

— Laisse aller ton imagination une seconde. Que ferais-tu si tu disposais d'un budget illimité ?

Elle resta obstinément muette.

Il attendit.

— D'accord, dit-elle enfin, capitulant. Si j'en avais les moyens, je ferais ajouter une grande terrasse face au lac et une tour ici, sur la façade. Au sommet, il y aurait une pièce ronde avec des sièges capitonnés tout autour et beaucoup de vitres pour laisser entrer la lumière. J'achèterais des douzaines de coussins et des rideaux à motifs fleuris qui évoqueraient un jardin à la campagne. Et le sol serait recouvert de moquette verte.

— Verte ?

— Comme l'herbe. Et tout ne serait que douceur.

— Nous aimons tous la douceur, dit-il, caressant des yeux chaque détail de son ravissant visage, le rose velouté de ses joues, ses yeux d'émeraude, ses longs cils sombres.

— Tout ceci est ridicule, dit-elle, semblant revenir brusquement à la réalité.

Elle se redressa sur sa chaise et secoua la tête, comme si elle s'éloignait physiquement de la maison de ses rêves. Il continua à étudier son expression. Comme toujours, le désir flamba en lui, mais tempéré cette fois-ci par un autre sentiment, fait de douceur et de besoin de la protéger. Lorsqu'il reprit la parole, sa voix avait un ton rauque :

— Il n'est pas ridicule d'avoir des rêves.

— Cela l'est lorsqu'ils n'ont aucune chance de se réaliser, répondit-elle en se tournant pour lui faire face.

Dans un élan irraisonné, il tendit la main pour repousser tendrement une mèche de cheveux tombée sur sa joue.

— Ce sont les seuls qui en valent la peine, dit-il dans un murmure.

— Vraiment ? Et quels sont tes rêves à toi, Mitch ?

Il était dans l'impossibilité absolue de répondre, car, à cet instant précis, il jouait avec un rêve dans lequel Jenny se confondait avec « pour la vie ».

Il choisit de rester du côté de la prudence :

— J'ai envie de faire une grande carrière dans le football.

— Allons, Mitch, ce n'est pas un rêve, c'est déjà la réalité. Nous jouons à un jeu. Tu dois citer quelque chose qui soit encore totalement hors d'atteinte pour toi.

Il réfléchit un instant, sans trouver aucune réponse acceptable, puis haussa les épaules.

— Je ne sais pas, Jenny. Il y a peu de choses qui soient au-dessus de mes moyens financiers.

— Quelque chose que l'argent ne peut pas acheter.

— Le bonheur ?

— D'accord. Et quoi d'autre ?

— J'aimerais que la prochaine élection au TCC soit un succès, et que les adhérents soient unis derrière un bon président.

— Un peu banal, dit-elle.

— N'est-ce pas aussi ce que tu souhaites ?

— Si, bien sûr. Qui serait contre ? De plus, cela ne te concerne pas directement. Parle-moi d'un rêve personnel.

— Je ne trouve rien.

— Oh que si, tu vas trouver ! Moi je t'ai avoué mon rêve naïf d'une maison sottement romantique. A toi, maintenant.

— Tu devrais la faire bâtir.

— N'essaie pas de gagner du temps.

Mais il n'avait pas d'autre choix, car il savait déjà exactement ce qui le rendrait heureux. Ce dont il pourrait toujours rêver sans avoir jamais la moindre chance de l'obtenir. Mais c'était un aveu qu'il ne pouvait pas lui faire. Il refusait de la faire souffrir une nouvelle fois.

— Je ne peux pas te le dire.

— Et pourquoi pas ?

— Parlons d'autre chose, d'accord ?

— Toi, tu as insisté pour que je te dise tout.

Il y réfléchit un instant supplémentaire. Puis, il proposa une vérité différente :

— Je désire que mon épaule soit miraculeusement guérie. Je désire retrouver cent pour cent de mes capacités.

— Tu seras bientôt…

— Je ne cesse de me répéter que cela va de mieux en mieux, mais ce n'est pas vrai.

Il n'avait jamais confié à qui que ce soit cette peur secrète qui le taraudait, et il ignorait ce qui le poussait à le faire à cet instant. Elle tendit la main et la posa délicatement sur son bras.

— Tu dois seulement te montrer patient, dit-elle doucement, son regard vert rayonnant de sympathie.

— Il ne s'agit pas de patience, mais des limitates du corps humain, dit-il comme si un barrage s'était rompu, libérant tout ce qu'il retenait en lui depuis trop longtemps. Je vois l'expression de mon kiné, celle de mon médecin. Ils m'avaient donné six mois, et cela fait maintenant un an. Et, ces six dernières semaines, il n'y a eu aucun progrès notable.

— Le processus de guérison peut parfois…

Le regard qu'il lui lança lui intimait de ne pas mentir, et le reste de sa phrase mourut sur ses lèvres.

— Est-ce là ton rêve secret ? demanda-t-elle.

— Oui.

C'était le seul rêve secret qu'il pouvait lui confier. Le second concernait une relation entre eux dans laquelle elle ne souffrirait pas tôt ou tard. Un rêve impossible.

— Y a-t-il quelque chose que je puisse faire pour t'aider ? demanda-t-elle.

La sympathie sincère qu'il lisait dans ses yeux lui coupa le souffle. Après ce qui s'était passé entre eux, après tout ce qu'il lui avait fait, il lui paraissait incroyable qu'elle puisse éprouver cette sorte de compassion pour lui.

— On ne t'a jamais dit que tu étais une sainte ?

— Jamais, répondit-elle en riant. Ma mère disait souvent que j'étais le diable en personne.

— Elle n'avait pas le droit de dire cela.

— Elle était malade.

— Elle était méchante.

Elle haussa les épaules.

— Elle vit dans un autre état, à présent. Elle ne fait plus partie de ma vie au quotidien.

— Chasse-la aussi de ta tête, dit-il, levant une main pour effleurer délicatement sa tempe. Construis ta maison. Celle que tu aimes.

— Est-ce toi qui vas payer la facture ?

Il dut faire appel à toutes ses réserves de volonté pour ne pas dire oui.

Le mercredi soir, Jenny roula les plans de la maison française d'un geste décidé, et elle les glissa dans leur tube de carton. C'était bien beau de la part de Mitch de l'encourager à rêver, mais la réalité était la réalité. Elle ne la ferait pas construire.

— Jenny ? fit Cole depuis l'entrée.

— Ici, répondit-elle, rangeant les plans sur une étagère.

Cole lui avait offert une hospitalité incroyablement généreuse. Le cuisinier et la gouvernante étaient aux petits soins pour elle, et elle disait parfois en plaisantant qu'elle songeait à s'installer chez lui à demeure.

Il répondait systématiquement qu'elle était libre de rester aussi longtemps qu'il lui plairait, et qu'il avait commencé à la considérer comme la sœur qu'il n'avait jamais eue. Elle avait, elle aussi, toujours rêvé de faire partie d'une fratrie, et ces propos la touchaient au plus profond d'elle-même.

Cole s'était déjà débarrassé de sa veste quelque part en chemin et entra dans le salon en desserrant sa cravate.

— Puis-je te demander un énorme service…

Il lui adressa un clin d'œil et un grand sourire avant d'ajouter :

— … petite sœur ?

— Cela va être très douloureux pour moi ? répondit-elle sur le même ton de la plaisanterie.

— J'espère que non. Tu as le droit de refuser, dans ce cas.

— Et si cela ne me déplaît qu'un peu ?

— Dans ce cas, tu devras accepter pour me faire plaisir.

— Je t'écoute, dit-elle, comme si elle se préparait au pire.

— Jeffrey Porter a appelé aujourd'hui. De l'équipe des Texas Tigers.

— Je sais qui il est.

— Il a proposé une contribution de cinquante mille dollars à mon association caritative si je lui cède mon quatrième billet pour le Longhorn Banquet.

— Cela signifie-t-il qu'il serait mon cavalier ? demanda-t-elle prudemment.

— Oui. Les billets ont tous été vendus depuis des mois.

Elle n'avait rien contre Jeffrey. Elle ne se voyait aucun avenir romantique avec lui, mais cinquante mille dollars, c'était une grosse somme.

— Ton association caritative fait-elle un travail important ?

— Elle fait construire une nouvelle aile de pédiatrie à l'hôpital, dit-il en soupirant.

— Il ne s'imaginera pas que nous sortons vraiment ensemble, n'est-ce pas ?

Il secoua la tête d'un air solennel.

Elle réfléchit un instant, songeant aux inconvénients possibles de cette requête. Ce serait une opportunité perdue de faire de nouvelles connaissances, mais, bien sûr, il y aurait de nombreux autres invités à la fête.

— Qu'en penses-tu ? demanda Cole.

— Si tu m'assures qu'il ne se fera pas de fausses idées.

— Ne t'inquiète pas. Sa petite amie et lui viennent de rompre, mais il n'est pas à la recherche d'une remplaçante. Crois-moi, tu ne risques pas de briser le cœur de Jeffrey.

— C'était présomptueux de ma part d'avoir pensé cela, n'est-ce pas ?

— Pas du tout. C'était très gentil, au contraire. Tu es une personne adorable, Jenny Watson.

— Et toi aussi.

— Tu l'expliqueras à Emily, n'est-ce pas ?

— C'est déjà fait.

— C'est bon de t'avoir dans mon camp, petite sœur. T'es-tu déjà choisi une robe ?

— Je songeais à faire un peu de shopping ce soir.

Elle marqua une pause, humant la délicieuse odeur de lasagnes qui flottait jusqu'à eux, avant d'ajouter :

— Après dîner.

Il porta sa main à sa poche.

— Tiens, dit-il. Utilise ma carte de crédit.

— Ne sois pas ridicule. J'ai les moyens d'acheter mes propres vêtements.

— Je veux que tu t'offres quelque chose de vraiment spécial.

— Il n'est pas question que j'accepte ta carte de crédit, Cole.

— D'ailleurs, dit-il comme s'il ne l'avait pas entendue, pourquoi n'appellerais-tu pas Emily ? Allez chez

Maximillian's, toutes les deux. Dis-lui que tous vos achats sont sur mon compte.

— Maximillian's ? fit-elle, abasourdie. Le Maximillian's ?

Avait-il perdu l'esprit ? Dans cette boutique, un simple sac à main coûtait au minimum trois mille dollars.

Mais il lui tendait obstinément sa carte de platine.

— Si tu ne me permets pas de t'acheter une robe, Emily n'acceptera jamais que je lui en offre une.

— Tu ne peux pas dépenser des sommes pareilles pour nos robes !

— Mais si, dit-il. Justement, je peux. C'est l'un des avantages de la fortune. On peut dépenser sans compter.

— Je dois refuser, Cole, dit-elle en reculant d'un pas.

— J'ai besoin que tu acceptes.

— Tu n'as pas…

— Corrige-moi si je me trompe, mais il me semble qu'Emily pourrait — je dis bien pourrait — éprouver une légère attirance pour moi.

Une légère attirance ? Elle était certaine que c'était bien plus que cela. Mais elle savait aussi qu'Emily luttait de toutes ses forces contre ses sentiments.

— Je désire voir ce qu'elle fera si je lui donne l'occasion de choisir une robe pour une soirée en ma compagnie, une robe sans aucune limite de prix, sans autre contrainte que son imagination. J'ai besoin de savoir ce qu'elle choisira. Rends-moi ce service, petite sœur.

— Je n'arrive pas à le croire, dit-elle en riant. Tu viens de trouver l'unique argument qui pouvait me convaincre d'accepter d'utiliser ta carte de crédit pour m'offrir une robe à trois mille dollars.

Il esquissa un sourire.

— Ne te limite surtout pas à trois mille dollars. Et ne

te limite pas à une robe. Tu vas avoir besoin de chaussures et d'accessoires. Et Emily aussi.

Elle continuait à secouer la tête d'un air incrédule. Tout ceci lui paraissait irréel. Il s'empara de sa main et pressa fermement la carte de plastique dans sa paume.

— Je suis sérieux, dit-il. Laisse-toi aller. Si tu le fais, Emily le fera peut-être aussi, et je saurai alors si oui ou non j'ai une chance avec elle.

— Et si elle dépensait ton argent seulement pour te faire enrager ? demanda-t-elle.

Elle se sentait obligée de le mettre en garde. Elle était raisonnablement certaine qu'Emily avait secrètement un faible pour lui, mais elle connaissait aussi l'obstination de son amie. Emily ne désirait pas tomber amoureuse de lui, et elle lui en voulait de la poursuivre de ses assiduités.

— Je n'obtiendrai pas la réponse que je cherche parce qu'elle dépensera mon argent. Je la devinerai d'après ce à quoi elle l'emploiera.

— Es-tu certain de vouloir tout cela ? demanda-t-elle, l'arête dure de la carte de crédit serrée contre sa paume.

— Tout à fait sûr. Appelle-la. Tout de suite.

Elle glissa la carte dans son sac et sortit son téléphone.

— Qu'espères-tu qu'elle achètera ?

Il haussa les épaules.

— Je le saurai lorsque je le verrai.

Elle appela Emily, et elle l'entendit d'abord s'étrangler de surprise lorsqu'elle lui transmit l'invitation de Cole. Mais, dès qu'elle eut assimilé la pleine portée de ce plan, cette première réaction fut rapidement remplacée par un sincère élan d'enthousiasme.

Mitch avait vu Jenny quitter la résidence de Cole au volant de sa voiture une demi-heure plus tôt, il était donc certain de trouver son ami seul. Il savait qu'il ne pouvait blâmer personne sinon lui-même, mais il regrettait le temps où il était libre de pousser sa porte quand il lui plaisait, ou de recevoir Cole chez lui pour parler des événements de leur journée.

A présent, il n'osait pas envahir chaque soir l'espace personnel de Jenny. Cole passait donc ses soirées avec Jenny, et il se retrouvait seul. Il s'était débrouillé pour détruire d'un seul coup les deux relations auxquelles il tenait.

Alors qu'il s'engageait dans l'allée, il vit Cole sortir de la maison, ses clés à la main, et se diriger vers sa Mustang.

— Hé, Cole !

Visiblement, il ne l'avait pas aperçu, car il pivota vers lui, une expression coupable sur son visage.

— Oh ! Bonsoir, Mitch.

— Un rendez-vous coquin ? fit Mitch, léger, en s'approchant.

— Non… heu…

Il s'interrompit, secoua la tête et rempocha ses clés.

— Ce n'est rien. Que dirais-tu d'une bière fraîche ?

— Je ne veux pas t'empêcher de faire ce que tu as à faire.

— Pas de problème, je t'assure.

Cela ne ressemblait pas du tout à Cole d'avoir l'air aussi nerveux, et il ne put s'empêcher de demander :

— Où allais-tu ainsi ?

— Quelques petites courses à faire, répondit-il, éludant, en faisant demi-tour. Viens, entre. J'ai deux bonnes bières sur la glace.

Ayant vaguement l'impression qu'il s'imposait, Mitch le suivit à l'intérieur.

— J'ai appris une nouvelle, il y a quelques jours, dit-il, décidant d'en venir directement au fait.

— Une bonne nouvelle ?

— Assez bonne, oui. Je vais recevoir un prix récompensant le travail du TCC avec les jeunes de la ville, au Longhorn Banquet.

Cole sursauta.

— Ce samedi ? demanda-t-il.

— Oui, bien sûr. Il n'y a qu'un Longhorn Banquet dans l'année, à ma connaissance.

— Et… tu viens de l'apprendre ?

— En réalité, je suis au courant depuis la semaine dernière. Mais avec tout ce qui s'est passé, je n'avais pas envie de… vous imposer ma présence ici.

Cole ouvrit la porte du réfrigérateur, sortit deux bouteilles et en plaça une dans la main de Mitch.

— C'est formidable, dit-il d'un ton jovial. Toutes mes félicitations, l'ami.

Mitch connaissait Cole depuis trop longtemps pour se laisser abuser une seconde par cette jovialité de pacotille.

— Qu'y a-t-il ? demanda-t-il, rivant son regard dans le sien.

— Rien, dit Cole. Pourquoi ?

Mitch sentit l'irritation le gagner. Il acceptait que Jenny prenne ses distances avec lui. Il l'avait mérité. Mais il était toujours l'ami de Cole.

— Ne me prends pas pour un idiot, fit-il, haussant le ton.

— D'accord, dit Cole, abandonnant le combat. J'avais quatre billets. Alors, j'ai invité Emily. Et Jeffrey doit accompagner Jenny.

Mitch eut l'impression de recevoir un coup de poing en plein plexus solaire.

— Vous sortez à quatre ?

Cole acquiesça, puis il but une bonne rasade de sa bière.

— Avec Jenny et Jeffrey ?

— Oui.

— Sale type !

— Qui, moi ?

— Non, pas toi. Jeffrey. Toi, je suppose que tu cherches seulement à attirer Emily dans ton lit.

— Ce n'est pas exactement ce que j'avais…

— Toi, tu ne savais pas que je serais présent au Longhorn Banquet. Je comprends. Mais Jeffrey, en revanche…

Il s'interrompit, bouillonnant de colère. Il s'était répété mille fois qu'elle pouvait bien sortir avec qui il lui plairait. N'avait-il pas renoncé au droit d'exprimer son opinion à ce sujet deux semaines plus tôt ? Mais il avait prévenu Jeffrey qu'il devait se tenir loin d'elle. Il avait même été très clair là-dessus.

— Jeffrey savait qu'il te verrait là-bas ? demanda Cole, dissimulant mal son sourire.

— Tu n'as pas intérêt à rire.

— Il fait cela pour te taquiner, Mitch.

— Je sais pourquoi il le fait. Je l'ai averti qu'il ne devait pas s'approcher d'elle. Qu'il ne devait pas la faire souffrir.

Cole sembla hésiter un instant, puis il reprit la bouteille de bière des mains de Mitch et la posa avec la sienne sur le plan de travail de granit.

— Je les ai envoyées faire du shopping.

— Qui ?

— Emily et Jenny. Je leur ai confié ma carte bancaire et je les ai envoyées chez Maximillian's pour qu'elles s'achètent des robes pour le banquet.

— Jenny n'accepterait jamais de dépenser ton argent.

— Je me rendais justement là-bas lorsque tu es arrivé. Je voulais m'assurer qu'elles le dépensaient librement.

— Tu te rendais chez Maximillian's ?

— Exactement.

— Je viens aussi, dit Mitch en se dirigeant aussitôt

vers la porte. Et il n'est pas question que tu paies pour la robe de Jenny.

— Oh ! que si !

— Non. Je la lui achèterai moi-même.

— Pourquoi ne suis-je pas du tout surpris ? fit Cole en pouffant de rire.

Mitch tourna la tête pour fusiller son ami du regard.

— Et je te souhaite quand même bonne chance, dit Cole.

Mitch ne comptait jamais sur la chance. Il était footballeur professionnel. Il avait la force, le courage, l'agilité et une détermination sans limites. Il avait vaincu dans des situations autrement difficiles. Il était de taille à aider une femme à choisir une robe. Et, puisqu'elle était destinée à être portée lors d'une soirée avec Jeffrey, il veillerait à lui conseiller un modèle qui l'habille des poignets aux chevilles. Une robe de laine grise à col roulé serait idéale.

Lorsqu'ils arrivèrent chez Maximillian's, Mitch s'était fait une image très exacte de la robe que Jenny devrait porter à la soirée. Puis ils entrèrent dans le magasin et furent guidés jusqu'aux cabines d'essayage par les voix et les rires des deux jeunes femmes. Et l'image de la robe de nonne qu'il avait imaginée ne fut plus qu'un souvenir.

Jenny se tenait devant le grand miroir à trois côtés dans un fourreau de soie noire sans bretelles évasé aux genoux. Le corsage rehaussé de sequins la moulait comme une seconde peau, et il était doté d'un décolleté vertigineux qui exposait généreusement sa poitrine parfaite.

Tout à coup, Mitch eut la bouche sèche, et ses jambes ne le portaient plus qu'à grand-peine.

— Tous les hommes présents à cette soirée vont tourner autour de toi comme une meute de chiens de chasse, disait Emily en riant.

C'était exactement ce qu'il craignait.

Emily portait une robe de satin d'un bleu profond, courte et bouffante, qui, s'évasant à partir de la taille, révélait un soupçon de crinoline noire sous l'ourlet.

Mitch sentit que Cole venait s'arrêter près de lui.

Jenny fixait son image dans le miroir d'un air hésitant.

— C'est trop… trop… comment dire ?

Trop tout !

Mitch aurait voulu crier. Si elle avait été sa cavalière, cette robe aurait été parfaite, bien sûr. Mais certainement pas pour passer une soirée avec Jeffrey.

— Peut-être celle en lamé ? suggéra la vendeuse, présentant une création ultracourte sans manches, au dos nu attaché par des lacets entrecroisés.

— Moi, je vais l'essayer, dit Emily en prenant le cintre des mains de la vendeuse.

— Garde la robe bleue, dit Cole entre ses dents.

— Pourrais-tu me passer des chaussures ? demanda Emily, tirant le lourd rideau de la cabine d'essayage.

— Oui, bien sûr, répondit Jenny.

Elle se retourna et aperçut aussitôt Mitch. Une expression de surprise totale apparut sur son visage, et elle vint vers lui d'une démarche sinueuse. Mais le ton de sa voix n'avait rien d'amical.

— Que fais-tu ici ?

— Il est venu avec moi, dit Cole.

— Pourquoi ? demanda-t-elle froidement.

— Appelle cela de la curiosité, dit Cole. J'étais impatient de voir ce qu'elle avait choisi.

— Oui, mais pourquoi avoir amené Mitch avec toi ?

— Nous buvions une bière.

Elle serra les lèvres.

— Je ne vous dérangerai pas, dit Mitch d'un ton embarrassé.

— Je vais simplement t'ignorer, répondit-elle.

— C'est ton droit. Aimerais-tu savoir ce que je pense de cette robe ?

— Absolument pas, dit-elle en le fusillant du regard.

— Bon, d'accord.

Mais il ne put s'empêcher de laisser son regard s'attarder sur le décolleté plongeant et sur l'arrondi de ses hanches étroitement moulées dans la soie brillante. Et elle s'en aperçut.

— Elle ne te plaît pas, dit-elle.

— Le problème n'est pas là.

— Alors quel est le problème ? Je t'ai vu faire la grimace.

— Ce style ne te ressemble pas.

— Maintenant, il me ressemble, fit-elle en le contournant pour aller choisir des escarpins argentés pour Emily.

— Prends-lui aussi un sac à main ! dit Cole derrière elle.

Mitch la suivit des yeux tandis qu'elle traversait le magasin. Elle consulta la vendeuse du rayon des chaussures, sélectionna deux paires et revint vers eux. En chemin, elle s'arrêta devant un présentoir et décrocha une création de gaze translucide dans les tons pastel. Son expression s'adoucit et elle laissa courir ses doigts sur la douceur du tissu. Mais, lorsque la vendeuse s'approcha d'elle avec deux autres modèles, elle raccrocha aussitôt la robe pastel.

Alors que les deux femmes retournaient en bavardant vers les cabines d'essayage, Mitch, pris d'une soudaine curiosité, alla jeter un coup d'œil à l'article qui avait attiré son attention.

Sa surprise fut totale. C'était une robe toute simple de soie pâle, jaspée de toutes les couleurs de l'arc-en-ciel, avec un décolleté en V et des bretelles spaghettis. Les douces couleurs romantiques ne ressemblaient pas du tout à Jenny et, pour une raison inconnue, cette robe le fit penser aux plans de sa maison. Aurait-elle un côté romantique qu'elle aurait jusque-là tenu secret ? Au lieu d'un monde de lignes géométriques et de stricte efficacité, rêvait-elle de fantaisie et d'irrévérence ? Cette idée l'intriguait.

— C'est une toute nouvelle création, peinte à la main, dit la vendeuse derrière lui. L'une de mes préférées. Serait-elle destinée à une personne spéciale ?

— Pourriez-vous la porter à cette femme blonde près des cabines d'essayage, s'il vous plaît ?

— Bien sûr, dit la vendeuse en souriant.

— Ne lui dites surtout pas que c'est de ma part.

La femme lui jura qu'elle garderait le silence, et il hocha la tête d'un air approbateur.

Il fit mine de s'intéresser à un autre rayon tout en surveillant les cabines du coin de l'œil. Il vit l'expression étonnée de Jenny lorsque la vendeuse lui présenta la robe, puis la vit secouer énergiquement la tête. Mais, devant l'insistance de la femme, elle finit par accepter et se retira avec la robe derrière le rideau.

Il se rapprocha des cabines sans en avoir l'air.

— Vas-tu me dire ce que tu en penses, ou rester là à bailler aux corneilles ? demandait Emily, tournoyant devant Cole dans la robe de lamé argent.

— Je suis ici pour m'assurer que tu utilises ma carte bancaire comme il se doit.

— Oh ! ne crains rien, je l'utilise ! dit-elle en lui montrant ses pieds chaussés de sandales argentées à talons de huit centimètres. Qu'en penses-tu ? Ce sont des Amerelda, et je vais les acheter.

— Et cette robe bleue, alors ?

— Elle te plaît ?

— C'est toi qui dois l'aimer.

— Je les aime toutes les deux.

— Dans ce cas, achète-les toutes les deux.

— Je crois que c'est ce que je vais faire.

L'air très digne, elle se dirigea vers la cabine d'essayage. Mitch se tourna vers Cole et lui lança un regard interrogateur.

— Cette soirée va te coûter les yeux de la tête, dit-il.

— Cela m'est égal.

Devant son expression de totale détermination, Mitch comprit que Cole était très, très amoureux d'Emily Kiley. L'idée qu'il n'était pas le seul à souffrir en silence ne lui apporta qu'un très maigre réconfort.

— J'espère qu'elle en vaut la peine, dit-il.

— Je le saurai avant la fin du week-end.

Puis Jenny fit son apparition dans sa robe de soie peinte à la main, et il cessa de respirer. Elle avait l'air d'une déesse, d'une nymphe sortie tout droit d'un jardin enchanté. Les couleurs faisaient vibrer le teint de miel de sa peau, s'harmonisant parfaitement avec son maquillage minimal et ses traits délicats. Elle avait des membres longs et graciles, et il l'imagina aussitôt, une couronne de fleurs sauvages dans les cheveux, avec de minuscules sandales de satin blanc et un immense bouquet dans les bras.

Presque malgré lui, ses pieds l'entraînèrent jusqu'à l'endroit où elle se tenait devant le grand miroir.

Achète-la ! criait une voix dans sa tête.

Mais il se garda prudemment de tout commentaire.

— Ce n'est pas vraiment moi, dit-elle sans s'adresser à une personne en particulier.

— Prétends une seconde que tu n'es plus vraiment toi, dit-il dans un murmure en se rapprochant encore.

— C'est ridicule !

Mais elle souriait en prononçant ces mots, et il sentit son espoir renaître.

— Elle est en parfaite harmonie avec tes yeux, dit-il

en réduisant centimètre par centimètre la distance qui les séparait, donnant à sa voix un ton plus intime.

— Le contraire serait étonnant. Elle a toutes les couleurs de l'univers.

— L'aimes-tu ?

— Si j'étais une princesse de conte de fées, peut-être. Mais je ne la porterais jamais plus, après cette soirée.

— Et alors ?

— Je ne vais pas acheter une robe d'un tel prix pour ne la porter qu'une fois.

— Je te l'offre, s'entendit-il dire.

Il regretta aussitôt ses paroles, car le sourire de Jenny disparut d'un seul coup.

— Cole m'a informé de son plan, dit-il précipitamment, espérant rattraper sa bévue. Je suggérais seulement que tout ce qui n'est pas inclus sur sa carte de crédit peut l'être sur la mienne. N'as-tu pas envie d'être une princesse de conte de fées, ne serait-ce que pour un soir ?

Il vit un désir ardent briller au fond de ses merveilleux yeux d'émeraude, et il sut à cet instant qu'elle était une princesse. Elle avait été une petite fille ordonnée et prudente pour faire plaisir à sa maman, une employée méticuleuse et professionnelle au TCC, une citadine élégante et sophistiquée pour Emily. Mais, au fond d'elle-même, elle rêvait d'être cette princesse de conte de fées.

Elle avait besoin de cette robe. Et elle avait besoin de sa maison de fantaisie et de ses meubles sur mesure. Il se jura de remuer ciel et terre pour faire en sorte qu'elle les aie.

Emily ressortit soudain de la cabine d'essayage et considéra Jenny d'un air stupéfait.

— Oh ! Oh ! Ce n'est pas du tout toi.

— Non, n'est-ce pas ? répondit Jenny.

La petite étincelle d'excitation s'était éteinte dans ses yeux. Au bord du désespoir, Mitch intervint précipitamment :

— Mais n'est-ce pas justement le but ? Que Jenny étrenne un style complètement différent ? Quand aura-t-elle de nouveau une chance pareille ? C'est de la soie peinte à la main, une toute nouvelle création par… une célèbre artiste.

Elles le dévisagèrent toutes deux d'un air surpris. Puis Emily examina plus attentivement la robe.

— Peut-être, au fond, dit-elle.

— Pour une fois dans sa vie, dit-il de nouveau.

Il baissa la voix et ajouta, si bas que seule Jenny pouvait l'entendre :

— Un rêve.

Jenny hésita un long moment. Puis elle se retourna face au miroir et pivota lentement, faisant tournoyer la jupe autour de ses jambes.

— Elle sera fabuleuse sur la piste de danse, dit-il en s'enhardissant. Maintenant, il te faut des sandales de satin blanc, peut-être un ruban ou deux.

— Qu'est-ce qui te prend ? lui dit Cole à l'oreille.

— Plus un mot, lui dit-il, abrupte.

— Elle n'est peut-être pas si mal, dit Emily. Vraiment, pourquoi pas ?

Jenny sourit, et Mitch sentit son cœur se serrer d'émotion. C'était une réaction parfaitement normale, tenta-t-il de se convaincre. Il n'avait jamais prétendu qu'il n'admirait pas Jenny, mais seulement qu'il n'était pas l'homme qu'il lui fallait. Il désirait de tout son cœur qu'elle soit heureuse.

Elle le méritait.

- 9 -

Les récompenses avaient été décernées par le gouverneur, les discours dûment applaudis, et le dîner était à présent terminé. La plaque dorée célébrant la contribution de Mitch à l'épanouissement des adolescents par le sport trônait sur une table près des autres trophées pour être admirée par tous. Cela aurait dû être l'un des meilleurs jours de sa vie, et pourtant, c'était l'un des pires.

Il avait consciencieusement prononcé quelques mots à la tribune, remerciant les gens qu'il fallait, mais tout ce qu'il voyait, c'était que Jenny était avec Jeffrey, et pas avec lui. Les paroles qu'avait prononcées son médecin ce matin-là brûlaient encore dans sa mémoire. Son pire cauchemar venait de se réaliser. Il ne jouerait jamais plus au football.

Il n'en avait soufflé mot à personne, et à présent, il se tenait près de la piste envahie peu à peu par les danseurs, acceptant les félicitations d'amis, de connaissances et d'inconnus tout en observant Jenny dans les bras de Jeffrey.

Il aurait dû la convaincre d'acheter une robe de bure au lieu de cet arc-en-ciel de soie. Il n'avait jamais rien vu d'aussi sexy que la façon dont le tissu délicat tourbillonnait autour de ses jambes parfaites, comme un éclair de couleur dans un monde gris. Cela l'attristait.

Elle était parfaite, mais c'était pour un autre homme.

Il avala une généreuse rasade de son whisky pur malt, s'efforçant d'assimiler le fait qu'il n'était plus un footballeur professionnel. Qu'était-il, au juste ? Un type ordinaire avec quelques économies et aucune carrière devant lui. Même le TCC n'aurait bientôt plus besoin de ses services. Un nouveau président serait bientôt élu, et il n'aurait plus grand-chose pour l'occuper, et plus aucun moyen de contribuer à la communauté.

Il s'approcha du bord de la piste de danse, furieux de s'être laissé aller à cet accès d'apitoiement sur lui-même. Mais le pire, c'était de voir Jenny rire dans les bras de Jeffrey. Jeffrey devrait la laisser en paix. Et tout de suite. Dans l'état de bouleversement émotionnel où il se trouvait, Mitch avait besoin qu'elle danse dans ses bras, pas dans ceux de son coéquipier.

Erreur. De son ancien coéquipier.

Alors que l'orchestre attaquait un nouveau morceau, Mitch posa son verre sur un plateau vide. Devant cette élégante assemblée, les musiciens s'en tenaient à un répertoire classique, avec de temps en temps un morceau de jazz. Pas de musique country, bien qu'on soit au Texas. Il était tenté de se débarrasser de son smoking et de son nœud papillon, et d'enlever Jenny pour la conduire dans le bar de campagne le plus proche, où ils pourraient vraiment danser et s'amuser.

Il tendit le cou, parcourant la piste du regard. Où diable était-elle passée ?

— As-tu passé une bonne soirée, jusqu'ici ? demanda la voix de Jeffrey derrière lui.

Il se retourna vivement, déterminé, malgré son désespoir, à faire bonne figure devant Jenny dans sa robe de rêve.

Mais elle n'était pas avec Jeffrey, et c'était encore pire.

— L'as-tu abandonnée toute seule ?

— Elle s'est trouvé un nouveau partenaire.

— Qui ? demanda Mitch d'une voix tendue.

— Je n'ai pas retenu son nom, répondit Jeffrey en riant.

Mitch scruta la foule sans apercevoir la moindre trace de sa robe arc-en-ciel.

— Tu ne lui as pas dit que je recevais une distinction pour mon travail, ce soir, n'est-ce pas ?

— Etais-je censé le faire ? Pourquoi ne le lui as-tu pas annoncé toi-même ?

— Je l'ai à peine vue, cette semaine, sauf au bureau.

Et, au bureau, ils prenaient grand soin que leurs échanges restent strictement professionnels.

— Elle m'a raconté l'histoire de sa robe.

— C'était une idée de Cole.

— Cole prétend que c'était la tienne.

— Cole parle trop, dit Mitch, acceptant le verre de vin que lui proposait un serveur.

— Alors, pourquoi te ronges-tu les sangs en me regardant danser avec elle ?

Mitch grogna une réponse indistincte. Il ne voulait pas que Jenny tombe dans les griffes d'un play-boy comme Jeffrey. C'était simplement une question de décence.

— Tu n'as pas l'intention de fonder un couple avec elle, dit Jeffrey en le fixant d'un regard scrutateur.

— Bien sûr que non. Mais je ne veux pas non plus que tu la séduises.

— Voilà de bien nobles sentiments, fit Jeffrey, ironique. Surtout si tu étais son père et que nous étions au dix-neuvième siècle. Sérieusement, Mitch, tu vas devoir lui avouer tes sentiments, ou te retirer définitivement de la course.

— Je me suis déjà retiré.

— Vraiment ? Tu ne l'as pas quittée des yeux de toute la soirée.

— Je ne la vois nulle part maintenant.

— Elle est là-bas, à la gauche de l'orchestre.

Mitch braqua son regard dans cette direction, et réprima un soupir de soulagement en la voyant danser dans une attitude très correcte avec son partenaire. Les vingt bons centimètres qui les séparaient avaient quelque chose de rassurant, même s'il n'aimait pas beaucoup les fréquents coups d'œil que l'homme jetait à l'échancrure de sa robe.

— Dis-moi une chose, Mitch.

— Oui ?

— Qu'as-tu envie de faire à ce type qui danse avec elle ?

— Le renvoyer chez lui à coups de pieds dans le derrière.

— Tu vois ?

— Je ne vois rien du tout, dit Mitch bougon.

— Tu ne peux pas rosser tous les hommes qui la désirent Mitch. Avec son allure, ils seront nombreux à se bousculer pour attirer son attention.

— J'espère que ce ne sera pas toi.

— Ce ne sera jamais moi.

— Et pourquoi pas ? demanda Mitch, perplexe.

— Parce que tu es mon ami, et que je sais parfaitement ce qui se passe ici.

Pendant une fraction de seconde, Mitch pensa qu'il faisait allusion à sa blessure. Mais c'était impossible. Jeffrey ne pouvait pas connaître le pronostic de son médecin.

— Et que crois-tu qu'il se passe ? demanda-t-il prudemment.

— Ce qu'il se passe, c'est que tous les plaquages que tu as subis sur le terrain ont dû te ramollir le cerveau. Autrement, tu serais sur la piste en train de danser avec Jenny. Elle est magnifique, Mitch. Et je tiens de bonne source qu'elle est folle de toi. Mais toi, tu es tellement occupé à te préserver pour tes futures conquêtes que tu…

— Il ne s'agit pas du tout de cela !

— Bien sûr que si.

— Donne-moi une seule raison d'écouter tes conseils.

— Parce que moi, j'ai tout gâché, dit Jeffrey d'un air sombre. J'avais ma chance avec Celeste, et je l'ai bêtement laissée passer. Que mon erreur te serve d'exemple.

Mitch le regarda un instant, saisi.

— Ce n'est pas aussi simple, dit-il finalement, déchiré entre son besoin de la serrer dans ses bras et la certitude qu'il ne pourrait que la faire souffrir.

— Un nouveau morceau va commencer, l'avertit Jeffrey.

Réprimant un juron, Mitch capitula, et il fit les premiers pas vers la piste de danse.

Mitch venait vers elle.

Jenny le vit se frayer un chemin entre les danseurs. Son regard rivé dans le sien, il s'avançait dans sa direction d'un pas déterminé. A en juger par l'expression de ses yeux bleus, il s'apprêtait à l'inviter à danser ou à la faire arrêter sur-le-champ.

La musique cessa, et elle s'écarta de son partenaire en le remerciant d'un sourire. Puis elle concentra de nouveau toute son attention sur Mitch. Ce soir, elle se sentait belle, d'une façon qui était toute nouvelle pour elle. C'était sa robe, sa coiffure, son maquillage subtil, ses jolies sandales toutes neuves. Et, pourquoi le nier, les regards des hommes.

En temps ordinaire, elle attirait peu les regards. Au mariage, puis à la fête de victoire de l'équipe, lorsqu'elle portait cette toilette sophistiquée, leur intérêt avait été d'ordre franchement sexuel. Mais, ce soir, c'était différent. Il y avait du respect dans leur regard, de la déférence dans leur attitude lorsqu'ils s'adressaient à elle pour l'inviter à danser.

Elle esquissa un sourire. Il lui serait très facile de s'habituer à ce genre de traitement.

Mitch, à présent, se trouvait à une dizaine de mètres d'elle, et elle ne lisait aucune trace de déférence dans son expression. Mais, néanmoins, elle se surprit à attendre impatiemment qu'il l'ait rejointe.

Allait-il l'inviter à danser ? Allait-elle accepter ? Que se passerait-il lorsqu'elle se retrouverait dans ses bras ? Toutes ses bonnes résolutions allaient-elles s'envoler ? Pourquoi lui était-il si difficile de rester sereine en sa présence ?

Il s'arrêta enfin devant elle.

Ni l'un ni l'autre ne prononça un mot, mais elle vit son expression s'adoucir.

— J'aime beaucoup ta robe, dit-il enfin.

— Merci.

L'orchestre avait attaqué un nouveau morceau, et elle se sentit vaguement gênée de se trouver plantée là, les bras ballants, au milieu des couples qui évoluaient sur la piste.

— Avais-tu l'intention de m'inviter à danser ? demanda-t-elle, se privant par là-même de l'opportunité de refuser.

— Non, répondit-il, la laissant plus embarrassée que jamais. J'ai hâte de partir d'ici.

Comment interpréter cette déclaration ? Prenait-il congé d'elle ? Et pourquoi se sentait-elle aussi déçue à cette idée ?

— Viens avec moi, dit-il en la fixant tout au fond des yeux.

Oui ! Oui ! Oui !

— Je suis venue avec Jeffrey, dit-elle à contrecœur. Je ne peux pas simplement le laisser planté là.

Mais il la prit par la main. Dans ses yeux, elle lisait un sentiment qui ressemblait fort à de la souffrance.

— Seulement jusqu'au parc, dit-il dans un murmure. J'ai besoin de m'éloigner quelques instants de la foule.

— Quelque chose ne va pas ?

Il lui semblait inimaginable qu'il ait envie de partir. Ce soir, il avait été entouré comme une célébrité. Elle l'avait discrètement observé tout en dansant, et une foule d'admirateurs avaient défilé devant lui toute la soirée pour le féliciter, y compris le gouverneur et quelques stars d'Hollywood.

— Oui, c'est exactement cela, répondit-il en l'entraînant avec lui. Quelque chose ne va pas.

Il se fraya un chemin à travers la foule, sa petite main toujours fermement serrée dans la sienne, jusqu'aux portes-fenêtres ouvertes sur la grande terrasse.

C'était une soirée chaude et humide, et quelques couples sortis à la recherche d'un peu de fraîcheur bavardaient et riaient, verres à la main. Il se dirigea vers l'escalier de pierre qui descendait jusqu'aux jardins et à la pelouse irréprochable du River Bend Club.

La lune avait disparu derrière un rideau de nuages, et les seules touches de lumière provenaient des fenêtres illuminées du club-house, des spots discrets dans les jardins et des immeubles résidentiels, très loin de l'autre côté du fleuve.

Au pied de l'escalier, elle sentit ses talons s'enfoncer dans l'herbe épaisse.

— Attends !

Il s'arrêta net et se tourna vers elle d'un air interrogateur. Elle libéra sa main et se pencha pour ôter vivement ses sandales.

— Jusqu'où allons-nous marcher ?

— Je ne sais pas, répondit-il d'un air sombre. Jusqu'à ce que nous soyons suffisamment loin.

— Mitch, dit-elle, de plus en plus inquiète. Qu'est-ce qui ne va pas ?

— Marchons, d'accord ?

Elle lui emboîta le pas, jetant de fréquents regards à son profil énergique, se demandant ce qu'il allait bien pouvoir lui annoncer et pourquoi il semblait aussi contrarié. Au bout d'un instant, elle n'y tint plus.

— Qu'y a-t-il, Mitch ? Quelqu'un a-t-il été blessé ?

— Oui, répondit-il d'une voix dénuée d'émotion.

— Oh ! mon Dieu ! Qui ?

— Moi.

— Que veux-tu dire ? Comment ?

Il s'arrêta et se retourna pour se planter face à elle.

— J'ai parlé avec le médecin de l'équipe, aujourd'hui, dit-il d'une voix un peu enrouée. C'est officiel. Je ne jouerai jamais plus au football.

— Oh ! non ! fit-elle, la gorge serrée.

C'était impossible. Il avait travaillé si dur ! Il avait scrupuleusement suivi le programme qu'on lui avait imposé. Il avait bénéficié des soins des meilleurs kinésithérapeutes, des meilleurs chirurgiens. Il était jeune, en parfaite forme physique et en pleine santé.

— En es-tu certain ?

— Oui.

— N'y a-t-il pas…

— Tu imagines bien que je leur ai déjà demandé de revoir leurs conclusions, de chercher une cure miracle, dit-il d'un ton douloureux. C'est fini, Jenny. J'ai trente ans, et ma carrière vient de s'arrêter.

— Oh ! Mitch !

Des larmes brûlantes montèrent à ses paupières, et elle s'efforça de les refouler. Il tourna son regard vers le club-house illuminé comme un château flottant dans la nuit.

— Je suis désolé, dit-il à voix basse. J'ai été égoïste de t'entraîner dans tout cela. Tu devrais retourner à l'intérieur.

— Mais…

— Jeffrey t'attend.

— Il comprendra.

— Moi, je ne me montrerais pas aussi compréhensif.

— Je n'ai pas l'intention de t'abandonner.

— Je ne te mérite pas.

Elle se moquait bien qu'il la mérite ou non. Il n'était pas question de le laisser seul à cet instant.

— As-tu besoin de crier ? De hurler pour évacuer tout cela de ton esprit ?

— Si je me mets à hurler, ce ne sera pas contre toi.

— Vas-y, si cela peut te faire du bien.

— Ce n'est pas ta faute.

— Cela ne fait rien. Si tu as besoin…

— Arrête, dit-il, l'interrompant gentiment. Je ne vais certainement pas me défouler sur toi.

— Je suis désolée, Mitch, dit-elle doucement.

Dans un élan irraisonné, elle avait posé sa main sur sa large poitrine, et elle sentait sa chaleur sous ses doigts, les battements de son cœur, et elle regretta de toute son âme de ne pouvoir l'aider davantage.

— Jenny, ne fais pas cela, s'il te plaît.

Ignorant ses protestations, elle pressa plus fermement ses doigts sur son torse sculptural.

— Tu ne méritais pas cela, Mitch.

— Et toi, tu méritais mieux qu'un type dans mon genre, dit-il avec un rire sans joie.

— Tu n'es pas à moi.

— Tu crois ? demanda-t-il, sans la quitter du regard.

Sa grande main vint recouvrir la sienne, la pressant plus fermement contre ses pectoraux durs.

— J'ai pourtant essayé de toutes mes forces, dit-il d'une voix sourde, mais il m'est impossible de vivre sans toi.

Les sandales de satin blanc glissèrent entre ses doigts et atterrirent sans bruit sur l'herbe rase. Et, avant qu'elle ne puisse les arrêter, les paroles qu'elle gardait dans son cœur franchirent ses lèvres :

— Alors, cesse de lutter.

Sa voix lui donnait l'impression d'appartenir à une autre, mais elle ne regrettait rien. Jamais de sa vie elle n'avait été aussi sincère.

Elle se rapprocha encore de lui, jusqu'à ce que ses seins effleurent le dos de sa main. Si elle pouvait lui offrir ne serait-ce que le plus minime des réconforts, et même s'il n'était que temporaire, elle était plus que volontaire.

Elle sentit sa respiration s'accélérer.

Ses doigts remontèrent lentement sur le plastron de la chemise blanche, vinrent s'arrêter sur le nœud papillon noir.

— Nous ne pouvons pas, dit-il d'une voix étranglée.

— Nous pouvons. Nous l'avons déjà fait.

— Cela ne ferait qu'empirer la situation, dit-il d'une voix brisée, emprisonnant de nouveau sa main sous la sienne.

Elle eut l'étrange impression de sentir la souffrance dans ce cœur qui battait sous ses doigts. L'idée de le quitter lui était insupportable.

— Ou bien cela résoudrait notre problème, répondit-elle.

— Et si cela se termine un jour ? dit-il d'une voix rauque.

— Le jour où cela se terminera, je survivrai. Tu l'as dit toi-même, Mitch. Tout n'a pas besoin d'être planifié par avance, ni parfaitement contrôlé dans ma vie. Tout au fond de moi, je suis une femme impulsive et passionnée.

— Jenny…

— Laisse-moi être impulsive et passionnée, s'il te plaît.

Sa grande main se crispa sur la sienne, la serrant étroitement contre son torse, et la flamme bleue de son regard la brûla jusqu'au tréfonds de son âme.

— J'aimerais pouvoir t'offrir une garantie, dit-il, un gémissement dans la voix.

Elle lui offrit un sourire serein, certaine de sa décision.

— Je n'ai pas besoin de garanties.

Durant tout le trajet du retour vers sa suite d'hôtel, Mitch s'était attendu à ce que Jenny change d'avis, ou qu'elle disparaisse de son rêve, le laissant se réveiller seul et couvert de transpiration entre ses draps froissés.

Mais il n'en fut rien.

Il repoussa la porte de la suite derrière eux, et, s'adossant au vantail, entendit le pêne s'enclencher. Puis il l'observa tandis qu'elle traversait l'étendue d'épaisse moquette jusque dans le salon aux lumières tamisées.

— Tu as oublié tes chaussures, dans le parc.

— Veux-tu que nous retournions là-bas ? dit-elle en se retournant vers lui, sourire aux lèvres.

Il secoua la tête sans un mot, et il se mit en marche dans sa direction tout en dénouant son nœud papillon pour le jeter négligemment dans un fauteuil. Sa veste de smoking suivit le même chemin. Il s'apprêtait à commettre la plus grosse erreur de sa vie, mais cela lui était égal. Il souffrait trop d'avoir à lutter contre les sentiments qu'il éprouvait pour elle. Il était fatigué et il n'avait plus la force de se battre. Il serait toujours temps demain d'affronter la réalité.

— Comment peux-tu être si belle ? murmura-t-il en tendant une main pour caresser sa joue satinée.

Ses yeux de jade vert lui sourirent de tout leur éclat, et il glissa sa main derrière sa nuque délicate pour l'attirer à lui. Lorsqu'il sentit ses lèvres sous les siennes, il ferma les yeux, savourant la douceur, la moiteur brûlante de sa bouche.

Il lui entoura la taille de son bras et la serra étroitement contre lui, émerveillé de sentir son corps souple s'emboîter si parfaitement dans le sien. Il laissa sa main glisser jusqu'à l'arrondi de ses hanches et elle noua ses bras autour de son cou pendant qu'il déposait une pluie de baisers sur sa tempe, son oreille, son cou, jusqu'au creux de son épaule.

Elle posa ses lèvres sur son torse, cherchant la chaleur de sa peau à travers sa chemise parfaitement repassée. Pour une raison mystérieuse, ce contact produisit un effet intensément érotique sur lui, et il renversa sa tête en arrière, fermant les yeux pour savourer la sensation. Il sentit ses doigts agiles s'affairer avec les boutons, puis elle posa ses lèvres sur ses pectoraux nus, et le feu du désir jaillit dans chaque cellule de son corps. Il la souleva dans ses bras, posa ses lèvres sur sa bouche brûlante, et, tout en l'embrassant passionnément, prit le chemin de la chambre. Guidé par la vague lueur de l'éclairage urbain à travers les rideaux vaporeux, il ne se donna pas la peine de faire de la lumière.

Il se laissa tomber sur la couette, l'entraînant avec lui. Entre deux baisers brûlants, elle le débarrassa de sa chemise tandis qu'il tirait avec des doigts tremblants la fermeture à glissière au dos de sa robe.

Mais elle se recula, secouant la tête, et il obligea sa main à s'immobiliser. Même si cela devait le tuer, il serait un ange de patience avec elle. A sa grande surprise, elle fit glisser sa culotte de dentelle sur ses longues jambes et la jeta sur le tapis. Puis elle se redressa et s'assit à califourchon sur lui.

— Est-ce ainsi que tu l'imaginais ? dit-elle d'une voix de gorge. Etait-ce ton fantasme ?

Sa robe avait glissé sur son épaule, découvrant le bouton de rose de la pointe d'un sein.

— C'est infiniment mieux, dit-il, l'attirant à lui pour prendre cette merveille entre ses lèvres.

Il eut l'immense satisfaction de sentir qu'elle cessait de respirer. Elle se pencha vers lui, emmêlant ses doigts dans ses cheveux. Sa robe avait glissé jusqu'à sa taille fine, et les lentes ondulations de son corps le menaient tout droit vers une complète perte de contrôle. Il se débarrassa vivement de son pantalon et se tourna pour reprendre le dessus dans ce tendre corps à corps, mais elle le repoussa fermement sur le dos, l'enserrant dans l'étau de ses longues jambes.

— Souviens-toi, chuchota-t-elle en se penchant pour l'embrasser, ses seins effleurant délicatement son torse. Tu m'as indiqué la voie en me décrivant ton fantasme.

Elle se redressa pour le dominer de toute sa hauteur, son regard de jade rivé dans le sien, puis elle redescendit très lentement sur lui, l'enveloppant dans sa douceur jusqu'à ce que ses hanches reposent sur les siennes. Mitch luttait pour conserver ce qui lui restait de contrôle, mais ils avaient dépassé le point de non-retour. Elle était trop sexy, trop douce, trop parfaite dans la passion.

Il se saisit fermement de ses hanches, accompagnant chacun de ses mouvements, et elle se pencha pour couvrir sa bouche de baisers. Son corps, à présent exigeait une satisfaction immédiate, mais il s'accrocha à ce moment paradisiaque aussi longtemps qu'il lui fut possible. Lorsqu'elle cria tout contre sa bouche et qu'il sentit son corps se tendre comme un arc, il cessa de résister, et l'univers tout entier entra en fusion autour d'eux.

Elle était brûlante dans ses bras, luisante de transpiration, et son cœur battait follement contre le sien. Il repoussa ses cheveux blonds en désordre pour mieux voir son visage adorable, puis il posa ses lèvres sur ses paupières closes, sur sa tempe, sur sa joue, sur sa bouche.

Il aurait voulu trouver les mots justes, les mots parfaits, pour décrire cet instant parfait. Mais toutes les formules qui lui venaient à l'esprit lui paraissaient atrocement banales.

— Tu es très belle, dit-il simplement, tout bas.

Elle rouvrit les yeux et déclara d'une voix ensommeillée :

— Merci. Tu n'es pas mal toi-même.

— Quel compliment !

— Aurais-tu préféré que je te dise que tu es le meilleur que j'aie jamais connu ? dit-elle, avec un sourire gentiment moqueur.

— Seulement si c'est vrai.

— Eh bien, c'est le cas.

Il scruta attentivement son expression, espérant qu'il ne s'agissait pas d'une plaisanterie. Puis elle éclata de rire.

— J'ai perdu ma virginité à l'université, comme presque tout le monde, mais à part cela, je dois avouer que tu n'as pas eu beaucoup de compétition.

— Un seul amant ? dit-il après un moment de silence.

— Et cela n'avait rien de mémorable, crois-moi.

— Rien de mémorable, vraiment ? dit-il, un sourire de fierté s'épanouissant sur ses lèvres

— Ne te moque pas de moi. C'était horrible.

Il la serra très fort dans ses bras, se délectant de la sensation de son corps nu contre le sien, de son parfum, de la ferme douceur de ses seins.

— Tu es un trésor, dit-il.

— Puis-je compter sur toi pour ajouter cela à ma prochaine évaluation, au bureau ?

— Absolument. Et veux-tu que je note aussi les raisons de ma satisfaction ?

— Ce qu'il me faut, c'est une augmentation, dit-elle.

— As-tu besoin d'argent ? demanda-t-il, prêt à accepter d'avance n'importe laquelle de ses revendications.

— J'ai développé des goûts de luxe en matière de garde-robe, et tu viens de ruiner une robe à trois mille dollars.

Il posa sa main sur la robe toute chiffonnée autour de sa taille et caressa la soie douce du bout des doigts

— Cela valait chaque centime, dit-il en souriant.

- 10 -

Jenny se réveilla blottie dans le cocon des bras de Mitch. Un rayon de soleil entrait par la grande fenêtre de la chambre, éclairant sa robe abandonnée dans un fauteuil près du lit. Elle sentait la chaleur du corps de Mitch dans son dos. L'un de ses bras reposait en travers de son ventre. Elle étira précautionneusement ses muscles endoloris, et il enfouit sa joue hérissée d'une barbe naissante au creux de son cou.

— Comment te sens-tu ? dit-il d'une voix enrouée de sommeil.

— Bien, répondit-elle en se retournant vers lui. Et toi ?

— Très bien, dit-il, inclinant la tête pour déposer un doux baiser sur ses lèvres.

— Tu sais bien ce que je voulais dire. Je parlais des terribles nouvelles que tu as reçues hier.

— Je crois que je suis encore dans le déni, dit-il en l'attirant à lui pour l'embrasser de nouveau. Ou peut-être est-ce seulement que tu occupes toutes mes pensées, et qu'il n'y a plus aucune place pour le reste.

Sa main se referma sur un sein, et elle sentit une nouvelle vague de désir monter du plus profond de son être. Puis, à sa surprise, il s'écarta brusquement d'elle.

— As-tu faim ?

— Je meurs d'inanition, dit-elle, touchée par cette attention. Et je tuerais pour une tasse de café.

— Normal ? Capuccino ?

— Ce que tu as conviendra très bien.

— Ce que j'ai, répondit-il en décrochant le téléphone près du lit, c'est un service d'étage. Choisis ce qu'il te plaît.

Elle le dévisagea, à deux doigts de lui avouer qu'elle se contenterait bien de lui.

— Ne me regarde pas de cette façon, dit-il, sévère. Je fais de mon mieux pour me conduire comme un gentleman.

— Des croissants, des fraises et un café noir. Comptes-tu passer toute la journée mal rasé et tout nu ?

— Oui, répondit-il sans la quitter des yeux. Faites monter des croissants, des fraises et du café pour deux, voulez-vous ?

Elle se rapprocha et lui chuchota à l'oreille :

— Cela risque de ne pas être très pratique.

Il coinça le téléphone sous son menton pour l'attirer à lui.

— Merci, dit-il.

Il raccrocha et se tourna vers elle, un sourire aux lèvres.

— Pourquoi ? fit-il mine de s'étonner. Tu n'aimes pas me voir en tenue d'Adam ?

Elle souleva la couette avec ostentation, et examina son magnifique corps d'athlète d'un regard gourmand.

— Si, répondit-elle, j'aime beaucoup ce que je vois.

— Cela suffit, dit-il en gagnant le bord du lit. Je m'en vais.

— Ai-je dit ce qu'il ne fallait pas ?

— Pas du tout, dit-il en enfilant son pantalon de la veille. Tu as été fabuleuse. Et si je ne me lève pas immédiatement, je vais te dévorer toute crue. Tu es une femme dangereuse, Jenny Watson.

Elle sentit un sourire de satisfaction s'épanouir sur ses lèvres, et laissa retomber sa tête sur l'oreiller.

— Personne ne m'avait jamais qualifiée de « dangereuse ».

— C'est parce qu'ils ne t'ont jamais vue dans cette robe.

— Et je crois qu'ils ne me verront jamais. Tu l'as déchirée.

— Je t'en achèterai une neuve.

— C'est idiot, non ?

— J'aimais beaucoup ton allure dans cette robe.

— Tu semblais m'apprécier davantage sans elle.

— Je vais aller m'occuper du service d'étage. Je te retrouve dans un instant sur la terrasse pour le petit déjeuner.

Petit déjeuner avec Mitch. Après une longue nuit de...

Une pensée dérangeante germa dans son esprit, et elle s'assit brusquement dans le lit. Elle n'avait pas eu l'intention de laisser Jeffrey planté à la réception sans le prévenir, mais c'était pourtant ce qu'elle avait fait.

— Penses-tu que Jeffrey m'en veuille ?

Il s'immobilisa sur le seuil et se retourna vers elle.

— Je crois plutôt que Jeffrey doit bien rire à mes dépens.

— Je ne comprends pas.

— Il m'avait mis au défi de danser avec toi. Crois-moi, il ne t'en veut pas du tout, au contraire.

On avait frappé quelques coups discrets à la porte de la suite, et il répéta :

— Je te retrouve sur la terrasse, d'accord ?

Elle acquiesça, refoulant son inquiétude. Mitch et Jeffrey étaient amis depuis très longtemps. Mitch devait bien le connaître.

Elle resta au lit jusqu'à ce que les voix se taisent dans l'entrée. Puis elle entendit la porte de la suite se refermer et celle de la terrasse s'ouvrir en chuintant, et elle se précipita dans la salle de bains pour se rafraîchir. En revenant, elle parcourut la chambre des yeux, cherchant un vêtement pour se couvrir. Malheureusement, sa robe défraîchie de la veille semblait être la seule option.

Puis la veste de smoking de Mitch attira son attention.

Elle était imprégnée de son odeur, et elle la sentit avec délices. Elle l'enfila à même sa peau, puis, dans un élan d'inspiration, elle noua le nœud papillon autour de son cou.

Ensuite, serrant la veste trop grande autour de son corps, elle sortit le rejoindre sur la terrasse. Lorsqu'il la vit apparaître, il l'examina des pieds à la tête, puis esquissa un sourire de connaisseur.

— Tu sais, il y a des robes de chambre dans le dressing.

— Je me trouve très bien comme cela, dit-elle en se versant une tasse de café avant de se diriger vers le fauteuil de rotin en face de lui.

Un rapide coup d'œil autour de la terrasse qui dominait Lady Bird Lake lui apprit, à sa satisfaction, qu'ils n'avaient aucun vis-à-vis. Elle prit place dans le fauteuil, s'y adossant confortablement, et les pans de la veste s'entrouvrirent largement sur sa nudité.

Mitch la contempla un long moment en silence, ne perdant pas une miette de l'incroyable spectacle de ce corps superbe.

— Le nœud papillon te va très bien, dit-il enfin.

— Je l'ai dérobé à un inconnu avec qui j'ai fait l'amour toute la nuit.

— Tu sais déjà qu'il n'est pas question que tu me quittes aujourd'hui, n'est-ce pas ?

— Ah bon ?

— Je ne pense même pas que tu sortiras de cette suite.

— Je risque d'être en retard au bureau, lundi matin.

— Es-tu déjà arrivée en retard par le passé ?

— Pas une seule fois.

— Le patron t'excusera, dans ce cas.

— En es-tu sûr ? murmura-t-elle, le cœur battant d'anticipation.

Le bleu de ses yeux devint gris comme un ciel d'orage.
— Tout à fait certain.

Ils avaient enfin quitté l'hôtel vers 15 heures. Mitch avait fait l'emplette de quelques vêtements pour elle à la boutique de l'hôtel, et lui avait assuré que Jeffrey se chargerait de prévenir Cole et Emily. Au cours d'une longue promenade dans le parc qui longeait la rive du lac, ils avaient découvert un extraordinaire jardin botanique, et ils s'étaient promenés dans les allées, main dans la main, entourés du parfum des fleurs rares, puis ils avaient fini dans un petit bar dans le centre-ville, où ils avaient écouté un groupe de country devant des hamburgers et des Cocas.

Plus tard, ils avaient passé une nouvelle nuit ensemble, profitant de leur séjour jusqu'à la toute dernière seconde avant de reprendre un petit jet privé pour rentrer à Royal.

Il était presque midi lorsque Jenny fit son entrée dans les bureaux du TCC. La porte extérieure était fermée, et elle en déduisit que Mitch n'était pas encore arrivé. Elle insérait sa clé dans la serrure lorsqu'une voix masculine derrière elle la fit sursauter :

— Ah, tout de même, te voilà enfin !

Elle jeta un coup d'œil par-dessus son épaule et vit Brad Price qui venait tout droit vers elle, une expression exaspérée sur le visage.

— Où étais-tu ? demanda-t-il, manifestement furieux.

— Bonjour, Brad.

— C'est le début de l'après-midi, dit-il ton acide.

Elle poussa la lourde porte tout en jetant un coup d'œil à sa montre. Il avait malheureusement raison.

— Je croyais que le bureau ouvrait à 9 heures ?

— J'étais à Austin pour recevoir une distinction au

Longhorn Banquet, dit Mitch en entrant à son tour dans le bureau. Tu en as peut-être entendu parler ?

— Et Jenny ?

— C'est moi qui lui accordé un jour de congé, pourquoi ?

Visiblement peu satisfait par cette explication, Brad croisa les bras sur le plastron de son complet sombre.

— Je crois que nous allons devoir être très clairs en ce qui concerne les horaires de travail, dit-il d'un air pincé.

— Gagne d'abord les élections de décembre, répondit Mitch. Ensuite, tu pourras décider des règles à suivre.

Un moment de lourd silence suivit cette mise au point. Brad fut le premier à reprendre la parole :

— J'ai besoin de te parler.

Mitch indiqua son bureau d'un geste du bras.

— Entre.

Lorsque la porte du bureau intérieur se fut refermée derrière les deux hommes, Jenny poussa un soupir de soulagement. Elle rangea son sac dans un tiroir, alluma son ordinateur et désactiva le répondeur téléphonique. A présent qu'ils revenaient à leur routine quotidienne, Mitch reprendrait-il ses distances avec elle aussi brutalement que la première fois ? Etait-elle prête à subir ce nouveau choc ?

Pourquoi pas ? Après tout, elle était entrée dans cette histoire les yeux grands ouverts. Elle devait protéger son cœur et rester prête à reprendre sa liberté à tout instant.

Ce n'était pas l'homme de sa vie. Et la nouvelle Jenny, une femme impulsive et insouciante, se devait de l'accepter. Leur présent était fait de plaisir et de rires, et cela suffisait.

Prenant une profonde inspiration, elle se concentra sur son travail, consulta ses e-mails, tria le courrier et passa près de vingt minutes au téléphone avec une organisatrice de mariages qui souhaitait réserver le grand hall et les jardins du TCC pour le mariage de la fille d'un vieux membre du club, au printemps suivant.

Elle venait de raccrocher lorsque Brad réapparut. Il lui souhaita une bonne journée sans s'arrêter, et sortit.

— Jenny ? l'appela Mitch de l'intérieur du bureau.

Elle sentit son estomac se contracter. Etait-ce le dernier acte de leur comédie privée ? Allait-il de nouveau suggérer qu'ils tracent un trait sur leur aventure et retournent à la vie réelle ?

— Jenny ?

— J'arrive, répondit-elle, la gorge serrée.

Dans un réflexe professionnel, elle se munit d'un carnet de notes et d'un stylo. Ce n'était peut-être rien. Il souhaitait peut-être seulement avoir une discussion de travail avec elle.

Mais dès qu'elle eut franchi le seuil du grand bureau aux boiseries sombres, elle nota qu'il fronçait les sourcils d'un air préoccupé. Il se leva en la voyant, et fit rapidement le tour de son bureau d'ébène massif.

— Ferme la porte, dit-il.

Elle sentit une main de glace lui serrer le cœur.

Elle repoussa le vantail et s'y adossa comme à une dernière ligne de défense alors qu'il venait tout droit vers elle.

— Je suis désolé de cet esclandre, dit-il.

Ne sachant quoi répondre, elle se tut.

— Brad a beaucoup de pression en ce moment, dit-il. L'élection, la guerre ouverte avec Abigail, et maintenant ces satanées menaces de chantage.

— Il a reçu de nouvelles lettres ?

Elle faisait partie du tout petit cercle de personnes qui savaient que Brad avait reçu plusieurs lettres d'un maître chanteur concernant la paternité d'un enfant illégitime. Mitch acquiesça, mais il continua de s'approcher, toujours plus près, jusqu'au moment où il la prit dans ses bras.

— Si tu savais comme tu m'as manqué ! dit-il, la serrant étroitement contre lui.

Son visage blotti contre sa large poitrine, elle sourit, submergée par une immense vague de soulagement.

— Tu m'as déposée chez Cole il y a seulement une heure, dit-elle.

— J'ai l'impression que c'est bien davantage, murmura-t-il, prenant tendrement son visage entre ses mains et inclinant la tête pour l'embrasser.

Chaque cellule de son corps baignait dans un sentiment d'indicible soulagement. Il n'allait pas rompre avec elle. En tout cas, pas tout de suite. Mais, à mesure que leur baiser se prolongeait, le soulagement fit place au désir. Elle se blottit contre lui et lui rendit ses caresses avec une ardeur au moins égale à la sienne.

Soudain, il s'écarta d'elle.

— Nous ne pouvons pas faire cela, dit-il d'une voix un peu haletante.

Elle sentit que son cœur manquait un battement, mais il précisa aussitôt :

— Pas ici.

Il recula d'un pas, avant d'ajouter d'un ton hésitant :

— Je pense que nous devrions faire preuve de discrétion lorsque nous sommes au bureau, au moins pour le moment.

Elle réfléchit une seconde, et acquiesça. Il suggérait que leur aventure pouvait continuer, même si elle devait rester secrète. Etait-ce possible ?

Emily et Cole, en tout cas, semblaient avoir trouvé une solution, puisqu'ils avaient apparemment passé quelque temps dans la maison que Cole louait à Austin. Quant à Jeffrey, il savait qu'ils avaient quitté le banquet ensemble. Mitch envisageait-il une liaison clandestine avec elle ? Et jusqu'à quel point ?

Elle mourait d'envie de lui poser la question, mais leur relation était si nouvelle et si fragile qu'elle n'osa pas. D'ailleurs, ce genre de préoccupation appartenait à l'ancienne Jenny. La nouvelle Jenny avait la sagesse de prendre les choses comme elles venaient. Enfin, peut-être.

— Je vais tâcher de me concentrer sur mon travail, dit Mitch avec un sourire penaud. Peux-tu faire de même, seulement quelques heures ? Je viendrai te rejoindre chez Cole plus tard.

Elle hocha la tête, avec plus de conviction cette fois-ci. C'était une tâche à sa portée.

— C'est une période étrange, pour moi, dit-il d'un ton las. Tu m'as beaucoup aidé ces deux derniers jours, et je t'en suis reconnaissant. Mais la vérité commence à me rattraper, tu comprends ?

Elle comprenait. Elle se souvenait. Leur merveilleux week-end était important, bien sûr. Mais sa carrière venait aussi de prendre fin brutalement.

— Puis-je faire quelque chose pour toi ?

A sa surprise, elle le vit esquisser un sourire.

— Il y a bien quelque chose, mais tes dons exceptionnels pour la guérison physique et émotionnelle vont devoir attendre jusqu'à ce soir.

— Un oubli temporaire plutôt qu'une guérison.

— Je m'en contenterai pour l'instant, répondit-il, vrillant son regard d'azur dans le sien.

— Avais-tu songé à la possibilité de te trouver un jour dans cette situation ? demanda-t-elle.

— J'ai tout fait pour éviter d'y penser.

— Tu n'as jamais prévu de plan de secours ?

Il secoua la tête.

— Tous mes coaches successifs m'ont appris à me concentrer sur la réussite, pas sur l'échec. Je savais que ma blessure pouvait signifier la fin de ma carrière, mais c'est seulement tout récemment que j'ai compris ce que cela signifiait vraiment.

Elle brûlait de le serrer dans ses bras, mais elle s'en abstint par un effort de volonté.

— Pourrai-je te serrer dans mes bras, plus tard ? demanda-t-elle d'une voix tremblante d'émotion.

— J'espère bien que tu feras beaucoup mieux que cela.

Jenny fut fort surprise de trouver Emily accoudée au comptoir dans la cuisine de Cole, devant de délicieux biscuits aux amandes que le chef réussissait à la perfection.

— Tu rentres seulement maintenant ? demanda son amie.

— C'est moi que tu attendais ?

Emily tourna son regard vers le couloir à l'arrière de la maison, et son visage prit une expression un peu coupable.

— Je rends visite à Cole.

Intriguée, Jenny tira un tabouret et s'assit près d'elle.

— Toi ? Tu rends visite à Cole ?

— Et toi, tu es bien restée à Austin un jour supplémentaire, dit-elle avec un sourire entendu.

— C'est vrai, répondit Jenny, un peu embarrassée.

— Tu n'es pas réapparue à la maison de location, c'était difficile de ne pas le remarquer.

Jenny fit mine de choisir avec beaucoup de soin un biscuit dans la boîte en fer-blanc aux couleurs vives, puis elle jeta un rapide regard autour d'elle pour s'assurer qu'elles étaient bien seules avant de chuchoter :

— Mitch avait une très belle suite dans un palace de la ville.

— Et… alors ? l'encouragea Emily.

Jenny haussa les épaules.

— Et alors, j'ai visité sa suite. Elle était très confortable. J'ai décidé d'y passer un moment.

— Et ensuite ? demanda Emily, la pressant, visiblement émoustillée. Dis-moi tout. Etes-vous ensemble, maintenant ? Qu'est-ce qui a bien pu le faire changer d'avis ?

Jenny avait préféré ne pas examiner cette question de trop près. Elle ne pouvait que supposer qu'il ne la considérait plus comme étant trop fragile pour risquer une aventure sexuelle avec elle.

— Jenny ? fit Emily.

— Je ne sais pas trop ce que je dois en penser. Je me contente de vivre les choses au jour le jour.

— Je comprends, dit Emily en lui tapotant la main. Cole et moi sommes encore dans une phase d'observation. Nous nous amusons et nous verrons bien ce qu'il en ressortira.

— Vous vous amusez ? Vraiment ?

— Cela a commencé sur la piste de danse, dit Emily en baissant la voix. Je lui ai demandé s'il pensait qu'Emilio serait d'accord pour me faire un enfant.

Jenny faillit s'étouffer avec son biscuit.

— Tu as fait quoi ?

— Il s'en est ensuivi une longue discussion, dit Emily d'un ton léger, et nous avons décidé que Cole devrait se charger lui-même de me rendre ce service.

— Sérieusement ?

Emily hocha la tête.

— Oui. Apparemment, il existe des places dans les équipes de football pour lesquels on n'a pas besoin d'être grand.

— De plus, nos enfants auront peut-être envie de jouer au base-ball, dit Cole entrant dans la cuisine.

Jenny les dévisagea l'un après l'autre d'un air ébahi. C'était forcément une plaisanterie.

— Pensez-vous vraiment faire un bébé, tous les deux ?

— Ne te méprends pas sur mes intentions, dit Cole en choisissant un biscuit dans la boîte. Je compte lui demander de m'épouser sitôt que j'aurai trouvé un caillou convenable. Mais, pour le moment, j'ai déjà fort à faire pour la convaincre simplement de rester dans mon lit.

— La vie est dure, n'est-ce pas ? dit Mitch en venant s'asseoir à côté de Jenny.

— Salut, Mitch, dit Cole. As-tu apprécié ton week-end ?

— Enormément, répondit-il, plongeant sa main dans la boîte à biscuits. Et toi-même ?

— Le meilleur week-end de toute ma vie, dit Cole.

Jenny nota qu'Emily et Cole arboraient tous deux des mines resplendissantes, et elle se sentit rassurée. Ils plaisantaient peut-être au sujet de cette future grossesse, mais l'information principale était qu'ils étaient tombés amoureux.

— C'est vrai ? demanda-t-elle, encore incrédule. Vous allez vous marier ?

— Je suppose qu'il va nous falloir en passer par là, répondit Emily avec un soupir théâtral.

— Elle est enfin revenue à la raison, dit Cole en enlaçant sa taille.

— Il n'est pas si petit, après tout, dit Emily. Et il a…

Cole la fit taire avec un solide baiser. Jenny tourna son regard vers Mitch et vit qu'il l'observait. Le sourire sur ses lèvres lui réchauffa le cœur.

— Je t'ai apporté un petit cadeau, dit-il tout bas.

Elle le regarda se lever et traverser la cuisine pour ramasser un paquet plat et doré sur le guéridon près de la porte.

— Qu'est-ce que c'est ? demanda-t-elle, étonnée

— Ouvre-le. Tu verras bien.

— C'est une plaisanterie ?

— Pas du tout. Je n'ai jamais été aussi sérieux.

Rassemblant tout son courage, elle souleva le couvercle et écarta le papier de soie mauve, découvrant une robe de soie aux couleurs de l'arc-en-ciel soigneusement pliée. Il lui fallut un moment pour comprendre ce qu'il avait fait.

— Tu en as acheté une nouvelle ?

— C'était une très belle robe, dit Mitch en venant se placer juste derrière elle.

— Puis-je vous demander ce qui est arrivé à la première ? demanda Cole, se retenant visiblement de rire.

— Tu ne le sauras jamais, répondit Mitch.

— Tu étais fabuleuse dans cette robe, dit Emily.

Jenny ne savait trop quoi répondre. C'était un présent très coûteux, une délicate attention. Elle adorait cette robe, mais c'étaient de tels détails qui brouillaient les lignes entre Mitch et elle et l'empêchaient de considérer leur relation dans une perspective réaliste.

— Aurais-tu préféré autre chose ? demanda-t-il à mi-voix.

Elle secoua la tête. Elle aurait préféré ne pas sentir cet étau qui lui comprimait la poitrine, ce tourbillon de douces émotions, ce besoin de s'abandonner contre lui et de ne jamais plus le quitter. Elle se sentait vulnérable et elle avait peur. L'ancienne Jenny aurait exigé qu'il lui explique la signification de ce présent. Et qu'il lui dise où il pensait que tout ceci allait les mener.

Malheureusement, la nouvelle Jenny n'avait développé aucun mécanisme de défense face à un homme qui lui envoyait des messages aussi contradictoires.

— Que diriez-vous tous d'un bon dîner de fruits de mer au Gillian's Landing ? dit Cole, rompant le silence.

— Moi, je trouve cette idée excellente, dit Emily en se laissant glisser à bas de son tabouret.

— Qu'en penses-tu ? demanda Mitch à Jenny. Ou alors, nous pourrions retourner chez moi et préparer des grillades.

Jenny secoua la tête. Il valait mieux pour elle ne pas passer trop de temps en tête à tête avec lui, à caresser des rêves qui ne se réaliseraient jamais.

— Non, répondit-elle. Le Gillian's Landing me paraît très bien.

Mitch adorait être seul avec Jenny.

Plus tard ce soir-là, il était dans son lit, appuyé sur un coude, sous un drap léger qui le recouvrait jusqu'à la taille.

Jenny portait un de ses vieux maillots de football vert et blanc tout délavé. Elle avait roulé les manches jusqu'aux coudes et l'ourlet descendait presque jusqu'à ses genoux.

Ses cheveux étaient en désordre car ils venaient de faire l'amour, et elle ne lui avait jamais paru aussi adorable.

— Et celle-ci ? demanda-t-elle, brandissant une coupe qu'elle venait de ramasser sur l'étagère près de sa commode.

— J'étais en première au lycée, répondit-il. Une bonne année. J'ai eu beaucoup de chance.

Il tapota le drap près de lui avant d'ajouter :

— Tu devrais venir te recoucher. Tu dois avoir froid.

Elle reposa le trophée à sa place et passa au suivant, remarquant sans se retourner :

— Tout cela a besoin d'être dépoussiéré.

— Si tu comptes les passer tous en revue, il va te falloir toute la nuit, dit-il, plaintif.

— Les Dallas Devils ?

— A l'université.

— Celui-là est lourd, dit-elle en soulevant un grand trophée doré.

— Fais attention, dit-il en quittant le lit.

— Je ne vais pas le casser, rassure-toi.

— Je ne voudrais pas que tu te blesses.

Elle éclata de rire comme si son inquiétude était absurde. Il traversa la pièce en quelques enjambées, lui prit le trophée des mains et le reposa prudemment sur l'étagère.

— Qu'est-ce que c'est ? demanda-t-elle en ouvrant un coffret en merisier que sa mère lui avait offert lorsqu'il avait quinze ans.

— Et si tu revenais te coucher ?

— Quelle jolie bague ! dit-elle, levant une lourde chevalière à la lumière. Est-ce une véritable émeraude ?

— C'est la bague de mon lycée. La pierre est sûrement fausse. Tu peux la garder, si tu veux.

— Je ne peux pas accepter ta bague ! se défendit-elle en riant.

— Pourquoi pas ? dit-il, levant sa main jusqu'à ses lèvres pour déposer un baiser sur sa paume. Je ne compte plus en avoir besoin. Ce sera comme si nous étions des adolescents amoureux.

Le sourire de Jenny mourut sur ses lèvres.

— Ne fais pas cela, Mitch.

— Mais, je…

— Je connais tes sentiments, Mitch, dit-elle d'un ton tranchant en reposant la bague d'un geste décidé. Ne joue pas avec moi.

Il ouvrit la bouche pour s'expliquer, mais que pouvait-il lui répondre ? Au cours de ces dernières semaines, il n'avait jamais manqué de lui exprimer clairement son point de vue sur les relations à long terme.

— Désolé, dit-il en marmonnant.

— Il n'y a vraiment pas de quoi, dit-elle en replaçant la bague dans sa boîte avec un sourire un peu contraint. Tu as fait une carrière fantastique.

Elle s'efforçait bravement de faire bonne figure, mais

l'ancienne chaleur avait disparu de sa voix. Il se maudit en silence. Il l'avait de nouveau blessée. Il l'avait effrayée et avait créé une distance entre eux, un abîme de froideur, alors que tout ce qu'il avait réellement envie de faire, c'était l'emporter dans ses bras jusqu'à son lit et lui faire l'amour. Ou peut-être la serrer simplement contre lui quelques heures, quelques jours ou même quelques semaines.

- 11 -

Après la malheureuse remarque qu'il avait faite la veille, Jenny avait quitté sa maison. Ce n'était qu'une plaisanterie, mais elle avait visiblement accusé le coup. Et à présent Mitch ne savait plus comment se faire pardonner.

Ce matin-là, il était aux prises avec un intense sentiment de frustration, et n'était pas du tout d'humeur à supporter les ingérences de Cole, assis en face de lui de l'autre côté de son bureau. Mais Cole ne s'avouait pas battu facilement.

— Il ne s'agit aucunement de charité, disait-il.

— Dans ce cas, donne-moi une autre explication.

— L'explication, c'est qu'il te faut une activité.

— Tu voudrais me faire croire que la Maison Blanche m'a choisi au hasard, moi, un footballeur en fin de carrière de Royal, Texas ?

— Non. Quelqu'un à la Maison Blanche a probablement vu ton fameux essai à la Folder Cup, ou a eu vent de tes contributions aux associations handisports pour les enfants, ou de ton travail avec les adolescents de milieux défavorisés. Ne viens-tu pas de recevoir un prix pour ce travail des mains du gouverneur lui-même ?

— Parle plus bas, dit Mitch, bougon, conscient que Jenny pouvait entrer à tout instant.

— Alors, écoute-moi. Ce que je te propose, ce n'est pas une usine à gaz créée spécialement pour un héros déchu.

Tu auras une équipe, un budget, trois bureaux régionaux et un mandat qui s'étend à tout le pays.

Mitch demeura silencieux un instant, s'efforçant d'assimiler la pleine portée de cette proposition inattendue.

— La Commission présidentielle, tu disais ?

— La Commission présidentielle Sport et Santé, répéta Cole, luttant visiblement contre la frustration. Tu aurais la direction de la branche Enfance et Jeunesse.

Mitch s'efforça inutilement d'imaginer ce que cela pouvait signifier, et il y renonça.

— Ecoute, dit Cole en s'adossant à son siège. C'est malheureux que tu te sois blessé, c'est vrai. Mais ce qui est fait est fait, et tu n'y peux rien changer. Alors tu as deux options possibles. Tu peux pleurer sur ton sort, ou te relever et te concentrer sur l'avenir.

— M'as-tu jamais vu pleurer sur mon sort ?

Mitch était agacé.

— Tu as beaucoup de discipline, je le reconnais. Mais les actes parlent plus que les mots.

Cole parcourut le grand bureau du regard, avant d'ajouter :

— En décembre, ta mission ici sera terminée. Que comptes-tu faire ensuite ?

C'était un sujet auquel Mitch avait soigneusement évité de réfléchir. Mais Cole avait touché juste.

— Je suppose que je devrais m'installer à Washington ?

— Tu devras être au cœur de l'action. Une partie de ton travail consistera à entrer dans les bonnes grâces des sénateurs pour t'assurer que les subventions continuent à affluer vers ton programme.

— Je ne suis pas un courtisan.

— Tu es mieux que cela, dit Cole en riant. Tu as le don de convaincre n'importe qui de n'importe quoi. Et ta célébrité est un atout supplémentaire. En outre, tu as prouvé ta capacité à motiver les adolescents au-delà du domaine des sports. Tu es exactement l'homme qu'il faut pour ce travail.

— Tu devrais faire des discours au coin des rues, perché sur une caisse à savon.

— Est-ce une plaisanterie au sujet de ma petite taille ?

A cette réponse inattendue, Mitch ne put s'empêcher d'éclater de rire.

— Emily t'a vraiment traumatisé avec ses remarques sur ta taille, n'est-ce pas ?

— Emily… a vu la lumière de la vérité.

— Au fait, toutes mes félicitations, à ce sujet.

Cole hocha modestement la tête. Puis, comme saisi d'une soudaine inspiration, il plongea sa main dans sa poche et produisit un écrin de velours noir qu'il lui tendit.

— Regarde !

— Vas-tu lui demander de t'épouser ?

— Exactement.

Mitch fit basculer le couvercle de l'écrin, révélant un gros diamant princesse entouré de saphirs miniatures. Il songea à la bague qu'il avait proposée à Jenny la veille, et sentit un nœud se former au creux de son estomac. Stupide.

Il n'avait rien trouvé de mieux à lui offrir qu'une absurde plaisanterie, tandis que Cole s'engageait pour la vie.

— N'es-tu pas un peu inquiet ? demanda-t-il, cherchant sincèrement à comprendre ce qui rendait Cole si sûr de lui.

— Pas vraiment. Je suis sûr qu'elle acceptera.

Ce n'était pas du tout ce que Mitch avait voulu dire. Mais il admirait malgré lui la tranquille assurance de Cole.

— Si tu es vraiment sûr, pourquoi pas ?

— Pourquoi ne serais-je pas sûr ?

— Il s'agit du reste de ta vie.

— Quand on a trouvé ce que l'on cherche, on le sait.

Mitch referma l'écrin et le rendit à son ami. Le saurait-il un jour ? Etait-il bon de le savoir ? Ne le savait-il pas déjà ?

— Que penses-tu de ma bague ? demanda Cole.

— Elle est très bien, répondit Mitch d'un air absent.

— Tu t'en fiches complètement, n'est-ce pas ?

— Je ne suis pas un expert, c'est tout, dit Mitch, comme s'il ne songeait pas, lui aussi, à glisser au doigt de Jenny bien mieux qu'une bague de lycéen.

Il refoula cette idée ridicule avec irritation. Sa soudaine obsession pour elle n'était qu'une réaction à la fin de sa carrière. Et, en insistant pour y voir plus que cela, il risquait de faire souffrir Jenny plus qu'il ne l'avait déjà fait.

— C'est Washington, alors ? dit-il.

— Oui, je te l'ai déjà dit, répondit Cole en soupirant.

Mais lorsque Mitch songeait au départ, l'image de Jenny surgissait aussitôt dans son esprit.

Il n'y avait pas de bon choix possible dans tout ce désastre.

— Vas à Washington, dit Cole, insistant. Vois par toi-même si le poste te convient. Si oui, tu auras un très beau bureau sur le Beltway, et tu feras un travail utile pour la jeunesse de ce pays. Sans oublier que tes déplacements en jet seront payés par l'administration.

Mitch réfléchit un instant. Au fond, il n'y avait aucun mal à accepter un entretien. Et, qui sait ? Ces gens seraient peut-être disposés à attendre quelques semaines, voire un mois ou deux. A ce stade, sa relation avec Jenny aurait certainement fait son temps. Elle ne serait probablement que trop contente d'être débarrassée de lui.

— Puis-je te demander de garder tout ceci pour toi ? demanda-t-il enfin.

— Je n'en soufflerai mot à âme qui vive, dit Cole. Pas même à Emily.

Surtout pas à Emily. Si Mitch décidait d'accepter cette

proposition — et ce n'était pas certain — il devrait planifier très soigneusement le moment et la façon d'annoncer la nouvelle à Jenny, de façon à éviter de la blesser.

Debout face aux plans des trois projets de maisons fixés au mur, dans la vaste chambre à l'ameublement minimaliste au premier étage de la maison de Cole, Jenny s'efforçait d'oublier la triste débâcle de l'avant-veille, lorsque Mitch lui avait offert une bague en plaisantant.

Son allusion aux adolescents amoureux lui avait soudain fait comprendre à quel point elle était tombée sous son charme. Dans la fraction de seconde qu'il lui avait fallu pour revenir à la raison, elle s'était rendu compte qu'elle désirait désespérément qu'ils soient ces amoureux, qu'il devienne une part permanente de sa vie.

— Il n'est plus temps de réfléchir, dit Emily près d'elle. On délimite les fondations demain matin. As-tu décidé d'écouter ton cœur ou bien ta raison ?

Le cœur de Jenny la poussait vers la romantique maison de campagne. Mais, bien sûr, la veille aussi elle s'était laissée aller à écouter son cœur, et elle avait bien vu où cela l'avait menée.

Ce qui avait commencé comme un interlude romantique et détendu s'était terminé par une scène embarrassante, et elle s'était pratiquement enfuie de chez lui. Puis, ce matin, il avait brusquement quitté la ville sous un prétexte des plus improbables, une vague histoire d'entretien officiel concernant le football.

— Je vais écouter ma raison, dit-elle en se plantant devant les plans de la maison la plus consensuelle, s'efforçant de se convaincre qu'elle y serait heureuse.

— C'est étrange, dit Emily d'un air rêveur. Ces temps derniers, j'ai tendance à laisser parler mon cœur.

— T'a-t-il déjà fait sa demande en mariage ? demanda Jenny, s'efforçant de sourire pour ne pas assombrir le bonheur de son amie.

— Il me le demandera ce soir.

— Il t'a laissé entendre qu'il s'apprêtait à le faire ?

— Il m'a dit qu'il avait trouvé la bague qu'il cherchait. Et nous avons des réservations dans le meilleur restaurant de Houston. J'ai deviné le reste.

— Vous allez faire tout le chemin jusqu'à Houston pour un simple dîner ?

— Il est question que nous nous y allions en hélicoptère, dit Emily avec un haussement d'épaules. Ces milliardaires sont fous.

— C'est fabuleux ! dit Jenny, bien déterminée à se réjouir pour son amie.

— Oui, c'est vrai, dit Emily avec un soupir ému. Tu ne peux pas imaginer comme il est brillant. Il reçoit des coups de téléphone de personnages importants d'un tas de pays du monde, des hommes d'affaires, des personnages politiques, et même des stars du cinéma. Tous lui demandent conseil. Tous veulent devenir ses amis. Et il est drôle. Il a un humour incroyable. Et il n'est pas si petit que cela.

Jenny ne put s'empêcher de sourire à cette dernière remarque. Mais déjà, Emily poursuivait :

— Tu aurais dû voir comme il s'est mis en colère sur la piste de danse, lorsque je l'ai taquiné au sujet d'Emilio. Je me suis brusquement aperçue qu'il me dominait de toute sa taille. Et aussi que je respectais son opinion. Mais je bavarde comme une sotte. Si nous parlions plutôt de ta maison ?

— Celle-ci, dit Jenny, indiquant son choix d'un geste du menton. C'est mon choix définitif.

— J'aurais juré que tu allais choisir l'autre, dit Emily,

se tournant vers la maison romantique. Je commençais à penser…

— Mitch est parti ce matin, dit Jenny, la coupant.

— Quoi ? fit Emily, visiblement surprise.

— J'avoue que je m'y attendais un peu. Cela devait arriver un jour ou l'autre.

Elle avait très mal réagi à sa plaisanterie, l'avant-veille, et il avait probablement paniqué. Pourquoi ne lui avait-elle pas répondu sur le même ton ? Pourquoi s'était-elle braquée comme une collégienne ?

— Il est parti ? répéta Emily. Que veux-tu dire ?

— Il s'est rendu à Washington.

— En voyage d'affaires ?

— D'après lui, cela concernait le football.

— Et alors ? demanda Emily en la dévisageant d'un regard scrutateur.

— Et alors, je pense qu'il a menti.

Prise d'un soudain malaise, elle dut s'appuyer au mur pour maintenir son équilibre. Emily se précipita pour la soutenir.

— Jenny ? Tout va bien ?

— Oui, ne t'inquiète pas.

La prenant gentiment par le bras, Emily la fit asseoir dans l'un des deux fauteuils qui occupaient un coin de la grande pièce rectangulaire.

— Que se passe-t-il, Jenny ?

— C'est l'histoire classique, répondit Jenny d'un ton embarrassé. Je suis folle de lui, et lui ne pense qu'à s'amuser. J'ai cru que je pourrais m'y habituer. Je l'ai vraiment cru.

— Te l'a-t-il dit en ces termes ?

— Pas vraiment, dit-elle d'un ton hésitant. Avant-hier soir… il a fait une plaisanterie, et je l'ai très mal prise. Et ce matin, il est parti. J'ignore ce que ce départ signifie et j'essaie de ne pas m'inquiéter. Mais je m'inquiète.

Sa voix s'était transformée en une sorte de sanglot. Emily s'approcha et posa doucement sa main sur la sienne.

— Je suis désolée de m'être vantée de mon bonheur avec Cole, dit-elle doucement.

— Et moi, je suis désolée de m'être comportée comme une chiffe molle, répondit Jenny en refoulant ses larmes. Vraiment, j'ignore pourquoi je suis dans un tel état émotionnel.

— Ce fameux moment du mois ? dit Emily.

Jenny éclata de rire. Ne serait-ce pas merveilleux si l'explication pouvait être aussi simple ? Au fond, à mieux y réfléchir, ce n'était peut-être que cela, le problème.

Elle se livra à un rapide calcul mental. Ses règles commençaient en général un samedi. Etait-ce ce samedi-ci ? Presque trois semaines s'étaient écoulées depuis le mariage, et avant cela…

Son cœur cessa brusquement de battre.

— Jenny ? dit Emily en la considérant d'un regard inquiet. Tu es devenue pâle comme un linge.

— As-tu un calendrier sur toi ? demanda Jenny, s'efforçant désespérément de ne pas céder à la panique.

— Bien sûr. Dans mon téléphone.

Emily le sortit et pressa quelques boutons avant de le tendre à Jenny.

— Quel week-end sommes-nous allées à l'Albatros Club ?

— Ce devait être celui du douze, répondit Emily en consultant l'écran. Je m'en souviens car je devais être payée cette semaine-là.

Jenny sentit une main de glace lui serrer le cœur.

— Oh ! non ! dit-elle dans un souffle.

— Oh non, quoi ?
— J'ai eu mes dernières règles ce week-end-là !
— Et ?
— Et je viens tout juste de faire le calcul.
— Mais…

Emily s'interrompit brusquement, et ses lèvres formèrent un cercle parfait.

Jenny se leva et fit deux pas en titubant.

— Ce n'est pas possible ! gémit-elle. Non ! Non !
— Le soir du mariage ?

Jenny marmonna une réponse inaudible. Emily insista :

— Sûrement, vous vous êtes protégés !
— Oui. Oui, bien sûr.
— Alors, logiquement, tu n'as rien à craindre.
— Non, bien sûr.

Emily avait raison. Elle s'obligea à se calmer. Ce qu'il lui fallait maintenant, c'était un supplément d'information.

Au cours de cette entrevue, à Washington, Mitch s'était vu offrir tout ce dont Cole lui avait parlé, et même davantage. Il s'agissait d'un poste important, avec de grosses responsabilités et une longue liste d'avantages de toute nature. C'était une opportunité de travailler pour la cause des enfants dans le pays tout entier. S'il lui fallait quitter le football professionnel, il n'aurait pas pu trouver de meilleure reconversion.

Pourquoi alors hésitait-il encore ?

Pourquoi avait-il demandé au premier conseiller de la Maison Blanche quelques jours pour réfléchir ? Ce n'était pas une question de géographie. Il n'avait jamais songé à rester vivre à Royal toute sa vie. Et, s'il ne faisait plus partie de l'équipe, il était libre de s'installer où il lui plairait. Le salaire était très attractif, et d'ailleurs, il avait déjà accumulé un joli magot au cours des années, grâce à ses sponsors et à diverses apparitions en public.

Ce n'était donc pas une question d'argent non plus. C'était Jenny. Tout le ramenait invariablement à elle. Il n'avait pas envie de la quitter.

Il s'arrêta un instant dans le lobby de l'hôtel Rathcliffe, fixant sans la voir la vitrine d'une boutique. D'abord, il n'y vit que le reflet des éclairages derrière lui, puis il commença à distinguer les bijoux étincelants disposés sur les présentoirs. Sur un fond de feuilles d'érable aux brillantes couleurs de l'automne, des colliers d'or, des bracelets de platine et des pierres précieuses de toutes sortes étaient exposées dans des vitrines de cristal.

Il se surprit à examiner avec attention un diamant solitaire rond flanqué de deux minuscules émeraudes sur une monture de platine.

— Personne n'achète une bague de fiançailles dans la boutique de souvenirs d'un hôtel, dit une voix familière.

S'obligeant à revenir à la réalité, Mitch se retourna et se retrouva face à Jeffrey.

— Que fais-tu ici ? demanda-t-il, irrité par cette intrusion dans sa solitude.

— Nous jouons à Baltimore demain soir.

— Et c'est pour cela que tu es descendu dans cet hôtel ?

— Cole m'a informé que je te trouverais ici, avoua Jeffrey.

— Il m'avait promis de tenir sa langue au sujet de ce job.

— Il ne m'a pas dit pourquoi tu étais ici. Mais, toi, tu viens de le faire. De quel job s'agit-il ?

— Ce n'est rien.

— Tu es venu solliciter un poste à Washington ?

— Cela ne te regarde pas.

— Je t'ai trouvé en transe devant des bagues de fiançailles, dit Jeffrey, s'adossant nonchalamment au mur.

— Pas du tout, mentit Mitch. Je réfléchissais à ce poste, c'est tout.

— Alors, c'est cela ? Tu vas la quitter ? Merci et au revoir ?

— Nous avons toujours su que cela se produirait un jour.

— Tu es un idiot, tu le sais ?

— Que fais-tu ici, Jeffrey ?

— J'ai appris le verdict des médecins, pour ton épaule, dit son ami, retrouvant aussitôt son sérieux.

— Une sentence à vie, dit Mitch d'un ton amer.

— Je suis vraiment désolé pour toi.

— Je survivrai, ne t'inquiète pas.

— C'est tout de même un sale coup.

La compassion de Jeffrey était sincère. Leur amitié ne se prêtait certes pas à l'expression des sentiments, mais il était mieux placé que quiconque pour comprendre ce que Mitch ressentait.

— Tu sais, dit Mitch d'un ton hésitant, la moitié du temps, je me dis que j'ai fait un beau parcours, meilleur que beaucoup d'autres, et plus long. J'ai trente ans, et j'ai toujours su que je ne pourrais pas durer toujours. Mais, à d'autres moments, j'ai envie de donner des coups de poing dans les murs.

— Tu sais que je serai toujours là pour toi, n'est-ce pas ?

— Merci, répondit Mitch d'un ton bref.

Jeffrey toussota pour s'éclaircir la voix.

— Quand commences-tu ce nouveau job ?

— Je n'ai pas encore accepté.

— Vas-tu l'accepter ?

C'était une bonne question. Mitch haussa les épaules.

— C'est plus ou moins une question de temps.

De combien de temps avait-il besoin ? Deux semaines ? Deux mois ? Son contrat avec le TCC prévoyait un remplaçant au cas où il devrait partir pour les besoins de sa carrière. Mais comment aurait-il la force de choisir la date exacte de la fin de leur relation ?

— Et cela concerne aussi plus ou moins Jenny, non ?

— C'est compliqué, dit Mitch.

— Essaie de simplifier pour moi.

— Je ne peux pas.

— Tu sais, mon ami, si tu ne veux pas d'elle…

Mitch sentit sa pression artérielle monter en flèche, et il serra les poings.

— Toi non plus, tu ne l'auras pas.

— Regarde-toi, dit Jeffrey, ironique. Tu te hérisses à la seule idée qu'un autre homme puisse la regarder. J'ai déjà exprimé clairement ma position sur le sujet, et tu as moins de raisons de te méfier de moi que du reste. Mais toi…

Mitch n'avait aucun argument à lui opposer. Durant un long moment, il se laissa aller à imaginer l'expression de Jenny s'il lui offrait la bague qu'il avait vue dans la vitrine. Et ensuite, quoi ? L'épouser ?

Une part de lui-même approuvait sans réserve cette solution. Mais la part la plus rationnelle s'inquiétait. Tout cela arrivait trop vite. Cela ne pouvait pas être réel.

— Allons prendre une bière, dit Jeffrey.

— Seulement si tu me promets de changer de sujet.

— Pas de problème. Et si nous sortions ? Il y a des bars très bien sur Pennsylvania Avenue.

Mitch haussa les épaules. L'alcool était un moyen comme un autre de changer le cours de ses réflexions, peu lui importait où il le consommerait.

Un portier en uniforme ouvrit la porte devant eux, et ils sortirent dans le flot de la foule qui se pressait sur les larges trottoirs. Il était 16 heures, et une intense circulation encombrait l'avenue.

— Tu vois, si c'était moi, dit Jeffrey en tirant la porte de verre d'un magasin, je lui demanderais de m'épouser avec un article de ce genre.

Mitch leva les yeux vers le logo de l'entrée, et s'aperçut trop tard qu'il avait suivi Jeffrey à l'intérieur de la joaillerie Tiffany's.

— Très drôle, dit-il entre ses dents alors qu'un vendeur fondait sur eux, l'œil évaluateur.

— Bonjour, messieurs.

— Nous jetons simplement un coup d'œil, dit Mitch.

— Nous aimerions voir quelques diamants solitaires, dit Jeffrey. Le dernier qui a attiré l'attention de monsieur était encadré de petites émeraudes.

— Robert Stromberg, à votre service, messieurs, se présenta l'homme avec un sourire rayonnant. Si vous voulez bien me suivre, je vais vous montrer notre nouvelle collection.

Il se dirigea vers un coin de la salle d'exposition. Jeffrey lui emboîta aussitôt le pas.

— Je sors d'ici tout de suite, chuchota Mitch. Cette plaisanterie a assez duré.

— Mon ami hésite encore à se déclarer, dit Jeffrey en le poussant fermement dans le dos.

— Je comprends, monsieur, dit le vendeur, hochant la tête d'un air docte. Mais choisir un bijou ne vous engage à rien. Nous serons heureux de vous le garder quelque temps pour vous permettre de réfléchir. Le jour où vous aurez pris votre décision, nous serons prêts à vous servir.

Il sortit trois bagues d'une vitrine et les posa devant eux sur le plateau de verre.

— Tous d'origine garantie et sans aucun défaut, dit-il. Puis-je demander à quel ordre de prix vous songiez ?

— Le prix n'entre pas en ligne de compte, dit Jeffrey.

Mitch capitula. Il prit un siège.

— Vous pouvez continuer à parler à mon ami, dit-il. Moi, je ne suis qu'un simple spectateur.

Jeffrey et le vendeur échangèrent un regard entendu, mais Mitch se contenta d'en rire. Sûrement, Jeffrey n'avait pas l'outrecuidance de penser qu'il allait choisir une bague aujourd'hui ?

- 12 -

Jenny allait devenir une mère célibataire.

Cela lui paraissait incroyable. Ce matin-là, elle avait recommencé le test quatre fois.

Le trait était bleu.

Elle était enceinte.

Heureusement, Mitch était en voyage d'affaires. Elle était tombée dans le même piège que sa mère. La différence, c'était qu'elle ne comptait pas commettre la même erreur qu'elle.

Elle ne permettrait jamais à un homme de l'épouser pour la seule raison qu'elle était enceinte, un homme qui la détesterait par la suite. Néanmoins, dans ses moments de faiblesse, il lui était arrivé d'imaginer qu'elle annonçait la nouvelle à Mitch et qu'il souriait aux anges, qu'il lui assurait qu'il était heureux et que tout irait bien. Puis son rêve éclatait comme une bulle de savon, la réalité la rattrapait.

Or cette réalité se faisait chaque jour plus pressante. Ce matin-là, elle avait dû se précipiter aux toilettes à deux reprises, saisie de nausées. Et elle était confrontée à la triste perspective d'avoir à élever un bébé toute seule.

Tout comme sa mère avant elle, il lui faudrait garder un emploi tout en jonglant avec la garderie, les réunions de parents d'élèves et les budgets serrés. Tout en faisant de son mieux pour consoler un petit garçon ou une petite fille solitaire, souffrant de ne pas pouvoir partager ses jeux avec des frères ou des sœurs.

Travaillant fiévreusement dans le bureau désert, elle replaça la cafetière étincelante dans la machine fraîchement nettoyée posée sur le petit comptoir tout aussi luisant de propreté. Elle réaligna les paquets de thés de diverses origines dans le panier d'osier et considéra brièvement la possibilité de s'en préparer une tasse, mais son estomac se révolta à cette idée.

Une nouvelle fois, elle se réjouit que Mitch soit parti à Washington. S'il était au bureau aujourd'hui, le désastre serait encore plus complet.

Le téléphone sur son bureau sonna, mais elle décida de l'ignorer. Elle avait reconnu le numéro d'Emily sur l'écran, et elle avait quitté la maison très tôt ce matin précisément pour les éviter, elle et Cole. Elle savait que, si elle ne décrochait pas, Emily apparaîtrait au bureau à l'heure du déjeuner, mais elle venait de gagner une heure.

Un coup d'œil à la pendule lui apprit qu'il était un peu plus de 11 heures. Elle s'assit derrière son bureau impeccablement rangé, croisa les mains sur la surface luisante et se demanda comment elle allait passer le temps.

La petite lumière rouge du répondeur s'était mise à clignoter. Elle n'avait pas envie d'écouter la voix d'Emily et de se sentir coupable parce qu'elle ignorait sa meilleure amie. Mais il y avait une faible chance pour que le message provienne d'un membre du TCC. C'était peut-être important. Trois mariages allaient avoir lieu dans le mois.

Elle sentit sa gorge se serrer à cette idée. Trois futures mariées rayonnantes de bonheur prononceraient bientôt leurs vœux sous l'effigie du fondateur du club. Ce ne serait jamais son cas. A l'évidence, le grand amour n'était pas pour elle. Son lot, c'était la maternité et la solitude.

Refoulant fermement les larmes qui lui brouillaient la vue, elle pressa le bouton et entendit la voix désincarnée lui annoncer qu'elle avait trois messages.

Le premier était d'Emily, qui lui demandait de la rappeler aussitôt que possible. Le second, d'un membre du club, concernait des informations générales, et pouvait attendre quelques heures. Le troisième était un message destiné à Mitch personnellement. Elle s'empara de son bloc-notes alors qu'une voix masculine déclarait d'un ton jovial :

« J'ai été ravi de recevoir votre message, hier. Je sais que vous ne m'avez pas demandé de vous rappeler, mais je tenais à vous remercier et à vous féliciter personnellement. Toute notre équipe du bureau de Washington est impatiente de travailler avec vous, Mitch. Et, comme je vous l'ai indiqué lors de notre entretien, nous restons flexibles quant à la date de votre prise de fonctions. Toutefois, je vous ferai parvenir les formulaires administratifs d'usage par courrier dans les tout prochains jours. Je suis certain que vous comprenez l'importance de la procédure de sécurité rigoureuse à laquelle sont soumis tous les collaborateurs de la Maison Blanche. Autant commencer sans tarder. Appelez-moi dès que vous serez de retour à Royal. Si je ne suis pas au bureau, Melanie vous communiquera mon numéro privé. J'ai été ravi de faire votre connaissance. Nous reparlerons bientôt. »

Il y eut un déclic, puis la ligne resta silencieuse. Jenny demeura figée sur place pendant que la voix électronique du répondeur l'informait qu'il n'y avait pas d'autres messages.

Elle n'arrivait pas à le croire. Mitch s'était-il rendu à Washington pour un entretien d'embauche ? Etait-ce la raison pour laquelle il était parti si précipitamment, la veille ?

Elle eut un rire sans joie. Voilà qui réglait la question

de ses rêves d'avenir avec lui. A l'évidence, il allait bientôt quitter Royal. Et elle par la même occasion.

Elle sentit sa gorge se serrer. A cette heure-ci, il était probablement déjà sur le chemin du retour. S'il n'apparaissait pas au bureau cet après-midi, il serait très certainement là dès le lendemain matin.

Qu'allait-elle faire ? Comment pourrait-elle le regarder en face ? Où trouverait-elle la force de prétendre que tout était normal ?

Et si elle était prise de nausées matinales le lendemain ? Pis, et si elle se sentait nauséeuse le reste de la semaine, ou même durant tout un mois ? Elle ne parviendrait jamais à garder sa grossesse secrète.

Elle se levait en soupirant lorsque Emily fit soudain irruption dans le bureau.

— Pourquoi ne réponds-tu pas au téléphone ? demanda son amie d'un ton indigné en venant se planter devant elle.

Tout à coup, elle s'interrompit et l'observa plus attentivement, puis elle l'attira fermement dans ses bras.

— Tu es enceinte, n'est-ce pas ?

Jenny acquiesça, et deux grosses larmes roulèrent sur ses joues.

— Le test était positif, ce matin.

— Oh ! ma chérie ! murmura Emily. Tout ira bien, je te le promets. Tout va s'arranger.

Mais rien n'allait s'arranger. Ni demain ni dans un avenir prévisible.

— J'ai besoin de sortir d'ici, dit-elle.

— C'est normal, ma chérie, dit Emily en se reculant pour mieux la regarder. Tu as faim ? Veux-tu que nous retournions chez Cole ou que nous déjeunions au snack ?

L'idée de frites grasses et de milk-shakes indigestes lui souleva le cœur. Emily s'en aperçut et fronça les sourcils.

— Oh ! oh ! Je vois que le problème est sérieux.

— Assez sérieux, oui, répondit-elle, fermant les yeux en attendant que sa nausée soit passée. Il faut vraiment que je sorte d'ici. Et pas seulement de ce bureau. Je dois quitter Royal. Je dois quitter la ville avant le retour de Mitch.

Emily hocha lentement la tête.

— Tu es inquiète parce que tu ne sais pas comment lui annoncer la nouvelle. Je comprends.

— Je ne vais rien lui annoncer du tout.

— Bien sûr, répondit Emily d'une voix douce. Rien ne presse. Cela ne doit pas se faire nécessairement aujourd'hui.

— Emily, écoute-moi, dit Jenny, saisissant son amie aux épaules. Mitch m'a répété de mille façons qu'il n'est pas intéressé par une relation à long terme. Il n'est pas du tout prêt à s'engager. Il s'est rendu à Washington pour un entretien d'embauche. Et il a accepté un poste. Il quitte Royal. Il me quitte.

— Mais…

— Il ne veut pas de moi. Et, à plus forte raison, il ne veut pas d'un bébé. Il n'est pas question, m'entends-tu ? Il n'est pas question que mon enfant soit élevé par un père qui s'acquitte de son devoir à contrecœur.

— Tu ne peux pas garder un tel secret, pour toi, dit Emily. Mitch a des amis à Royal. Cole et lui…

— Pas éternellement. Mitch devra savoir un jour qu'il est papa. Mais je peux garder le secret quelque temps. Ce qu'il me faut, c'est un plan, une bonne excuse pour quitter la ville. Mitch va rentrer à Royal, démissionner de ses fonctions au TCC et repartir à Washington. Alors seulement, je déciderai de ce que je dois faire, et quand.

— Je ne sais pas, Jenny, répondit Emily d'un ton hésitant.

Jenny sentit de nouveau sa gorge se serrer.

— C'est la seule solution, dit-elle d'une voix tremblante.

— Alors, je t'aiderai, bien sûr. Tu peux t'installer au cottage de Lake Angel durant une semaine ou deux, ou aussi longtemps que tu en auras besoin. Il te suffit d'expliquer à Mitch qu'il s'agit d'une urgence. Laisse-lui un message.

— Je pourrais faire cela, dit Jenny d'un air songeur. Je pourrais lui raconter que quelqu'un est malade. Ce ne serait pas un mensonge, puisque je ne me sens effectivement pas très bien. Et je dirais que je suis chez des amis. Comme je serai chez toi, cela aussi sera vrai. Tu es certaine que tes parents seront d'accord ?

— Bien sûr. Ils ne séjourneront pas au lac avant des mois. Le cottage est un refuge parfait pour reprendre des forces.

Jenny prit place devant son ordinateur et commença à rédiger sa lettre. Ses doigts étaient lourds sur les touches du clavier, comme s'ils refusaient de former les mots qui allaient la séparer à jamais de Mitch. Tout à coup, elle était morte de fatigue. Elle n'avait qu'une hâte : se réfugier sous sa couette et dormir. Dormir tout un mois. Elle n'avait pas envie de lui faire face, pas plus qu'au reste du monde.

Au volant de sa Corvette, Mitch quitta le petit aéroport local qui desservait Royal. Dans un geste inconscient, il tapota le petit paquet rectangulaire qu'il portait dans la poche intérieure de sa veste, et l'image de Jenny surgit dans son esprit. Si quelqu'un lui avait affirmé quarante-huit heures auparavant qu'il s'apprêtait à acheter une bague de fiançailles, il lui aurait ri au nez.

Mais les choses changent, et les gens apprennent. Ils se découvrent eux-mêmes, et ils découvrent chez les autres ce qui aurait dû leur paraître clair des mois plus tôt. Ce que lui avait appris, c'était qu'il avait besoin de Jenny, aujourd'hui et pour toujours. Il l'aimait. Et il n'était pas question de laisser passer un autre jour sans le lui avouer.

Il quitta l'autoroute et, au premier carrefour, prit la direction de River Road. Il avait roulé sur cette route des milliers de fois. Il en connaissait chaque virage, chaque bosse, mais il ne l'avait jamais parcourue à une telle vitesse, ni avec tant d'impatience d'être arrivé. Et, lorsqu'il s'arrêta enfin sur le parking du TCC, il dut se raisonner pour se calmer et contrôler son excès d'enthousiasme.

Il ne pouvait tout de même pas avouer à Jenny qu'il l'aimait devant la machine à café. Et il ne pouvait pas lui demander de l'épouser dans le cadre impersonnel du bureau.

Il allait lui proposer de sortir avec lui le soir même, décida-t-il en éteignant son moteur. Un lieu exotique et follement romantique. Ils pourraient peut-être retourner à la plage. Il devait y avoir des douzaines de bons restaurants avec vue sur l'océan. Il leur fallait des bougies et des nappes de lin blanc, un box privé où il pourrait lui parler de ses sentiments.

Il traversa le hall du TCC au pas de course, monta au premier étage sans ralentir et poussa la porte du bureau extérieur.

— Jenny ?

Elle n'était pas assise à son poste de travail. Il traversa la pièce et entra dans son propre bureau, pensant la trouver en train de classer ses papiers, d'arroser ses plantes ou de trier son courrier en petites piles bien nettes comme elle le faisait tous les jours.

Nouvel échec. Il fronça les sourcils.

Peut-être était-elle dans la salle des conférences, ou aux toilettes des dames.

Il eut beau se dire qu'il serait plus convenable de l'attendre, presque malgré lui ses pas le conduisirent jusqu'à la salle des conférences. Elle était déserte, et il ne pouvait tout de même pas la poursuivre jusque dans les toilettes. Alors il retourna dans son bureau et il se prépara à l'attendre patiemment, contemplant sans le voir son environnement familier.

Tout était silencieux. Trop silencieux. On se serait cru en plein week-end, et il lui fallut un moment pour en comprendre la raison. L'ordinateur de Jenny était éteint. Son fauteuil était soigneusement poussé sous le bureau, et le courrier du matin était empilé en vrac sur un plateau.

Jenny était-elle absente ?

Avait-elle manqué un jour de travail ?

Il s'approcha précautionneusement de son bureau et remarqua aussitôt l'enveloppe blanche posée en son centre. Elle portait son nom, et l'écriture était celle de Jenny.

Il la ramassa et la fixa un instant, saisi d'un affreux pressentiment. Pourquoi lui écrivait-elle une lettre ? Si elle devait s'absenter une journée, pourquoi pas un simple e-mail ou un coup de téléphone ?

Déchirant l'enveloppe, il déplia l'unique feuillet qu'elle contenait : « Cher Mitch … ».

Il lut rapidement le reste de la lettre, et, plus il lisait et moins il comprenait. Etait-elle vraiment partie ?

Il retourna le feuillet, mais il n'y avait aucune autre information au dos. Rien sur sa destination, aucune date de retour, aucune explication quant à la personne souffrante à laquelle elle allait rendre visite. Rien.

Partagé entre irritation et inquiétude, il tira son téléphone de sa poche et composa son numéro.

Il obtint directement son répondeur.

— Jenny, dit-il à la machine, s'efforçant de garder un ton calme et posé, c'est moi. Je ne comprends pas très bien ce qui se passe. Appelle-moi dès que possible, d'accord ?

Il coupa la communication et attendit un long moment. Puis, il composa le numéro de Cole.

Son ami répondit à la première sonnerie :

— Maddison.

— C'est Mitch.

— Oh ! bonjour, Mitch.

Quelque chose dans le ton de Cole sonnait faux. Il savait.

— Je suis à la recherche de Jenny, dit-il, lui laissant une dernière chance d'être honnête avec lui.

— Vraiment ? dit Cole sur un ton étonné. Elle n'est pas au bureau ?

— Que se passe-t-il, ici ? éclata Mitch, à bout de patience.

Il y eut un long silence sur la ligne, qui ne fit que renforcer ses soupçons.

— Que veux-tu dire ? demanda Cole d'un ton soigneusement neutre.

— Où est Jenny ? demanda Mitch d'une voix coupante.

— Je ne sais pas.

— Je n'en crois rien, dit Mitch, contenant sa colère. Emily doit le savoir.

— Peut-être, dit Cole. Mais elle ne m'en a rien dit.

— Et où est Emily, s'il te plaît ?

— A son travail.

— Ce n'est donc pas elle qui est malade ? Et Jenny n'est pas allée avec elle chez des amis ?

— Non, répondit Cole, sans offrir d'autres précisions.

— Qu'y a-t-il que j'ignore ?

— Rien, à ma connaissance.

— A ta connaissance ? dit Mitch d'un ton sarcastique. Voilà une drôle de réponse.

— Elles ne m'ont pas mis dans la confidence afin que je ne sois pas obligé de te mentir, dit Cole. A l'évidence, quelque chose se prépare, mais je n'ai pas la moindre idée de ce que cela peut être. Jenny et toi vous êtes-vous disputés ? Lui as-tu fait quelque chose ?

— Quoi, par exemple ?

— Je ne sais pas. As-tu rencontré une autre femme à Washington ? Quelqu'un aurait pu vous voir, et…

— Je n'ai rencontré aucune femme à Washington.

— Jenny devait avoir une bonne raison pour disparaître.

— Trouve-la, dit Mitch, marchant de long en large dans le bureau. Parle avec Emily.

— Suggères-tu que je devrais compromettre ma relation avec ma fiancée pour t'aider ?

— Absolument.

— Tu ne sais vraiment pas comment ces choses-là fonctionnent, n'est-ce pas ? dit Cole en riant.

— Je commence à apprendre, répondit Mitch après une seconde de silence.

— Précise un peu, s'il te plaît.

Mitch se figea. Etaler ses sentiments devant Cole avant même de les avoir avoués à Jenny ?

— Je ne crois pas que ce soit le moment, dit-il, marmonnant.

— Souhaites-tu vraiment que je t'aide ?

— D'accord, fit Mitch, bouillonnant de frustration. J'ai un discours de Jeffrey au sujet des occasions perdues qui tourne en boucle dans ma tête, et une bague de fiançailles dans ma poche. Et je suis prêt à retourner cet état de fond en comble jusqu'à ce que j'aie retrouvé Jenny.

— Tu as acheté une bague de fiançailles ?

— Oui, dit Mitch, les dents serrées.

— Tu comptes épouser Jenny ?

— Qui d'autre ?

— J'ignore ce que tu as pu fabriquer à Washington.

— J'ai accepté un job et j'ai acheté une bague.

— Tu as accepté ce job ! s'exclama Cole.

— Où est-elle, Cole ? Aide-moi à la trouver.

La ligne resta silencieuse durant de longues secondes.

— Puis-je informer Emily que tu es sur le point de faire ta demande ? demanda enfin Cole.

— Non ! répondit Mitch d'un ton catégorique. Je ne suis déjà pas très content que tu l'aies appris avant Jenny, mais il n'est pas question que tu le répètes à sa meilleure amie.

— Je ne sais pas par quel autre moyen je vais pouvoir…

— Fais ce que tu dois faire, mais fais-le vite.

— Ce que tu me demandes n'est pas une mince affaire.

— Je le ferais pour toi sans hésiter.

— Soit, répondit Cole au bout d'un instant de silence. Je lui parlerai ce soir.

— Maintenant.

— Ce soir. Sois un peu patient, Mitch. Ce n'est pas ma faute s'il t'a fallu si longtemps pour te décider.

— Je n'ai pas…

Il s'interrompit. Son ami avait raison. Il aurait dû comprendre qu'il était amoureux depuis longtemps. S'il avait ouvert les yeux plus tôt, s'il ne s'était pas comporté comme un imbécile entêté, Jenny et lui seraient déjà fiancés.

En supposant qu'elle ait dit oui.

Mais elle aurait dit oui, bien sûr.

C'était une certitude.

Enfin, presque.

Jenny savait tout au fond d'elle-même qu'elle avait pris la bonne décision en venant se réfugier à Lake Angel. Elle avait toujours ses nausées le matin, et il lui fallait une bonne heure pour calmer ses spasmes. Les gens n'auraient pas tardé à le remarquer, et en premier lieu Mitch.

Il devait être rentré de Washington la veille, mais ce n'était qu'une supposition, car elle avait délibérément laissé son téléphone éteint. Dans ses moments les plus optimistes, elle craignait qu'il essaie de l'appeler. Puis son côté pessimiste reprenait le dessus, et elle avait peur qu'il ne s'en donne même pas la peine.

Elle tentait de se convaincre qu'il valait mieux ne pas le savoir. Sans compter que, s'il l'appelait, elle fondrait très certainement en larmes. Elle lui confesserait tout, s'humilierait à ses pieds et le placerait dans une position où, avec un peu de chance, il déciderait de se conduire en homme d'honneur.

Elle ne pourrait jamais vivre avec cela.

Le téléphone resterait donc éteint.

Il était presque 10 heures du matin. Elle avait réussi à avaler un toast et quelques gorgées de jus d'orange, en prenant soin de mastiquer très lentement. Le café était clairement hors de question. La seule pensée de ce breuvage lui retournait l'estomac.

Elle fit le tour du petit cottage de deux chambres situé sur la rive du lac, en ouvrant toutes les fenêtres pour laisser entrer la brise. La famille d'Emily avait véritablement la plus jolie vue sur le plan d'eau, la plus pittoresque. Le cottage, niché dans une petite crique adossée à une épaisse forêt, avait sa propre plage de sable en forme de croissant, avec un appontement de bois qui permettait d'y accoster en bateau.

D'autres habitations étaient visibles dans le lointain, sur l'autre rive de l'étendue d'eau bleue scintillante. Après le coucher du soleil, on voyait trembloter leurs lumières dans la brume du soir. Les voisins de part et d'autre de la propriété semblaient amicaux mais pas envahissants. Mme Burroughs restait très occupée dans son immense jardin, et les Clayton partaient presque tous les jours travailler à Rex Falls, la ville voisine.

Elle s'installa confortablement dans le grand fauteuil de rotin dans un coin du salon. Elle avait réussi à avaler un comprimé de vitamines prénatales le matin, et, à présent, elle allait boire un verre de lait à toutes petites gorgées et reprendre sa lecture d'un roman policier. Elle allait penser uniquement à l'intrigue, et éviter de se demander où Mitch pouvait bien être à cette heure-ci. Ou ce qu'il faisait.

Il lui suffirait de bien se concentrer.

- 13 -

La célèbre détective Norma Wesil venait d'entrer par effraction dans la luxueuse suite d'un palace, et de découvrir le corps sans vie de Terrance Milhouse, ex-tueur à gages et principal suspect dans le meurtre de la milliardaire Bitsy Green. Les policiers se bousculaient déjà dans l'escalier, et Norma avait stupidement touché l'arme du crime, y laissant ses empreintes.

Jenny se demandait comment Norma allait se sortir de ce mauvais pas lorsque la porte du cottage s'ouvrit soudain à la volée. Jenny sursauta violemment et, lorsqu'elle releva la tête, elle se trouva face au regard d'azur de Mitch.

Mitch ?

Le roman qu'elle lisait lui tomba des mains.

— Comment as-tu fait pour…

— C'est ma faute, dit Cole en entrant au pas de course juste derrière lui.

Jenny bondit sur ses pieds et recula jusqu'au mur.

— Que fais-tu ici ? demanda Mitch sans aucun préambule. Pourquoi as-tu quitté Royal ?

— Tu ne dois pas en vouloir à Emily, dit Cole précipitamment. Je l'ai convaincue de me dévoiler ta cachette sous un faux prétexte.

— Quoi ?

Emily le dévisagea d'un air incrédule. Emily avait

tout raconté à Cole, qui s'était empressé de tout répéter à Mitch ? Son amie l'avait donc trahie !

Mitch venait tout droit vers elle. Son regard bleu comme le ciel était plein de douceur et de compassion. Il n'était pas du tout en colère. Il y avait autre chose dans ses yeux. Elle comprit alors avec horreur qu'il savait qu'elle était enceinte.

— Ne sois pas fâchée avec Emily, dit de nouveau Cole.

Au même instant, Emily elle-même fit son entrée dans la pièce, essoufflée comme si elle avait couru.

— Jenny, s'il te plaît, je ne voulais pas…

— … lui dire que j'attends un bébé ? dit Jenny à sa place.

Un grand silence se fit dans la pièce. Emily s'était figée, l'air catastrophé. Le regard de Mitch vint se river sur elle.

— J'ai essayé de te téléphoner ! dit Emily en gémissant.

— Tu attends un bébé ? demanda Mitch d'une voix rauque.

Jenny ouvrit la bouche pour répondre, mais aucun son ne franchit ses lèvres.

Il ne savait donc pas ? Dans ce cas, que faisait-il là ?

— Je lui ai seulement indiqué où tu étais, dit Emily. Je ne me serais jamais permis de…

Mitch fit un pas en avant, s'interposant entre elles, et Emily disparut derrière sa carrure impressionnante. Ses yeux bleus, à présent, avaient la dureté de l'acier.

— Es-tu enceinte ? Tu es venue ici pour me fuir ?

— Je ne voulais pas…

— Tu ne voulais pas que je l'apprenne, n'est-ce pas ? Tu ne pensais pas que j'aie le droit de savoir. Pourquoi, Jenny ?

— Tu ne m'as jamais caché que tu n'envisageais pas une relation à long terme avec moi, dit-elle d'une voix étranglée. Tu ne souhaitais pas t'engager, et moi, je n'avais pas l'intention d'exiger de toi…

— Alors, tu as décidé que je n'étais qu'un crétin irresponsable qui tournerait le dos à une femme qui s'apprête à donner le jour à son enfant ? dit-il, visiblement choqué. Qu'ai-je fait pour que tu me tiennes en si piètre estime, Jenny ?

— Tu ne vois pas ? dit-elle, désespérée qu'il ne comprenne pas. C'est exactement cela ! Je savais que tu ne me quitterais pas, que tu resterais pour faire ton devoir et que tu finirais par me haïr à cause de cela.

Elle se tut un instant avant de conclure d'une voix brisée :

— Je ne veux pas revivre le cauchemar de mes parents.

L'expression de Mitch se détendit, et la douceur réapparut dans son regard d'azur.

— Je ne te haïrais jamais, Jenny. Je…

— Tu ne peux pas changer tes sentiments pour l'unique raison que je porte ton bébé, dit-elle, luttant contre les larmes.

Il s'avança et saisit ses mains entre les siennes.

— Mais je n'ai pas besoin de…

— Tu te sentirais frustré, pris au piège, dit-elle, tentant en vain de se dégager de son étreinte. Et chaque jour qui passerait augmenterait ton ressentiment.

— Je ne…

— Jusqu'à ce qu'un jour les disputes commencent. Et alors, cela ne s'arrête jamais, Mitch. Ce sont les assiettes qu'on casse contre les murs, les cris, les reproches. Chez nous, mon père a d'abord cassé la vaisselle, puis il est parti pour ne jamais revenir. Maman m'a assuré que tout allait bien se passer. Qu'il nous suffirait de tout nettoyer très soigneusement.

Elle se tut, la respiration un peu haletante. Il l'attira tendrement à lui et murmura d'une voix douce :

— Je ne suis pas ton père, Jenny. Ton père n'aimait pas ta mère. Moi, je t'aime, et cela fait une grande différence.

Elle osa enfin rencontrer son regard, comprenant qu'elle devait se montrer forte. Les mots qu'elle s'apprêtait à prononcer détermineraient son avenir, elle le savait.

— La parole est facile, Mitch. Surtout pour toi.

— Crois-tu que je mente lorsque je te dis que je t'aime ?

— Je crois que tu essaies de te comporter en gentleman.

— Je ne suis pas un gentleman.

— C'est exactement ce que tu es.

— Et toi, tu es incroyablement obstinée, dit-il, esquissant un sourire.

— Tu as accepté un poste à Washington, dit-elle d'un ton accusateur. Où est l'amour dans tout cela ? Comment peux-tu m'aimer puisque tu me quittes ?

— Je t'aime, insista-t-il.

— Tu ignores le sens de ce mot.

— Je t'aime, c'est vrai.

Elle sentit quelque chose frémir au creux de sa poitrine, mais elle se rappela sévèrement qu'elle ne devait pas le croire. Mitch était un habile diplomate, et à cet instant il se croyait tenu de la convaincre par sens du devoir. Elle devait rester forte, pour elle et pour lui.

Mais alors, sa voix se fit plus grave, son ton plus intime :

— L'amour, c'est quand on sait tout au fond de son cœur qu'on ne regardera plus jamais une autre femme. Où que l'on aille, quelles que soient les propositions que l'on vous fasse, on ne pense qu'à une femme merveilleuse, pleine de vie et pétillante d'humour, qui est restée là-bas, à Royal. On est perdu pour le reste du monde.

Il se tut. Et attendit.

— Tu fais cela si bien, dit Jenny, s'efforçant de rassembler sa volonté, luttant de toutes ses forces contre le désir de croire à son conte de fées. Tiendras-tu d'aussi jolis discours lorsqu'il s'agira de sortir de ma vie ?

— Regarde dans ma poche.

— Pardon ? fit-elle, étonnée par cette requête.

Il tapota sa veste en souriant.

— Cette poche.

Encore soupçonneuse, elle tendit une main hésitante et appuya prudemment les doigts à l'endroit qu'il indiquait. Elle sentit un objet dur, et haussa les épaules d'un air d'incompréhension.

Le sourire de Mitch s'élargit. Il plongea sa main dans sa poche intérieure et produisit un petit écrin de cuir vert pâle et luisant, aux reflets argentés. Il le tourna vers elle, et elle lut les mots en lettres d'or : *Epouse-moi.*

Muette de stupéfaction, elle le vit faire basculer le couvercle, révélant un spectaculaire diamant solitaire posé sur un minuscule coussin de satin.

Elle fixa la bague sans un mot, et un frisson la parcourut tout entière.

— Je… ne comprends pas, dit-elle en balbutiant.

— Un homme qui n'est pas amoureux — et qui, soit dit en passant, n'avait aucune idée que la femme de sa vie était enceinte — n'achète pas une bague de fiançailles pour le simple plaisir de la porter dans sa poche en attendant l'occasion propice.

— Là-dessus, il a raison, dit Cole, aussitôt rappelé à l'ordre par un coup de coude d'Emily.

— Veux-tu m'épouser, Jenny ? demanda Mitch en étreignant ses mains plus fort. S'il te plaît ?

Elle leva son regard vers le sien. Comment était-ce possible ? Il ignorait jusque-là qu'elle était enceinte. Il n'avait aucune raison de penser qu'il avait besoin de faire preuve de nobles sentiments.

— Je ne comprends pas, dit-elle de nouveau.

— Je t'aime, Jenny dit-il tout bas, ses yeux si bleus pleins d'une immense tendresse. Je t'aime et je veux t'épouser. Et ce n'est pas parce que tu attends un bébé, même si je m'en réjouis du fond du cœur. Je serai un papa fabuleux, tu verras. Et jamais je ne te quitterai, Jenny. Jamais.

Un flot de larmes monta à ses paupières, et elle tourna son regard vers Emily.

— Je crois que le mot que tu cherches est oui, dit son amie, souriant d'une oreille à l'autre.

Elle fit de nouveau face à Mitch, une expression d'incrédulité sur le visage. Cette fois-ci, il ne s'agissait pas simplement de belles paroles, d'habile diplomatie. Il n'essayait pas de la mettre à l'aise. Il était sincère, et…

— Oui, dit-elle d'une voix mal assurée.

Il posa ses lèvres sur les siennes et l'embrassa passionnément, puis il la souleva sans effort dans ses bras, jetant un coup d'œil scrutateur autour de lui.

— Laquelle est ta chambre ?

Surprise, elle désigna une porte en souriant.

— Celle-là.

— Excusez-nous, dit Mitch par-dessus son épaule, à l'intention de Cole et d'Emily.

— Tu pourrais au moins prendre le temps de lui passer la bague au doigt, dit Cole, moqueur.

— Plus tard, dit Mitch à l'oreille de Jenny. Avec des fleurs et du champagne, et un genou à terre.

Allongée dans son lit au cottage, Jenny contemplait le diamant qui scintillait à son doigt. Ils n'avaient pas fait l'effort d'attendre les fleurs et le champagne. En fait, ils n'avaient pas quitté ce lit de tout l'après-midi. Emily et

Cole avaient vite compris qu'il ne servirait à rien d'attendre pour leur dire au revoir, et ils étaient rentrés à Royal.

Sous le drap léger, elle sentait la chaleur du corps de Mitch tout contre elle, et sa main qui caressait lentement l'arrondi de son ventre.

— Alors, je vais être papa ?

— Oui, dit-elle, murmurant, en recouvrant sa main de la sienne.

— Es-tu heureuse ? demanda-t-il en embrassant sa tempe.

— Maintenant, oui. Et toi ?

— Je ne serai jamais comme mon père, je te le promets.

— Et moi, je ne serai jamais comme ma mère.

— Nous allons être heureux ensemble.

— Et selon les apparences, ce sera à Washington ?

— Cela faisait partie de mon plan, mais seulement si tu es d'accord, bien entendu.

— Est-ce un poste intéressant ?

— Un poste très intéressant, répondit-il. Mais toi et le bébé, vous êtes ma première priorité. Nous resterons à Royal si tu le désires. Je trouverai bien à m'occuper.

— Pourrons-nous revenir de temps à autre ?

— Aussi souvent que tu en auras envie.

Son téléphone sonna dans la poche de son pantalon abandonné sur le tapis, et il se leva, glorieusement nu, pour prendre la communication. Il écouta un instant, puis il tourna de nouveau son regard vers elle

— C'est Cole, dit-il en couvrant l'appareil de sa main. Il veut savoir s'il peut répandre la nouvelle du bébé autour de lui.

— Il peut le crier sur les toits si cela lui chante, répondit-elle en riant. Je suis si heureuse que, s'il ne le fait pas, je le ferai peut-être moi-même.

— Oui, tu as sa permission, dit-il dans le combiné. Comment ? Es-tu certain de ce que tu avances ?

— Qu'y a-t-il ?

— D'accord. Je te rappelle plus tard.

Il reposa le téléphone et se tourna vers elle, l'air songeur.

— Apparemment, Brad négocie avec Cole pour faire de Royal la ville d'attache des Texas Tigers, et on me confierait la direction de l'équipe.

Elle repoussa les draps pour se lever à son tour.

— Serais-tu prêt à accepter ?

— Cela dépend de toi, répondit-il en enfilant son pantalon.

— Dois-je décider maintenant ?

— Ce n'est pas du tout nécessaire. J'ai dit aux gens de Washington que j'avais besoin de deux mois de plus à Royal pour régler mes affaires.

Il fit le tour du lit pour la rejoindre devant la commode aux tiroirs ouverts, et il la prit dans ses bras avant d'ajouter :

— Et j'espérais pouvoir les passer en tête à tête avec toi.

Elle se blottit contre la chaleur de son torse sculptural, se délectant de la sensation de ses bras vigoureux autour d'elle.

— Jusqu'à ce que tu me brises de nouveau le cœur ?

— Jamais.

Et, pour lui prouver sa bonne foi, il l'embrassa. Longtemps. Très longtemps. Puis il s'écarta d'elle et lui sourit.

— Au contraire, je vais veiller sur toi. Et pour commencer, je vais te préparer à manger.

— Cela peut peut-être attendre, dit Jenny.

— Non, cela ne peut pas attendre, répondit-il. Notre bébé a faim.

— Je t'aime, Mitch, murmura-t-elle.

Le visage de Mitch prit une expression grave, et il effleura délicatement sa joue du bout des doigts.

— Je t'aime de tout mon cœur, Jenny, dit-il d'une voix caressante. Je crois que je t'ai aimée dès le premier jour. Il m'a seulement fallu un peu de temps pour le comprendre.

— Cela n'a plus aucune importance, désormais, dit-elle touchée jusqu'au fond de son âme par la tendresse qu'elle lisait dans ses yeux. Nous avons tout le reste de nos vies pour nous rattraper. Ensemble.

Retrouvez prochainement,
dans votre collection

PASSIONS

Un dangereux pari, de Karen Booth - N°924

Mindy est furieuse : l'entrepôt qu'elle convoitait pour son entreprise a été acheté par son ex, Sam Blackwell ! Bien décidée à négocier son rachat, elle se rend dans son bureau. Sam accepte à une condition : Mindy doit l'inviter au mariage de sa sœur, un événement mondain très utile au développement de sa société. Mais Mindy hésite : elle a peur de ranimer la flamme qui brûle toujours entre eux…

Un si séduisant célibataire, de Katherine Garbera

Pendant la vente aux enchères des célibataires, événement caritatif à Cole's Hill, Pippa est déterminée à avoir Diego Velasquez. Elle gagne l'enchère, et ils passent une merveilleuse nuit ensemble. Tout chez Diego lui donne envie de le revoir, or Pippa sait bien que leur relation ne peut être qu'éphémère car elle doit bientôt rentrer à Londres… Dès lors, que choisir ? Écouter son cœur et laisser une chance à leur amour naissant ou suivre sa raison et retourner en Angleterre ?

Une proposition très tentante, de Naima Simone - N°925

« Épouse-moi. » Reagan est sous le choc. Ezekiel, un ami d'enfance, vient de lui proposer de se marier avec lui afin qu'elle puisse toucher l'héritage de sa grand-mère. Cependant, il a été très clair : il ne sera pas question d'amour entre eux. Le cœur de Reagan est sur le point d'exploser : évidemment cette offre est très tentante, mais elle veut plus qu'une union de convenance. Et comment respecter les termes du contrat quand elle se noie déjà dans le regard d'Ezekiel ?

Les secrets d'une fiancée, de Yahrah St. John

Minée par des problèmes familiaux, Morgan se réfugie dans les bras de Jared Robinson. Face à lui, elle sent dans tout son corps se réveiller une chose qu'elle a fait taire depuis très longtemps : le désir. Jared ne tarde pas à lui proposer un marché qu'elle ne peut refuser : jouer sa petite amie pour qu'il puisse améliorer son image en tant que P-DG. Morgan accepte, bien qu'elle redoute cette intimité nouvelle…

Un nouveau départ à deux, de Janice Maynard - N°926

SÉRIE : LES HÉRITIERS DE STONE RIVER TOME 2

Ivy doit à tout prix trouver un travail. Depuis le décès de son mari il y a plusieurs mois, elle se retrouve sans ressources, avec son bébé. Aussi est-elle plus que soulagée lorsque Farrell Stone l'engage pour qu'elle s'occupe de sa maison dans le nord du Maine. Enfin, elle va pouvoir souffler et reconstruire sa vie avec sa fille. Mais comment cohabiter avec cet homme qui fait déjà battre son cœur bien trop vite ?

Une nuit pour l'éternité, de Joss Wood

Lachlyn vient d'apprendre qu'elle est la fille illégitime de Connor Ballantyne. Elle se retrouve héritière d'une fortune colossale et la cible des paparazzis. Alors, pour la protéger, sa nouvelle famille fait appel à un garde du corps, Reame Jepsen. Dès que celui-ci pose son regard sur elle, elle se sent plus désirable, plus femme que jamais... Pourtant tout avenir entre eux est impossible, car Lachlyn ne veut plus souffrir à cause d'un homme...

Un héritier aux yeux bruns, d'Andrea Laurence - N°927

« Où est mon fils ? » Ces mots, Sabine a tant redouté de les entendre qu'elle reste un moment interdite, face à Gavin. Bien sûr, elle comprend sa colère – ne lui a-t-elle pas caché l'existence de Jared depuis deux ans ? Pourtant, elle ne peut regretter d'avoir soustrait son enfant à une éducation austère, au destin tout tracé de l'héritier de la famille Brooks. Et, si Gavin a eu le pouvoir de lui ravir son cœur, elle ne lui laissera jamais celui de détruire la vie de leur fils.

Mariée à son ennemi, d'Ann Major

Pour sauver sa sœur d'un mariage arrangé, Kira se rend chez Quinn Sullivan, l'homme d'affaires sans scrupule qui ne songe qu'à mettre la main sur l'entreprise familiale. Mais, quand elle se retrouve face à lui, elle se sent étrangement troublée par l'aura sensuelle de cet homme qu'elle devrait haïr. Jusqu'à ce qu'il lui fasse une proposition si odieuse qu'elle la ramène brutalement à la réalité : il ne renoncera à épouser sa sœur que si Kira la remplace au pied de l'autel...

Pour le sourire de Connor, de Maureen Child - N°928

Nicole n'en revient pas. Comment s'est-elle retrouvée dans le jacuzzi de Griffin King, son si troublant voisin ? Et dire qu'elle s'était juré de garder ses distances avec cet homme à la réputation sulfureuse ! *Une nuit, juste une nuit*, s'entend-elle lui murmurer. Oui, c'est ce qu'elle veut, rien de plus : une aventure sans lendemain. Inutile de rêver : Griffin n'est pas le genre d'homme intéressé par l'amour. Encore moins par les femmes seules avec enfants. Comme elle et son petit Connor...

Baisers interdits, de Barbara Dunlop

Danielle est une femme réfléchie. Et pourtant, chaque fois qu'elle croise Travis Jacobs, un rancher aussi suffisant qu'exaspérant, elle perd tous ses moyens. Aussi, le jour où ils se retrouvent par hasard à Las Vegas, a-t-elle envie de fuir, loin de lui, loin de la tentation que représente pour elle son regard teinté de défi. Mais, dans la ville où toutes les folies sont permises, les baisers interdits peuvent être les plus exquis...